1946-1950
国共生死决战全纪录

★ 李雷 编著

围困太原城

长城出版社

图书在版编目（CIP）数据

围困太原城 / 李雷编著. —北京：长城出版社，2011.4
（国共生死决战全纪录丛书）
ISBN 978-7-5483-0082-3
Ⅰ.①围… Ⅱ.①李… Ⅲ.①太原战役（1948）—史料 Ⅳ.① E297.4

中国版本图书馆CIP数据核字（2011）第 070622 号

责任编辑 / 徐 华 萧 笛

围困太原城

| 编　　著 / 李 雷 |
| 图　　片 / 解放军画报社授权出版　getty images 授权出版 |
| 　　　资深档案专家王铭石先生供稿 |
| 出　　版 / 长城出版社 |
| 地　　址 / 北京甘家口三里河路40号 |
| 邮　　编 / 100037 |
| 电　　话 / (010) 66817982　66817587 |
| 开　　本 / 720×1000mm　1/16 |
| 字　　数 / 290千字 |
| 印　　张 / 21 印张 |
| 印　　刷 / 北京龙跃印务有限公司 |
| 版　　次 / 2011年4月第1版 |
| 印　　次 / 2014年3月第2次印刷 |

标准书号 / ISBN 978-7-5483-0082-3/E · 1013
定　　价 / 49.80元

解读国共生死大较量的历史
重温先辈们激情燃烧的岁月

围困太原城 ○ 战事档案

战事档案

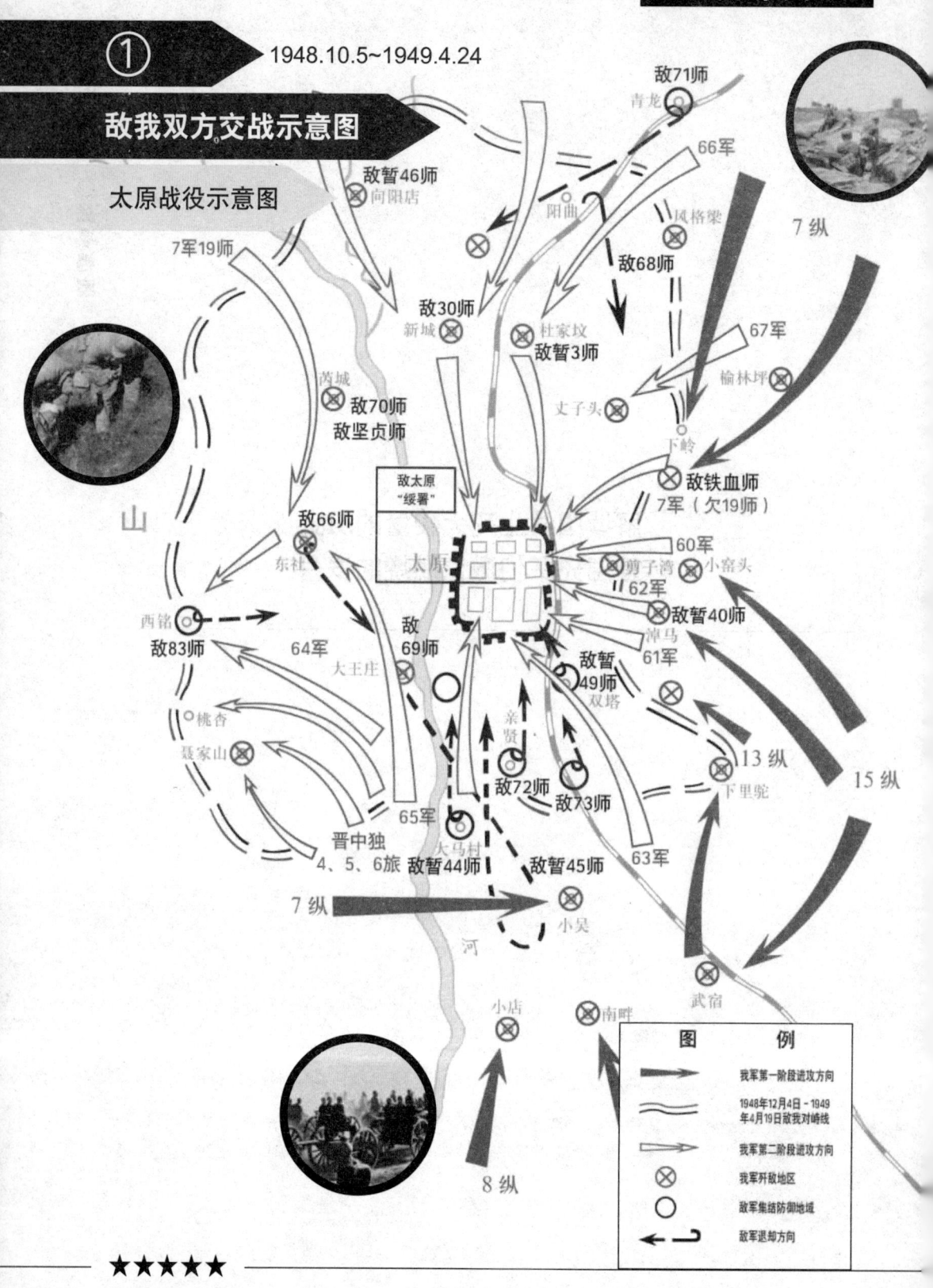

① 1948.10.5~1949.4.24
敌我双方交战示意图

太原战役示意图

图例：
- 我军第一阶段进攻方向
- 1948年12月4日－1949年4月19日敌我对峙线
- 我军第二阶段进攻方向
- 我军开放地区
- 敌军集结防御地域
- 敌军退却方向

② 作战时间

1948年10月5日~1949年4月24日

③ 作战地点

山西省太原地区

④ 敌我双方参战兵力

我军：
华北军区第18、19、20兵团，晋中军区独立第4、第5、第6旅，西北军区第7军和第四野战军炮兵第1师。

敌军：
国民党军第19、第33、第34、第61军，第30军第27师和第10师第89团等。

⑤ 作战结果及意义

我军共歼敌1个"绥靖"公署，2个兵团部，6个军部，20个师共计13.5万人。
我军伤亡3.8万余人。俘国民党太原"绥靖"公署副主任兼第15兵团司令官孙楚，太原守备总司令兼第10兵团司令官王靖国等高级将领多名。太原战役的胜利，结束了阎锡山在山西长达38年的统治。此次作战为典型的大城市攻坚战，我军积累了围困、瓦解和攻击相结合的作战经验。

⑥ 我军主要指挥官

战事档案

华北军区第一副司令员兼第18兵团司令员，政治委员徐向前，第19兵团政治委员罗瑞卿，第18兵团副司令员兼副政治委员周士第，第19兵团司令员杨得志，第20兵团司令员杨成武，政治委员李井泉。

★ 徐向前

★ 罗瑞卿

★ 周士第

山西五台人。黄埔军校第一期毕业。曾参加广州起义。此后历任工农革命军4师第10团党代表、师长，红4军参谋长、军长，红四方面军总指挥，西路军军政委员会副主席。抗日战争时期，任八路军第129师副师长，八路军第1纵队司令员，陕甘宁晋绥联防军副司令员兼参谋长，中国人民抗日军政大学代校长。解放战争爆发后，任晋察冀军区副司令员，华北军区副司令员等，参与指挥了运城、临汾等战役。平时话语不多，但作战勇武果断，指挥若定，胸有成竹，一派大将风度。1955年被授予元帅军衔。

四川南充人。1926年入黄埔军校武汉分校学习。土地革命战争期间，历任红4军59团参谋长、纵队政治委员、师政治委员、军政治委员，红一军团保卫局局长，中央红军先遣队参谋长，红一方面军保卫局局长，红军大学教育长、副校长。参加了长征。抗日战争时期，任中国人民抗日军政大学教育长、副校长，八路军野战政治部主任。解放战争时期，历任北平"军事调处执行部"中共代表团参谋长，晋察冀军区副政治委员兼政治部主任，晋察冀军区政治委员，华北军区政治部主任兼第2兵团政治委员，19兵团政治委员。1955年被授予大将军衔。

广东乐会（今琼海）人。1924年毕业于黄埔军校。曾任孙中山陆海军大元帅府铁甲车队副队长、队长，国民革命军第4独立团参谋长、代团长，第73团团长。参加过北伐战争和南昌起义，任起义军第25师师长。土地革命战争时期，任红军第十五军团参谋长，红二方面军参谋长。参加了长征。抗日战争时期，任八路军120师参谋长，晋绥军区参谋长、副司令员。解放战争时期，任晋绥军区副司令员兼晋绥军政干部学校副校长，华北军区第1兵团副司令员兼副政治委员，第18兵团司令员兼政治委员，太原前线指挥部副司令员。1955年被授予上将军衔。

★ 杨得志

时任第19兵团司令员。1955年被授予上将军衔。

★ 杨成武

时任第20兵团司令员。1955年被授予上将军衔。

★ 李井泉

时任第20兵团政治委员。

战事档案

⑦ 敌军主要指挥官

国民党太原"绥靖"公署主任兼山西省政府主席阎锡山，国民党太原"绥靖"公署主任兼15兵团司令官孙楚，太原守备总司令兼第10兵团司令官王靖国。

★ 阎锡山

山西五台人。国民党一级陆军上将。1904年入日本士官学校学习，在日本加入中国同盟会。辛亥革命后任山西都督。大革命失败后，任国民革命军第3集团军总司令，山西省政府主席，平津卫戍总司令，西北边防司令长官，国民政府陆海空军总司令部副总司令等职。中原大战时，自任总司令兼第三方面军总司令。1931年历任太原"绥靖"公署主任，国民党中央军事委员会副委员长等职。抗日战争爆发后，任第二战区司令长官，指挥所部在太原抗击日军。抗战胜利后，积极参加蒋介石的反人民内战。经过临汾、晋中、太原等战役，所部被歼。

★ 王靖国

山西五台人。国民党陆军中将。毕业于保定军官学校第五期步科，1930年任晋绥军第70师师长，1936年5月任第19军军长。1939年升任第13集团军总司令。1948年任第10兵团司令官兼太原守备总司令。太原战役中为解放军所俘。

★ 孙 楚

山西解县（今运城）人。国民党陆军中将。1912年入陆军军官学校第一期步兵科。1929年任晋绥军第1军军长，1930年任晋绥军正太护路军司令，1936年任晋军第33军军长。1939年任第8集团军总司令。1946年任第8集团军总司令兼第34军军长。1948年底出任太原"绥靖"公署副主任兼15兵团司令。太原战役中为解放军所俘。

★★★★★

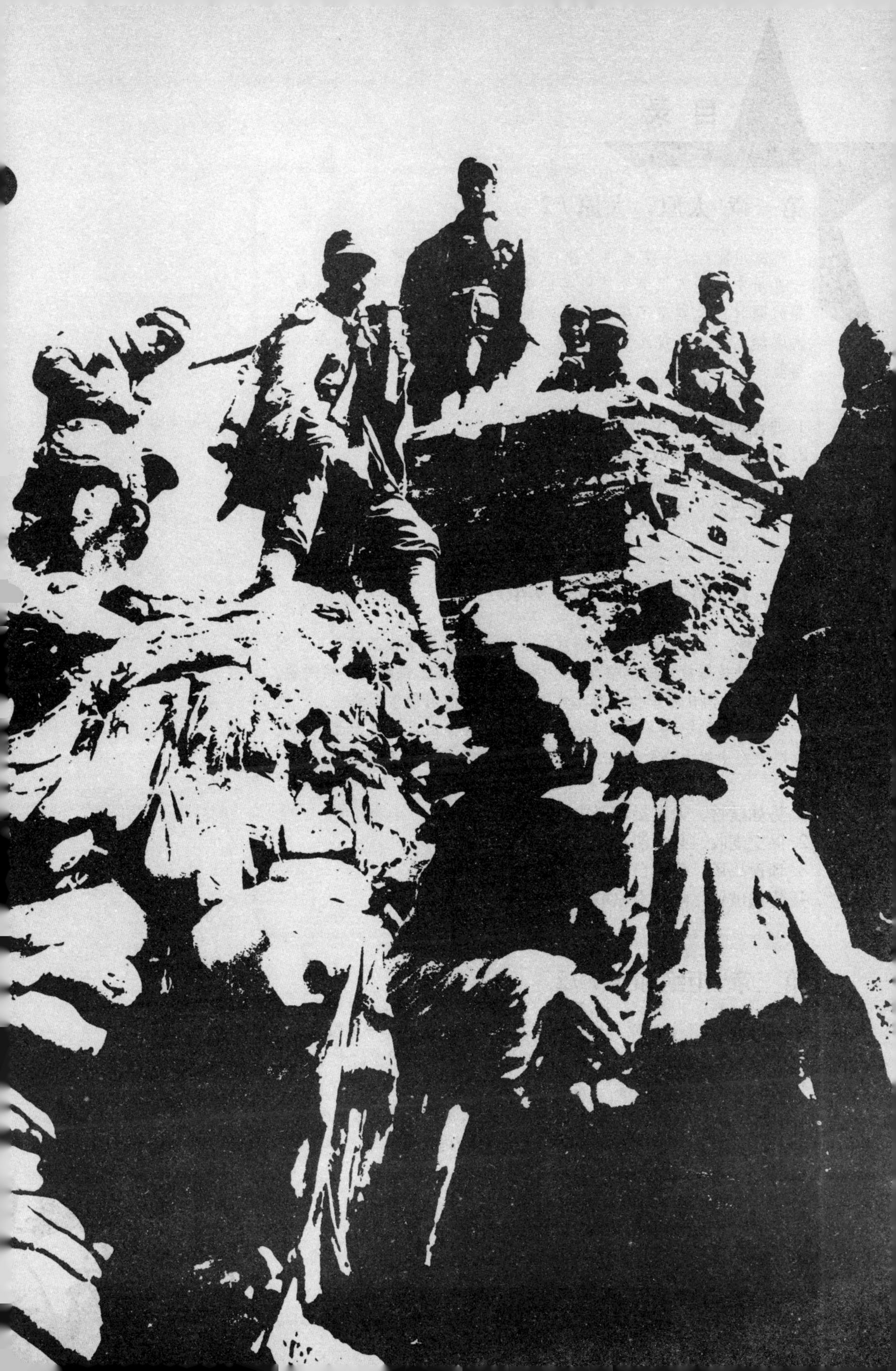

目 录

第一章 太原，太原 / 2

公元前497年建城的太原，是一座历经无数战火的城市。它一直是中国北方抵御外族侵略的屏障，它见证中华民族坚强与不屈的同时，也创造了属于自己的灿烂文化。但到了国民党时期，太原却不再是抵抗外敌的堡垒，而成为"山西王"阎锡山美梦的摇篮……

1. 滹沱河边，师生如何相对 / 3
2. 外侮已御，内战硝烟又起 / 12
3. 历尽战火，太原伤痕累累 / 19
4. 晋北之战，美梦已到醒时 / 26

第二章 陈兵太原城下 / 40

运城、临汾连连失守，解放军直逼阎锡山的军粮基地晋中。阎锡山要抵抗解放军的战略反攻，保巢图存，首先得解决军粮问题。虽然第1兵团在晋中作战有三大困难，但徐向前仍然把坚持消灭敌人数量提高到中央下达任务的两三倍。因为徐向前的目光已经锁定太原，在平原上诱歼敌人，总要比攻城时来得容易些……

1. 势如破竹，大军挺进晋中 / 41
2. 保卫麦收，必先消灭敌人 / 49
3. 预设战场，等你自投罗网 / 58
4. 势如破竹，陈兵太原城下 / 64

第三章 拒绝和平 / 72

太原城是形如汪洋大海般的人民解放军包围下的一座孤城，同时，它又是一座名副其实的碉堡城。阎锡山大吹大擂他的太原城防可以阻挡150万的"共军"，蒋介石也亲临太原为阎锡山打气。为太原人民计，徐向前和毛泽东都想和平解放太原，华北军区副参谋长王世英想亲自潜入太原劝降阎锡山，但被徐向前阻止了……

第四章 外围作战（上）／100

　　太原外围作战开始了，此时的解放军第1兵团不但组织机构相应健全，而且部队建设得到进一步巩固，作战物资充足，战术水平也有所提高。关键是，徐向前完全掌握了太原的城防布置。更让徐向前高兴的是，一个叫赵炳玉的地下党员，给他指出了一条可以直插敌后的小路。正是从这条小路出发，西北军区第7纵队及晋中部队一部，楔入东山纵深，袭取了太原外围的最大要点牛驼寨。

1. 一条小路，直接通向敌后／101
2. 摆兵布阵，将军指挥若定／107
3. 号角响起，向牛驼寨发起进攻／115
4. 步步为营，拿下第一主阵地／121

第五章 外围作战（下）／132

　　阎锡山要全力固守"四大要塞"，徐向前的第1兵团为扫清攻城道路，必须夺取"四大要塞"，双方对"四大要塞"都志在必得。
　　东山之战在反复的攻防之中，惊天地泣鬼神。夺取山头要塞的战斗，是太原战役中最激烈最残酷的战斗之一。
　　山头敌人的几块主阵地上，碉堡不成样子，到处弹痕累累，草木尽摧，地面松土盈尺，弹片、弹柄敷地一层，交通沟、掩蔽部到处为敌尸充填。

1. 血战淖马，坚持就是胜利／133
2. 别无选择，攻击、攻击、再攻击／141
3. 草木尽摧，东山弹痕累累／147

目录

第六章 孤松举义 / 162

兵力不足，第1兵团请求援兵。

中央担心如果太原过早攻克，傅作义会倍感孤立，而自动放弃平、津、张、塘地区向西、向南撤退，此后再歼灭他们就困难得多了，因此建议1兵团巩固外围要点并确实控制机场后，停止攻击进行政治攻势。……

1. 士气萎靡，黄樵松大伤脑筋 / 163
2. 大义凛然，两只脚已入圈套 / 170
3. 是非功过忠奸，都将载入史册 / 178

第七章 釜底抽薪 / 192

太原围而不打，徐向前在向太原前线全体指战员发布的《政治动员令》中，号召"个个都要学会用政治攻势配合猛打消灭敌人"。大炮射出去的不是摧毁敌内体的炮弹，而改造思想的攻心弹。这场针锋相对、釜底抽薪的政治战役。一直持续到攻城前夕，达半年之久……

1. 攻心为上，发起政治攻势 / 193
2. 两个馍馍，引来八大金刚 / 196
3. 集思广益，小兵可作大文章 / 202
4. 战场辩论，枪炮冷冷响起 / 209

第八章 仓皇离庙 / 218

1949年，人民解放军战事连捷，特别是北平的和平解放，中共中央迁往北平，使太原深受震动，因为北平是太原的重要物资补给基地，太原国民党守军的家属有相当一部分在北平。太原军人既动，方方面面的人都想劝阎锡山走傅作义的路……

1. 进京赶考，中共掀开新一页 / 219
2. 慷慨高歌，背后狡兔三窟 / 226
3. 寻找逃路，弃部下如敝屣 / 235
4. 身悬孤岛，阎锡山永失太原 / 242

第九章　兵临城下 / 254

　　经过辽沈、平津、淮海三大战役，到了1949年春天，国民党的全面崩溃已成定局。
　　为了能一举拿下太原，中央军委决定，将解放平津的第19、20兵团及第四野战军的炮1师开赴太原前线，配合18兵团加强军事围攻，争取和平解放太原。国共和谈再次破裂后，解放军万炮齐发，经过半年的围困，太原的攻城之战终于打响。4月24日8点50分，62军攻占鼓楼，用一条红色被面代替胜利的红旗插到了这个太原城内的最高点上。

1. 英雄会师，华北劲旅齐聚太原 / 255
2. 先礼后兵，解放军只待令下 / 263
3. 卧虎低头，良将自能相机而战 / 272
4. 万炮齐鸣，太原城墙仍欠厚 / 280

第十章　三军过后 / 296

　　经过激烈巷战，解放军战士冲向阎锡山的指挥中心——"太原绥靖公署"，阎锡山的高级将领大部分被俘，梁化之在隆隆的炮声中彻底绝望，与五妹子阎慧卿在地下室里服毒自尽。
　　太原战役为解放战争期间，历时最长、参战人员最多、战斗最激烈、伤亡最惨重的城市攻坚战之一。太原解放后，太原市军事管制委员会正式成立并展开各项工作，古老的太原终于迎来最灿烂的阳光。

1. 缴枪不杀，太原"绥署"擒大敌 / 297
2. 败军之将，人生是场悲凉戏 / 303
3. 泽惠汾漳，英雄永铭史册 / 312
4. 人民专政，太原掀开崭新一页 / 317

第一章

太原，太原

∧ 孙中山（右）与阎锡山在一起。

公元前497年建城的太原，是一座历经无数战火的城市。

它一直是中国北方抵御外族侵略的屏障，它见证中华民族坚强与不屈的同时，也创造了属于自己的灿烂文化。

但到了国民党时期，太原却不再是抵抗外敌的堡垒，而成为"山西王"阎锡山美梦的摇篮。

然而，这一次阎锡山将要面对的，是比他小18岁而且还曾给他当过学生的五台同乡徐向前。

1. 滹沱河边，师生如何相对

滹沱河，一条优美的河，养育了无数优秀的中华儿女。

在山西五台县的滹沱河岸边上，有两个村庄隔河相望，一个叫河边村，一个叫永安村。在这两个村子里，先后走出了两位在中国近代史上赫赫有名的人物，一位是阎锡山，另一位，是徐向前。

阎锡山，字伯川，别号龙池。1883年10月8日生于山西省五台县河边村（今属定襄县）永和堡的一个地主兼商业贷款者家里。阎锡山5岁丧母，寄居舅父家，由外祖母抚养成人。9岁入私塾，1899年16岁的阎锡山随父亲阎书堂到五台县城内自家开设的吉庆昌钱铺学商，经手贷款及金融业务。第二年，阎书堂的钱铺倒闭，阎锡山又跟随其父流落到太原。1902年，阎锡山参加了山西武备学堂的招生考试，并被录取。1904年，接受了三年初级军事教育的阎锡山被清政府选送日本学习陆军。

当时，孙中山在日本倡导革命。阎锡山因结识孙中山而加入中国同盟会，并遵照孙中山的指示，联合同盟会中学习军事的李烈钧、程潜等28人成立"铁血丈夫团"。到了辛亥革命时期，铁血丈夫团成员大多成为各省起义的主要军事领导者。

1909年，阎锡山从日本毕业返国，初任山西陆军小学教员，不久又应清廷朝考，得中举人。回晋后，任山西陆军第二标教官，翌年任第二标标统。阎锡山一面致力于训练新军，培植干部；一面成立"俱乐部"，结交革命党人，宣传革命。1911年10月10

李烈钧 ▲

江西武宁人，国民党二级陆军上将。日本陆军士官学校毕业。1907年加入同盟会。他追随孙中山，致力于国民革命，曾任广州大元帅府参谋总长。北伐以后，历任江西省政府主席、国民政府常务委员兼军事委员会常务委员等。"西安事变"后，担任高等军事法院审判长，负责组织军事法庭，按照蒋介石的旨意审判张学良。1946年在重庆逝世。

∨ 辛亥革命时曾任江西都督的李烈钧。

▽ 武昌起义时，革命军炮队隔江轰击敌军。

日武昌起义的消息传到山西后，太原和晋南、晋北的革命党人积极准备发动起义，山西巡抚陆钟琦看到这种情势，大为惶骇，立即调动兵马加强防备。10月25日，陆钟琦又在太原召集军政大员会议，阎锡山参加会议后，立即召集黄国梁、温寿泉、赵戴文等革命党人举行秘密会议。会上，阎锡山把陆钟琦军政大员会议的决议通报给了大家：陆钟琦将分驻各地的巡防队调集省城，震慑太原，同时他们还要把热心革命士兵比较多的黄国梁部调离太原，以防意外。

武昌起义

在同盟会的影响下，革命团体文学社、共进会于1911年9月24日联合组成起义领导机构，拟定了起义计划。后起义之事不慎暴露，领导机关遭到破坏。革命党人暗中联络，相约按计划起义。10月11日晨，占领武昌城，取得首义胜利。同时，湖北军政府成立，发表宣言，号召各省起义。不久，湖南、陕西、江西等省相继响应，宣布独立，形成全国规模的辛亥革命，推翻了清王朝的反动统治。

国民党河北省政府建设厅厅长温寿泉

山西洪洞人。1904年留学日本，1905年加入同盟会，1909年回国。曾任山西大学堂兵学教官，山西督练公所会办兼陆军小学堂监督。辛亥革命时，参加太原光复之役，任山西军政府副都督。后任燕晋联军参谋长，北京政府陆军部参议。1929年后任国民党河北省政府建设厅厅长。

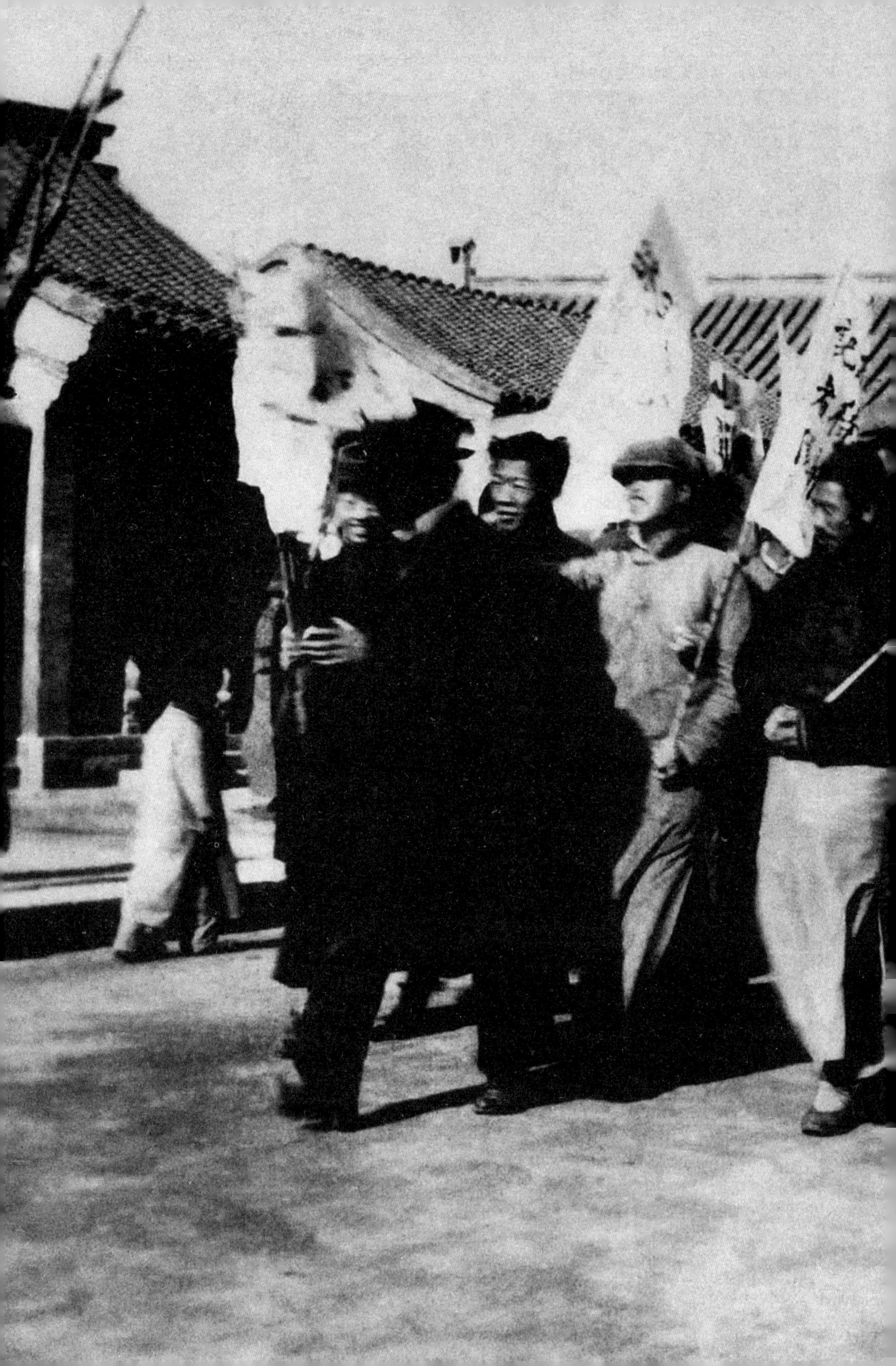

> 时任红四方面军总指挥的徐向前。

< "五四"运动时，北京学生手举标语上街游行示威。

  10月29日（农历九月初八），太原革命党人发动武装起义，攻占巡抚署，击毙巡抚陆钟琦，取得胜利。在太原起义成功后，阎锡山就当上了山西大都督。并从此开始了他对山西38年的统治。

  1919年，阎锡山创办了山西省立国民师范学校。比阎锡山小18岁的徐向前经过考试，成为这个学校招收的第一批学生。

  徐向前在校学习期间，"五四"运动爆发，他参加了学生游行。而阎锡山虽然是以革命起家，却是个假革命，他残酷的镇压学生运动，引起了徐向前的强烈反感。1924年5月，徐向前考入黄埔军校，并在共产党的影响下，逐步走上一条与阎锡山完全相反的道路。

"五四"运动

  1919年5月4日在北京爆发的中国人民反对帝国主义、封建主义的爱国运动。5月4日下午，北京大学、高等师范学校等13所学校的3,000多名学生，冲破军警的阻挠到天安门前集会演讲，举行游行示威，提出"外争主权、内除国贼"、"取消二十一条"、"拒绝和约签字"等口号，同时要求惩办亲日派曹汝霖、章宗祥、陆宗舆。北京学生的举动得到了上海学生市民的大力声援。10日，北京政府宣布"批准"曹、章、陆三人"辞职"。28日中国代表团拒绝在对德和约上签字。"五四"爱国运动胜利地告一段落。

1930年4月，阎锡山与冯玉祥、李宗仁等军事首领和汪精卫、陈公博等改组派联合反蒋，发动"中原大战"。同时，阎锡山还唱主角，在北平组织"国民政府"。4月2日，陈公博携带起草的《共同宣言》到太原见阎锡山。宣言要点为：推阎锡山主持军政，冯玉祥、李宗仁主持军事，汪精卫主持党务；先行组织扩大中央委员会干部委员会，推定常委21人，由委员会产生政治会议。后经多次讨论决定以"中国国民党第二届中央执行委员会"的名义，先发表"联合宣言"，再发表"发起扩大会议宣言"，于7月13日在北平中南海怀仁堂成立了扩大会议，设立中央党部，由汪精卫负责。

> 时任汪伪政权"立法院"院长的陈公博访日归来。

陈公博

广东南海人。早年加入同盟会。曾任国民党军事委员会政训部主任，农民部部长，国民革命军总司令政务局长，国民党中央常委等职。抗日战争爆发后，任国民党民众训练部部长，军事委员会第五部部长，四川省党部主任委员。1938年与汪精卫投靠日本，任汪伪政权"立法院"院长，军事委员会常务委员，上海市市长等职。汪精卫死后，继任伪"国民政府"主席，军事委员会委员长，"行政院"院长等职。

中原大战

1930年3月，阎锡山、冯玉祥、李宗仁三方合作，共同反蒋。4月起双方在中原地区混战。9月，阎冯联合汪精卫等成立国民政府，与蒋介石的南京国民政府相对抗。同月，张学良在蒋的拉拢下，以调停为名占领平津。11月，阎冯军失败，攻入湖南的李宗仁桂军亦退回广西。这次军阀混战，双方使用兵力100多万，死伤30万人，历时7个月，蒋介石集团取得胜利，阎冯等成立的政府随即垮台。

8月8日，扩大会议召开了第一次正式会议，通过了中央党部扩大会议宣言、中国国民党中央党部扩大会议组织大纲草案、中央政治会议规划草案，并通过了常务委员会及组织部、宣传部等各部的组成人员。不久，又召开会议推定阎锡山、冯玉祥、汪精卫等七人为国民政府委员，阎锡山为主席。1930年9月9日上午9时，阎锡山在北平中南海怀仁堂宣誓就职。因为阎锡山的就职时间里有四个"九"，后被人戏称为"四九"小朝廷。

此后，倒蒋军事失败，扩大会议昙花一现便告结束。阎锡山在

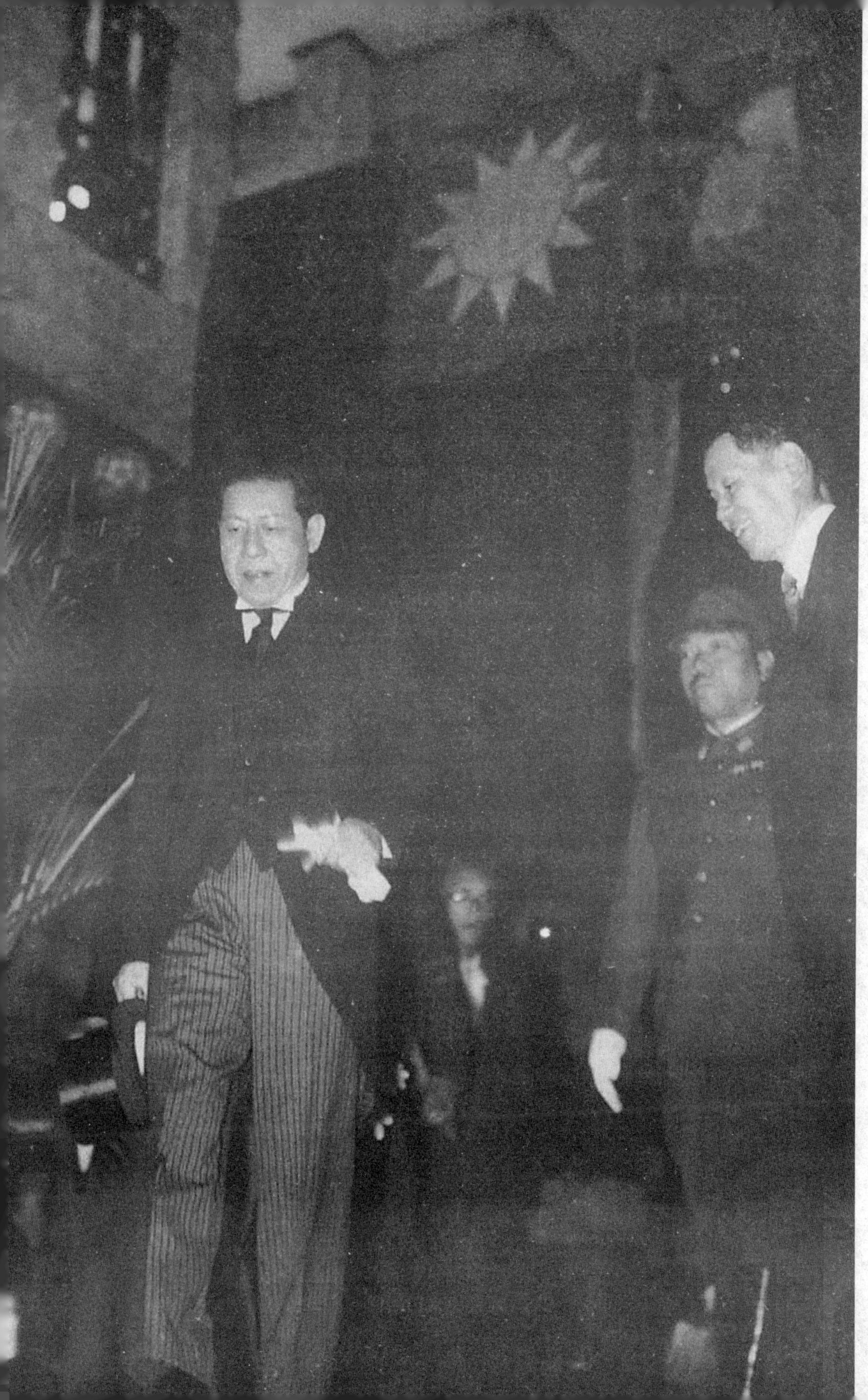

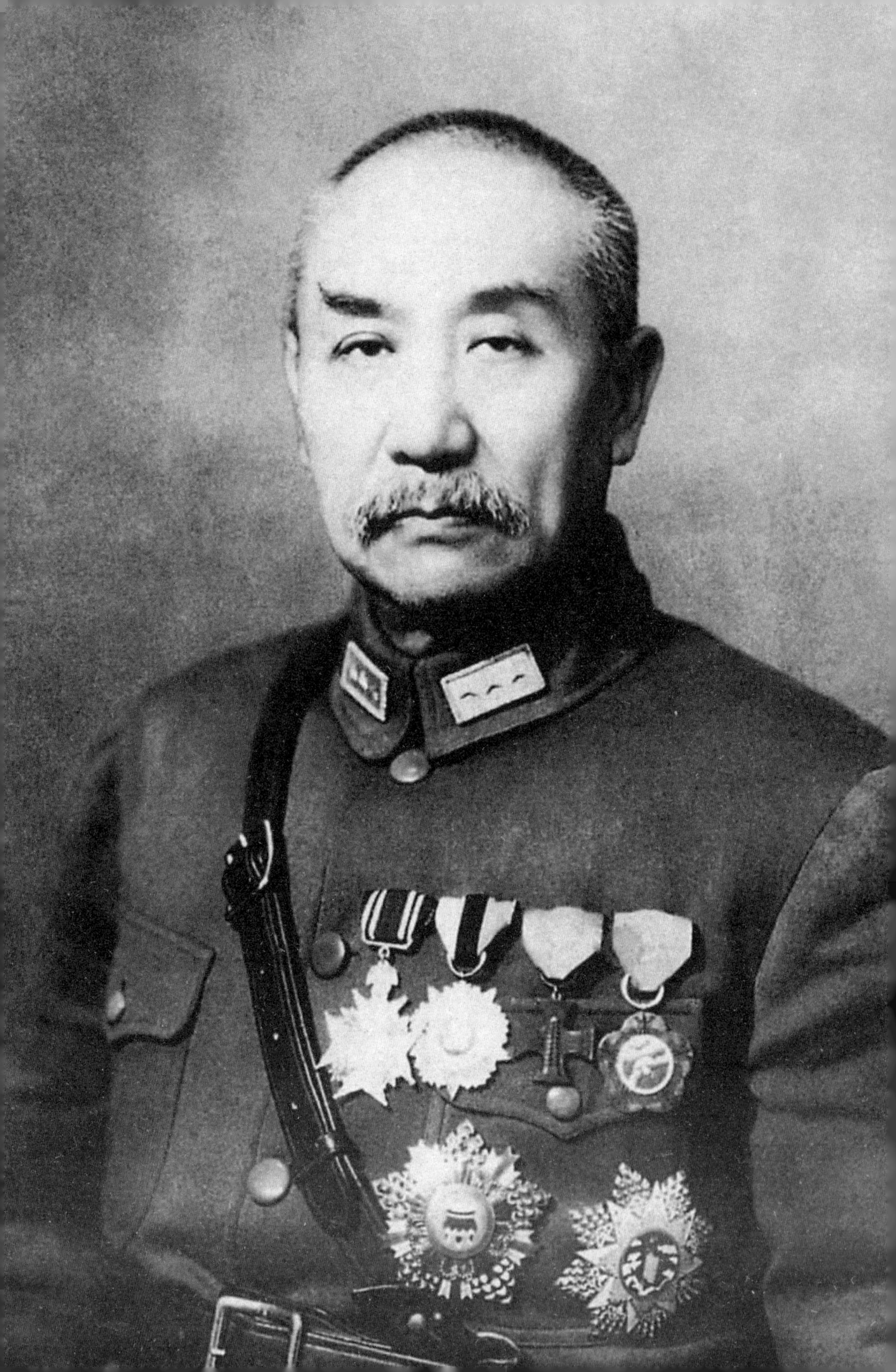

"十二月事变"

1939年12月1日，国民党顽固派发动第一次反共高潮，阎锡山集中6个军的兵力分三路进攻晋西隰县、教义一带的抗日决死队第2纵队和八路军晋西支队；在晋西北的阎军两个军进攻抗日决死队第4纵队；在晋东南的国民党顽固派军队进攻抗日决死队第1、第2纵队和八路军。八路军和抗日决死队在中国共产党的领导下，坚持自卫反击方针，粉碎了国民党顽固派军队的进攻。事变后，抗日决死队大部摆脱阎锡山的束缚，成为中国共产党领导下的人民抗日武装，并逐步编入八路军的战斗序列。

作了不到一个月的主席后，悄然离去，避往大连。一边过寓公生活，一边遥控指挥山西局势。在此期间，他得知自己的乡亲、永安村的徐向前，在鄂豫皖把蒋介石的王牌部队打得落花流水，从这个时候起，徐向前才真正在阎锡山的脑海里留下印象。

抗日战争爆发后，阎锡山被任命为第二战区司令长官。阎军曾积极抗日，在同日军的激烈作战中阎锡山损失惨重，实力大减。而在共产党领导下的隶属于阎锡山的第二战区的八路军和山西新军却在抗战中日益发展壮大。阎锡山对八路军的发展深感不安，为维持其在山西的统治地位，他与共产党的摩擦加剧。

1937年，徐向前跟随周恩来，参加了中国共产党同阎锡山的谈判活动。

在太原的阎锡山公馆里，阎锡山仔细端详着曾经是他学生的徐向前。周恩来首先对阎锡山积极抗战大大赞扬了一番，阎锡山则半开玩笑地对周恩来说："周公来山西也真会选人才呀，把我们五台同乡、又是我的学生徐向前带来与我会见谈判了？可不要带徐向前来挖我的墙脚啊。"

周恩来说："伯川先生把话说到哪里去了？我这次和向前一同来，是因为他是山西人，要他给我带路的。同时，向前又是伯川先生二战区八路军129师副师长，以后是你的部属了，特来拜会你的。还要请先生多多关照哩！"

阎锡山说："我阎某人，可不是个不通情理的人！"

< 抗日战争时期，时任第二战区司令长官的阎锡山。

自这次会面后，徐向前和阎锡山开始在山西合作抗日。1939年12月，阎锡山发动对山西新军的进攻，即"十二月事变"。此举立即遭到共产党的大力反击，阎锡山的阴谋不仅没有得逞，而且威信扫地。

为了重振队伍，巩固实力，阎锡山于1940年4月将第二战区司令部迁往山西隰县南村坡。由于南村与"难存"同音，阎锡山就把南村坡改为"克难坡"。把战区司令部驻地称为"克难城"。这样，一来表示要在不断克服困难中存在和发展的决心；二来表示"克去难存"便能住下去。他还把1940年命名为"克难年"。果真，阎锡山在这里一住便是5年，直到抗日战争结束。

抗日战争的后4年，徐向前的大部分时间是在延安度过的。在小砭沟、王家坪、联防司令部、柳树店和平医院和枣园，处处留下了他的身影和足迹。他和毛泽东不能说朝夕相见，也可以说经常相会。开会、谈话、一块儿视察，有许多难忘的日子。

正是在这些日子里，毛泽东更深地了解了徐向前，并最终决定让他回到家乡，和自己的同乡阎锡山进行最后的决战，而决战的地点正是那座历经无数兵燹的古城——太原。

2. 外侮已御，内战硝烟又起

1945年8月10日，在裕仁天皇的授意下，日本政府向苏、美、英、中四国发出乞降照会。8月15日，日本宣布无条件投降。这一消息让整个中国为之沸腾。

人群，到处是人群／感激传染着感激／欢喜传染着欢喜／人人都挺着胸脯／高高地举着火把……

这是著名诗人艾青看到的欢腾情景。

人们为胜利而欢呼。人们在为伟大的民族解放而欢呼。是呀，为了生命和尊严，为了幸福和和平，无数的中国人在战斗中流血牺牲，无数的中国人在战争中历尽艰辛，血泪斑斑的八年终于结束了，人民需要幸福，人民呼唤和平。

但善良的人民再一次遭到愚弄。

躲在峨眉山上消极抗日的蒋介石并不认为可以和平，面对日本的投降，他看到的只有利益：下山摘"桃子"的时机已经来了。

早在日本人乞降之前，蒋介石就曾让国民党政府军事委员会、军政部拟出一份接受"受降"的人员名单。

抗战时期的蒋介石。

国民党最高国防委员会副秘书长陈布雷

浙江慈溪人。1927年加入国民党。历任浙江省政府秘书长,省政府委员兼教育厅长,国民党中央党部秘书长,国民政府教育部副部长,国民党中央宣传部副部长等职。1935年后历任蒋介石侍从室第二处主任,国民党中央政治会议副秘书长,国民政府军事委员会副秘书长,最高国防委员会副秘书长等职,长期为蒋介石草拟文件。1948年11月12日在南京自杀。

当侍从室一处主任林蔚、二处主任陈布雷把拟好的名单送到后,坐在巨大办公桌后面的蒋介石仔细地看着每一个人的名字,精于权术和关系学的蒋介石认真地审识着名单上每一个人和自己关系的亲疏远近。

突然跳出来的一个名字,让蒋介石忍不住的心头火起——当他看到名单上有18集团军(八路军)总司令朱德的名字的时候,不禁抬起头瞪了林蔚和陈布雷一眼,然后不假思索地拿起笔,一笔将朱德的名字抹掉。

陈布雷没有想到蒋介石居然这样小气,便提醒说:"先生,中共参加抗日是先生同意过的,若无一人参加受降,恐怕不太好说。"

蒋介石扫了一眼陈布雷,说:"既然中共是规中央统一调度的,他们就应该服从中央的所有决定嘛。"

陈布雷涨红了脸,刚要再说什么,一旁的林蔚连忙使眼色制止了他,委婉地对蒋介石进言说:"先生,中共代表只有一人,加上为好,这样对内对外也可以说得过去。"

虽然侍从室的两个主任都说了话,但蒋介石根本没有考虑这一建议,反而在心里觉得自己的侍从室主任太不了解自己了,但又不能太生硬,于是敷衍地说:"那好吧,我再考虑一下,先让朱德等着好了。"

8月11日,也就是在日本发出乞降照会的第二天,蒋介石连发三道命令:

一是要国民党战区部队"加紧作战努力,一切依照军事计划与命令积极地推进,勿稍松懈。"

二是命令沦陷区伪军"维持治安,保护人民。非经蒋委员长许可,不得擅自迁移驻地。"

三是特地命令第18集团军(八路军)"该集团军所属部队,应该就原地驻防待命。政府对于敌军之缴械、敌俘之收容、伪军之处理及收复地区秩序之恢复,均已统筹决定,分令实施。为维护国家命令之尊严,属守盟邦协议之规定,各部队均勿再擅自行动。"

司马昭之心,路人皆知。很显然,蒋介石是要把中国共产党领导的八路军、新四军的手脚捆起来，让国民党独吞抗战胜利的果实。

中国共产党当然不会接受这个命令。华中和华北的大片敌后抗日根据地，都是中国共产党领导的八路军、新四军和游击队打出来的，如今胜利了，却不让他们去受降，这是不公平的，也是没有道理的。

对于蒋介石的这一手，住在延安窑洞里的中国共产党的领导人们早就有了提防。那个时候，中央领导同志都比往常更加忙碌。毛泽东本人干脆把办公室搬到了枣园的小礼堂，小礼堂周围放着一圈长条靠背木椅，来自各地的共产党干部就坐在那里等候他的指示。

早在日本发出乞降照会的前一天，8月9日，在毛泽东的窑洞里，一个特别的会议正在召开："由于美国人在太平洋战场的节节胜利，以及原子弹在日本本土的爆炸，很显然，日本人撑不住了。日本人投降是肯定的事，日本投降之后，蒋介石国民党政权一定会从重庆卷土重来。"周恩来平静地说出自己的判断，"到时候，他们就该再次'剿共'了。"

"蒋介石是一直视我们为眼中钉肉中刺的。"朱德接着说，"这次日本投降，正是他们大发战争财的时候，日本人来了，帮他整肃了各系军阀，现在再加上美国人的支持，他正好可以全力向我们进攻。"

刘少奇看着窗外的浓浓绿荫，不禁叹息："人民打了八年，逃了八年，做牛做马过了八年，蒋介石为什么就不能让人民喘息一下，给人民一个和平。"

"和平，绝不能寄希望于国民党。"一直抽烟的毛泽东说："国民党向来也没有考虑过人民的死活，他们只想着自己手头的利益，据说，蒋介石搞了一个受降人员名单，朱老总的名字让陈布雷他们给写上了，却生生的又让他蒋某人给划了下来，他就是要把我们赶到绝路上。"

"那我们就要和他较量到底。"周恩来说。

"不错，"毛泽东说，"应立即布置动员一切力量，向敌、伪进行广泛的进攻，迅速扩大解放区，壮大我军，并须准备于日本投降时，我们能迅速占领所有被我包围和力所能及的大小城市、交通要道，以正规部队占领大城及要道，以游击队民兵占小城。在日本投降实现时，我军对日军应令其在一定时间内实行投降缴械，缴械后可予以优待。否则应以各种方法迫其投降缴械。对伪军，则应令其立即反正，接受我之委任与改编，并指令防区驻扎，否则应即消灭之。"

毛泽东的这一番话，得到大家的一致认可，并立即整理出来发给各中央局、中央分局、区党委。

接着，毛泽东又和大家商定了具体的办法，同日24时，朱德总司令向各解放区抗日部队发布第一号命令：

《波茨坦宣言》

1945年7月17日至8月2日，苏联领导人斯大林、美国总统杜鲁门和英国首相丘吉尔在德国柏林近郊波茨坦举行会议，史称"波茨坦会议"。会议期间，部分与会国于7月26日发表了由美国起草、英国同意并邀请中国参加的一项国际宣言，其全称为《美中英三国促使日本投降之波茨坦公告》。公告敦促日本政府立即宣布所有日本武装部队无条件投降。

一、各解放区任何抗日武装均得依据《波茨坦宣言》规定，向其附近各城镇交通要道之敌人军队及其指挥机关送出通牒，限其于一定时间向我作战部队缴出全部武装，在缴械后，我军当依优待俘虏条例给以生命安全之保护。

二、各解放区任何抗日武装部队均得向附近之一切伪政权送出通牒，限其于敌寇投降签字前，率队反正，听候编遣，过期即须全部缴出武装。

三、各解放区所有抗日武装部队，如遇敌伪武装部队拒绝投降缴械，即应予以坚决消灭。

四、我军对任何敌伪所占城镇交通要道，都有权派兵接受，进入占领，实行军事管制，维持秩序，并委任专员负责管理该地区之一切行政事宜，如有任何破坏或反抗事件发生，均须以汉奸论罪。

时过零点，但枣园的灯光还在亮着，仿佛一颗耀眼的星辰在默默地闪光。油灯下，毛泽东正凝神思考，和国民党多年来的分分合合，显然现在是到了最后的阶段。数风流人物，还看今朝。今朝，日本投降了，国民党对待共产党的态度必将是穷凶极恶的。毛泽东觉得十分有必要对全党明确《关于日本投降后党的任务》："苏联参战后，日本已宣布投降，国民党积极准备向我解放区收复失地，夺取抗日胜利果实。这一争夺战，将是极猛烈的"，"我党应准备调动兵力，对付内战，其数量与规模依情况而定"。

∨ 1945年，斯大林、杜鲁门、丘吉尔在波茨坦会议上。

∧ 20世纪40年代,毛泽东在延安一次会议上作报告。

1945年8月13日，延安。

身穿粗布衣服的毛泽东表情严肃，台下坐着的干部们都在倾听他用浓浓湘音所作的演讲。

"人民得到的权利，绝不允许轻易丧失，必须用战斗来保卫。我们是不要内战的。如果蒋介石一定要强迫中国人民接受内战，为了自己，为了保卫解放区人民的生命、财产、权利和幸福，我们就只好拿起武器和他作战。"毛泽东的声音如洪钟大吕，在盛夏的延安回响。

台下掌声雷动，代表了最广大人民根本利益的共产党人，是从来都不怕任何敌人的，为了最广大人民的幸福，他们敢于和任何敌人战斗。

"针锋相对，寸土必争"，毛泽东题为《抗日战争胜利的时局和我们的方针》的讲演传遍华中华北及所有的解放区根据地。

同一天，毛泽东为新华社起草的题为《蒋介石在挑动内战》的评论，也通过无线电波传遍大江南北，在评论中，毛泽东严厉地批评了蒋介石的倒行逆施：

国民党中央宣传部发言人的评论和蒋介石的"命令"，从头到尾都是在挑拨内战，其目的是在当着国内外集中注意力于日本无条件投降之际，找一个借口，好在抗战结束时，马上转入内战。

根据中共中央以及毛泽东、朱德的命令，八路军、新四军、和华南各抗日游击队，利用自己处于抗日最前线的有利态势，迅即对华北、华中和华南地区日伪占领的大中城镇及交通要道发动大规模反攻，并配合苏联红军解放东北，拉开了大反攻的序幕。

3. 历尽战火，太原伤痕累累

8月10日，就在毛泽东撰写《关于日本投降后党的任务》时，同在延安的晋察冀分局书记、晋察冀军区司令员兼政治委员聂荣臻也致电晋察冀分局和军区其他领导人，要求全区部队立即向北平、天津、保定、石门（今石家庄）、大同、张家口、唐山、秦皇岛、承德、山海关等城市前进，准备接受日伪军投降。冀晋军区尽可能抽出两个团向太原逼近，配合晋绥军区部队夺取太原及其附近地区。

就在蒋介石发出三道命令的8月11日，晋绥军区部队向日伪军发出最后通牒，促令该区境内的日伪军立即停止作战行动，将全部兵员、武器装备、运输工具及其他作战物资，开具清单交给八路军，若是在限期内拒绝缴械，八路军即以违反命令予以军事惩处。同时，他们集中主力在冀晋、太行军区各一部配合下，分南北两线对太原、归绥（今呼和浩特）及同蒲路的日伪军发动进攻。

8月13日和8月16日，毛泽东两次以朱德的名义致电蒋介石，坚决反对他不让共产党领导的军队受降的命令。特别是16日的电报，口气强硬措辞严厉：一切同盟国的统帅中，只有你一个人下了一个绝对错误的命令。我认为你的这个错误，是由于你的私心而产生的，带着非常严重的性质，这就是说，你的命令有利于敌人。因此，我站在中国和同盟国的共同利益的立场上，坚决地彻底地反对你的命令……我现在继续命令我所统率的军队，配合苏联、美国、英国的军队，坚决向敌人进攻，直至敌人实际上停止敌对行为、缴出武器，一切祖国的国土完全收复之时为止。

国共双方剑拔弩张之即，蒋介石打出谈判牌。但重庆谈判只是一个幌子，蒋介石只不过是利用谈判争取时间，加快进攻。直到1946年6月，蒋介石在完成了大规模的内战准备后，立即一把扯掉他的"和平"假面具，撕毁国共两党签订的"停战协定"，以围攻中共中原解放区为起点，发动了对解放区的全面进攻，打响了全国规模的内战。为尽快赢得这场战争，国民党统帅部决定速战速决，以193个旅（师）约160万的兵力向山东、华中、晋冀鲁豫、晋绥，以及中原解放区发起全面进攻，企图在3至6个月内首先消灭关内各战场的解放军。

对中共的晋察冀和晋绥解放区，蒋介石早就虎视眈眈了。全面内战爆发后，针对这一区域，蒋介石的计划是：首先占领承德和冀东地区，尔后以主力夺取晋察冀解放区的首府张家口，控制平绥、同蒲铁路及平汉铁路北段，分割晋绥、晋察冀和东北解放区，然后，集中兵力分别消灭晋绥、晋察冀的共产党军队。

针对蒋介石的这一进攻计划，中共中央军委于6月19日发出指示：华北方面要首先消灭阎锡山各部，控制山西高原，使晋绥、晋察冀、晋冀鲁豫三个解放区连成一片。作战步骤为：第一步夺取太原、大同的同蒲铁路北段。第二步以晋察冀和晋绥军区主力会攻大同。第三步夺取正太路，相机攻占石家庄、太原。

> 时任晋察冀军区司令员兼政治委员的聂荣臻。

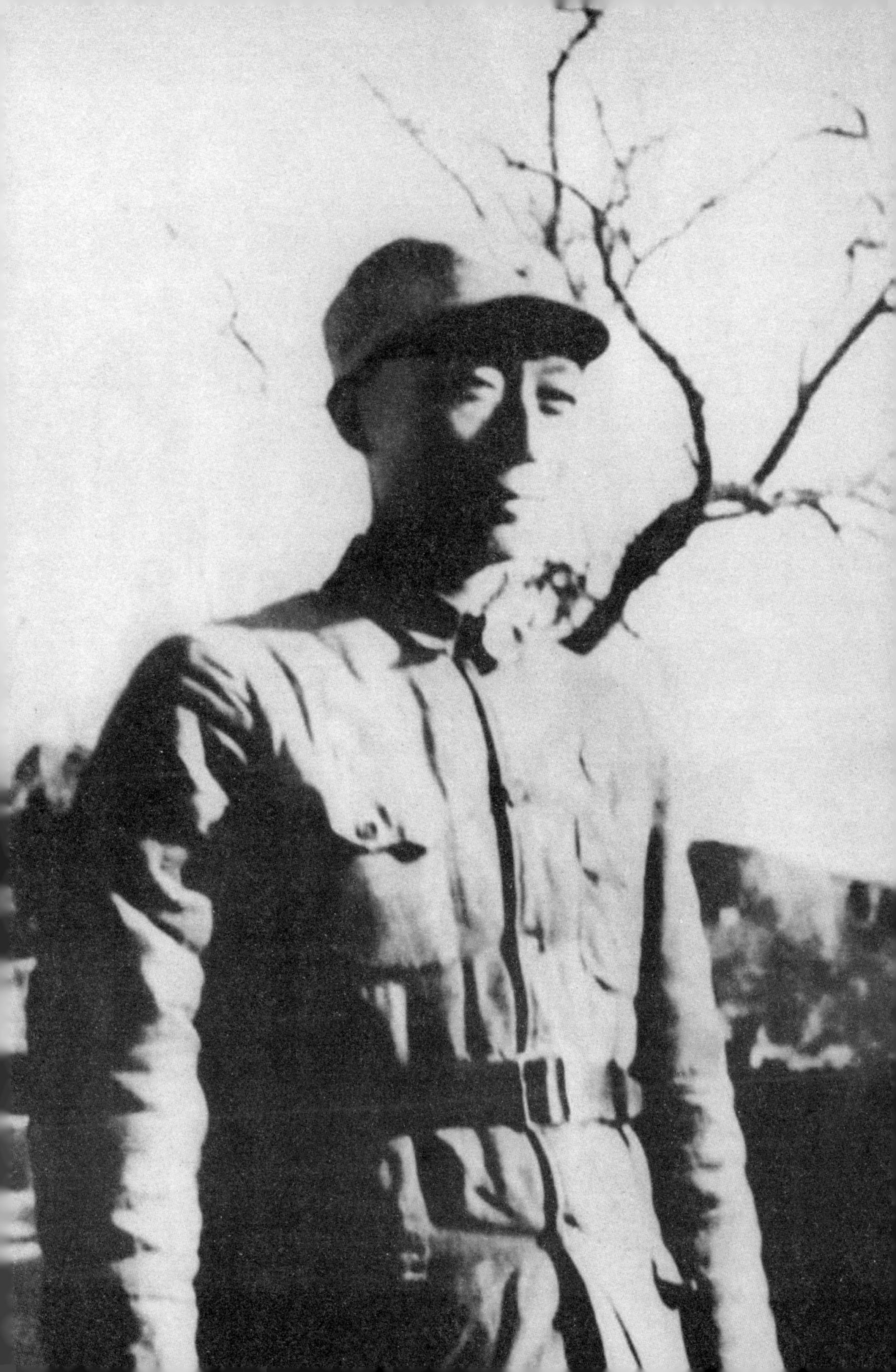

▽ 日本投降后，国民党军打着"收复失地"的幌子向我根据地大举开进。

太原，国共华北决战的最后战场。

太原，中国最古老的城市之一，是中国北方的一个军事重镇，同时也是著名的文化古城和商业都会。早在旧石器和新石器时代，华夏的祖先就在太原这块土地上生育繁衍，并且创造了灿烂的文化。太原古称晋阳，大约在公元前497年前，晋国公卿赵简子的家臣董安予创建晋阳古城。

公元前246年，秦始皇统一中国，分天下为36部，初置太原郡，郡置设在晋阳。晋阳也因此被叫做太原。公元前201年汉高祖刘邦为抵御匈奴，选派韩王信坐镇北方，改太原郡为韩国。公元前196年，汉高祖把雁北和太原郡划在一起，称为代国，封他的儿子刘恒为代王。晋阳又成为代国的都城。公元前180年，吕后死，周勃等人拥戴刘恒继位，他就是历史上有名的汉文帝。刘恒即位后，由于他念念不忘与其母出宫后生活了16年的晋阳城，称晋阳为"龙潜"之地。汉武帝时，将古九州之一的并州，作为其所置的十三刺史部之一，辖山西大部和河北，内蒙一部，治新城在晋阳即太原。

辛亥革命 ————————————————————————— ▶

1911年中国爆发的资产阶级民主革命，因该年以干支计为辛亥年，故名。它是在清王朝日益腐朽、帝国主义侵略进一步加深、中国民族资本主义初步成长的基础上发生的。其目的是推翻清朝的专制统治，挽救民族危亡，争取国家的独立、民主和富强。领导这次革命的是中国资产阶级的政党同盟会及其领袖孙中山。这次革命结束了中国长达两千年之久的君主专制制度。

从东汉末年到晋朝初期，并州的大部分地区被匈奴占据，仅剩晋阳附近的一些属县。公元581年隋朝建立。由于当时突厥称雄北方，为了抵御少数民族的侵扰，晋阳城成为北方军事重镇。隋文帝封他的次子杨广为晋王，驻守晋阳。公元605年杨广即位，史称隋炀帝。他把晋阳作为他的"龙兴"之地，在北齐晋阳宫外，又筑起了高4.29米，周围3.5公里的城墙，叫做新城，在城边修筑了高4.29米，周围4公里的"仓城"，并且又修建了一座晋阳宫。公元617年太原留守李渊及其子李世民，从晋阳起兵，攻入长安，夺取了隋朝政权，于618年建立了唐朝。由于李唐王朝对他们起兵的发祥地十分重视，对晋阳城不断扩建，原来的晋阳城主要在汾河西岸，称为"都城"或"西城"，城中有大明城、晋阳宫和仓城，唐太宗李世民又派人在汾河东岸筑起了东城。武则天在位时，并州刺史崔神庆又在东城、西城之间修建起了中城，正好跨在汾河之上。当时的都城与东、中城相连，称为太原三城。规模宏伟的晋阳——太原之城，成为唐朝的北方屏障。

由于太原地理位置十分重要，公元982年（宋太平兴国七年），宋太宗赵光义派三交都部署潘美在唐明镇的基础上，扩大范围，修筑城墙，兴建太原城。公元1023年宋仁宗即位后，对太原又进行了修建，1025年，为了防治汾水泛滥，在汾河东岸筑了长堤，并引水潴成湖泊，湖堤畔栽种了许多柳树，名曰"柳溪"，东山上长满道劲葱茏的古柏苍槐，称为锦绣岭。公元1060年修建了著名的晋祠圣母殿。1069年在东山根的马庄修筑了一座大庙芳林寺，两座寺庙东西辉映，游人香客络绎不绝。

公元1368年明朝建立后，把太原定为"九边"重镇之一。明太祖朱元璋封他的三儿子为晋王，驻守太原。晋王让他的岳父谢成对太原城进行了扩建。向东、南、北面扩展，建成了周围14公里，高约18米的城墙，外用砖砌，开8个门：东为宜春（大东门）、迎辉（小东门），南为迎泽（大南门）、承恩（首义门）、西为振武（水西门）、埠城（旱西门），北为镇远（大北门）、拱拯（小北门），城外城壕深10米，城头四角建角楼4座，小楼92座，敌台32座，使之成为"坚逾铁瓮"的城堡。晋王还在城内修建了宫城，富丽堂皇的王府宫殿，有三个大门："东华门"、"西华门"、"南华门"。宫城的外城墙叫东萧墙、西萧墙、南萧墙、北萧墙。萧墙内还修建了为晋王服务的各种设施，为举行祭祀的天地坛，管理膳食的典膳所，供游乐的花园杏花岭、松花坡等。晋王的王室分封为王，纷纷占地建造王府，为宁化府、临泉府、方山府、大小濮府等，还有钟楼、鼓楼、庙宇。到清代，太原城规划基本与明代差不多。

随着社会经济的发展和军事的需要，明代太原的兵器创造更为发达，城内奶生堂与半坡街的"镔铁坑"相传是明初锻铜作坊的遗迹。从宋代开始的烧陶器"官窑"，更为普遍。清朝中叶手工业有了较大发展，炼铁和硫磺生产也很发达。商业方面出现了封建性的同行会，形成了粮行、油面行、绸缎行等十大行业。许多街道以行业命名，如东米市、西米市、东、西羊市、估衣市、棉花巷等。与商业资本紧密相关的银钱业也曾兴隆一时。太原是明清两代的边防重镇，又逐渐成为北方的主要工商业都会。

1911年辛亥革命后，虽然创建了一些以军火工业为主的现代工矿业，修建了简易机场和南、北同蒲铁路，城区内也陆续出现了商店、饭店和公用设施，但城市和经济发展极为缓慢。尤其是当时正是烽火连天、战祸不断的战争年代，古城太原经济凋敝，民不聊生，一片萧条景象。抗日战争开始后，国民党太原守将傅作义只战了一天便撤兵，太原落入日本人手中。

1948年，刚从日本人的奴役中解脱又走进阎锡山魔掌的太原，又一次要面对惊天地泣鬼神的大厮杀。当然，这一次，他们将得到彻底的解放，因为，这一次，来的是人民的军队，是子弟兵，他们的统帅是山西人徐向前。

4. 晋北之战，美梦已到醒时

1945年8月，日本政府宣布无条件投降后的一天，延安和平医院。患了结核性胸膜炎的徐向前正躺在病床上看一份文件。突然，外面响起了脚步声，以为是护士来催吃药的徐向前，下意识地扭过头去看。但是，他看到的不是护士，而是一个伟岸的身影和一张熟悉的脸出现在他的面前，一股暖流从徐向前的心府涌起。

是毛泽东。毛主席亲自来看望他了。

护士扶着徐向前坐起来，毛泽东握着他的手说："向前同志，治疗得好吗？"毛泽东很器重徐向前的才华和品格，他一边说着，一边就在徐向前的床边坐下来。

徐向前十分动情地对毛泽东说："日本鬼子快投降了，让我再去打一仗吧！"

徐向前说的是真心话，作为一个久经沙场的将军，他渴望自己能在战场上为自己的信仰、为自己的国家和人民建功立业。再者，经过4年的延安整风，他联系自己投身革命以来的战斗经历，他也和全党一样更加认识到毛泽东是伟大领袖，特别是他的战略战术原则，善于把马列主义同中国革命实践相结合的智慧和高超的领导艺术，使徐向前深深敬服。徐向前戎马一生，不仅战功卓著，军事理论上也颇有建树。他到鄂豫皖不久，便于1929年末和其他同志一起提出了游击战术的七条原则，包括："集中作战、分散游击"、"敌进我退，敌退我进"等，与毛泽东等在井冈山斗争中创造出的游击战"十六字诀"可谓"英雄所见略同"；在川陕苏区，他运用的"收紧阵地"与中央苏区反"围剿"作战的"诱敌深入"也有相似之处；在冀南平原游击战中，他曾创造性地提出"人山"的思想，意即平原虽然没有山区那样的地形条件，但

∧ 1945年徐向前在延安。

∨ 1945年，毛泽东与朱德在中共七大主席台上。

可以动员人民群众使之成为游击队的"人山"——徐向前渴望自己能在战场上实践自己对人民战争新的理解和认识。

毛泽东亲切地劝慰徐向前，让他继续安心静养，"以后国民党是不会让你闲着的。"

徐向前在病房里一直都在关注着国内的局势。党的七大召开时，他因为有病在身没有去参加，可在病床上还是学习了有关的文件。此时，他已预见到中国的前途，便向毛泽东说："主席，你的抗日战争胜利后的时局和我们的方针报告我都看了。"徐向前认为，蒋介石一定会打内战，中国共产党所领导的军队一定要做好准备。

毛泽东说："我们争取不打内战，但蒋介石把刀架在我们的脖子上,"毛泽东用两个指头点了一下自己的脖子，提高了嗓音说，"我们也不怕。"

徐向前离开和平医院后,作为毛泽东的客人被安排住进枣园,他每天都坚持看文件、看电报、阅读毛泽东在抗战胜利后的几篇重要演讲。徐向前在枣园的日子里，有时同毛泽东、朱德等中央领导人一起散步，边走边谈论如何对付国民党向解放区军事进攻的问题。徐向前一谈起军事，一谈起打仗，就总是斩钉截铁地说："要打，就是要狠狠地打一家伙，对蒋介石不打是不行的。"毛泽东说："对！只有打，才能推迟内战的发生。蒋介石一定要打内战，我们也不怕。只有彻底消灭他，他才彻底舒服。"

与蒋介石，徐向前也有另外一层关系，作为黄埔军校

中共七大 ▲

1945年4月23日至6月11日，在延安举行。大会通过了毛泽东《论联合政府》的政治报告、朱德《论解放区战场》的军事报告和刘少奇《关于修改党章的报告》，周恩来在会上作了《论统一战线》的重要报告。大会决定了党的政治路线，选出了以毛泽东为首的新的中央委员会。这次大会为争取抗日战争和人民民主革命的最后胜利奠定了基础,成为中国共产党在民主革命时期的一次最重要的代表大会。

∧ 1924年5月，黄埔军校开学典礼主席台上。自左至右分别为：廖仲恺、蒋介石、孙中山、宋庆龄。

的第一期学员，蒋介石还是他的老校长呢。早年在黄埔军校读书时，蒋介石在与每个学生例行的单独面谈中问："你叫什么名字？"答："徐象谦。"问："你是什么地方人？"答："山西人。"问："在家干过什么？"答："当过教员。"机械的问答，使气氛十分尴尬。在蒋介石眼里，徐向前这种学生以后不会有什么出息，于是便挥挥手让他出去了。蒋介石怎么也不会想到，就是这个不起眼的黄埔生，竟然成了令国民党军队闻风丧胆的红军高级将领。当然，经过10多年的内战，徐向前对他的这位校长实在太了解了。他是不可能"放下屠刀，立地成佛"的死硬人物，内战是很难避免的。徐向前决心早

黄埔军校 ▲

　　正式名称"陆军军官学校"。第一次国共合作时期，孙中山在苏联和中共的帮助下创办的军事学校。1924年5月成立，校址在广州黄埔长州岛，世称黄埔军校。孙中山任校总理，蒋介石任校长，廖仲恺任国民党党代表。学校分步兵、炮兵、工兵、辎重兵、政治等科，学制6个月。1928年3月，迁往南京，更名为中央军事政治学校。周恩来等中国共产党人曾在黄埔军校担任政治领导工作和其他重要职务。

日康复，准备新的战斗。

1946年7月，徐向前在延安参加了中央召开的作战会议，讨论如何用正义的自卫战争粉碎蒋介石的进攻。在议到山西战局时，有的同志认为阎锡山在山西经营30多年，太原又是他的老巢，就解放军在山西的兵力，一时还难以攻下太原。

徐向前发表了不同的意见，他说："阎锡山虽然尚有20万大军在手，还有日军留下的顾问，但我们完全可以击败他，攻下太原，解放山西。理由是：第一，党中央和毛主席对蒋介石发动内战有充分思想准备，对形势分析准确，全党全军做好了应变的准备，常言道，忘战必危、有备无患，我们已为渡过战争初期的困境有了充分的思想准备。第二，我军已经控制了北起中苏、中蒙边境，南抵长江，西起陕甘宁边，东至海边的大片北方领土，既解决了战略靠背问题，又有广阔的机动回旋余地。各战略区几乎连成一片，从大势上，阎锡山已处在我军的战略围困之下。第三，全解放区人口已近两亿。我们的正规军120万人，地方武装和民兵200多万人，形成了晋冀鲁豫、晋察冀、中原、华北、东北、晋绥6大战略区，形成了正规军、地方兵团和民兵结合的人民战争体系。第四，蒋介石对形势的估计是盲目的，3至6个月'消灭共军'是一个狂妄的计划，指挥作战凡狂妄者必败，就同兵书上所说的骄兵必败是一个道理。"

徐向前的发言得到了毛泽东对他的赞赏，毛泽东诙谐地说："我们的向前同志不愧是黄埔的学生，'红埔'（指抗大）的校长，研究起战争来有板有眼。"

此时，徐向前并没意识到他将是解放全山西的总指挥，更没有意识到自己将要和阎锡山在太原进行最后的决战。

当然，阎锡山更没有料到，最后把自己赶出山西的也竟会是自己的同乡、自己的学生徐向前。

1946年1月，国共两党"停战协定"生效后，阎锡山便利用暂时停战这一有利时机，一方面加紧扩军，准备内战，妄图实现重新恢复旧日"山西王"的美梦，另一方面不断蚕食解放区，捕杀地方干部。从5月中旬起到5月底，阎部占领了汾东地区。6月中旬，又占领了晋北的崞县等12座县城。为打击阎锡山的进攻，中共中央军委电示晋绥野战军司令员贺龙、政治委员李井泉，要他们攻打朔县、宁武、山阴、岱岳等地。6月下旬，晋绥军区在兴县蔡家崖成立了

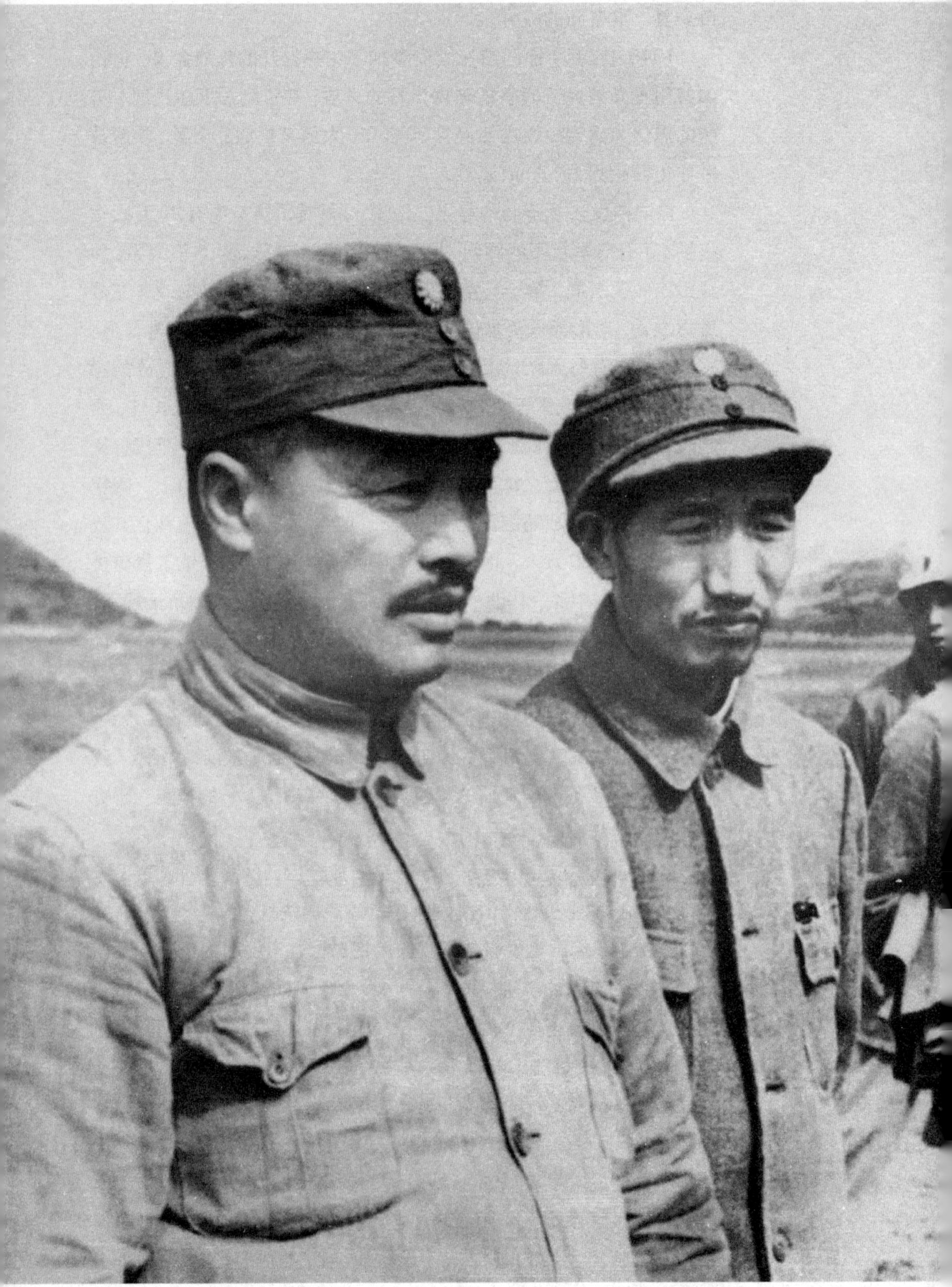

◁ 抗日战争时期,徐向前与朱德(右一)、贺龙(左一)等人在延安。

< 周士第，1955年被授予上将军衔。

V 准备开往晋北前线的我军部队。

晋北野战军司令部，由周士第担任司令员兼政委。6月16日，晋北野战军发起对朔县县城的攻击，晋北战役就此拉开序幕。

在朔县，晋北野战军攻城部队隐蔽迅速地摸到城下，突然搭起云梯，在守城之敌还没有反应过来之时就发起了攻击，打了阎锡山军队一个措手不及，只一天时间，就歼敌1,200人后，攻下了县城。之后，晋北野战军在晋北的雨季泥泞中坚持作战，这让阎锡山惊恐不安，不断地收缩调整兵力，把原平、五台、定襄、河边等地的守军迅速向忻县集中。当晋北野战军冒着大雨，涉过涨水的阳武河时，原平守军4,000余人已于前一天晚上抢修铁路乘火车南撤了。在晋北战役开始差不多两个月后，晋北野战军最终因为大雨没有攻下忻县。贺龙下令停止对忻县的攻击，因为战役任务基本完成，不必再对忻县多费时日。于是，8月15日，晋北战役正式结束。历时近两个月的晋北战役，共收复包括朔县、宁武等在内的9座城池，歼灭阎锡山部队8,600余人。

这个时候，阎锡山还远远没有意识到，他"山西王"的美梦已经遇到了"东方红太阳升"，他还不知道，天就要亮了，而他的梦终究是要醒来的。

战争宽银幕

❶ 我军涉水过河向前线进发。

36

❷ 我军某部正在急行军追击敌人。
❸ 我军某部正在涉水渡河。
❹ 我军某部跨过大河，向前挺进。
❺ 我炮兵在进行战前演练。

[亲历者的回忆]

任质斌
（时任中原军区副政治委员）

1946年初，国民党由于进攻解放区失利，全面大打尚未准备就绪，迫不得已于1月5日与我党签订"停战协定"，10日公布了停战命令。我中原解放军从全局出发恪守停战命令，即以宣化店为中心，就地停止待命。

"停战协定"是国民党用来玩弄缓兵之计的政治花招。所以在停战期间，国民党当局不断破坏"停战协定"，秘密下达作战命令，调动大军对我中原地区逐步包围进逼，实行经济封锁、政治破坏，中原内战危机日趋严重。

鉴于这种情况，党中央于2月18日指示中原军区争取合法北移。3月18日又指示争取移兵到皖东五河地区。为此，中原局和中原军区曾派出代表多次与国民党谈判，要求允许我中原部队和平转移到五河地区。……

1946年四五月间，国民党蓄谋发动全面内战的部署已基本就绪。在中原解放区周围，已调集了11个军、26个师30万人以上的兵力，成立了花园、信阳、潢川、商城4个指挥所，挖通战壕10万多条，构筑碉堡6,000余座，将我中原部队重点包围于不满60公里的狭小地带，妄图首先包围聚歼我中原解放军，然后再向华中、华北、西北解放区展开全面进攻。

——摘自：任质斌《中原突围的战斗历程及其战略作用》

★★★★★

聂荣臻

（时任晋察冀军区司令员兼政治委员）

"七大"前后，不断传来反法西斯战争的胜利喜讯。面对这种形势，大家议论得很热烈，心情非常高兴，都想很快回去，迎接新的革命高潮。

但在这种欢欣之中，又不免怀着一重忧虑。

因为在八年抗战中，蒋介石消极抗战，积极反共，始终没有放弃消灭共产党的狂妄野心，现在抗战胜利了，又有美国人的大量援助，他是不会善罢甘休的。

如果我们不做好准备，怎么能够完成党中央交代的任务呢？

——摘自：《聂荣臻回忆录》

第二章

陈兵太原城下

∧ 晋中战役时的徐向前。

运城、临汾连连失守，解放军直逼阎锡山的军粮基地晋中。阎锡山要抵抗解放军的战略反攻，保巢图存，首先得解决军粮问题。

虽然第1兵团在晋中作战有三大困难，但徐向前仍然把坚持消灭敌人数量提高到中央下达任务的两三倍。

因为徐向前的目光已经锁定太原，在平原上诱歼敌人，总要比攻城时来得容易些——前者好比吃肉，后者好比啃骨头。

1. 势如破竹，大军挺进晋中

1946年11月，国民党军胡宗南部准备偷袭延安，中共党中央准备撤离延安，病未痊愈的徐向前被安排和徐特立等一起到绥德去。告别延河，告别中央，是徐向前一直以来的想法，但他不是要到绥德，而是要去太行，太行山上，才是他建功立业的地方，才是他作为一个将军应该去的地方。

在绥德，徐向前梦里全是铁马兵河，烽火连天，但醒来一看自己仍然孤零零地躺在病床上。徐向前决定给党中央写报告，从清晨一直写到吃中午饭，徐向前力求把每一个理由都说充分，让中央觉得自己的确可以走下病床，到太行解放区去。

但徐向前的请求没有得到批准，还是因为他的健康状况不是很好。直到1947年夏天，徐向前才奉命到晋冀鲁豫军区任第一副司令员。到了年底，晋冀鲁豫的第8纵队就攻下了山西的南大门运城。

运城还在激战，徐向前、滕代远就开始考虑运城攻克后的下一个战役目标了。1947年12月29日，在前线指挥所的军用地图前，徐向前指着地图说，"我们的下一个目标最好是临汾。"

滕代远点点头说："对，临汾很重要，攻下临汾，等于攻下了太原的南大门。"

"那好，"徐向前说，"我来给中央军委起草一个电报，看军委什么意见。"说干就

国民党西安"绥靖"公署主任胡宗南 ————————————————▲—

浙江孝丰人，国民党陆军上将。黄埔军校第一期毕业。他是黄埔系第一个进衔陆军上将和战区司令长官的人。中原大战时，任国民党军第1师师长。1936年任第1军军长。抗日战争期间，任第34集团军总司令，第八战区副司令长官，第一战区副司令长官。抗战胜利后，任西北军政长官公署副长官兼西安"绥靖"公署主任。1947年率部进犯陕甘宁边分区，遭到人民解放军的沉重打击。1950年其残部被歼灭后去台湾。

< 蒋介石与胡宗南在一起。

干,徐向前很快就把电报稿起草好了。电报报告了他们运城作战的进度,并特别表明,攻下运城之后,他们第一个选择的目标就是临汾。当天,中央军委就给他们复电说:"攻克临汾对各方面(特别是对支持西北战争)极为有利。"

冬季休整之后,1948年2月17日,徐向前致电中央军委,提出"我们第一步作战计划拟攻歼临汾之敌。"但因为冰冻未解,军委建议其待各种条件完备时再攻不迟。这种情况下,徐向前计划在作战前普遍进行各种攻坚训练。训练内容大致是:"土工作业,连续爆破,破坏外壕,坑道作业,攻击碉堡群,地堡,打开城墙突破口,竖梯登城,巩固突破口向两翼发展,纵深战斗及炮工协同动作等。"

通过有针对性的训练,部队的作战能力大大提高,大家就都只等着一声号令了。

进攻临汾的时间定在3月10日,因为敌30旅要逃,提前了3天,各部队急驰临汾,8日,战斗由第8纵队率先打响。

运城失守,国民党丢失了晋东南的半壁河山,临汾成了整个晋南的一座孤城。运城失守,阎锡山可以不在意,但临汾却大大不同了,它自古以来就是襟带河汾、翼蔽关洛的军事要地。抗日时期,太原失陷后,国民党驻太原的军政官员一撤再撤,后来就是在临汾藏身的。临汾是晋中的桥头堡、太原的南大门,国民党要想保住晋中和太原,要想牵制晋冀鲁豫部队对西北战场的支援,决不能没有临汾。阎锡山看到了这一点后,立即作出了加强临汾防卫力量的决定,命令驻介休的第66师从晋中赶来增援。

由于阎锡山的调兵补充,解放军作战的难度加大了。但是,解放军的士气却没有因此而低下来，不但没有低下来，反而越挫越强，越战越勇。经过72个昼夜的奋战，5月18日，临汾最终被攻克，俘虏了敌防守临汾的三个主要人物——梁培璜、徐其昌、谢锡昌。

5月18日，解放军举行了入城仪式，在王新亭的陪同下，徐向前骑马进入临汾。临汾城里处处张灯结彩，迎接一个新时代的到来，群众热情地欢呼着，跳着，笑着，好似过年一样的喜庆和热闹。

临汾大捷，贺电纷至沓来。中央军委在20日的贺电中称："临汾经验，将为继续消灭阎锡山敌据点开展胜利道路，望于休整中总结此次战役经验电告。"

刚刚打过胜仗的徐向前，并没有被胜利冲昏头脑，摆在他面前的工作还太多：下一步的作战目标瞄向何处？部队新的编制体制调整后，自己应该怎么样让部队迅速生成战斗力？就在收到中央军委贺电的同一天，晋冀鲁豫军区和晋察冀军区正式合并，成立了华北军区。

∨ 时任晋冀鲁豫军区第一副司令员的徐向前在临汾前线。

∧ 临汾战役中,我军沿交通壕从爆破口冲上临汾城头。

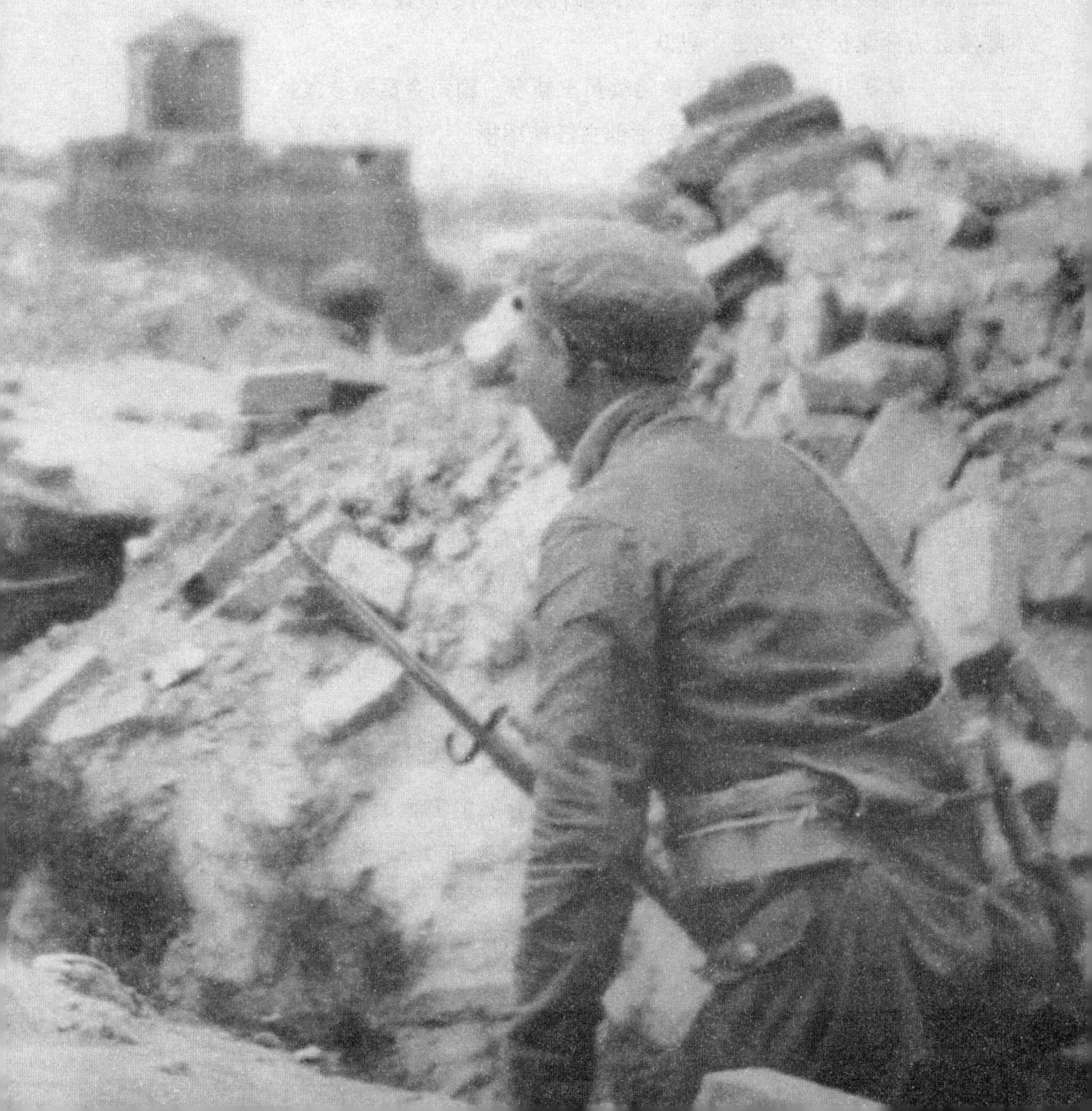

关于合并晋冀鲁豫军区和晋察冀军区，中央领导人早有打算。毛泽东于3月20日起草的《关于情况的通报》上说："目前我们正将晋察冀军区、晋冀鲁豫军区和山东的渤海区统一在一个党委（华北局）、一个政府、一个军事机构的指挥之下（渤海区也许迟一点合并），这三区包括陇海路以北、津浦路和渤海以西、同蒲路以东、平绥路以南的广大地区。这三区业已连成一片，共有人口5千万，大约短期内即可完成合并任务。这样做，可以有力地支援南线作战，可以抽出许多干部输往新解放区。"

华北军区成立后，聂荣臻为司令员，薄一波为政委，徐向前为第一副司令员。下辖第1、第2两个兵团。第1兵团由原晋冀鲁豫军区留在内线的野战部队编成，徐向前任兵团司令员兼政治委员，陈漫远为参谋长，下辖三个纵队：

——第8纵队，司令员兼政治委员王新亭、副司令员兼参谋长张祖谅、副政治委员周仲英、政治部主任桂绍彬，下辖：第22旅，旅长胡正平、政治委员王焕如；第23旅，旅长黄定基、政治委员萧新春；第24旅，旅长邓仕俊、政治委员王观潮。

——第13纵队，司令员曾绍山（未到职）、政治委员徐子荣、副司令员鲁瑞林、副政治委员袁子钦、参谋长白天、政治部主任郭林祥，下辖：第37旅，旅长王诚汉、政治委员张春森；第38旅，旅长安中原、政治委员杨绍曾；第39旅，旅长钟发生、政治委员王贵德。

——第14纵队，司令员韦杰、政治委员甘渭汉、副司令员石志本、副政治委员兼政治部主任甘思和、参谋长高厚良，下辖：第41旅，旅长曹玉清、政治委员丁先国；第42旅，旅长黄光霞、政治委员张希才。

8月，中央军委对华北野战军又进行了调整，将华北军区两个兵团编组为3个兵团，第1兵团除原有的第8纵队、第13纵队外，又将太岳军区各军分区所属的10个团编组为第15纵队，司令员刘忠、政治委员袁子钦、副司令员方升善、参谋长熊奎，下辖第43旅、第44旅、第45旅。第14纵队改为直属华北军区。

此时，解放战争已进入第三个年头，蒋介石的五大战略集团，被人民解放军分割在华北、中原、华东、西北、东北战场上，打得焦头烂额。晋冀鲁豫部队攻克临汾，杀出了威风，山西境内的敌人，处境愈加窘迫。徐向前下一步的作战目标，是北上晋中，野战歼敌，为攻克太原铺平道路。

晋中平原是山西的粮仓,是阎锡山的军粮供应基地。当时,阎锡山的兵力,除大同驻守一个师外,尚有3个集团军(5个军14个师)、3个总队、22个保安团、21个警备大队,共13万之众,盘踞省府太原及晋中的平川地区。

阎锡山虽然有十多万人的军队,但这些军队从大的战略角度上来看,却是处于解放区四面包围之中,形同孤岛。更为关键的一点是,假如晋中一失,粮秣无继,阎锡山的十多万军队势必会陷入不战自乱的窘境。

时近初夏,正是麦熟季节,晋中平川麦浪滚滚,丰收在望。

保粮、抢粮、囤粮,"保卫晋中"成为阎锡山实行战略防御的关键所在。

在太原,阎锡山经常长时间地盯着地图。在他的眼里,晋中,是一个巨大的粮仓。

阎锡山要抵抗解放军的战略反攻,保巢图存,首先得解决军粮问题。13万军队,以每人每天平均0.75公斤粮食计,每月即需耗粮292.5万公斤。如果加上城市居民的口粮,那又何止千万公斤!如此庞大的粮食需求量,对阎锡山的战略防御计划来说,无疑是最头疼的地方。所以,盘踞在晋中十几座县城里的阎锡山各部队,都挂出了"军食司令部"的牌子,各保安团、队也在正规军一部的掩护下,到其控制区去,执行"快割、快打、快交、快运"的抢麦计划。

一定要保住晋中,只有保住晋中,才能从根本上保证太原的防守。

< 时任华北军区第一副司令员兼第1兵团司令员、政治委员的徐向前。

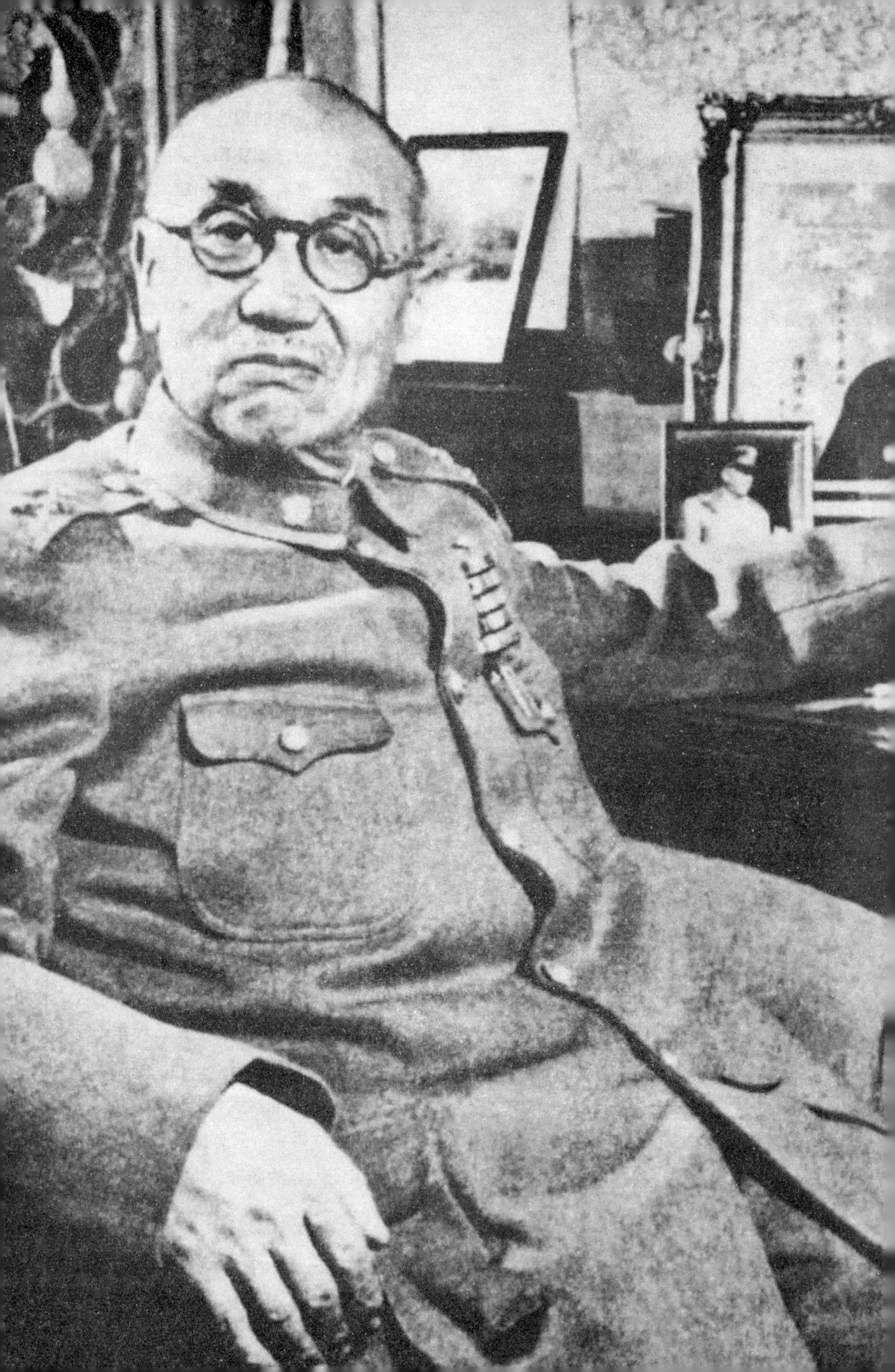

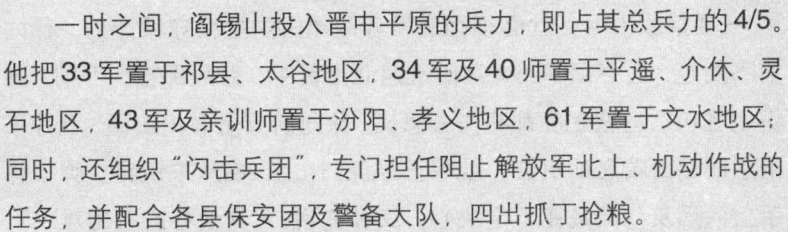

＜时任国民党太原"绥靖"公署主任兼山西省政府主席的阎锡山。

一时之间,阎锡山投入晋中平原的兵力,即占其总兵力的4/5。他把33军置于祁县、太谷地区,34军及40师置于平遥、介休、灵石地区,43军及亲训师置于汾阳、孝义地区,61军置于文水地区;同时,还组织"闪击兵团",专门担任阻止解放军北上、机动作战的任务,并配合各县保安团及警备大队,四出抓丁抢粮。

在战术上,阎锡山还提出"一跑万有,一跑万胜"的口号,要用"运动战"来对付解放军第1兵团的运动战。这位"土皇帝"的如意算盘是:抢粮、囤粮于手,巩固晋中,死保太原,熬到第三次世界大战爆发,美军在中国登陆,便可趁机反攻,卷土重来,"以城复省,以省复国",重温独霸山西的旧梦。

说阎锡山是做梦也不完全确切,毕竟在兵力上阎军要比第1兵团的6万人多一倍以上,武器装备要好,机动能力也强,有现代化的城防工事作依托,在战役战斗中第1兵团是很能形成优势地位的。

这也就是说,国民党和共产党,双方各具相对的优劣条件,谁胜谁负的问题,还没有解决。不经过一场大规模的决战,不大量消灭阎锡山的有生力量,便无法形成解放军的绝对优势地位,完成解放全山西的任务。

对于阎锡山的动向,徐向前早就看得一清二楚,他在兵团召开讨论战役计划的会议上说:阎锡山所谓的"十六字决"纯属无稽之谈,它实际上是"一事无备,东风不吹"。但是,我们对他的"一跑万有"的"跑"字,要十分注意。不要以为他出动那么多部队布防晋中,是要与我军决战。阎锡山最怕损失兵力。他出动的野战军,名为打仗,实际上是时刻准备着逃跑。我们的正确方针是抓住战机,不使敌人轻易跑掉。

2. 保卫麦收,必先消灭敌人

1948年的夏天是一个炎热的夏天。国共两党在西北、华北相持着。临汾战役的胜利使徐向前再一次威名远扬。刚刚转入战略反攻的人民解放军各战略区,都看上了徐向前和他率领的第1兵团。

在西柏坡，毛泽东先后接到西北和华北方面的电报：华北方面要求第1兵团协助打傅作义，西北方面要求第1兵团协助打胡宗南。

毛泽东看着摆在案头的电报，陷入沉思。

"要解放山西，就必须彻底粉碎阎锡山的抢粮守城计划。徐向前不能走，他必须率第1兵团迅速北上晋中，歼敌保粮，否则，临汾之胜包括运城之胜都将失去意义。徐向前要是撤离山西，就等于给了阎锡山喘息的机会，就等于纵虎归山。"毛泽东说完，弹了弹手上的烟灰，像是在下定决心，又补充说："其他各区有困难，可以再想办法，但徐向前决不能动。"

"对，"周恩来说，"第1兵团的任务就是固定在晋中打阎，直至攻克太原为止。"

"现在就立即北上晋中作战，徐向前还是有很大困难的，"一直在倾听的朱德总司令慢慢地说，"首先，阎锡山的兵力多，装备好，工事坚固，机动力强，占优势地位。阎锡山在晋中共有兵力共计13万人，而第1兵团只有46个团，约6万人。"

朱德说完，大家都点头，于是朱德又接着说："其次，第1兵团经过两个多月72个日夜苦战攻坚临汾的消耗，相当疲劳，亟待休整。同时，部队新，干部缺额大，缺乏大兵团野战经验，也是明显的弱点。"

"还有，平原地区，烧柴极缺。"朱德再次说完，刘少奇补充说："向前同志有过一个粗略的统计，北上晋中作战，如出动部队、民工10万人，每日做饭烧水，至少需耗柴15万公斤。平原不同于山地，老百姓自身烧柴都十分困难，哪来如此多的柴禾供应军队呢？"

是呀，部队不是铁打的，任何部队作战，都要有一个休养补充的过程，而任何部队要想取胜，都必须有事关战争的各个方面的优势条件。

"这样吧，通知华北局，"毛泽东最后说，"考虑到第1兵团的实际困难，在要求他们积极保粮，粉碎阎锡山抢粮守城企图的同时，只要求他们歼敌一至两个师即可。"

"对喽，"朱德总司令点着头说，"只要把粮卡住就行了，没有粮，太原就是一座死城，等各种战略准备再充分一些的时候，打起来反而容易一些。"

军委及华北局对第1兵团晋中的作战要求传到部队后，徐向前却觉得任务太轻，主要是歼敌数量上，要求的太少。经过再三考虑，徐向前提出超额两三倍的歼敌计划，并提交兵团作战会议讨论。

徐向前的发言刚刚结束，台下立即出现了热烈的讨论声。赞同徐向前的人有，但更多的人认为徐向前的"胃口"过大，在刚刚结束临汾大战的情况下，还是相机歼敌一至两个师比较稳妥。况且，这个数字，正是军委体谅部队难处所作的决定。

等大家的发言结束后，徐向前再次发言，他从座位上站起来，诚恳地说："晋中战役不是最后的战斗，在晋中的作战，是为解放太原创造条件。应尽可能利用野战的机会，诱敌决战，消灭敌之有生力量。歼敌愈多，解放太原便愈加顺利。如果，放弃现在诱敌而歼的机会，将来敌人都跑到碉堡里了，我们再想打就没有那么容易了，现在一枪可以打死一个敌人，到时候，他们缩到碉堡里后，我们三枪也难打死一个。"

徐向前的话刚说到这里，台下立即又讨论起来。

徐向前伸出手制止大家的议论，接着说："敌人以4/5的兵力分散在晋中平原抢粮运粮，正给我们可乘之隙。我以6万之师北上，运动作战，分两次吃掉敌人4至6个师，完全有可能。部队虽缺乏大兵团作战经验，但士气旺，能吃苦，听指挥，守纪律。关键在于计划周密，指挥得当。加之山区群众经过土改，支前积极性很高，地方党组织一二十万民工支前，运送粮食、弹药、烧柴，问题不大。晋中群众对阎军恨之入骨，亦容易发动起来，保卫麦收，配合我军作战。"

大多数的同志都认同了徐向前的看法，于是徐向前笑着说："我们打野战，好比吃肉；攻城，好比啃骨头。现在敌人为了抢粮，四面出动，肥肉送上门来，我们不妨狠咬几口，吃他几个师，免得将来费时费力去攻坚城池，啃硬骨头。这笔账要算一算，有便宜就得赚哪。"

就在徐向前以为全体通过自己的战术思想时，突然有人站起来说："我军尚未有过如此大规模的运动作战，而且经过临汾之战又确实疲劳，想起来打敌人是让人兴奋的，但我们会不会吃不掉敌人反被敌人吃掉，我个人还是力主打敌一至两个师。"

战前有争议，是好事而不是坏事，可以帮助指挥员更缜密地去分析判断情况，权衡利弊，定下决心。但不能老是就一个问题绕圈子，讨论来讨论去下不定决心，听完这位同志的发言之后，徐向前示意他坐下，然后，他十分严肃地对大家说："讨论到此结束，该声明的理由我都已经声明，而且我认为我的分析是透彻的，现在战机紧迫，就按歼敌4至6个师的目标进行战役部署，错了由我负责。"

6月4日，也就是第8纵队召开解放临汾庆功的那天深夜，徐向前就晋中战役的具体部署报告中央军委：第一步，以分进合围态势，北上晋中，割裂阎军防御体系，斩断交通，分割包围其要点，肃清外围，清剿地方杂匪，确保晋中麦收。第二步，相机攻取某些要点，诱敌主力与我决战，在野战中求得灭敌主力一部，以达削弱阎军实力，缩小敌占区，为攻取太原创造有利条件的目的。整个战役的重心，要求放在消灭敌人有生力量上，力争给敌以致命性的打击。各部队据此深入动员，积极进行思想上、战术上、物质上的准备。烧柴问题，由地方党动员和组织太行、太岳、吕梁山区的群众，筹集运输，以保证作战部队的需要。

6月9日，第1兵团发布了晋中战役的命令：

以晋绥二、六分区部队归彭绍辉、罗贵波指挥，本月13日进至太原以北，切断忻县至太原间铁路，并向太原逼近，保卫忻县至太原铁路两侧地段之麦收；

以吕梁集团，本月19日进至文水、交城地区，切断太原至汾阳交通，拔除该地区外围的必要据点，压缩敌于少数孤立据点之内，以确实控制文水、交城、汾阳、孝义及清源之平川地区，保卫麦收；

以太岳集团，本月13日逼近介休、灵石地区，寻机拔除该地区外围若干据点，相机攻取灵石，并切断平遥至灵石间铁路；

以晋中集团（太行二分区和北岳二分区部队组成），由萧文玖指挥，本月19日逼近榆次至太原、榆次至太谷间的交通线，破坏铁路、公路及桥梁，保证太原之敌不能向祁县、太谷增援，并派零散小部队插入徐沟、榆次、太谷三角地区，保卫麦收；

以第13纵队，本月19日拔除子洪地区敌据点，而后攻歼东观之敌，切断太谷至祁县铁路，主力集结于太谷以南东观地区，机动待战；

以第8纵队，本月19日拔除平遥以东以南外围据点，另以一部切断祁县至平遥间铁路，主力集结于平遥以东地区，机动待战。

战役发起的时间，预定为6月20日。

据此，各部队开始行动，徐向前带梁军、任白戈、廖加民、刘凯、杨弘等指挥所的同志，暂去长治。同时，派周士第同志去西柏坡，将上述战役计划和行动部署，向党中央和华北局作汇报。毛泽东接到第1兵团的计划及行动部署后，十分高兴，在毛泽东的眼里，徐向前是能文能武的，特别是"保卫麦收"口号的提出，真是精当无比。为此，毛泽东指示：

（一）"保卫麦收"这个口号很好，可以动员广大人民参加。晋中人民要收麦子，阎锡山要抢麦子，这是一场严重的斗争。

（二）战役的重心，要放在消灭敌人方面。只有消灭敌人，才能更有效地保卫麦收。

（三）敌人要抢粮，就得出动，便于你们在运动中消灭之。阎锡山还有14座县城，只要打掉它一两个，敌人就慌了，下面的文章就好做。

毛泽东的这些指示，进一步明确了晋中战役的指导思想，促进了第1兵团领导认识上的统一，使他们都能放开手脚北上作战。接到毛泽东的指示以后，徐向前要求各部队提出"消灭敌人就是最有效地保卫麦收"的口号，鼓舞一线指战员的战斗精神。

徐向前出兵晋中，与数量和装备均优势于己的敌军作战，必须以奇制胜。在战役发起前，徐向前制造了一系列假象，以迷惑敌人。他组织了一些地方，佯作解放临汾的兵团主力部队，进军风陵渡，并在该地发动群众，征集船只，摆出要准备西渡黄河的姿态。同时又释放一批俘虏，让他们放出徐向前部队主力将支援西北战场作战和东进豫北攻打安阳的消息，使敌人以为第1兵团主力不会马上推进晋中，以此来麻痹敌人。

在战役部署上，徐向前将吕梁、太岳部队放在西、南面，令其首先出动，迷惑和吸引敌人西向；把主力8纵、13纵，隐蔽开至太谷、祁县、介休、平遥南侧山区，乘虚突进汾河以东的平川地区，创造战场，机动歼敌。

把守晋中南大门的敌军，是阎锡山的精锐"闪击兵团"。该兵团由敌第34军、43军、61军各一部及亲训师、亲训炮兵团组成，共13个团，归34军军长高倬之指挥。6月11日，吕梁军区一部过早暴露，出现在汾河以西的汾阳、孝义间高阳镇地区；太岳部队沿同蒲路北进，13日攻占灵石。阎锡山闻讯后，急令"闪击兵团"分路从平遥、介休、汾阳、孝义出动，以所谓"藏伏优势"和"三个老虎爪子"的战术，扑向高阳镇，企图聚歼吕梁部队。吕梁部队英勇拒敌，打得相当艰苦，利义村一战，他们向国民党第34军一部反突击,因战斗队形及火力未组织好,吃了亏,伤亡约七八百人。

西边战斗打响后,徐向前即率兵团指挥所提前离开长治,火速向子洪口一带进发。子洪口是从东山进入晋中平原的门户,距祁县仅15公里,这一带地形复杂。顺昌源河谷,两侧群峰耸立,是晋东南通往晋中的孔道。白晋公路经长治盆地入山,越过沁县北面的分水岭、来远镇,依着河的东岸前行,沿途悬崖峭壁,直至子洪口,才豁然开朗,一片晋中平原就在脚下。13纵准备从这里突破,直下祁县。

鉴于敌"闪击兵团"已扑向高阳镇地区,平遥、介休、祁县一带兵力空虚,兵团决定,主力提前一天于18日出动,直下平川,诱敌回援,争取在平、介地区首先歼敌第34军。要求部队特别注意集中兵力,形成拳头,保持战斗中的优势地位,隐蔽动作,突然袭击,讲究战术,各个击破,加强通讯联络,密切协同配合;组织游击兵团,担任破坏交通运输、打击分散孤立之敌、发动群众配合主力作战等任务。总之,要坚持集中优势兵力,有把握、有准备的各个歼灭敌人的方针,务求初战能取得几个中、小歼灭战的胜利,以奠定进一步打大歼灭战的基础。

6月18日,晋中战役开始。8纵、13纵相继发起攻击,拦腰侧击介休至祁县间的山口各据点,连克菩萨村、元台沟、东西泉、岳璧、北汪、乙金庄、原家庄、段村、洪山等地,绕过敌子洪口要塞,直下平、祁地区,迫近同蒲铁路,切断敌军北逃的退路。与此同时,吕梁部队在神堂头地区发起反击,以两个团的兵力歼敌第70师大部,毙敌师长侯福俊,乘胜北进,继续牵制敌军。其余北面的部队均按计划向忻县至太原、榆次至太原间破袭,攻敌据点,断敌交通,迷惑和牵制敌人。

第1兵团主力突然从祁、平间突入晋中腹地,打乱了敌人的部署。阎锡山急令"闪击兵团"回援,并要榆次、太谷所部南进,与回援祁、平的属下靠拢。第1兵团于是决心乘敌运动,围歼"闪击兵团"主力第34军于平遥、介休地区。徐向前当即命令吕梁部队一部进行追击,8纵及太岳部队进至平、介东侧堵截,13纵进至祁县以南、洪善以东地区阻击南来之敌。徐向前率兵团指挥所随8纵行动。

第1兵团张网以待,国民党第34军并没有自投罗网,而是从汾阳以东渡河,直插平遥县城,敌亲训师及亲训炮兵团则返回介休。

> 我军围歼张兰镇之敌。

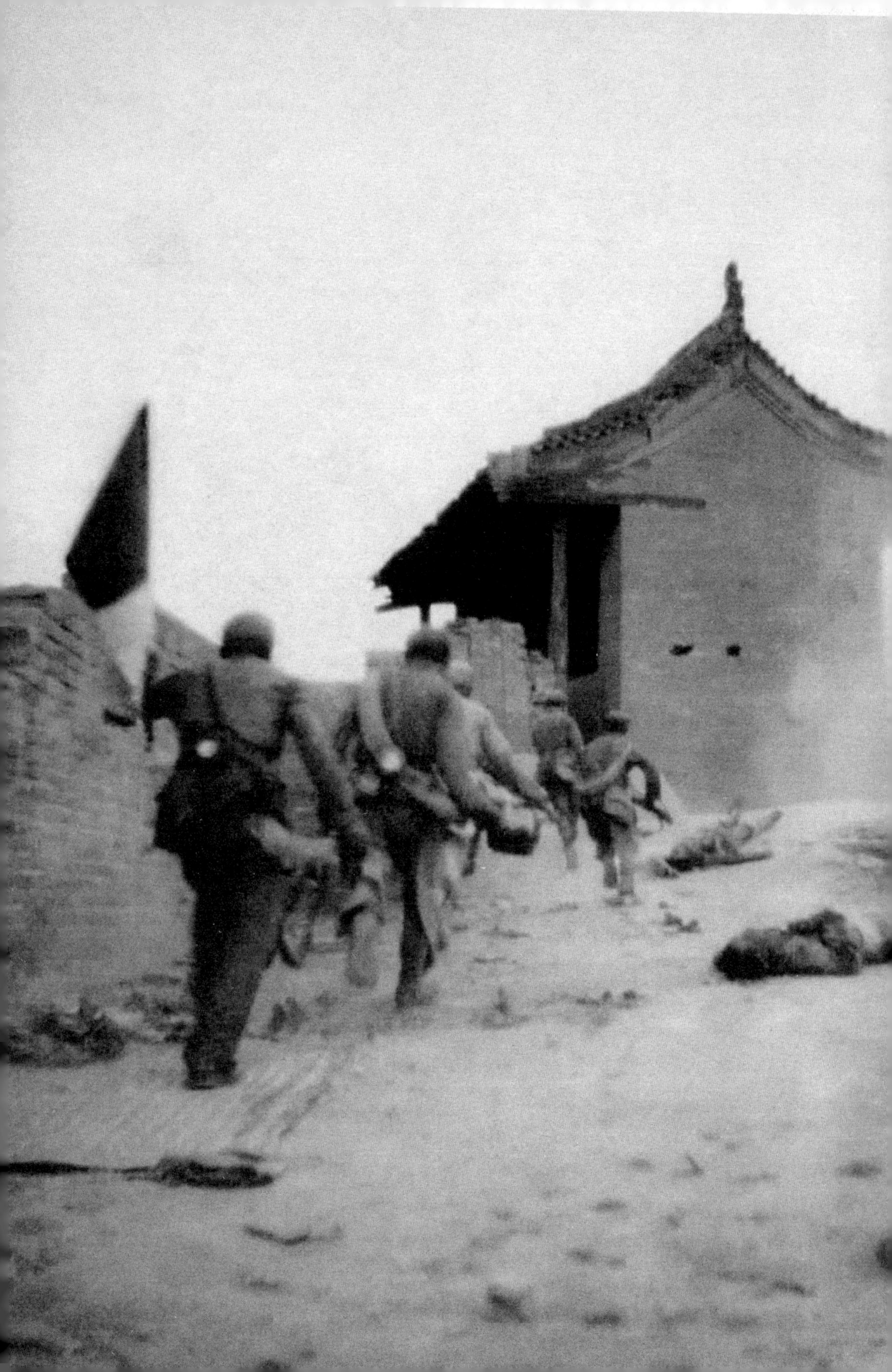

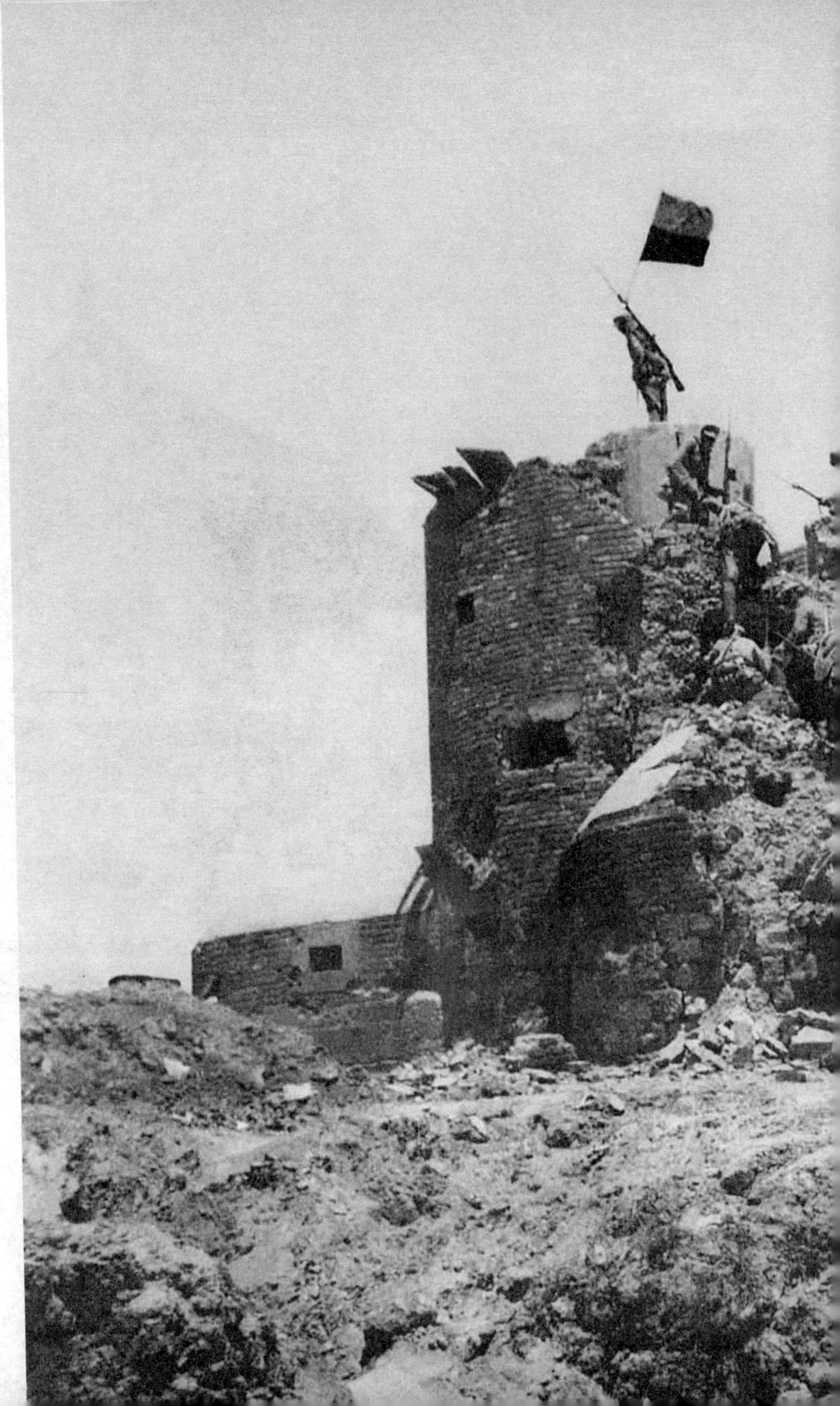

∧ 我军一举攻克被阎锡山吹嘘为"金刚岭"的晋中门户——百狮岭。

3. 预设战场，等你自投罗网

21日，阎锡山的"亲训师"、"亲训炮兵团"由介休向平遥开进，至张兰镇地区，被8纵及太岳部队包围，激战三小时，阎锡山的这两支"亲训"部队大部被歼，其中有一部突围至张兰镇内后，也未逃脱被歼灭的命运。"亲训师"和"亲训炮兵团"是阎敌苦心经营起来的"铁军"，由日本军官担任顾问、教官，全新装备，具有相当强的战斗力，他们的被歼，犹如阎锡山的一只"老虎爪子"被完全斩断。这一仗，解放军共歼敌7,000余人，缴获山炮24门，重迫击炮12门。

23日早8时，阎锡山军队19军军部及40师由平遥北上，行至洪善车站，因接受"亲训师"被歼的教训，惟恐再中埋伏，便就地构筑工事，装作防守的模样。中午，他们离开铁路分三路转向西北，企图绕路开向祁县。由于汾河水涨，吕梁部队没能及时东渡阻击，让敌40师的一个团及太原民卫军乘机窜入祁县，其余的被压缩到北营村内，遭预伏在那里的13纵包围，经彻夜激战，歼敌大部。尔后将余敌压缩在北营村的角落里，集中炮火猛烈轰击两小时，发起总攻，迅即解决战斗。这一仗，解放军又歼灭了阎锡山的19军军部、40师师部和两个团，共3,000余人，并俘虏了19军参谋长李又唐，19军军长温怀光和40师师长曹国忠带领少数人逃回平遥。

阎锡山遭此重创，很不甘心。远在南京的蒋介石，也极力给阎锡山打气，要他死保晋中，"大胆决战"。阎锡山遂派其第7集团军中将司令官兼野战军总司令赵承绶出马，来南线指挥作战。25日，赵承绶令高倬之率34军两个师，由平遥北上；沈瑞率33军两个师，由祁县南下，日本军官晋树德率第10总队，由榆次开抵东观，企图在祁县、平遥以东地区，与第1兵团决战。徐向前决心诱敌深入至洪善以东十余里的阎漫、郝温、桑城、府底一带，相机歼敌，重点消灭敌第34军。具体部署是：以13纵位于中梁监视东观之敌；太岳部队插洪善、平遥间，监视平遥之敌，8纵一部插洪善、祁县间堵溃打援，主力则从平遥东山北依涧正面出击；吕梁部队位于汾河

> 我军某部追歼逃往太原之敌。

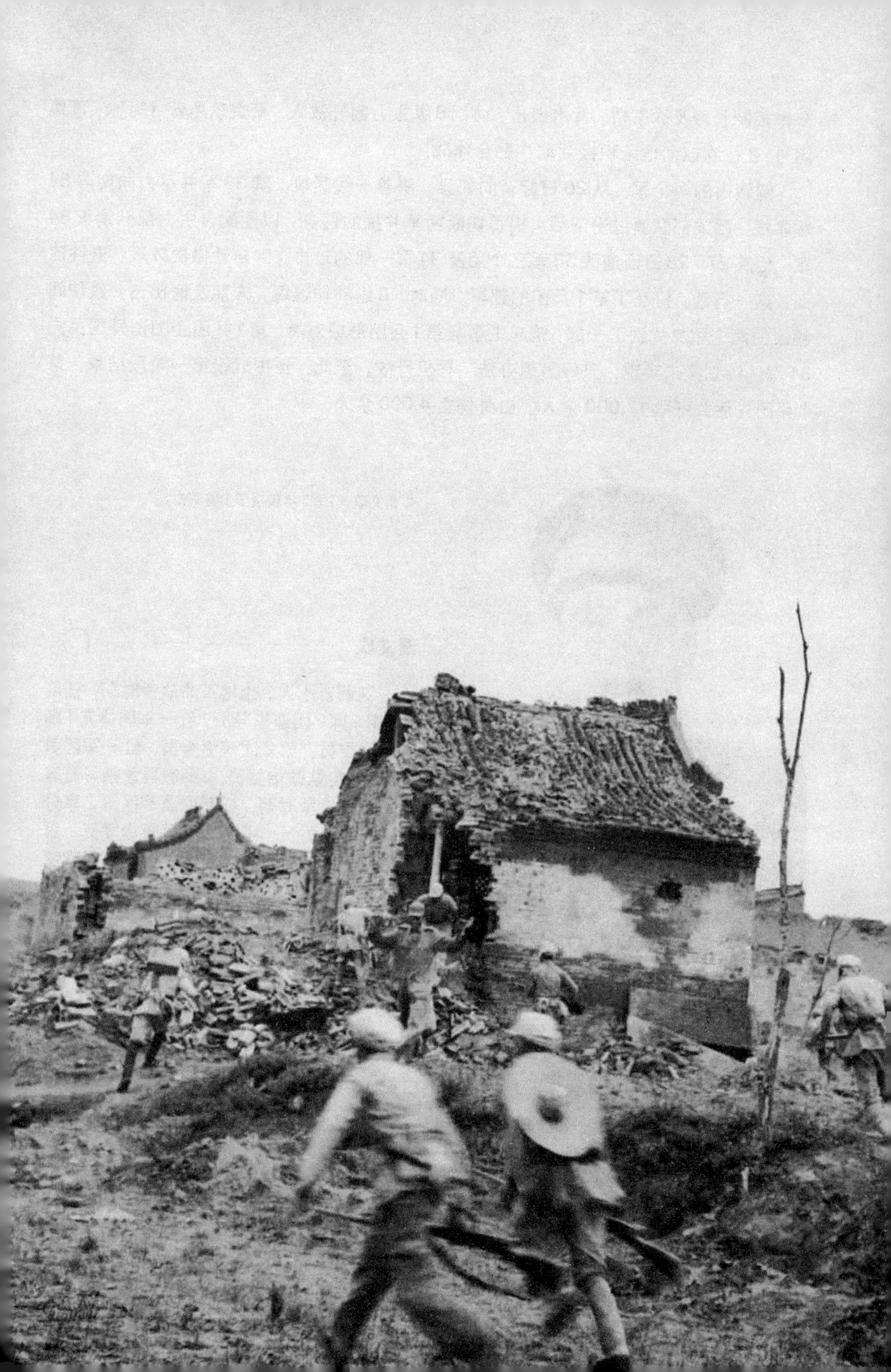

东岸控制长寿及徐家桥,背水出击,协同8纵主力割歼敌人;萧文玖所部(简称"萧集团")在榆次以南地区积极活动,配合作战。

阎锡山的两个军,从26日起,向祁县、洪善一线猛攻,其33军并尽力向南与34军靠拢。吕梁部队渡过汾河后,担负切断两军并拢的任务,以便配合主力部队消灭34军,但在27、28日因遭敌33军三个团及34军一部的攻击,即自动撤出阵地,退往河西。这一行动,打乱了第1兵团的部署。同时,8纵动作迟缓,未能及时出击,致使阎锡山的两个军靠拢到了一起,筑起工事与第1兵团形成对峙。第1兵团企图诱歼国民党34军的计划又未实现,只好另想办法,寻机歼敌。至此,晋中战役第一阶段结束,第1兵团先后共歼敌17,000余人,自身伤亡4,000余人。

< 萧文玖,1955年被授予少将军衔。

萧文玖 ———————————○—

江西吉水人。土地革命战争时期,任红3军第9师2团连指导员,红一军团补充1师营政治委员,第2团政治委员,红一军团第2师无线电队政治委员,2师教导营指导员等职。抗日战争时期,任晋察冀军区第2军分区4团政治委员,平西军分区政治委员,第11军分区司令员。解放战争时期,任晋察冀军区第2纵队5旅旅长,第7旅旅长,北岳军区副司令员,山西省军区副司令员。

阎锡山的第33、34军在平、祁地区与第1兵团形成对峙,为调动敌人,各个击破,第1兵团迅即制定了第二阶段的战役部署。此时,北面的榆次、太谷、徐沟、祁县地区,敌人守备薄弱,战场较宽,麦收正在进行。第1兵团决心以主力北上,在该地区保卫麦收,断敌粮源,诱敌出动,野外围歼。具体作战部署是:以太岳部队并萧集团攻歼太谷守敌,破袭榆太铁路;吕梁部队袭取徐沟;8纵主力控制祁太铁路以南地区,以一部攻歼东观守敌;13纵主力集结东观以南地区,以一部破袭祁太铁路;孙(超群)张(达志)集团(7个团,晋绥军区部队)切断黄寨至太原的铁路,威胁太原,牵制阎军第68、49师南援。如赵承绶集团由平、祁向太谷增援或回窜太原,第1兵团就集中8

纵、13纵、吕梁部队及太岳部队一部共9个旅的兵力,在祁太铁路南北地区消灭之。作战时间,定于7月1日黄昏开始。

这一部署的重点,是拦头切断敌人逃往太原的通道,在预设战场,聚歼敌赵承绶集团。第1兵团报告军委后,军委很快就复电完全同意,并说"部署甚好"。

当时正值六七月,烈日炎炎,战地似火。部队连续行军作战,体力消耗很大,减员甚多。但为争取时间,创造战机,第1兵团令各部队加强政治思想工作,发扬吃苦耐劳精神,克服一切困难,按既定部署行动。时间就是胜利。第1兵团要和敌人抢时间,迟一步就会失去制敌的先机,让敌人溜之大吉。8纵司令员兼政委王新亭打来电话给徐向前说:"大家实在走不动了,能不能休息两天,缓一缓劲再走?"徐向前丝毫没有商量的余地:"不行,现在不是休息的时候,走不动爬也要爬到指定位置上去!"

为了有效制敌,断敌交通也是第1兵团迟滞敌人、防敌北窜,争取时间,创造战机的重要手段。晋中平原,地势狭长,中间有同蒲铁路直贯南北,赵承绶集团占据着一系列县城和铁路沿线据点,既可固守,又利运动集结。如果他们打不赢,一昼夜之间,便能逃之夭夭,窜回太原。在这种情况下,大力破袭铁路,控制沿线重要据点,便成了关系整个战局中的一个决定性环节。7月2日,太岳部队以一昼夜急行军,插入太谷、榆次间,配合萧文玖集团,展开大规模的铁路破袭战,这对阻止敌人北窜,逼敌进入我预设战场,起了重要作用。

赵承绶发现第1兵团主力向北运动后,6月30日,即令所部停止在洪善地区的攻势,准备回师北窜。7月2日,33军主力进至太谷地区,34军及10总队亦向祁县集结。平遥、介休两县城,仅留一些新兵团及土顽部队防守。汾河以西的交城、文水、汾阳、孝义地区,尚有守备部队第69、70两个师。第1兵团立即决定,首先集中兵力歼敌主力,而后回师横扫汾河东西两岸之敌,并当即命令8纵紧紧咬住祁县敌34军,并以一部攻占徐沟,太岳部队及萧集团顶住太谷之敌的攻击,13纵袭占东观镇,力争将敌人逼入徐沟、太谷、榆次之间的三角地带,予以包围全歼。吕梁部队置于河西,阻敌第69、70师渡河东援。

7月3日至6日,战役最吃紧的地方是在北线的太岳部队和萧集团那边。他们在榆次、太谷间,连续破袭铁路、桥梁、据点,迅速控制了北起东阳镇、南至董村的地段,斩断敌人逃往太原的通道。同

∧ 我军炮兵向被围困之敌轰击。

时，第1兵团获悉忻州一部敌人企图窜回太原，即令孙、张集团在太原以北伏击，将该敌歼灭。赵承绶极为恐慌，从7月3日起，先后以9总队、71师全部、46师一个团及10总队等9个团的兵力，配属装甲车3辆、山炮30余门、轻重迫击炮40余门，在数架飞机的掩护下，轮番向董村猛犯，赵承绶及33军军长沈瑞亲自坐镇指挥。榆次守军也出动两个步兵团和一个机炮团，南下东阳镇，向萧集团阵地猛攻。这是一场十分激烈的阵地争夺战，打了三天三夜。赵承绶以强大的火力作困兽之斗，拼上死命，要突破萧集团的阵地，逃往太原。徐向前给太岳集团的刘忠以及萧文玖下了死命令，不管多么疲劳，伤亡多大，也要"钉"在那里，坚守到底，绝不能让敌人跑掉！坚守董村的太岳第41团，打退优势敌人的多次进攻，毙、伤敌千人以上。有个连打得只剩下9个人。有一个营的指战员，子弹打光后，便英勇与敌地进行白刃格斗，打到只剩下几个人，也没有畏惧退缩而是越战越勇。前线指挥员在电话里向徐向前报告这些情况时，徐向前告诉他："你们防守董村的这个部队是好样的。"战斗结束后，该团荣获"稳如泰山"的光荣称号。

北岳军区和萧集团用血肉之躯筑成铜墙铁壁，粉碎了赵承绶沿铁路北逃的梦想。7月6日夜，他们被迫离开铁路，企图从榆次、徐沟间夺路北窜。这就进入了第1兵团的预设战场。徐向前以13纵及8纵一部，追击其第34军，抢先一步插入徐沟以东、子牙河以南、尧城镇以东地区，断敌归路，以太岳部队及萧文玖集团西向接通13纵，以吕梁主力跨河东进榆次西南永康地区，堵溃打援；令8纵主力7日攻占祁县，歼其37师师部及两个团，8日北上徐沟东南地区，合围敌人。至此，30,000多国民党军完全陷入了解放军的包围圈中。

当时，徐向前和周士第的兵团指挥所设在徐沟以南的张家庄，徐向前因身体不好，是坐着担架去的。让徐向前最伤脑筋的是兵力不足，敌人因此突围而逃。第1兵团冒着酷暑烈日，连续行军作战，不仅疲惫至极，且减员甚大。抓来的俘虏，来不及训练教育，就补充到部队里，开小差的也不少。8纵一个主力团，每连不足70人，最少者仅27人。13纵的37旅是人数最多的部队，每营只剩两个连，每连两个排，每排两个班。解放军的火力火器，又远远不及国民党阎锡山的部队。如果赵承绶集中兵力，继续硬打猛攻组织突围，徐向前就很难达到全歼他们的目的。

4. 势如破竹，陈兵太原城下

赵承绶犯了两个致命的错误。

一是兵力分散。7日晚，对业已形成的包围，赵承绶似乎完全没有觉察，从8日起，仅用有限兵力，分三路向第1兵团的北线阵地猛攻。一路是33军46师一部，由胡村向西，攻打13纵117团墩坊村防地，力图保障从太谷至大常镇（赵承绶指挥部驻地）等地之惟一补给线；一路为34军一部，自东、西贾村向东南方向解放军13纵115团阵地进攻，企图打通与徐沟的联系；一路为第10总队一部千余人，自大常向东北方向萧集团辋村阵地猛犯。第1兵团刚刚到达，只好边打边修筑工事。突向徐沟方向的赵承绶34军一路，相继攻占了13纵115团"三李青"、东楚王庄等阵地，距兵团指挥所驻地仅1公里左右；而徐沟的驻军又出动增援，真是千钧一发，危险至极。但是第1兵团指挥所纹丝不动地"钉"在那里，鼓舞指战员奋勇抗击。38旅114团英勇突击，终于夺回楚王庄等阵地，打退徐沟方向接应之敌。战斗中，38旅旅长安中原，身负重伤后牺牲。辋村地带的萧集团和榆次独立团，轮番受到敌10总队、34军的疯狂进攻，激战四昼夜，打退了敌人，保住了阵地。第43团的一个连坚守魁星阁，最后拼得只剩下一个班，但阵地依然被牢牢的守住了。这次防御战，13纵38旅和萧集团虽然伤亡较大，但最终堵住了敌人。

二是犹豫迟疑。赵承绶昏愦无能，决断力差。他虽然感到处境岌岌可危，但拿不定主意，全凭日本人原泉福摆布。原泉福十分骄傲，瞧不起"土八路"，认为突围不必要，决心在现地"同共军决一死战"。这样，他们先是兵分三路，攻了一下，攻不动便收兵防御，企图依托优势火力和野战工事，与第1兵团决一雌雄。这正好给徐向前以时间调整部署，他以13纵位于北及西北，8纵位于西南，萧集团位于东北，太岳部队位于东及东南，紧缩包围圈，把赵承绶集团困在东西10公里、南北不足5公里的十多个村庄内。此时，赵承绶再想突围逃跑，为时晚矣。

赵承绶集团30,000余人，完全陷入了第1兵团的包围圈中。徐向前明白，此时贵在速战速决，一鼓作气，将其干净、全部、彻底消灭掉。他决定，立即发起总攻，自西而东，逐村夺取，分割歼敌。

7月10日拂晓，总攻的号角吹响了。8纵、13纵一马当先，分

∧ 晋中战役中，阎锡山所部十总队（日本总队）被我军俘虏的部分日本军官。

∨ 国民党太原"绥靖"公署副主任兼山西保安副司令及野战军总司令赵承绶，在晋中战役中被我军俘虏。

别从西南、西北两个主突方向，向赵承绶发起猛烈进攻。位于东南和东北方向的太岳部队及萧集团，担任助攻任务。晋中平原的村落，周围均筑有坚固围墙，房屋密集，多砖瓦结构，敌顽固据守，垂死挣扎。第1兵团以山炮、野炮为骨干，配以平射迫击炮，猛摧敌村沿火力点，开辟突破口，掩护步兵突入，破垒歼敌。经两天一夜激战，"三李青"及东西贾村、大常镇、南庄等地均被攻克，赵承绶34军大部被歼，10总队亦伤亡过半，残敌逃至西范。在此期间，赵承绶令其34军一部向辋村阵地猛突。萧集团指战员顽强阻击，与敌拼搏，仅10日一天就打退他们的7次冲锋；他们还一度突入村内，与萧集团展开逐屋争夺战，但最终还是被赶了回去。第1兵团的包围圈一步步缩小，一万多残敌被困在西范、小常、南席、新戴4个村庄内，企图固守待援。

此时的阎锡山惊惧交加，乱了章法。他一面令其第45师、49师及40师残部组成"南援兵团"，从太原向榆次西南开进，企图援应赵承绶残部突围；一面慌忙收拢晋中各县兵力，向太原集中，以确保老巢。一夜之间，汾河两岸的敌军纷纷离城，游蛇般的乱插乱窜，又正好给第1兵团的野外歼敌创造了大好时机。12日夜，第1兵团当机立断，调整部署，除以13纵及太岳部队主力继续围歼赵承绶残部外，其余部队均用于追击和堵截企图北窜之敌。以8纵23旅及太岳两个、吕梁7旅1个团东向，堵歼逃离太谷的敌9总队；8纵24旅及吕梁部队组成"汾西集团"，西渡汾河堵击河西逃敌；萧集团由辋村开抵王香、内白村一线，堵溃并打击敌"南援兵团"；孙、张集团逼近太原，牵制敌人。

第1兵团势如破竹。13日，其东路部队于朱村地区全歼阎锡山的9总队，进而占领太谷县城；14日，其"汾西集团"将河西两万多敌人截击于太原、交城间，一举歼敌8,000余人；16日，赵承绶集团的最后据点小常村被其攻破，万余敌人被歼，赵承绶及中将参谋处长杨城、33军中将军长沈瑞和少将参谋长曹近谦，均被13纵39旅117团3营活捉。这时，中央来电，要第1兵团乘胜北进，迅速完成对太原的包围，于是他们不顾疲劳，猛打穷追，直逼太原城郊。至21日，晋中战役胜利结束。

晋中战役历时整整一个月。第1兵团先后共歼敌正规军70,000余人，非正规军30,000余人，俘敌赵承绶以下将官16人，毙敌师以上军官9人，阎锡山军主力第7集团军总部及5个军部、9个整师、两个总队全部被歼，击落敌机3架，缴获各种火炮3,704门、步机枪30,000余支、火车头15个、车皮207节，其他军用物资及粮食未计算在内。晋中的灵石、平遥、介休、祁县、太谷、榆次、汾阳、孝义、文水、交城、清源、晋源、徐沟、忻县等14座县城，全部解放。

晋中战役胜利后，解放军已陈兵太原城下，正如中共中央的贺电所说，解放军箭在弦上，彻底结束阎锡山在山西统治的时刻到来了。

战争宽银幕

❶ 整装待发的民工担架队。

❷ 被我军击毁的敌机。
❸ 我军的机枪阵地。
❹ 战斗中被我军俘获的敌官兵之一部。
❺ 被我军歼灭的敌快速纵队遗弃的汽车。

[亲历者的回忆]

徐向前
（时任华北军区第一副司令员兼第1兵团司令员、政治委员）

　　晋中战役是我军向敌占区进攻，在敌占区运动作战。
　　这与过去的诱敌深入，在根据地内选择歼敌战场，有很大的不同。
　　而且，晋中平原被汾水纵贯南北，劈成两半，不便于我军东西两面机动配合作战。
　　北面紧靠阎锡山的老巢太原，交通运输方便，利于敌人南援或北逃。
　　因此，选择战场必须着眼于既有后方依托，又能抓得住敌人。
　　有了战场而无后方，不仅部队作战需要的粮食、柴禾、武器、弹药供应不上，且有受制于敌，失去退路的危险。
　　同时，仅有战场和后方，抓不住敌人，或是被敌人突围而逃，也不行。
　　那就达不到大量消灭敌人有生力量，为解放太原创造条件的战役目的。

——摘自：徐向前《历史的回顾》

★★★★★

王诚汉
（时任华北军区第1兵团13纵队第37旅旅长）

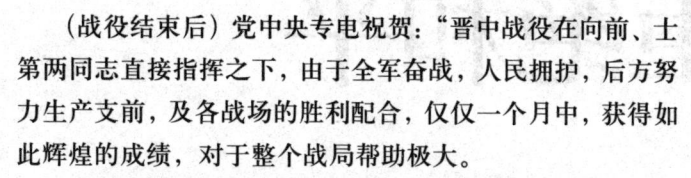

（战役结束后）党中央专电祝贺："晋中战役在向前、士第两同志直接指挥之下，由于全军奋战，人民拥护，后方努力生产支前，及各战场的胜利配合，仅仅一个月中，获得如此辉煌的成绩，对于整个战局帮助极大。

现在我军已临太原城下，最后地解决阎锡山反动统治的时机业已到来。"

——摘自：《王诚汉回忆录》

第三章

拒绝和平

∧ 土地革命战争时期的徐向前。

太原城是人民解放军包围下的一座孤城，同时，它又是一座名副其实的碉堡城。阎锡山大吹大擂他的太原城防可以阻挡150万"共军"，蒋介石也亲临太原为阎锡山打气。为太原人民计，徐向前和毛泽东都想和平解放太原，华北军区副参谋长王世英想亲自潜入太原劝降阎锡山，但被徐向前阻止了。他们派阎锡山年近八十的老师投石问路，没想到竟被阎锡山杀害了。

1. 空头支票，"总统"亲自送来

1948年7月21日，并不多雨的太原又迎来一场不大不小的雨。对于太原城外的解放军来说，这场雨很好，大家可以趁机休息一下战斗带来的疲劳。而站在机场候机室的阎锡山却在心里打鼓，他不敢肯定蒋介石是不是会冒雨飞抵太原。无论如何，他现在和蒋介石是绑在一根绳上的蝗虫了。蒋介石如果不想丢失华北，就一定要帮他。"蒋家王朝"要是不想覆灭，就得力争保住自己在北中国江河日下的统治，就得他阎锡山在山西坐镇。

10天前，当赵承绶的部队在榆次、太谷间被解放军包围的时候，蒋介石就急忙派出徐永昌到太原视察。11日下午，徐永昌抵达太原。阎锡山在向徐永昌介绍晋中军事失利的情况时说："敌约21旅之众，以抢粮为手段诱我出击，我则粮不能不护，壮丁亦不能撤回使用。亲训师长无经验，又在雨中，师长一离开而受敌截击，致损失甚大，截赵印甫（赵承绶）部4师及1纵队于榆、太、徐间六七村，郭载阳（郭宗汾）率近一师在榆次不能联系。"

阎锡山这样的说法是把责任推到部下身上。

但阎锡山不知道，孙楚在背地里却向徐永昌埋怨他："阎长官天天给我们训话，训来训去都是一些空话，常年都听他训话了；内部又天天肃奸，互相之间你想搞我，我

国民党政府国防部部长徐永昌 ━━━━━━━━━━━━━━━━━━━━━━━━━ ▲ ━

山西原平人，国民党二级陆军上将。早年投武卫左军当兵。1917年起，任直系军第3军第1混成旅旅长，国民军第3军第1师师长兼陕西警备司令等职。1927年投靠阎锡山，先后任晋绥军第3军军长，绥远省主席，晋绥警备司令等职。抗日战争时期，任委员长保定行营主任，军委会军令部部长等职。1946年任陆军大学校长，1948年任国防部部长，1949年后去台湾。

想搞你，摩擦不断，根本就谈不上团结，这样一来，怎么可能不遇敌即溃呢？"

兵站总监刘绍庭也埋怨阎锡山。他说："晋军不能打仗了，只要共产党用真劲来打，山西还很让人担心呀。"他还举具体例子说，"阎先生最大失误，就是选拔人才和练兵，尤其王治安（王靖国）这样欺上瞒下的人，居然也能用到那么重要的位置上。"

徐永昌在太原视察了4天，听到了三种不同的声音，临走的时候，阎锡山又亲自送行。吃完饭以后，在自己宽大幽静的客厅里，徐永昌直言不讳地对阎锡山说："阎先生的亲训师两万多人，无论是在官兵的选拔上，还是在军事装备的配备上，都是当时最精良的，可是部队建成一年多后，遇到战事居然连一天的仗都打不下来就那么垮了。看来山西部队的训练，还是太松弛了。"

"是呀，"阎锡山说，"忙着修筑工事，训练的事我就问得少了，现在的情况竟至如此，事无巨细都要你亲力亲为了。唉！赵承绶误国呀。"

徐永昌见阎锡山还在推卸责任，也不好说什么，只得说："打仗还是得靠人才来支撑，武器还是得靠人才来使用呀。"

阎锡山好像是自言自语，但又分明是在为自己辩解："不错，但我阎某手下之兵，数量上远不及共党多之外，大都没有战斗经验，全凭着工事坚固了，但不管怎么样，我是要在太原作战到底，坚守到底的。"

15日，徐永昌离开太原前去北平。徐永昌走后，阎锡山后悔自己当着徐永昌的面没拉不下脸来说实话。18日，阎锡山再也按捺不住，矜持不住了，给在北平的徐永昌拍电报："我军终未脱出，印甫暨1军长3师长下落不明，极盼中央军队发发空运来并。"

徐永昌是19日赶回到南京的。在总统府，徐永昌向蒋介石报告了一切。巨大的玻璃窗透着的天光，把蒋介石的光头照亮。本想吃掉共产党的蒋介石已经预感到，随着共产党的战略反攻，自己大有被其吃棹的危险了。

"伯川有没有提什么要求？"蒋介石问，"现在指责是没有用的，阎伯川能在山西稳稳地坐这30多年，他是自有他的一套。"

"我到北平以后，他还给我打电报要中央军空运支援呢。"

"伯川是提过这事，"蒋介石把身体往后仰了一下，闭着眼，想了片刻，说："准备一下，后天，我要亲自到太原视察。"

21日，蒋介石偕徐永昌、贾景德等于上午9时从南京起飞，10时3刻抵达太原。看到飞机缓缓停下来，前来接机的阎锡山终于将一颗悬着的心，放回肚里。蒋介石来了，救兵也就到了。

蒋介石一生中共到太原4次，这是最后一次。这一次，蒋介石来去匆匆，他显然没有了前几次来太原时的从容，虽然他每一次到太原的真正目的都不是旅游观光。

1934年11月8日，蒋介石第一次来到太原。中原大战，蒋、阎交恶，阎锡山

∧ 1934年11月,蒋介石(前)第一次来太原时,阎锡山陪同其视察。

秘密回到山西后,经人斡旋,就任蒋介石任命的太原绥靖公署主任。蒋、阎之间的关系有了点不打不相识的味道,而当时的蒋介石正踌躇满志,想大展拳脚,曾在1934年9月致电阎锡山要求他派军队到南昌"剿共",而阎锡山也真的派出李生达、周原健两人率部赴赣。此时的另一背景是,日本人在其侵占东北三省后又急欲鲸吞华北五省,阎锡山因为自己的独特位置,渐渐成为日本人和西南势力争取的重要人物。蒋介石不能不感到阎锡山是稳定华北和西南,解除他入川指挥作战后顾之忧的重要人物。正是由于这些因素,蒋介石才屈尊亲自来太原与阎锡山会晤,做一些拉拢工作,以改善两人的关系。这一次来太原,蒋介石与阎锡山多次密谈,并告知"拟

"华北五省自治运动"

日本侵略者企图肢解华北地区的事件。1935年11月上旬，日本帝国主义公然策动汉奸制造了所谓"华北五省自治运动"，企图使河北、察哈尔、绥远、山东、山西五省脱离中国政府的管辖。接着，日寇又在河北通县成立了"冀东防共自治政府"。与此同时，日本加紧了对华北的经济侵略，进行武装走私和非法掠夺，日货倾销中国市场，严重影响了国民政府的财政收入，民族工商业也面临绝境。

入川指挥剿共"。临行时还嘱徐永昌与阎锡山研究关于地方与中央权限问题。对察绥处置有两事：一是大规模造林，以为树林是活长城，可以避飞机、挡坦克；二是修路，以代沟垒。

蒋介石第二次来太原是在1935年10月13日。这天上午9时，蒋介石从开封飞抵太原。蒋这次将介石主要是劝阻阎锡山不要参与日本人策动的"华北自治运动"，并说服他参加预定于11月1日在南京召开的国民党六中全会。

阎锡山左右有很多人，但从中原大战前至西安事变前，影响最大的有两人，一是省主席徐永昌，一是省府秘书长贾景德。蒋介石了解这种情况，在飞往太原的同时，他派熊式辉给正在北平治疗气管炎的徐永昌传话，让徐给予配合。

蒋介石这次到太原，带来了参谋部制定的国防大纲。蒋把参谋部的国防大纲告知阎锡山，一是表明蒋介石"看定日本是用不战而屈中国之手段，所以抱定战而不屈的对策"（熊式辉语），这样可以坚定阎锡山，不要真与日本人联合；二是表明把中央军放在第一线，晋绥军在第二线，使阎锡山放心地与蒋合作。

1936年11月17日，蒋介石第三次来太原。这次主要是同阎锡山商谈，让傅作义袭取商都、百灵庙的问题。日本继策划伪满洲国成立之后，妄图组建"华北国"，甚至成立"蒙古国"以肢解中国。蒋介石主张武力防备。山西讨论此事时，徐永昌主张增兵4个师，阎锡山却不想出兵，争论几次终未有结果。当时在察哈尔境内的李守信、王英等伪军的实力已相当强大，傅作义电请袭取百灵庙及商都，阎锡山当即电请蒋介石裁决。蒋介石

国民党东北民众自卫军司令李守信

祖籍济南，生于内蒙古。青年时即加入热河省地方武装，曾任营长、团长。1933年，日军进犯热河，李守信率部投敌，先后任"热河游击司令"、"察东警备军司令"，伪蒙古军总司令，伪蒙古联盟自治政府副主席等职。日本投降后，被蒋介石任命为第十路军总司令，东北民众自卫军司令等职。1949年后，出逃至蒙古人民共和国。1950年，被引渡回国。

复电可攻百、商之后，又于17日下午2时半，从洛阳飞抵太原。

蒋介石是阎锡山的领袖，但更多的时候，他们的关系只是利益争夺上的对手和朋友。阎锡山多次跟人说过:"蒋先生气太盛，与之论事者只好唯唯，不容人罄其词，然皆退有后言。"还说蒋介石气焰太高，有许多事人们不敢对他说心里话。但是这一次，1948年7月，太原风雨飘摇之际，阎锡山该说的真话是要说了，特别是该提的要求要向他的蒋先生提出来了。

雨还在下，阎锡山和蒋介石驱车回到绥署。在豪华的会客厅里，雨声被玻璃窗所阻隔，只有阎锡山的说话声音在颤动:"我们可用以守卫太原的部队大概可以凑集正规部队26个团以上，保安团14个，民团也还可以凑一些；敌人有3个纵队，每个纵队有9团，有大约五六个旅，每旅3团。因为连日阴雨，空运援晋的整编30师到达量很少，昨天有9架运兵的飞机来，可是没有降落下来就又折回头了；陈纳德运物的飞机却很准时，因此我们怀疑中央驻并的航空司令会不会是共产党的人。"

对于阎锡山的求救，蒋介石安慰说:"伯川不要急，陈纳德的飞机从上海飞过来，航程要远得多，折返回去他折返不起，所以就算有点危险他们也会力争直接降落。但是我的运兵飞机来自西安，这么近的距离，折返回去方便，为了安全，他们折返也是正常的——再说了，美国人在勇敢方面，我们确实是比不了的；9架运兵飞机，是编队飞行，机场又受敌炮火威胁，降落时飞行圈度愈小愈妥，在空中要做长时间的盘旋，每一飞机需费时25分才能降落。"

蒋介石极力地为自己许诺送来的整编30师迟迟不到找借口。阎锡山只好说:"委员长，不是我急，战局紧急呀，徐向前兵临城下，太原之战迫在眉睫。当然了，委员长这次一来，我们就什么都放心。"

蒋介石说:"你们对中央有信心，这很好，但这里还是要倚重伯川你们的。只要你们守得住，国际友人是不会坐视不管的。"

阎锡山叹息一声说:"不瞒委员长说，太原已成孤城，人们最忧虑的是能否守得住？人心士气也是一个很大的问题呀。"

蒋介石说:"伯川呀，你在山西多年，山西又是你的家乡，山西民众是会相信你的。"

阎锡山说:"锡山一定尽力，我早就说了，我是要与太原共存亡的。委员长，属下们还等着你训话呢。"

∧ 1948年7月21日，蒋介石亲临太原为阎锡山打气。这是7月22日蒋介石与阎锡山共进午餐时的情形。

　　蒋介石一行在阎锡山等人的陪同下，来到准备好的高级将领及省参议负责人会议厅，发表了简短的演说："太原的局势不要紧，我一定尽最大力量援救太原，希望大家拿出最大的奋斗精神，服从阎主任的统一领导，与共产党战斗到底。

　　"太原的局势比山东的济南和东北的沈阳、长春要好得多。现在的东北局面还很有办法，太原一定更有办法了。"

　　蒋介石信誓旦旦，并对阎军的将领们恶狠狠地交代："由明日起，以大轰炸为主，再加以战斗机扫射，并辅以地面部队出击，以图夺回小王村、聂家山一带被占之地区，预定如此连续三日。"

下午4时，蒋介石等离开太原返回南京。阎锡山在机场和蒋介石大演依依惜别之戏，但蒋介石的飞机升空以后，阎锡山不禁立即沉下脸来。回去之后，他整个晚上都独自坐在绥署办公室闭门静思。他琢磨着：蒋介石在太原短暂逗留四五个小时即飞走，他口头讲得那么好，答应给的东西真不少，可粮食、物资、弹药运不来还不是"空头支票"？

坐在飞机上的蒋介石心情却要比他好得多。在宽大的机舱里，蒋介石侧着头问徐永昌："看太原如何？"

徐永昌见蒋介石如此发问，不好说行也不好说不行，只得回答说："太原现在是一口刚刚铸好的新锅，漏不漏只能倒了水以后才能看到。而且我对晋省的军队也不是十分的了解，所以还要再观察几天，但一般来说，他们的意志还是很坚强的。"徐永昌避重就轻的回答并没有使蒋心生警惕，反而十分乐观地说："以吾观之，危机已过矣。"

2. 固若金汤，阎锡山凭坚恃险

最终，阎锡山还是接受了蒋介石用"火海"（大轰炸）战术打击共产党"人海"战术的战略。虽然太原城是人民解放军包围下的一座孤城，但阎锡山还是对这座孤城抱有极大的希望。因为它是一座名副其实的碉堡城。一位美国记者看了这些碉堡后吃惊地说："任何人到了太原都会为数不清的碉堡而吃惊：高的、低的、方的、三角形的，甚至藏在地下的，构成了不可思议的火力网。"

阎锡山为维持其在山西的统治，早在抗日战争爆发前，就利用太原的地形构筑永久性城防工事。抗战胜利后，阎锡山从晋西回到太原的头等大事，就是召集他的手下研究太原的防御方案，制定了"百里圈计划"，即：在太原城东起罕山，西至石千峰，北起黄寨、周家山，南到武宿、小店的方圆百里的范围内，构筑5,000到6,000个防御碉堡。站在东山顶上俯首望去，城周围的每一个山岗、每一处要地，都被密密麻麻数不清的像坟墓一般的碉堡覆盖着。这些碉堡有"好汉堡"、"梅花堡"、"人字堡"、"老虎堡"、"伏地堡"、"杀伤堡"，名目繁多，从一层至五层不等。有砖碉、石碉、钢筋碉，有品字形、倒品字形、圆形、方形、菱形、半月形等。

同时，这些碉堡依地形险要，有主碉、副碉的布置；依武器火力，有炮碉、机枪碉的配备；依兵力布置，有半班碉、排碉和连碉之分；依形状，有高碉、低碉、方碉、圆碉等。在这些精心设计的碉堡里，大多数均存有粮、水和饮食、睡觉的设备，既能独立作战，又能相互支援。城周围还修有环城铁路，装甲列车日夜环驰，这也使得太原成为当时中国独一无二的具有完整防御体系的设防城市。1948年的太原，被阎锡山变成了一座名副其实的碉堡城。

晋中战役后,阎锡山残部被压缩在太原孤城之中,此时,阎锡山把最大的力量都投入到工事的建造之中,一面加修防御工事,一面整饬兵力,企图凭坚恃险,负隅顽抗。他对部下们一再强调:"我们的工事要随着地球的转动而加强,地球转动一天,工事就要加强一天。"

阎锡山说:"太原形势像人样,东山好比太原头,手是南北飞机场,石嘴子和凤阁梁,好比眼睛高又亮;两脚伸在汾河西,太原城内是五脏。"由此可见,东、西、北三面都有高山做天然的屏障拱卫的太原,其地形本身就很险要,是典型的易守难攻型城市。东山是太原的主要屏障,它高出太原市500米,最高峰是距城区25公里的罕山。整个山区南北约15公里,东西约30公里,筑有大小碉堡3,000多个。每个山头都有一个碉堡群,有10个左右钢筋水泥或是水泥、石片筑成的各式碉堡,拱卫在外壕劈坡之上。劈坡多依山势劈削而成,外壕深近10米,并有坑道同各个碉堡相通。各个山头、各个碉堡之间,构成严密的火力网。罕山西麓、太原城东的山神庙是炮兵阵地,周围碉堡林立,用以屯兵;从城东北到城东南,有卧虎山、牛驼寨、小窑头、淖马、山头、双塔寺,都筑有坚固的工事,构成环形的要塞堡垒线,距城2.5公里、5公里不等。

而"山头"、"牛驼寨"、"淖马"、"小窑头"则一直是阎锡山引以为自豪的"四大要塞",他常常自夸:他武装起来的"要塞城市",足可以抵挡150万共军的进攻。可是设防一流的太原城由谁来守呢?此时,阎锡山的兵力只剩下第66师、第68师、第69师、暂编第45师、第49师和暂编第8总队等6个师了,加上从晋中战场逃回来的残部,显然也还是不够用的。于是阎锡山就派他的太原绥署副主任杨爱源,亲自到南京找美国驻华大使司徒雷登,通过司徒雷登,恳请陈纳德派B-25型轰炸机来太原助战;同时,他又派人前往青岛,恳请美军第7舰队司令白吉尔出兵援助,又派他的高参、原日伪山西省长苏体仁东去日本,策划成立"东亚同盟志愿军",空运太原作战。阎锡山虽然为筹兵大动脑筋,但结果并不如意,除了美军在青岛、烟台给他拼凑了一个假名经济考察的军事组到太原外,其余的一事无成。

好在蒋介石在关键的时候给了他一些帮助,使他可以补充残余部队。最后,经过东拼西凑,阎锡山防守太原的兵力总算又达到10

> 早年的"山西王"阎锡山。

余万人；恢复晋中战役中被重创的第61军军部；重建晋中战役被歼灭的第19、第33、第34、第43等4个军部和第70、第71、第72、第73师，暂编第39、第40、第44、第46师，暂编第9、第10总队等10个师。同时，将太原民卫军编为铁血师；将各部队抽来受训的"铁军基干"编为铁干师；将被俘返的人员编为忠贞师。

在部队凑齐之后，阎锡山在兵力的分配部署上，也大费了一番苦心。他集中了11个

司徒雷登

出生于中国杭州，是一位美国传教士的儿子。1905年开始从事传教，并钻研汉语。1908年开始任金陵神学院希腊文教授。1910年任南京教会事业委员会主席。辛亥革命时兼任美国新闻界联合通讯社驻南京特约记者。1919年，被聘请为燕京大学校长。1946年，出任美国驻华大使。1949年后返回美国。1954年在美国发起"自由中国基金会"，并发表其所著《在华50年》。后在美去世。

B－25"米切尔"型轰炸机

由美国北美航空公司于1940年研制成功，以美国空军创始人威廉·米切尔命名的一种双发活塞式中轻型轰炸机，有A、B、C、D、G、H、J等型号。飞机全长15.54米，机高4.8米，翼展20.6米，起飞总重16,350千克，最大平飞速度442千米／小时，实用升限7,250米，航程2,170千米。机头左下方装1门25毫米机关炮，机间右侧和上、下、尾炮塔装14挺机枪、机腹弹舱可载1,450千克炸弹。

< 抗战时期,曾任国民党军第6集团军总司令的杨爱源。

国民党太原"绥靖"公署副主任杨爱源

　　山西五台人,国民党二级陆军上将。保定军校第一期毕业。早年参加辛亥革命,曾任晋军第2师师长、第2军军长、国民革命军第3集团军右路副总指挥,第3集团军总指挥,察哈尔省政府主席等职。中原大战后,任山西清乡督办,晋绥军事整理委员会主任委员。抗日战争期间,任第6集团军总司令兼新军总指挥,第二战区副司令长官等职。抗日战争胜利后,任太原"绥靖"公署副主任等职。1949年后去台湾。

师、21个保安团,在太原城外组成了东、西、南、北4个防守区:东防区,以第19军军长温怀光兼总指挥;西防区,以第61军军长赵恭兼总指挥;南防区,以第43军军长高倬之兼总指挥;北防区,以第33军军长韩步洲兼总指挥。城东南的双塔寺专设为要塞司令,由第43军军长刘效增兼任司令。城内以特务团、宪兵团、装甲团,设中心防区;另留7个师作为预备队,并任命第10兵团司令王靖国为太原守备司令,指挥全局。

　　此外,阎锡山还事无巨细事必躬亲,亲自制定颁布保卫太原的"十二条行动纲领"和"十二种方向";指导编写碉堡战法,要以所谓强大火力的火海压制共产党的"人海战术"。太原防御体系所有的碉堡位置,阎锡山均要一一过目,亲自研究决定,旧式射口目标太大,他亲自同工人研究了一种隐蔽性较好的圆球射口。阎锡山还曾请人"扶乩"、"打卦",寄希望用迷信手段来为他指点迷津。

　　有了坚固的工事,有了防守的军队,阎锡山还在政治上进行了一次策划。早在晋中战役结束之初，面对开始陷入孤立的太原城，阎锡山就提出了"总体战"的主张。这个看似军事谋略的理论，其实更多的则是将其作为政治上的行动纲领。因为它虽然是为军事作战服务的，但实际上把政治统治与经济搜刮，把反动的军事、政治、经济融为一体。为了贯彻这一理论策划，1948年9月，阎锡山成立了"总体战行动委员会"。阎锡山在碉堡林立的太原城里开始了他孤注一掷的困兽之搏。

1948年底，阎锡山又派遣杨爱源、王怀明到北平请求增援。北平一些有故旧关系的山西籍军政人员，劝阎锡山离开太原或走政治解决的道路，均遭拒绝。阎锡山表示，自己"要做历史上的人物"。阎锡山还让北平办事处为他空运棺材板，表达以身殉城的决心，并把继母送出太原，说是怕继母在最艰难的时候出来动摇他，影响他固守的决心。

阎锡山之所以一定要在太原作最后一搏，一是他着实为自己的城防工事而自鸣得意。每当有人提到太原的城防工事时，阎锡山的脸上立刻会露出自得的神情，即使是在最沮丧的时候，只要一想起他经营多年的城防工事，黯淡的眼神中，顿时也会放射出一丝亮光。解放军开始转入战略反攻后，阎锡山就把保巢图存，作为其战略指导思想；二是他对世界局势和中国的局势都没有一个清晰的认识。早在晋中作战以前，他就经常对下属说：抢粮、囤粮于手，巩固晋中，死保太原，等待第三次世界大战爆发。美军在中国登陆，便可趁机反攻，卷土重来，"以城复省，以省复国"。

阎锡山做着世界大乱的美梦，也做着抱美国人大腿的美梦，并迷惑整个太原城的军民都和他做着同样的美梦。在一次记者发布会上，阎锡山指着桌上几个装有毒药的小瓶，对中外记者说："我决心死守太原，与城市共存亡。如果太原失守，我将和这些小瓶同归于尽。"

阎锡山多次在公开场合表明他死守太原的决心，就是要整个太原城的军民和他一起死守太原，做他"山西王"美梦的替死鬼。

3. 不打不倒，太原拒绝和平

历史上的很多事情往往都带有戏剧性。阎锡山是老师，蒋介石也是老师，而在1948年的太原城下，他们都将面对同一个学生，那就是徐向前。多年前，他们曾经掌握过徐向前的命运，三十年河东，三

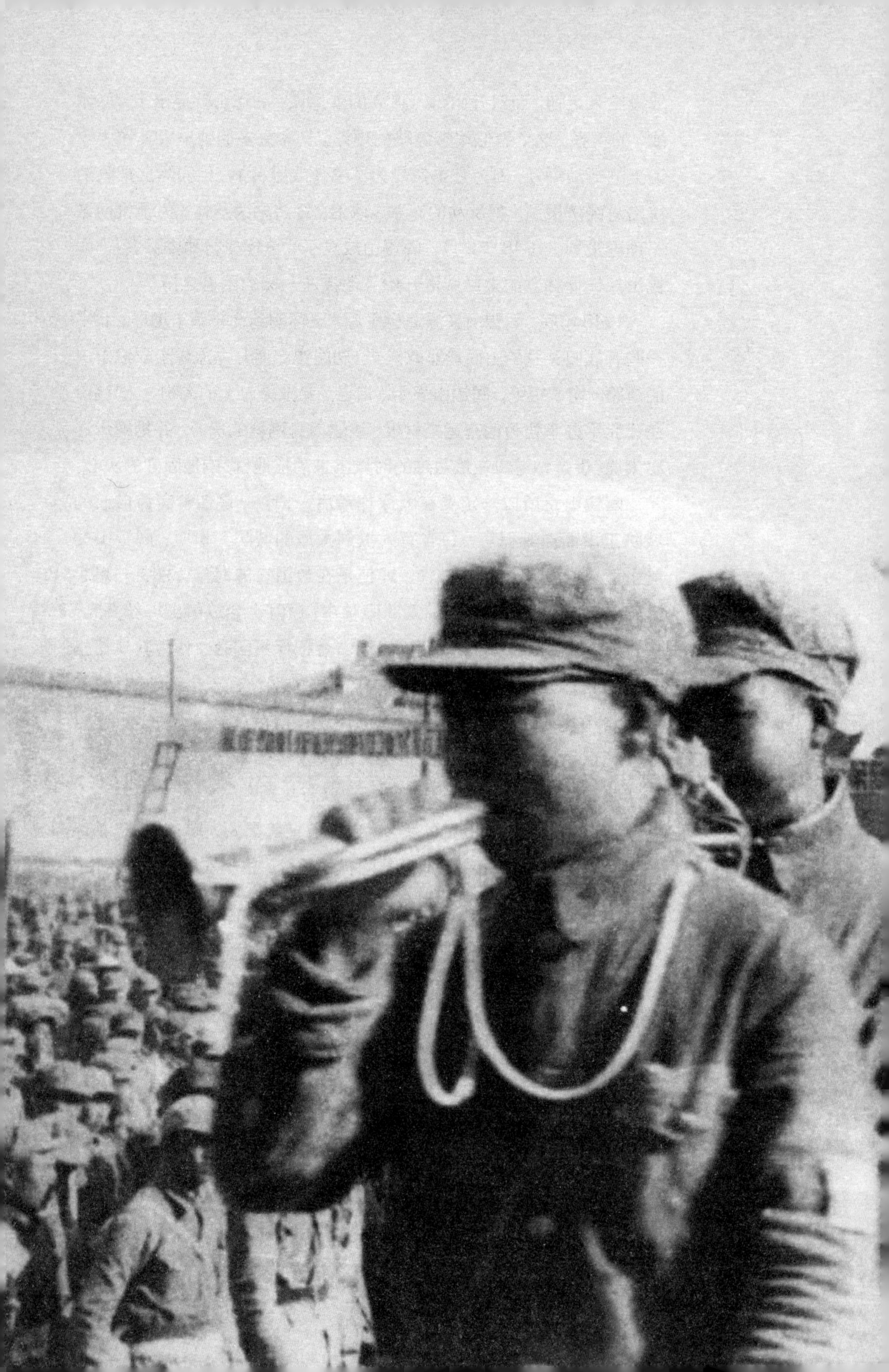

∧ 临汾战役结束后,徐向前前往临汾旅视察。

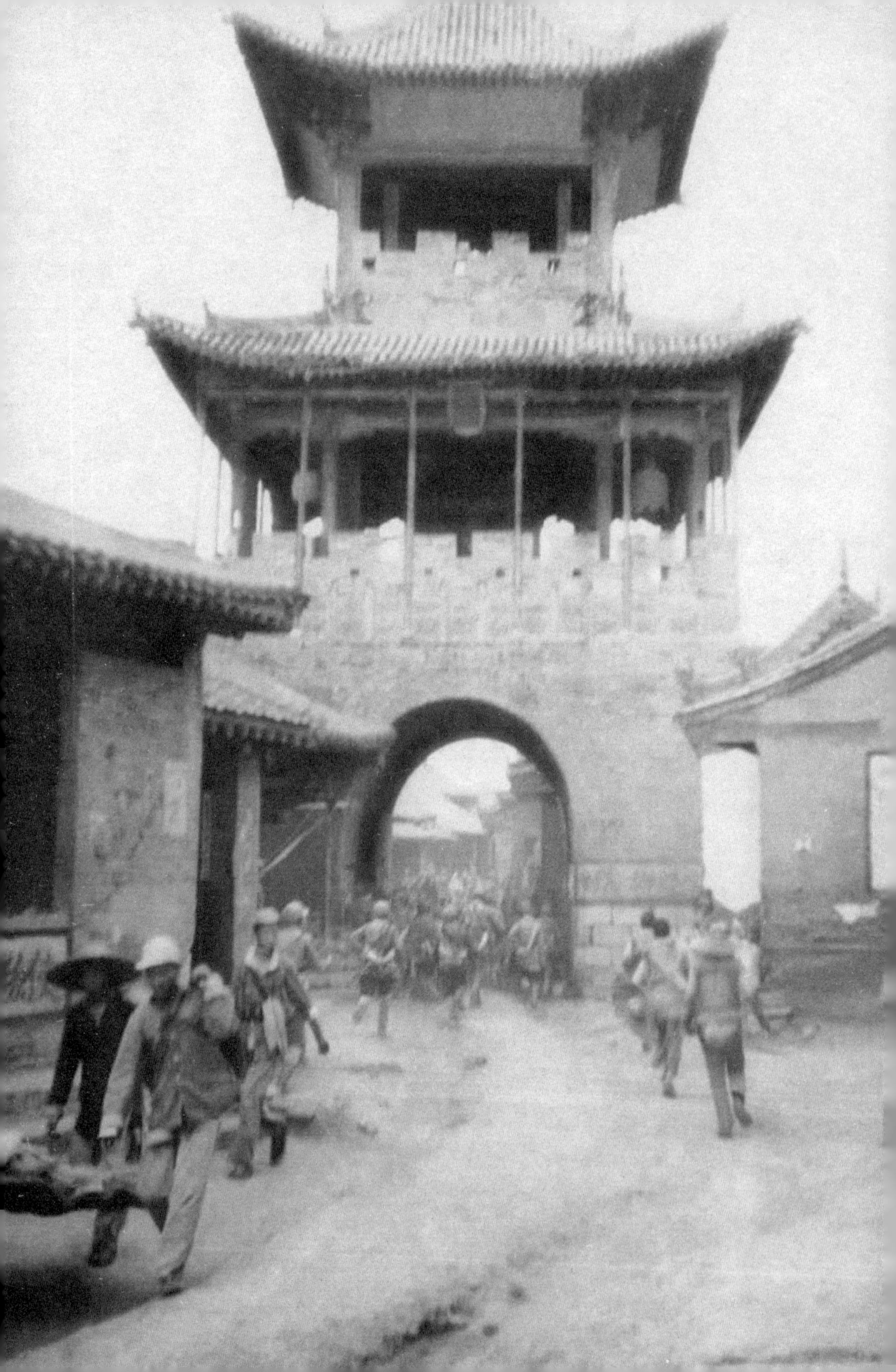

十年河西,而今他们的命运又都或多或少地掌握到徐向前的手上了。

还在晋中战役围歼赵承绶集团的战斗打得正酣的时候,徐向前如炬的目光就已经透过硝烟转向太原了。

7月15日傍晚,徐向前和周士第在树荫下相对而坐,微风阵阵,知了轻轻地鸣叫一声,一切都显得宁静平和。

"晋中收麦的作战完成了,不知道阎锡山现在在干什么呢?"徐向前微笑着问周士第。

周士第也笑了,说:"修碉堡呗,他还能干啥。"

徐向前突然皱起了眉头:"要打太原,还得把包围圈再缩一缩,我准备在完成榆次以南的作战之后,就随即北上去完成对太原的包围,如果包围的过程中有战机可寻,就力争一鼓作气夺取太原。"

周士第愣了一下,随即对徐向前的这一决定表示赞同,但周士第提出,应该将这一作战步骤提前报告给军委。徐向前点点头,说:"那好,我现在就写。"

周士第说:"算了,还是我写吧,写完你看一遍不行我再改。"

当晚,这个报告就通过电波送到毛泽东手中,并很快得到毛泽东的批复,毛泽东对他们的提议表示同意。

徐向前要向阎锡山最后的要塞城开炮了。

但这并不是说徐向前一定要把太原变成齑粉,相反,徐向前时时都想着怎样用不流血的方式解放太原。

毕竟,徐向前是一个山西人,而且徐向前一向又被称作是一个仁者无敌的将军。

晋中战役时期,徐向前和周士第就曾考虑过用和平的手段争取太原的解放。他们向中共中央以及华北局提出这样的设想:如果阎锡山可以降服的话,和平解放将是最好的办法,首先,可以减少我方的伤亡,其次,还能保证太原的完整,太原的军工和各种建设,其人力、物力也都将为我所用。徐向前和周士第准备让赵承绶前去劝降,但具体的谈判内容和条件,他们需要中央及华北局给一个及时具体的指示,以便遵照办理。

7月16日,中央军委致电徐向前、周士第:

< 晋中战役中,我军在张兰镇向被困之敌发起进攻。

你们完成对太原的包围后,可派俘官入城,携带信件给阎锡山,要他迅速归降,并负责保护城内一切公私产业及军用物品,我军可给以不杀之保证。对于全部阎军将领及其眷属,亦可保证不杀。

7月21日,中央军委又电复徐向前、周士第:

据薄一波电话说,阎锡山在我兵临城下控制机场的情况下,逃走之望既绝,自杀又非其所愿,敌投降的可能是有的。阎及其部下,最顾虑的是他们的家产,别的不容易打动他们的心。最击中要害的是如能保存他们的私人财产,则阎的部下会纷纷劝阎投降,即使阎不同意,也可能发生内变,或者在我军入城后,愿以保护公共财产自赎。而与阎系军官私有财产最有关系者,莫过于西北实业公司及保晋公司。故你们与赵承绶及杨澄源谈话时,可告以阎及其部下,任何人肯早日自拔,将功赎罪,我们不仅保证本人及其家属生命安全,即其私人财产,只要不是以特权掠夺的官僚资本,我们亦将予以保护,其在西北实业公司的私人股份,只要查明确属私股,亦当照私人资本待遇,保证不予没收。

在太原的和平解放上,中共中央拿出了最大的诚意,华北军区也开始了紧锣密鼓的筹备,很快派出军区副参谋长王世英等人组成的工作组来到太原前线。

一见面,王世英就向徐向前提出准备自己亲赴太原面见阎锡山劝降。在第1兵团的作战室里,王世英诚恳地对徐向前说:"我是山西洪洞县人,是黄埔军校的第四期毕业生。抗战初期,因为在太原八路军办事处当处长,与阎锡山经常打交道,算是老熟人了,又是山西乡亲,私人上也有一定的感情,我想他是会见我的。"

徐向前坚决不同意王世英贸然进城。徐向前说:"世英同志,我们还是谨慎一点的好,阎锡山是不会那么轻易和我们共产党人谈交情的。"

王世英坚持说:"我过去在太原工作过很长时间,太原城里还有很多其他的熟人。我利用这些旧有的关系,亲自潜入到太原城里,面见阎锡山,谅他也不会把我怎么样的。"

徐向前还是不能同意王世英的要求:"世英同志,虽然我大军已兵临太原城下,但毕竟阎锡山已经收罗了十万左右的人马,而且太原城又有坚固的城防工事,这种情况下,阎锡山放弃守城的可能性究竟有多大，谁也不好估计。再者，阎锡山一直幻想着第三次世界大战的爆发，如果他坚持不放弃抵抗，你进城的危险就太大了。"

王世英大笑起来，说："徐司令你言重了，我不会有什么危险的，我这两天准备准备就可以进城了。"

徐向前左右为难：王世英要求进城，这既是组织上定下来的方针，也是他本人和平解放太原战略思想的具体步骤；但王世英一旦进城出了事故，那么仗一定要打，而王世英的牺牲又成了一种浪费。

正在徐向前和王世英反复商量的时候，周士第说提了一个折中的方式。原来，早在王世英到来之前，他就准备请阎锡山的一个老师去见阎锡山。

> 薄一波，1948年时任华北军区政治委员。

薄一波

山西定襄人。土地革命战争时期，任北方局军委秘书长，山西省工委书记等职。抗日战争时期，任"山西青年抗敌决死队"第1总队政治委员，晋冀鲁豫边区行政委员会副主席，太岳纵队兼太岳军区政治委员，太岳区党委书记，太行分局委员等职。解放战争时期，任晋冀鲁豫中央局副书记，军区副政治委员，华北军区政治委员，中共华北局第一书记，华北人民政府副主席等职。

周士第说："这样吧，王世英同志，先让这位老秀才去探探路。他已年近八旬，又是阎锡山的老师，他亲自出马，既使阎锡山翻脸，看在师生之谊的情分上，相信阎锡山也不至于对老人家下毒手。"

王世英见徐向前和周士第都这么说，也就同意了这一方案，但结果却是令人发指的。当老秀才手持以徐向前名义写就的书信带给阎锡山时，阎锡山不但没有按信上的忠告，认清太原时局，以太原30万人民生命为重，走到和平的谈判桌上，反而把自己的老师也杀了。

所有的人都感到震惊，所有的人都为阎锡山的欺师灭祖之行感到义愤填膺。徐向前

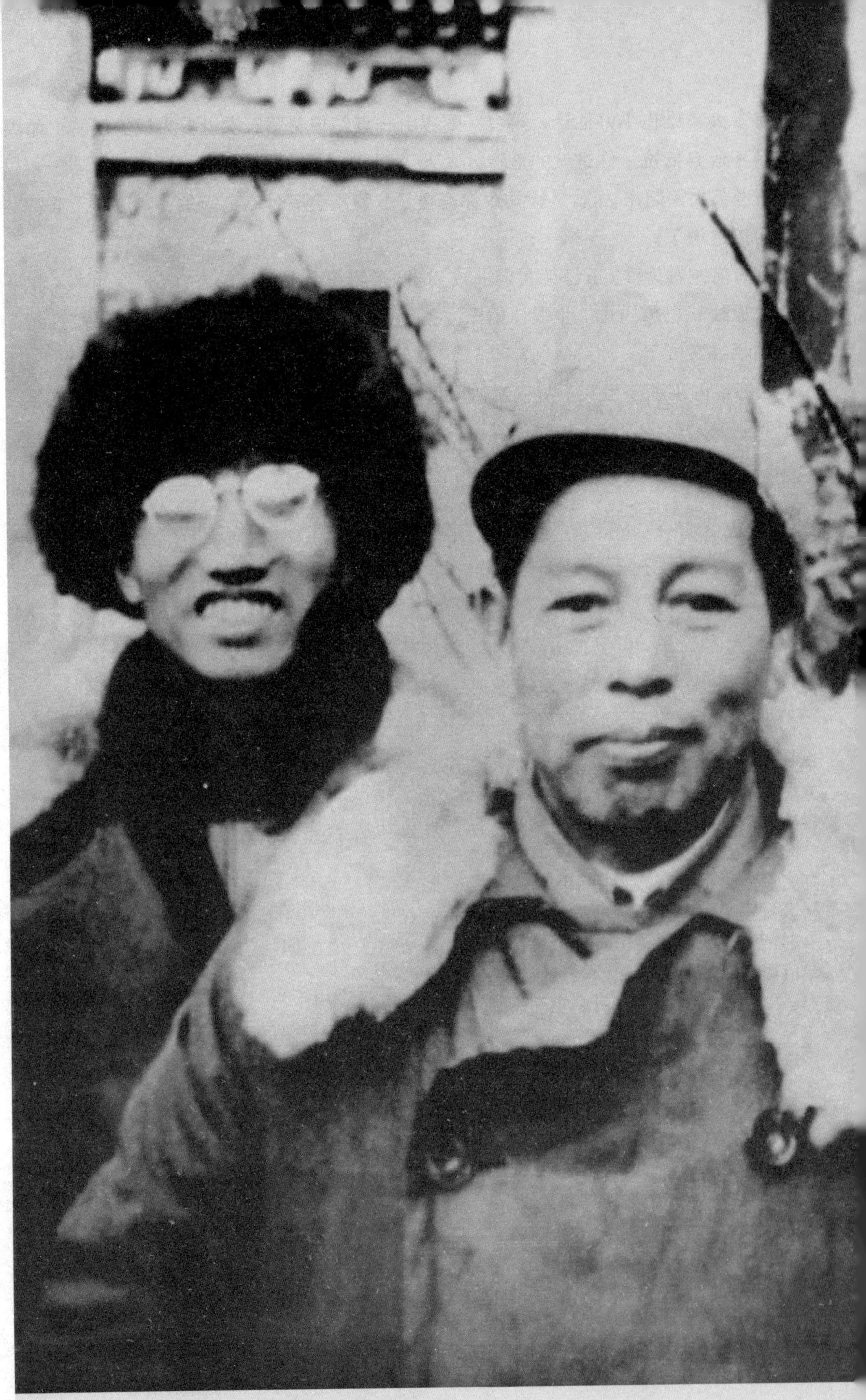

∧ 1947年，徐向前（左一）与晋冀鲁豫军区其他领导人在一起。

克太原的把握有多大呢？7月21日，徐向前给中央军委、华北局和华北军区发出电报，汇报攻取太原的作战计划：

现我各纵最大问题为兵员不充实。8纵65、66、68、70、72等团战士只800人左右，每团步枪兵只百余人；15纵129团3个连，每连只6个步枪兵。全兵团一千人以上的团只有两个。干部伤亡甚大，8纵23旅67团，全团连级军政干部只剩3人，营级干部只剩1人；68团团干部全部负伤；69团连干部只剩4人，必须补充休整后方能继续战斗。

在攻取太原作战以前，必须经过一个适当休整阶段，完成下述工作：补充兵员（争取俘虏，我方伤员归队），整顿组织，调整装备，后方准备，弹药准备，及攻城战术技术训练等工作。同时抽派一部继续完成控制机场，攻取东山、西山某些据点工矿任务。

攻取太原之作战原则拟定如下：切实完成对太原市之包围围困；控制南北机场及若干外围工矿，断绝其外援及粮弹、燃料补给；逐步攻取必要的外围据点，消灭其有生力量，瓦解动摇敌人，以造成攻城的有利条件；开辟攻城道路，完成攻城准备，然后一举攻取之。

从这份报告的内容我们可以看出，徐向前对攻克太原是心中有数的。

4. 九月会议，将军定下决心

对于徐向前7月21日的报告，中央军委同意了他的作战方针和计划，并命令第1兵团成立以徐向前为书记、周士第为副书记的前敌委员会，统一指挥华北第1兵团及西北第7纵队、晋中军区部队、华北军区第1炮兵旅。接着，徐向前召开了前敌委员会第一次会议，讨论制定了部队的整训计划，拟定了进攻太原的作战指导思想。

连日的作战，使得徐向前的身体状况又出了问题，胸部经常疼痛，吃不下饭，睡不好觉。中央军和毛泽东对徐向前的身体十分关心。8月11日，中央军委在批复前委扩大会议情况报告和整训具体计划的电报中提出："向前同志即利用整训期间来后方休息，本月中（旬）后，先来华北局及中央一谈。"

接到电报后，8月中旬，徐向前从榆次动身，到石家庄住进了从延安迁到那里的和平医院，先查身体。医生检查的结果是：旧病

∧ 1948年，时任华北军区副司令员的徐向前（左二）与18兵团司令员兼政治委员周士第（左一）在作战室研究战斗部署。

有发展，消化和吸收能力极差，体质虚弱，需静养两三个月。虽然徐向前的妻子黄杰也到了和平医院，专门照料徐向前，但战事那么紧张、繁忙，住院对于一个把满腔热忱都放在太原解放的将军来说，可不是个滋味。9月初，徐向前就出院去平山县西柏坡，出席中央政治局召开的九月会议。

九月会议从9月8日开始，13日结束，这是抗战胜利之后，中共中央到会人数最多的一次中央会议，共有31人参加。在经历了抗战的胜利以及解放战争前两年多的胜利之后，同志们重新聚在一起，气氛十分热烈。大家都满怀信心。党中央计划解放战争第三年，要歼敌128个旅左右。根据先北后南的战略方针，计划先解决东北、华北、山东之敌，以便抽出半数以上的兵力向南推进，渡江作战。中央还具体规定华北军区第1兵团歼敌14个旅（包括7月晋中作战已歼敌8个旅在内），并攻克太原；第2、第3兵团歼敌12个旅，配合东北部队作战。

正式开会之前，各地汇报工作，徐向前就晋中作战及第1兵团的现状也发了言，当他说到华北军区第1兵团进入晋中的部队总共不足6万人时，毛泽东插话说："哎呀，你们还不到6万人，一个月消灭阎锡山10万人，单是正规军就搞掉了他们8个整旅。你说一下，你们那个晋中战役是怎么打的？"

会议期间，徐向前还向毛泽东汇报了他们攻打太原的设想。他告诉毛泽东："敌我炮火大体相等，兵力也都差不多。敌一共有9万多人，其中民卫军1.5万人。打起来是有困难的，但打是一定要打下来的。我已经给部队说过了，就算我们长出白胡子来，也还是要把太原打下来。"

虽然徐向前有这样的决心，但他在心底还是渴望能和平解放太原，并在私下里和毛泽东交换了意见。一次会议休息时间，徐向前和毛泽东一起到室外散步，谈着谈着，又谈到了太原的和平解放上来，徐向前问，如果阎锡山迷途知返接受谈判的条件，同意和平解决时，我方应该怎么办？毛泽东笑着说："你请他们把军队开到汾孝一带，我们的部队开进太原，那样麻烦就少了。"

徐向前点点头说："要是能这样那就太好了。"

又谈了谈和平解放太原的事。徐向前表示，如果能和平，那就和平，但阎锡山多年经营山西，他不会那么轻易就放弃自己的独立王国。他派人勾结陈纳德，邀请美国记者参观自己那些数不清的碉堡群，他是在幻想美国发动第三次世界大战，幻想自己在世界大乱之时可以重新出头。徐向前说："解决太原问题，我们不放弃和平解放的一线希望，但我还是要照主席讲的'扫帚不到，灰尘照例不会自己跑掉'去办。"毛泽东再次微笑着点头，同意他的看法。

九月会议期间，中央领导同志都十分关心徐向前的身体，毛泽东、朱德、刘少奇、周恩来等中央领导，都一再叮嘱他要注意休息和调养。徐向前当时的自我感觉也不是很好，老是担心自己支持不了几个月的时间，中途倒下来，自己的性命可以不顾，但不能因为自己而完不成攻打太原的作战任务。盘算来盘算去，最后，徐向前找到刘少奇谈了自己的担心和顾虑。刘少奇安慰说："你的身体状况中央很清楚，但现在实在抽不出人来去顶替你。你先回石家庄住院，休息一下，争取把太原打下来，再好好养病。"当时第1兵团参加九月会议的还有兵团政治部主任胡耀邦。会议结束后，他们就商定，由胡耀邦先回兵团，传达和贯彻九月会议的精神，徐向前暂去石家庄和平医院再休息一些日子，等开战后再返前线。如果前线有重要情况，就及时向徐向前通报。胡耀邦走后，徐向前也告别中央领导同志，返回石家庄住院去了。

9月下旬，周士第和兵团前委向军委报告了攻打太原的作战方案。其要点为：

（一）以围困瓦解攻击逐步削弱敌人，然后一举攻下太原，争取三个月内结束战役。

（二）进攻步骤分三步。第一步突破敌之第一防线，以火力控制南北飞机场，断敌外援；第二步攻占必要的外围据点；第三步攻城。

（三）攻击方向选定于东南、东北两处，以东南为主要方向。以两个纵队用于东南，一个纵队用于东北。

（四）对于攻城妨害不大之据点，尽量不打。战术上力求连续攻击，分割包围，结合政治瓦解，歼灭敌人。预定10月19日发起攻击。

因为当时徐向前还在石家庄和平医院休息。10月1日，毛泽东将上述作战方案批送给徐向前征求意见。徐向前表示："分三个步骤作战，很好。但主要精神是连续一直打下去，直到夺取城垣为止。假如情况允许的话，这样做是最好的，但假如第一步计划或第一、第二两步计划都完成了，而到实现第三步计划时那就比较好打了，但仍存在一个兵力对比问题。假如第一步计划完成后，实现第二步计划时即遭到较大障碍，不能按预期计划进行，即只有先围攻使敌更疲惫后再猛攻之。总之，首先争取一直连续地打下去，在最短时间内全歼敌人是上策，先打再围带打而下之即消耗较大是中策，下策即必须增加力量再攻下之，即影响别线作战，只是最后之一途。"

就在徐向前他们准备对太原进攻的时候，太原城里的阎锡山先坐不住了——十万大军是打仗的部队也是吃饭的部队，他们又出来抢粮了。

徐向前临回太原前线时，他又接到太原前线来电：阎锡山以7个师的兵力，从10月1日分三路沿汾河以东同蒲路以西，向南出犯，企图乘秋收之际，到太原城南平原地带产粮区抢粮，以缓和城内的粮荒，同时达到破坏我军的战役准备、拖延攻城时间的目的。

阎锡山死守太原所恃就是他的碉堡，他的坚固工事，现在他们脱离其坚固工事，正好给第1兵团野战歼敌创造了绝好的机会。考虑至此，徐向前即给前线复电，把战役提前到10月5日，一旦发现出犯之敌，就发起攻击。

电报发出后，徐向前也待不住了，10月6日，他从石家庄出发，抱病返回到太原前线。当天深夜，徐向前抵达阳泉以西的坡头，因为路上奔波，疾病缠身的将军又患了感冒，原有的咳嗽加重，头痛得厉害，左肋也不舒服。7日下午勉强赶到榆次以北的五湖镇，因为病情较重，只得住下来休息两天，10日才抵达前线司令部。

战争宽银幕

❶ 我军某部的骑兵部队。

❷ 我军战士正伺机向敌进攻。
❸ 我军在房顶上与敌人激战。
❹ 我军战士在驻地老乡的门上书写宣传标语。
❺ 进军途中,我军通过刚解放的城镇。

[亲历者的回忆]

徐向前
（时任华北军区第一副司令员兼第1兵团司令员、政治委员）

为争取和平解放太原，华北军区派来副参谋长王世英等同志组成的工作组。王世英是山西洪洞县人，黄埔四期生，1925年入党，抗战初期曾在太原八路军办事处当处长，与阎锡山等人经常打交道。

他在太原熟人很多，想利用旧关系潜入城内，找阎锡山谈判。这件事我们斟酌又斟酌，觉得阎锡山握有数万兵力，自恃太原有强固工事防守，幻想第三次世界大战爆发，会不会同我们谈判，还是个大问号，王世英现在进去，风险太大。怎么办？

想了个投石问路的办法。请出一位阎锡山的老师，年近八旬的老秀才，问他愿不愿意进城去见阎锡山，为民请命，拯救太原黎民百姓，免遭战火之灾。那位老秀才年事虽高，壮心不已，慨然允诺进城去见阎锡山。

于是，便用我的名义写了封致阎锡山的信，由老秀才带上，进了太原。不久，我们获悉，阎锡山非但不听老师的劝告，反而连师生情谊也不顾，把老秀才给杀了！

——摘自：徐向前《历史的回顾》

★★★★★

张达志

（时任陕甘宁晋绥军区绥德军分区司令员兼警备第2旅旅长）

攻占牛驼寨对攻克太原关系极大，各基层进行了深入的动员，使全体指战员，人人皆知，个个明白，所有参战部队都下定决心，鼓起勇气，非把牛驼寨攻下不可。如警2旅第4团在攻打时伤亡那么大，但全团指战员没有一个畏缩。该团团长赵立业在战斗中指挥所被敌炮弹打塌，他经抢救出来后，继续指挥战斗；部队奉命撤走时，他自己还不走，要求随第6团一起继续攻击。由此可见，上级的正确指挥，也变成群众的自觉行动，其力量是无穷的。

……

牛驼寨阵地，经过敌我双方反复十分激烈的争夺战，我军各部付出了相当大的代价，才把太原外围这个硬钉子拔掉，为尔后攻克太原城创造了有利条件。

——摘自：张达志《牛驼寨战斗回忆》

第四章

外围作战（上）

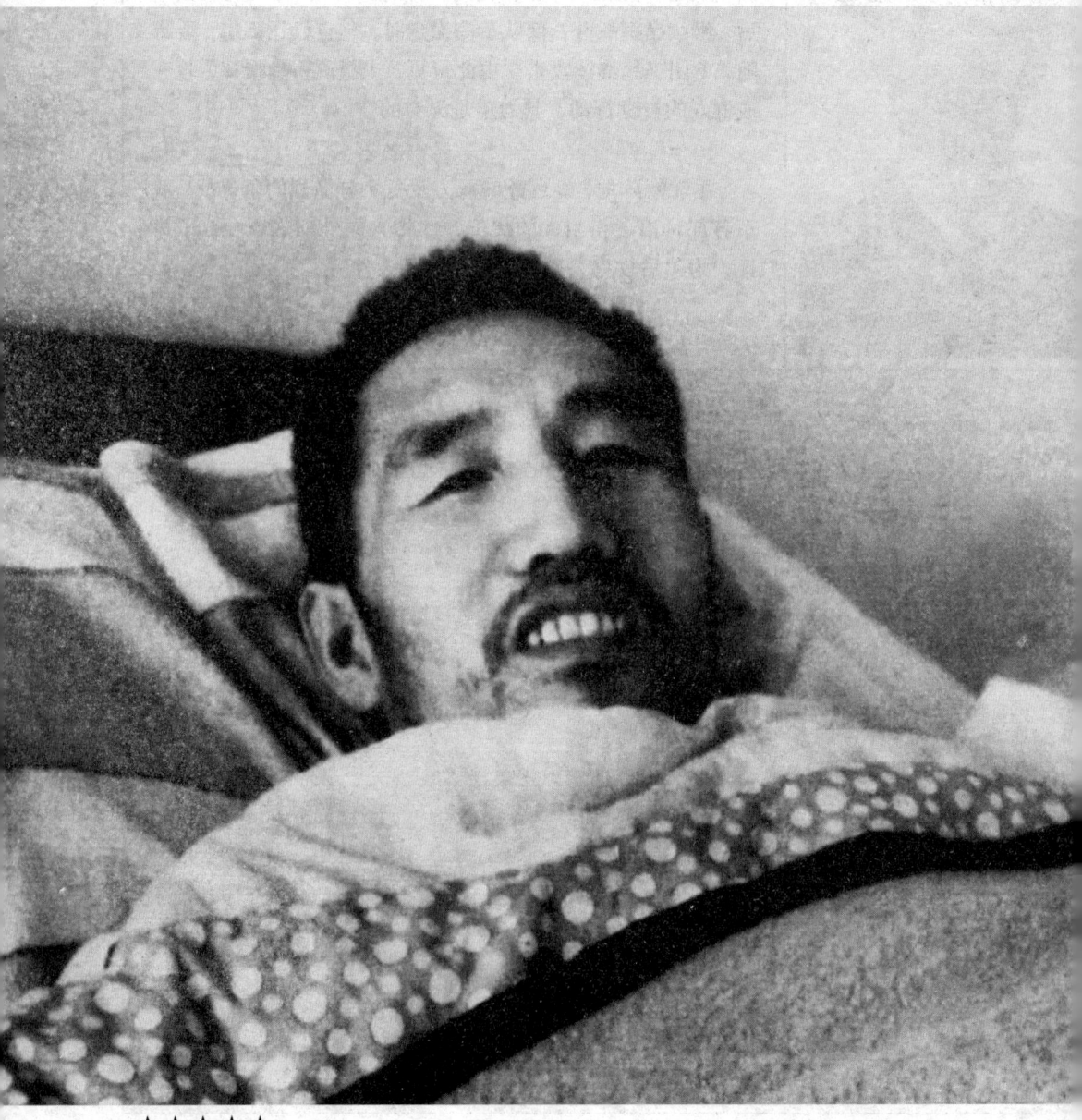

∧ 因病休养中的徐向前。

太原外围作战开始了，此时的解放军第1兵团不但组织机构相应健全，而且部队建设得到进一步巩固，作战物资充足，战术水平也有所提高。关键是，徐向前完全掌握了太原的城防布置。

更让徐向前高兴的是，一个叫赵炳玉的地下党员，给他指出了一条可以直插敌后的小路。正是从这条小路出发，西北军区第7纵队及晋中部队一部，楔入东山纵深，袭取了太原外围的最大要点牛驼寨。

1. 一条小路，直接通向敌后

九月会议前后，当徐向前在石家庄的和平医院并不能完全静心地休息时，第1兵团的整训补充工作正在周士第等前委的领导及各纵队负责人的组织下紧张而热烈地进行着，各项工作都取得了重大进展。

千军易得，一将难求。徐向前不在前线，战役指挥就不能顺利进行。从10月5日对太原外围守敌发起进攻以来，实战中他们发现敌在城东南马庄、双塔寺一线的工事很坚固，原先前委认为东南地形较开阔，兵力易于展开，供应补给也比较方便，因此确定为主攻方向。现在看来，需要重新选定主攻方向。

大家都等着徐向前来前线拿个主意，给大家吃一颗定心丸。

早在10月6日，也就是徐向前从石家庄出发奔赴太原前线的那一天，中央军委就连着两次向第1兵团发出指示。在凌晨1时的电示中，中央说：

你们原定10月19日展开太原战役，现已提前13天，因敌被迫向外扩张，给我以良好的歼敌机会。如果敌人战斗力不强，你们又指挥得当，乘胜进击，可能于短时间内全部肃清城外之敌，并可缩短攻城时间，不要停留太久，即可乘胜攻城，提早解放太原。

晚8时，中央又再次电示：

你们拟向太原城周围尽量扩大战果方针很对。向前三日函称，连续一直打下去，在最快时间全歼敌人直至夺取城垣是上策，先打再围带打是中策，旷日持久是下策。此项意见和我们今晨电意见相同。你们现有良好机会，可以全歼南面及东面之敌，得手后敌必震动，望你们乘胜扩展，逐一歼外围之敌，占领一切机场。然后看形势，如我军伤亡甚大，城内敌人尚多，城防尚固，则应略为休息补充，然后攻城。此外尚有一点，即城外之敌大部歼灭，一部尚未歼灭（例如北面），是否可以派兵监视城外残敌，使用主力即行攻城，此点亦可考虑。

太原前线总指挥部在前委副书记周士第的领导下，夜以继日，工作十分紧张。10月10日晚，徐向前赶到指挥部的时候，同志们的精神又都为之一振。徐向前也不顾路途劳顿以及自己的病情，当即就召开了前委会，研究如何实现中央军委的指示，尽快进入攻打太原城垣的具体行动计划。

运筹帷幄之中，决胜千里之外，对于夺取太原城，徐向前早已考虑了多种方案。但自己不在部队的时候，部队的整训补充工作做得究竟怎么样了？徐向前急忙向周士第以及陈漫远询问。

周士第给徐向前倒了一杯开水，然后详细地汇报说："在上级的帮助下，第1兵团的组织机构健全，兵员得到较大补充。司令部、政治部机关进一步调整充实，参谋长陈漫远、政治部主任胡耀邦先后到职；后勤部正式成立，裴丽生任后勤司令员。"

周士第说到这里，陈漫远、胡耀邦等人都站起身来。徐向前示意大家都坐下。周士第刚要继续汇报，陈漫远抢过来说："太岳部队改编为第15纵队，正式列入兵团建制。在太谷开办了晋中公学，建立了自己培养训练干部的基地。训练了一部分俘虏兵，动员了一批新区农民参军，充实到连队。从连队的人数上看，最多的连队已经达到104人，人数最少的连队也有87人。武器装备基本按编制配齐，一般每连都配备步枪90枝、轻机枪6挺；每营配备重机枪6挺；每团配备八二迫击炮6门；旅以上均配备数门山炮、重迫击炮不等。兵团下属三个纵队：第8纵队22,300多人，第13纵队22,900余人，第15纵队17,000余人，加上兵团机关、西北军区第7纵队和华北军区第1炮兵旅等部队，太原前线的部队，共有8万余人。"

∧ 1948年10月，第18兵团司令员兼政治委员徐向前（左二）、副司令员兼副政治委员周士第（左一）、参谋长陈漫远（左三）、第60军军长兼政委王新亭（左四）在太原前线合影。

陈漫远

广西蒙山人。土地革命战争时期，任红一军团政治部敌工部部长，红十五军团73师政治委员等职。抗日战争时期，任八路军第115师344旅参谋长，晋察冀军区第3军分区司令员，中央军委二局代理局长，晋西北军区参谋处处长，晋绥军区参谋长等职。解放战争时期，任晋绥军区参谋长，华北军区第1兵团参谋长，第18兵团参谋长、副司令员等职。

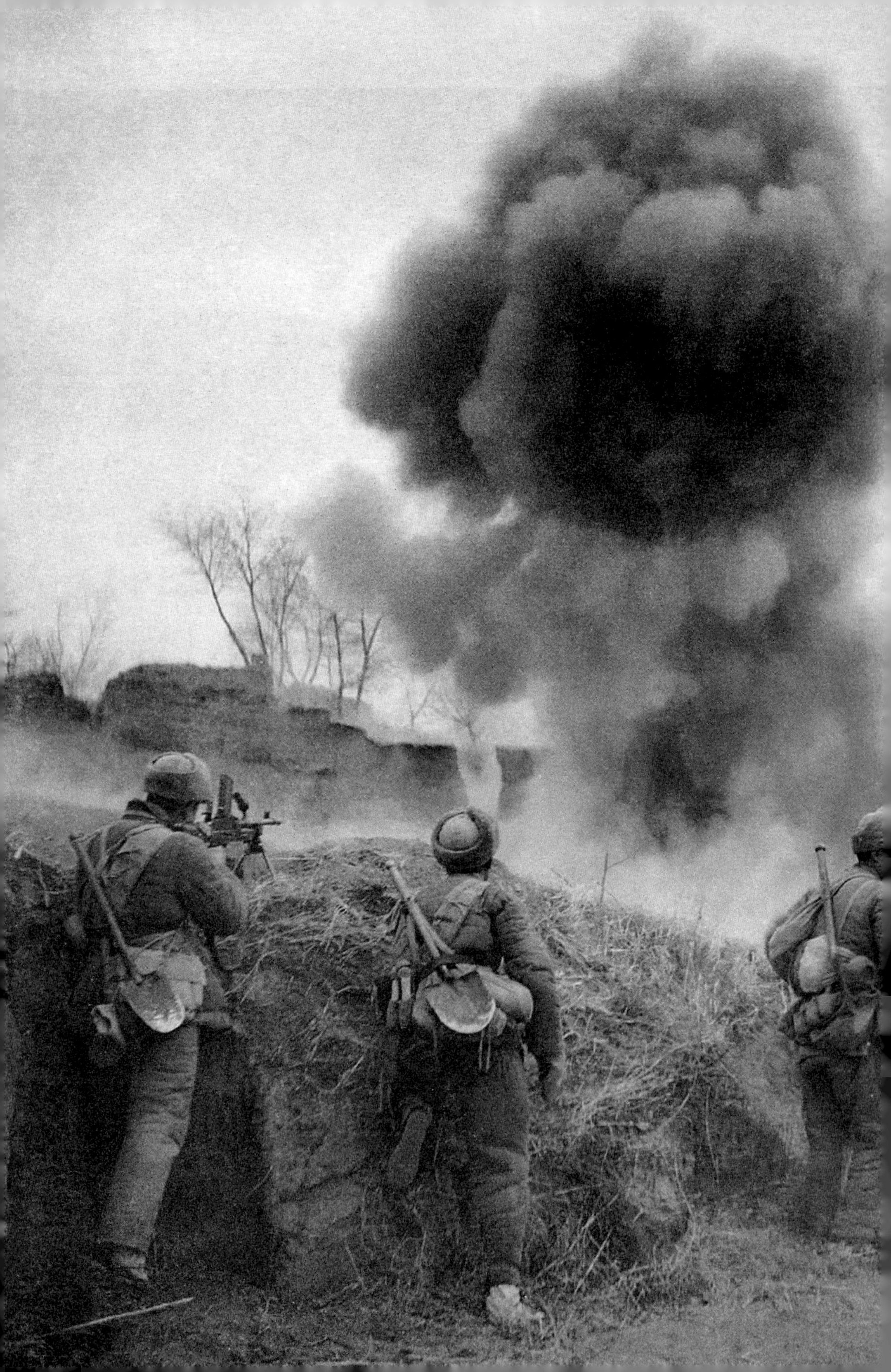

◁ 我军某部爆破小组演练在火力掩护下向敌堡冲击。

听到部队已有8万余人，徐向前不禁轻轻说了一声"好！"

胡耀邦接过陈漫远的话说："部队的组织纪律性普遍增强。政治工作从大力开展政治教育、阶级教育入手，搞诉苦运动，搞敌我形势对比、新旧对比，提高战士的阶级觉悟，树立为人民利益而战的观念，增强革命必胜的信心。同时，兵团要求各级干部爱护和关心战士，发扬民主，改进管教方法，严禁体罚、辱骂、开斗争会等粗暴方式，从而大大减少了逃亡现象，有力巩固了部队，保证了整训工作的顺利进行。根据中央关于反对无纪律无政府状态的指示精神，兵团还组织团以上干部普遍检查，认真开展批评和自我批评，兵团前委又制定了一系列加强纪律的措施，在部队贯彻执行。从兵团前委起，各级党委认真实行党委制，重大问题集体讨论决定，军政首长及所属机关分工执行。部队党的观念、集体领导观念的进一步加强，是贯彻党的路线、方针、政策，实现整训和作战计划的确实保证。"

徐向前又说了一声"好！"陈漫远又接着说："部队的战术和技术水平有所提高。"

徐向前听陈漫远说到战术，不禁插话说："战术是个大问题，晋中作战就因为战术上的缺乏吃了很大亏。每次作战中干部的伤亡比例大，主要原因是有勇无谋，不讲战术。晋中南庄战斗中，7个营级干部负伤，有5个是不应该的。通过敌人火力封锁的一条街道，第一个被打倒了，第二个、三个、四个仍继续通过，继续被打倒。有的干部在战场上，又当通讯员，又当观测员、战斗员，恰恰把指挥员的责任忘掉了。不解决这个问题，就不能打太原！"

"是。"陈漫远接着说，"兵团专门发布了《进攻太原的战术指示》，提出'充分准备，精心计划；进攻防御，都要精通；军事民主；服从命令；坚决顽强，果敢

勇猛；隐蔽突然，敏捷机动；主要方向，力量集中；插入切断，连续进攻；发挥爆破，步炮协同；互相援助，一致行动；全歼敌人，建立战功。'供部队学习。此外，兵团还举办炮训队，轮训了2,000多名干部；各纵队或旅，亦分别集中营连干部或班长、组长轮训。连队的技术训练，着重于土工作业（夜间及敌火下作业）、射击、投弹、爆破等，有70%以上的人，掌握了爆破技术。"

徐向前欣慰地点点头，然后问裴丽生："后勤建设怎么样？"

裴丽生说："兵团后勤部建立后，与晋中军区支前司令部及地方党组织配合，共同筹集战役所需的各类物资，保障后勤供应。很短的时间内，就筹集了大小檩子30余万根，门板30多万块，麻袋30余万条。华北军区调来的800余万斤炸药，以及部队日常所需的粮食、蔬菜、油盐等，主要靠民工运输，每天出动民工不下十万人，牲口30,000余头。鉴于晋中战役期间伤员不能及时转移和治疗，增加了死亡率，第1兵团下决心充实医疗、担架队伍。各纵队均成立了医疗队、休养所；旅、团组织担架队，每旅25副，每团15副，由40至60人组成。"

裴丽生

山西垣曲人。1929年至1933年在清华大学经济系学习。曾任北平《世界日报》、天津《中国新报》编辑、牺盟会总会宣传部部长、洪赵中心区宣传委员、山西第六行政公署河东办事处主任、第三十六行政公署副专员、中共晋冀鲁豫边区太岳行政公署党组书记、太岳行政公署主任等职。

徐向前十分高兴，他笑着对大家说："我不在的时候，大家辛苦了。工作做得扎实、具体，成效明显。"

周士第说："大家都等着司令员回来带着好好打一仗，把阎锡山赶出山西呢，所以工作起来都特别拼命。我们还通过和赵承绶等被俘高级将领谈话，以及从不断瓦解过来的阎军官兵中，了解情况，同时调动党政军的侦察和敌工部门的全部力量，分区分片进行详细侦察，基本把阎锡山的防御体系和兵力部署摸了个一清二楚。"

"太好了！"徐向前说，"知己知彼百战不殆。这个，漫远同志要详细地跟我说一说。"

陈漫远听到点了自己的名字，立即把太原城的守备力量、防御体系、作战特点、工事的坚固程度、弹药物资储备与补充情况，以及各主要防区指挥官的名字、特点等情况一一汇报清楚。然后又汇报了近期搜集到的敌情资料。当陈漫远说到前两天从敌占区东山柳沟来了一位地下党支部书记赵炳玉还没有走的时候，徐向前立即打断了陈漫远的汇报，提出先派个人出去把赵炳玉叫来，他要亲自和赵炳玉见个面，谈一谈。

会议休息时，徐向前会见了那个叫赵炳玉的党支部书记。这个50来岁的汉子，精明强干，他曾多次在敌人的刺刀之下冒着生命危险把情报送过来。他不仅了解阎锡山部队的许多内情，还提供了东山防线中间的一条秘密小路。他告诉徐向前，沿这条小路可以隐蔽地插到距城仅5公里，位于敌东北防线后方的牛驼寨。这个地方，正是徐向前的作战预案中，亟须找到的最理想的突破口。

徐向前在地图上标出了这条直插敌后的路线。

2. 摆兵布阵，将军指挥若定

会议重新开始后，详细了解了从10月5日开始的太原外围作战情况的徐向前，肯定了前期的外围作战，他说："我们前期的仗打得比较顺利。"

接着，徐向前对大家说："从太原的自然地理形势和敌人的防御重点来看，要进攻城区，首先必须攻破城东的群山防线，坚决占领并控制牛驼寨、小窑头、淖马、山头等阎锡山所谓的'四大要塞'、'第二道防线'。我主张由南北两个方向，直接插入东山'四大要塞'，把太原与东山主峰从中间切断。攻下'四大要塞'一线阵地，就等于割断了敌太原城防的咽喉，整个东山就会被我控制，既可以奠定攻取太原的基础，又可以打通后方人民支援我军作战的道路，'土皇帝'就变成'瓮中鳖'了。"

徐向前的发言引起大家的议论，有的人认为可行，有的人认为不可行，觉得阎锡山壁垒森严，强攻起来困难太大。

徐向前一向重视军事民主，在大家议论之后，他让参谋长陈漫远再一次详细地向大家通报"四大要塞"的具体情况。

陈漫远说："阎锡山所谓'足抵精兵十万'的四大要塞，均坐落在东山山麓的顶端，地势险要，工事相当坚固、复杂。牛驼寨位于城东北5公里处，可屯兵5,000人，由三大集团阵地构成防御圈环，十个主碉为阵地支撑点，地形狭窄，山峰叠起，多劈坡绝壁，系敌东山防线上的主要阵地。小窑头在城小东门以东4公里处，该山主梁狭窄，支梁崎岖，共有大小13个山头，敌依此筑成交错连环阵地，凭借劈坡和高低碉堡防守。淖马在城东3公里处，以淖马村为主阵地,劈坡有五层之多,周围山顶设有一至九号碉堡阵地,与主阵地相连接。山头则位于城东南5公里处,由主阵地山头及大脑山阵地构成,两大阵地之间,相距600米,有工事连接,主阵地劈坡高达4至6米,少者二层,多者五六层。这些要点,除大量明碉暗堡和多层劈坡外,还挖有数道壕沟、暗道,纵横交错连接;设置许多铁丝网、鹿砦、地雷等副防御物。每个要点,俨然又是一座坚固的城堡。"

陈漫远发言之后,徐向前又接着分析说:"东山的情况,陈漫远同志又详细地说了一遍。我之所以让陈参谋长再说一遍,就是想告诉大家,我不是不知道东山的情况,但我更想说的是,虽然东山看起来险,但只要打得巧、打得妙,就一定能打下来。柳沟地下党的同志刚刚给我们提供了一条路线,是敌人东山守备区与北区的分界线,两区都不怎么管。我们从这里插进去,一定能攻上东山,占领牛驼寨。目前,我们刚刚在城南、城北发起进攻,敌人正集中兵力在这两处顽抗。我们要乘敌不备,采取突然袭击,坚决夺取牛驼寨,进而一举拿下'四大要塞'。"

会议很快取得一致意见,并作出决定:趁敌注意力已被吸引到南北方向,东山薄弱空虚之际,占领东山各要点,确实控制城北机场。

从10月5日拂晓开始的太原外围作战,各部队按照预定部署,经过11个昼夜的连续战斗,到10月16日胜利地告一段落。当前委发现敌第44师、第45师及"亲训师"一部进占小店、南畔村、巩家堡地区,第40师、第49师、第73师及第10总队进占小店以东之南北王铭、西温庄地区时,决定以4个纵队出动,首歼小店、南畔之敌。从5日起,第1兵团以第8纵队、第13纵队攻歼敌第44师、第45师、亲训师;西北军区第7纵队一部强渡汾河,插入小店以北,断敌退路并相机打援;以第15纵主力插向武宿以西,歼击敌第49师,得手后以一部控制辛营,断敌第73师、第40师、第10总队退路;第7纵队一部及陕北警备第2旅攻占太原东山之前后李家山,以炮火控制北飞机场,并相机攻占凤阁梁等要点。

到16日,经小店、武宿、北营、大小吴村等战斗,解放军共歼灭阎锡山第44师、第45师两个整师及亲训师、第73师、第68师各一部,共一万余人,占领了华北最大的机场——武宿飞机场,攻克了太原东南的石嘴子和东北的凤屹梁两个重要阵地,打开了敌第二道防线的两处缺口。这一外围攻歼战,解放军行动隐蔽、神速、突然,抓住了敌人两个精锐师,予以全歼,创造了成功的战例,极大

∨ 在太原外围作战中，我军炮兵在检查火炮命中敌堡的情况。

我军在小店镇战斗中缴获的敌44师的各种火炮。

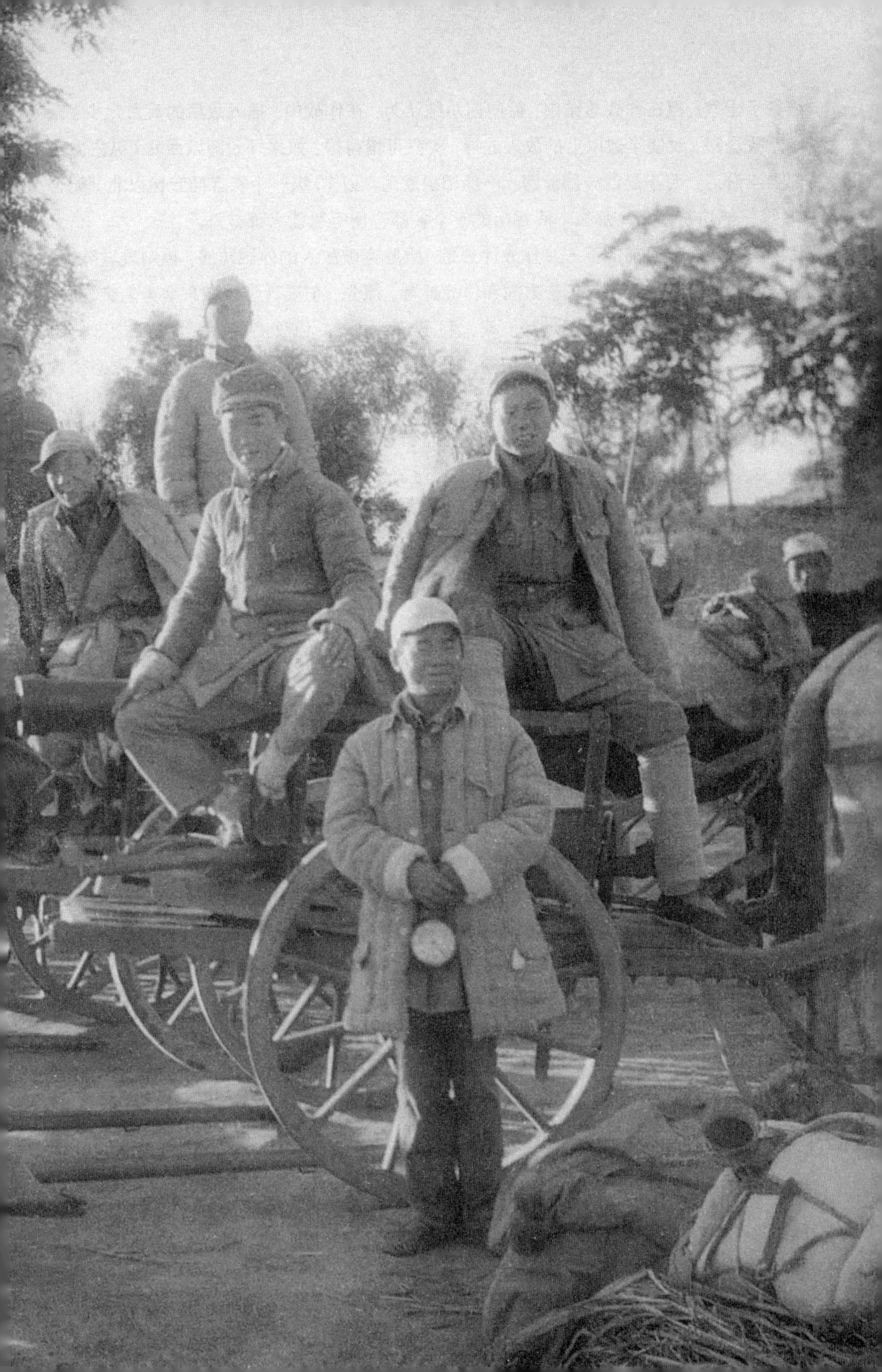

鼓舞了士气。但在作战总结中，徐向前总结认为，在作战中，插入敌后的兵力太少，未能断敌退路，致使半数以上的敌人逃掉，实在可惜得很。如果开始即以西北7纵主力全部强渡汾河，而不是以一部渡河、一部相机渡河；以13纵一个旅直插武宿以北，配合15纵一部切断铁路，那么，阎锡山的5个多师，便有可能大部被歼。

摆在徐向前面前的下一步作战计划是，乘胜突破敌人的外围防线，控制攻城阵地。前委当即开会，最后确定攻击方向和作战部署。原先，前委计划以城东南为主突方向，但战斗过程中发现，那里虽地势开阔，利于部队机动，但敌工事坚固，重兵把守，自己得手后难以形成对太原的致命威胁，需重新加以考虑。从地形上看，打太原必须首先控制东山占领"四大要塞"，以便居高临下，俯瞰全城。拿下东山，就等于在阎锡山防御体系的咽喉部位砍了一刀，让敌人身首异处，就没有多少劲头挣扎了。

徐向前再次分析了当时的情况：（一）经过前一段战斗，阎锡山的兵力被吸引到南线，其东山守备力量比较薄弱、空虚。（二）东北方向有条小路，可直插敌纵深要点牛驼寨，只要部队隐蔽行进，便不易被敌发现。（三）东南方向的重要阵地石嘴子已被我占领，继续向纵深地区突破，拿下'九沟十八川七十二个窑子关'的马庄一线阵地，亦有可能性。（四）冬季即将来临，天寒地冻，不利自己攻城作战，以早日拿下太原为好。

∨ 小店镇战斗中被我军俘虏的国民党军官兵。

最后,徐向前说:"历史上李自成起义军、日本侵略军攻打太原,也都是先占东山主峰,而后向西平推,突破城垣的。"

第1兵团前委讨论决定首先攻占东山,从东北、东南及正东方向逼近太原,相机攻城,并制定了具体的攻击部署:以西北军区第7纵及晋中部队一部,由小店以北经榆次秘密向东北开进,楔入东山纵深,袭取最大要点牛驼寨,并以炮火控制北机场;另以一部袭占大北尖,与南面大窑头方向第15纵队相连接,切断罕山、孟家井敌归路,并歼灭。第15纵由石嘴子向淖马攻击,得手后继续向大东门攻击,并以一部袭占大窑头,衔接西北7纵,断敌退路;第13纵首先夺取南坪头、马庄,向双塔寺攻击,得手后向城东南角进击;晋中部队主力位于城南一线,攻击各据点,以一部在汾河西积极活动,牵制敌人;第8纵队第24旅为第7纵队预备队,另两旅为兵团总预备队。

当日,第1兵团发起攻击。

第13纵第39旅首先向敌第49师、第73师的指挥中心马庄进攻。18日拂晓前,秘密插入牛驼寨西北的第7纵队一部,向守敌发起突然袭击,连克炮碉及9座碉堡,基本占领了该要点,阎锡山全线震动。接着阎锡山部立即组织兵力,在强大炮火掩护下,发起十多次反扑,均被第1兵团控制阵地的第7旅第19团英勇击退。

19日晚,第7纵队另一部攻克大北尖等阵地,歼敌一个营;驻罕山的阎锡山第8团,向第8纵队第24旅投诚;第15纵队一部攻占石儿梁,但因未及时与大北尖打通,致使孟家井敌3个团逃脱。

21日,阎锡山以其精锐第30师和第10总队的3个团,向第1兵团的牛驼寨阵地猛扑。阎锡山的守军集中百门以上的山炮、榴炮,一天内发射炮弹10,000多发,将牛驼寨地区工事几乎全部摧毁,第7旅第19团伤亡重大,只得被迫撤出牛驼寨。同时,向马庄进攻的第13纵队,因遭敌顽强抗击,亦未获进展。

这时,阎锡山为确保东山屏障,尽其所能抽调的兵力,集中于四大要塞,"守碉互援","加强地下战"。他们以第10总队外另第68师的一个团守牛驼寨;第40师的一个团及保安6团一部守小窑头;第8总队及保安6团大部守淖马;第9总队外加第73师、第49师一部守山头。另外还以第30师全部、第40师两个团,组成机动兵团,担任反扑、援应任务,并组织城东一线支子头、黄家坟、山庄头、马厂、剪子湾、小东门、大东门、淖马、双塔寺等炮群,进行火力支援。

∨ 我军在攻击太原东山淖马要塞前，研究攻克敌据点的战法。

鉴于前一段的进攻兵力部署面较宽，影响迅速夺取四大要塞，第1兵团当即将部署调整为：集中兵力、火炮，坚决攻克四大要塞，趁势向城脚发展。以西北军区第7纵队攻取牛驼寨向陈家峪发展；第8纵队4个团攻取小窑头向杨家峪发展；第15纵队攻取淖马向伞儿村发展；第13纵队攻取山头向双塔寺发展。10月23日，第1兵团颁布总攻击令，要求各部队充分做好准备，以便随时投入战斗。

3.号角响起，向牛驼寨发起进攻

首先打响的是牛驼寨战斗。

牛驼寨是太原东山"四大要塞"之一。阎锡山对牛驼寨非常重视，构筑了坚固的钢筋水泥堡垒10个（也就是10个阵地），每个碉堡周围都有3至4个小碉堡，并且互相都有通道，阵地上峭壁林立，高层达3至4米，并有外壕和铁丝网布雷区；在火力的配备上，各碉堡之间都有火力交叉网，各阵地还配备3至5门"老虎炮"（一二零迫击炮），五零小炮和掷弹筒。每个士兵还配两三个燃烧弹。城里的野战炮兵还能直接支援阵地上的防御。所以，火力的配备和布局非常严密。牛驼寨的庙碉（即4号碉）是指挥碉。攻占牛驼寨时，必须首先攻克庙碉才能攻占全部牛驼寨阵地。敌人在牛驼寨上的守兵是一个保安团，共有四五百人。

根据敌情、地形情况，10月15日，晋绥野战军第7纵队独立第6旅召开了营以上干部会。旅长傅传作首先传达了攻打牛驼寨的具体作战部署。

迫击炮 ▲

用座钣承受后坐力、发射迫击炮弹的曲射火炮，通常由炮身、炮架、座钣和瞄准具组成。迫击炮的射角大（一般为45°～85°），弹道弯曲，初速小，最小射程近，杀伤效果好，适于对近距离遮蔽物后的目标和反斜面上的目标射击；结构简单，操作方便；体积较小，质量较轻，适于随伴步兵迅速隐蔽地行动。迫击炮主要配用杀伤爆破榴弹，用于歼灭、压制暴露的和隐蔽的有生力量和技术兵器，破坏铁丝网和障碍物；有的还可以配用烟幕弹、照明弹、宣传弹和其他特种炮弹，完成多种战斗任务。

< 傅传作，1955年被授予少将军衔。

傅传作

湖北石首人。土地革命战争时期，任红3军第9师便衣队队长，红二军团第6师18团连长，第4师12团营长，团参谋长、团长等职。抗日战争时期，任八路军第120师358旅715团营长，独立第1旅2团团长等职。解放战争时期，任陕甘宁晋绥联防军独立第1旅副旅长，晋绥军区军政干部学校教育长，西北野战军第1纵队7旅旅长、第一野战军第1军1师师长等职。

战斗在即，傅传作神情严肃地说："同志们，我们7旅和兄弟部队在17日晚向太原东山'四大要塞'发起进攻，夺取这4个要塞阵地，我们就可以直接控制东山，为攻打太原打开大门，为攻城创造坚固的依托。任务很艰巨，希望大家回去后组织好、动员好，打好这一仗。要求全体指战员以勇猛顽强和迅速的动作攻克牛驼寨，全歼守敌。"

参加会议的同志们听了旅长的讲话后都表示，回去后一定要搞好部队动员，发扬敢打硬拼的精神，不负上级首长的信任。

10月16日，晋绥独立第6旅普遍进行了传达和动员。

此时，第6旅的部队大都驻在柳沟村一带，距牛驼寨有10公里左右的路程，部队要沿着赵炳玉所提供的山沟小路穿插到牛驼寨，必须经过敌人的碉堡地区，部队行动必须严守纪律、肃静、迅速，不许有任何一点儿响动和火光。如果暴露目标，就难完成这次偷袭、穿插任务。因此，他们除了严密的组织和严格的纪律外，还采取了一些具体措施。如为了防止咳嗽，采用毛巾堵嘴，吸烟的人带上干粮，以备一旦犯了烟瘾时可以吃上几口，对容易发生响声的东西，如铁锹、水壶、小碗等都用皮带或绳子扎紧，绑在身上。

一切准备完毕以后，第6旅于10月17日晚8点开始行动。寂静的深夜，寒冷的天气，但指战员们却都走的满身大汗。当一声号令响起的时候，战士们仍有余勇可贾，个个似离弦之箭，直冲牛驼寨敌人的阵地，而此时，阵地上的阎军们还在睡大觉呢。19团3营的一个战士一脚踹开敌人虚掩着的碉堡门，从酣睡中惊醒的敌人还嘟嘟囔囔地说："干什么，不能轻一点呀。"当解放军战士高喊"缴枪不杀"时，一个军官还大声呵斥说："你们开什么玩笑不睡觉！"当这个战士说明自己是解放军时，他们立即清醒过来，但面对黑洞洞的枪口，也只好乖乖地投降了。经过两个多小时的战斗，第6旅歼灭了敌保安团的大部，俘敌100多人。攻占了1、2、3、4、5、6、7号碉堡（也就是阵地）。10月18日早晨5点，第6旅第20团第3营接替21团1营防守4、5、6、7号碉堡。当20团3营的冉副营长见到21团1营营长阎汉文时，阎汉文说："老冉，我把阵地交给你啦。"

冉副营长即派9连连长孟克带1排去接替4号碉堡（庙碉）时，敌人却已经重新占领了庙碉，并向其1排开火，他们立即组织火力将1排撤回5号阵地。尔后，根据当时的地形和实际情况，他们又重新布置了兵力，防止敌人反扑。9连、11连安排5、6、7号碉堡，担任第一线防御，营重机枪连配属到9连、11连指挥，13连配属营指挥，安排在3号碉堡（阵地左侧）担任防御；10连在营指挥所附近，担任第二梯队，准备随时支援9连、11连战斗。营部设在距前沿阵地600米处，原阎锡山军队的一个坑道内。同时，3营的干部也进行了具体的分工。营长村盛清、教导员薛振先负责全面的指挥，冉副营长在前沿负责9连、11连的战斗，副教导员苗凤华负责协助3连的指挥。

各连进入阵地后，便积极加修工事，准备应付敌人的反扑。工事刚一修好，正在吃早饭时（大约7点30分左右），阎锡山的炮火就开始向9连、11连阵地进行炮击，3营立即通知各连作好战斗准备，并要求干部观察敌人的行动，准备歼灭进攻之敌。8点30分左右，敌人又有3架飞机向9连和11连阵地上轰炸和轮番扫射。这时，胡宗南派到太原支

∧ 我军某部战士们在绑扎手提炸药包,随时准备投入战斗。

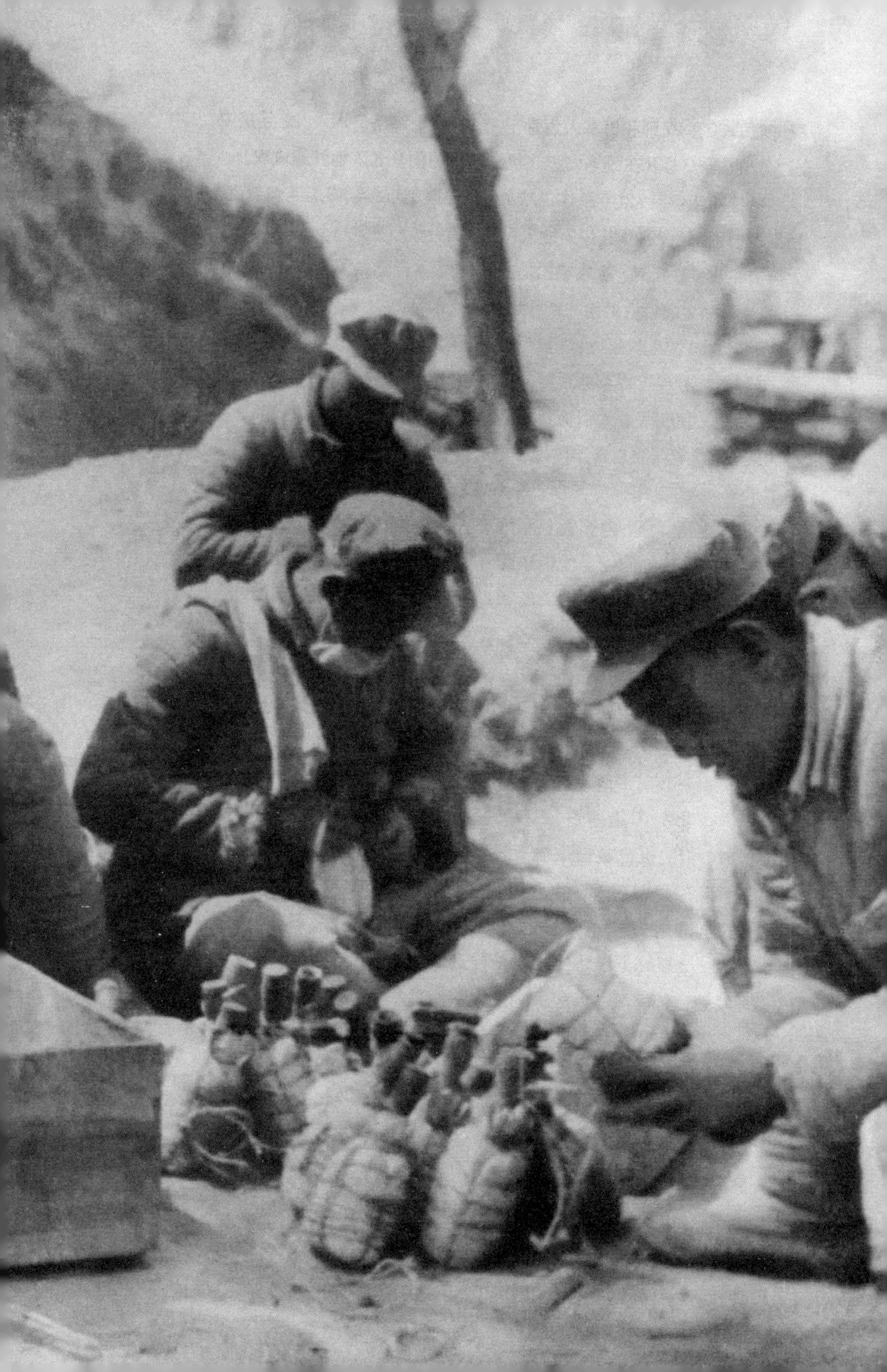

援守城的30军27师和日本人为骨干（班长以上都是日本人、士兵是中国人）的第10总队在敌炮火和飞机的掩护下向9连阵地发起进攻。

11连组织侧射火力，杀伤进攻之敌，支援9连战斗。9连连长盖克，指挥2排用手榴弹和炸药包向敌人投去；指导员庄占池，不顾敌人的炮火轰击和飞机的扫射，从战壕里站起来喊："共产党员要带头打退敌人的进攻。"并端起轻机枪向冲到阵地前沿之敌猛烈射击。这时9连3排以侧射火力向敌人夹击，经过1个多小时的激烈战斗，打退了敌人的进攻。9连这次战斗打得英勇顽强，特别是干部和党员起到了带头作用。打退了敌人的进攻后，他们抓紧抢修、恢复敌人摧毁的工事，迎接更艰巨的战斗。庄指导员对前来阵地了解战斗情况的冉副营长说："9连打得剩下一个人，也要坚守阵地，决不让敌人冲到我们阵地上来。"

在11连指挥所，冉副营长和陈连长、李指导员研究了如何对付敌人的再次反攻的问题。他们认为，要打退敌人的进攻，首先要加强和9连结合部地域，确定由李福祥指导员带3排坚守和9连结合部的地域。组织营的重机枪进行交叉火力，保证结合部地域的安全。为了应付突然情况，掌握敌人动向，随时指挥部队打退敌人的进攻，冉副营长带着两个通信员到9连和11连的结合部地域去指挥。当他们刚刚到达结合部地域时，敌人的炮火就又一次向他们阵地进行轰击，飞机也对我前沿阵地进行扫射。

大约在上午10点左右，阎锡山的飞机又向11连的阵地轰炸扫射。这时3排的机枪班长陈裕不顾敌人的炮火，端起机枪向进攻之敌的战斗队形猛烈扫射击，不幸中弹牺牲。副班长李强，接过班长的机枪又向冲到我前沿阵地的敌人猛烈射击，副班长又不幸中弹牺牲。最后一个新战士小华接过机枪向进攻的敌人射击，打得敌人无法接近我结合部区域。当敌人的主力冲到离我11连阵地前沿50米时，营重机枪连和9连、11连的火力交叉、猛烈射击，李福祥指导员和一排全体同志用一排一排的手榴弹把敌人打得屁滚尿流，粉碎了敌人第二次反攻。上午11时许，敌人又用3架飞机对3营指挥所和第2梯队10连进行轰炸扫射，营指挥所的坑道口被炸毁，把营长、教导员和营部同志都堵在洞子里。战斗异常激烈，冉副营长一方面叫通信员张信喜通知9连和11连加修工事，监视敌人的行动，准备打退敌人的第三次进攻。一方面又同时叫11连连长陈同兴派一个班去挖开被敌机炸毁的营指挥所坑道口，救出被堵的人员。

不久，敌人又开始了第三次反攻。这一次比头两次更加凶猛和残酷，敌人用100多门大炮，8个小时在不到300平方米的阵地上，就落了一万多发炮弹，被炸起的焦土有两尺多厚，除了钢筋水泥堡垒以外，所有的地面工事全部被摧毁。在这种情况下，9连和11连的干部战士，奋不顾身，顽强作战，在团炮火的支援下，又一次打退了敌人的反扑，守住了阵地。这时，已经是下午4点半左右，部队再次恢复工事，监视敌人的再次进攻。到了下午6点钟，3营接到李俊参谋传达团首长的指示，让他们在晚9点钟以前把阵地交给2营。

4. 步步为营，拿下第一主阵地

10月19日，由于战斗伤亡减员，晋绥第7纵队进行了组织调整。这天，敌人没有进攻，但整整向阵地上炮击了一天，阵地上又落了将近8,000多发炮弹，阵地上的工事被基本摧毁。10月20日早6点，敌人的炮兵又向5、6、7号碉堡阵地进行猛烈的轰击，7点30分左右，敌人在炮火掩护下，发动了全面的进攻。这时，19团团部也组织了强大火力支援2营的战斗，经过激烈的争夺，2营打退了敌人3次凶猛的进攻，由于工事基本被摧毁，人员伤亡也很大。上午11点左右，19团李俊参谋通知3营派一个连支援2营，李俊对前来受领任务的3营干部说："现在2营情况紧急，已经连续打退敌人3次进攻，但是阵地被摧毁，部队伤亡也很大。为了守住阵地，打退敌人进攻，团里决定派你带一个连去支援2营战斗。具体情况你到2营阵地后王金峪营长会介绍的。"同时又说，"你们要不惜一切代价，坚决把敌人打下去，坚守阵地。"

大约在中午1点，11连在3营冉副营长的带领下，在团和10连火力的掩护下，迅速通过了大约500米的敌封锁地带，到了2营指挥所。2营王营长说："你来得正是时候，部队伤亡很大，阵地工事被敌人摧毁，5连只剩下指导员和四五个战士，坚守着五号碉堡。"接着又说："敌人很可能在5连阵地突破。"

冉副营长说："11连支援5连战斗。"此时，11连指导员已把全连带到了2营阵地上。

正在这时，迫击炮连的一名干部大声喊道："敌人放毒瓦斯了。"19团的指战员们立即把口罩弄湿带上防毒。同时，11连全体战士上好刺刀，准备与突入5连前沿阵地的敌人进行白刃战。而这一切刚刚准备好，就听到5连阵地上隆隆的炮声与人的喊叫声响成一片，有人喊："敌人冲上来了！"

11连指导员和刘副连长各带一个排勇猛扑向突入5连阵地之敌，用手榴弹和拼刺刀终于把敌人又打了下去，恢复了5连阵地。整个战斗过程中，11连的反击打得很出色，也很猛烈。3排代理排长周玉亭在和敌人拼刺刀时，刺死敌人之后，自己被炮火炸焦的土埋了半截身子，牺牲时还端着刺刀。战斗结束，晚上打扫战场时，战士们发现指导员李福祥在我防御阵地外的削壁和敌人抱在一起，卡着敌人的脖子牺牲了。副连长在峭壁上用刺刀刺死3个敌人后，端着刺刀中弹牺牲。有的战士手里还扣着手榴弹弦就牺牲了。这次战斗，11连付出了很大的代价，全连100多人只剩下一个副指导员、一个排长和50多个战士。晚上8点，3营撤离阵地，把防御阵地交给其他兄弟部队，下来休整总结。11连由于18日的防御和这次的反击战都打得很出色，完成任务比较好，立了集体特等功。

牛驼寨的庙碉（4号碉），是敌人的指挥碉，也是牛驼寨整个阵地的核心。只有攻占了庙碉，才能全部攻占牛驼寨阵地。牛驼寨的战斗，从10月17日起至11月10日，晋绥野战军第7纵队所属独立第3、第7、第12旅和陕北警备第2旅与敌人连续激烈争夺了27天，各部队都付出了很大代价，最终在5、6、7号碉堡站住了脚跟，使之成为他们进攻庙碉的依托和出发阵地。

1948年11月13日晚8点、晋绥独立第6旅集中了4个营的兵力，在炮火掩护下，向牛驼寨主阵地4号碉和8、9、10号碉开始了全面的攻击，由于工事比较坚固和敌炮火的阻拦，使进攻部队遭到了很大的伤亡，进攻受挫。为了迅速攻克敌人主阵地，旅决定由19团1营加入战斗，接替21团3营进攻庙碉的任务。19团1营接受任务以后，部队在向前运动中，营长张振武负伤退下火线，部队失去了指挥。14日凌晨一点，李俊参谋通知3营的冉副营长到团部，由团长亲自对他说："现在1营营长张振武负伤，1营没有指挥，旅决定你到1营任营长，你一定要把牛驼寨庙碉攻下来。"

政委李发应也说："傅传作旅长和曹光琳政委说了，打下牛驼寨庙碉给你记大功。你是战斗英雄，我们相信这个任务你一定能完成。完成任务后，团党委给你请功。"冉副营长从1营出来时间不长，对1营的情况比较熟悉，接受任务后他赶到1营指挥所，见到了沈教导员和刘桂林副教导员。他们把各连的干部找来，进一步研究和明确了各连攻打庙碉的具体任务。3连连长纪秀全说："这次拖延了进攻时间，是我们没有注意庙碉周围有4个小碉。这4个小碉同时都有通往庙碉的坑道，敌人的交叉火力网很严密，要攻克庙碉，必须先打掉敌人4个暗碉（支撑点）。"同时他请求说："打掉4个支撑点的任务，我们3连包了。"冉副营长和教导员同意了他的意见，并明确了3连炸掉敌支撑点以后，2连准备250公斤炸药，随后炸掉庙碉。1连作为营的预备队。任务明确后，各连长就分头回连进行准备。

3连连长回去后，由1、2排组成了6个爆破组，同时组织了3个投弹组，连的轻机枪和六零炮组成了火力支援组，掩护爆破组行动。11月14日凌晨2点30分，在团营炮火掩护下，纪连长亲自带领1排，在连的火力组和投弹组掩护下，连续两次爆破，炸掉了北面敌人的暗碉，破坏了敌人的火力网对我们的交叉射击。接着，指导员周贵良带领2排连续爆破，又把前面的一个暗碉炸掉了。连长纪秀全又带领1排，把西面的暗碉炸掉；副连长带领3排，把东面的碉堡也炸掉了。经过1个多小时的战斗，庙碉外围的4个碉堡就全部消灭，3连长纪秀全和指导员都负了伤，营里立即安排他们养伤。

3连的连长和指导员受伤，冉副营长就把2连连长和指导员找来商量，二连连长说：

> 李发应，1961年晋升为少将军衔。

李发应 ──────────◀

　　安徽霍丘人。土地革命战争时期，任红31军第93师271团政治处主任，师特派员等职。抗日战争时期，任八路军120师警备第6营政治教导员、代团长，绥蒙军区第9团政治委员等职。解放战争时期，任绥蒙军区骑兵旅第3团团长，晋绥军区第5军分区42团团长，第41团团长，晋绥军区第12旅27团政治委员，第3师政治部副主任等职。

重机枪

装有固定枪架、射程较远、威力较大、可搬运的机枪，是步兵分队的支援火力；主要用于射击集群的有生力量、火力点、轻型装甲目标和低空飞机；其枪架具有平射、高射两种用途，射击精度较好。平射的有效射程为800～1,000米，高射的有效射程为500米。战斗射速为300～400发/分。

"我把1排组成3个爆破组，我亲自带领，用连续爆破的方法把庙碉炸掉。2排组成两个组由副连长带领，攻占庙碉。"14日凌晨4点，在距庙碉50米的地方，1营组织营的重机枪，用火力封锁庙碉敌人枪眼，掩护2连1排的爆破。2连长带着1排在我火力的掩护下，迅速地接近了碉堡底下，用250公斤的炸药，连续爆炸的方法，把敌人庙碉炸开了一个2米高、1米宽的口子，把庙碉内的敌人也都给炸昏了。这时，2连副连长丁连全带领2排迅速冲进庙碉，俘虏了80多个敌人，其中还有几个日本人。早晨5点，1营就全部占领了牛驼寨主阵地庙碉。旅作战科的王科长来到他们的阵地上，召集19团1营冉营长和20团3营营长刘生亮、21团2营营长陈湘泽等3人，传达旅首长的指示："在6点以前必须攻下8、9、10号碉堡，全部占领牛驼寨要塞阵地。19团1营负责攻克8号碉，20团3营负责攻克10号碉，21团2营负责攻克9号碉。5点30分，随着3发红色信号弹升上高空，3个营向敌人几个碉堡发起进攻。19团1营1连连长纪炳文在营的火力掩护下，带着1排从西北侧敌人的侧后首先冲入敌人的8号碉堡，消灭敌人一个炮兵连。张指导员带着2排从西南侧切断了敌人8号和9号碉堡之间的联系，保证了21团2营攻占9号碉堡翼侧的安全。经过1个小时的战斗，1连全部占领了8号碉堡。同时21团2营也占领了9号碉堡。但是由于敌人炮火的阻击，加上21团3营动作迟缓，部队进攻受挫，没有拿下10号碉堡。

14日早晨7点30分，10号碉堡的敌人在城内炮火的支援下向晋绥军占领的8号碉堡进行反扑，被19团1营2连击退。当时，1营全营只有50多个人了。1连人最多，除指导员外还有15个人。由上级前来视察阵地的首长安排，由1连8号碉堡守卫，防止10号碉堡的敌人反扑，其余人员都撤到庙碉阵地上去休息，准备支援1连的战斗。1连接受防御任务后，连续打退了敌人两个连兵力的两次进攻。中午12点，9连换了1连的任务，1连撤到营部指挥所附近休息。9连接受任务后，晚7点30分，在团的火力掩护下便迅速攻占了10号碉堡，全歼守敌1个连。

至此，整个牛驼寨阵地的10个碉堡全部被晋绥独立第6旅占领。牛驼寨要塞成为第1兵团监视和控制太原城内敌人行动的主要阵地，为第1兵团攻城创造了有利条件。

▽ 我军战士在交通壕内书写标语,表述战斗决心。

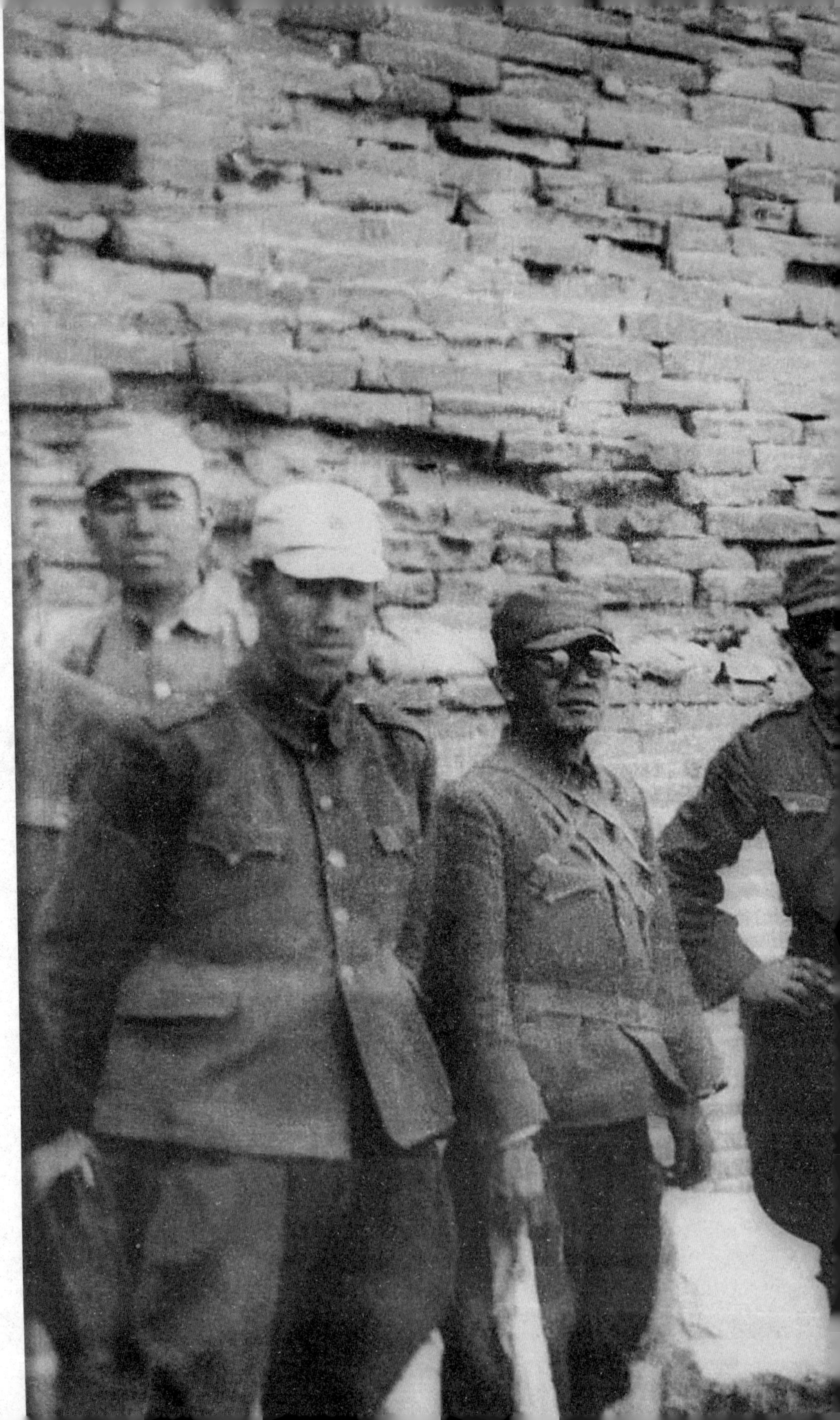

∧ 在太原外围牛驼寨战斗中,被我军俘虏的阎锡山部炮兵第十总队少将副总队长李诚(前戴眼睛者)。李诚系日本人,原名山田岩。

战争宽银幕

❶ 我军某部重机枪手向敌据点射击。

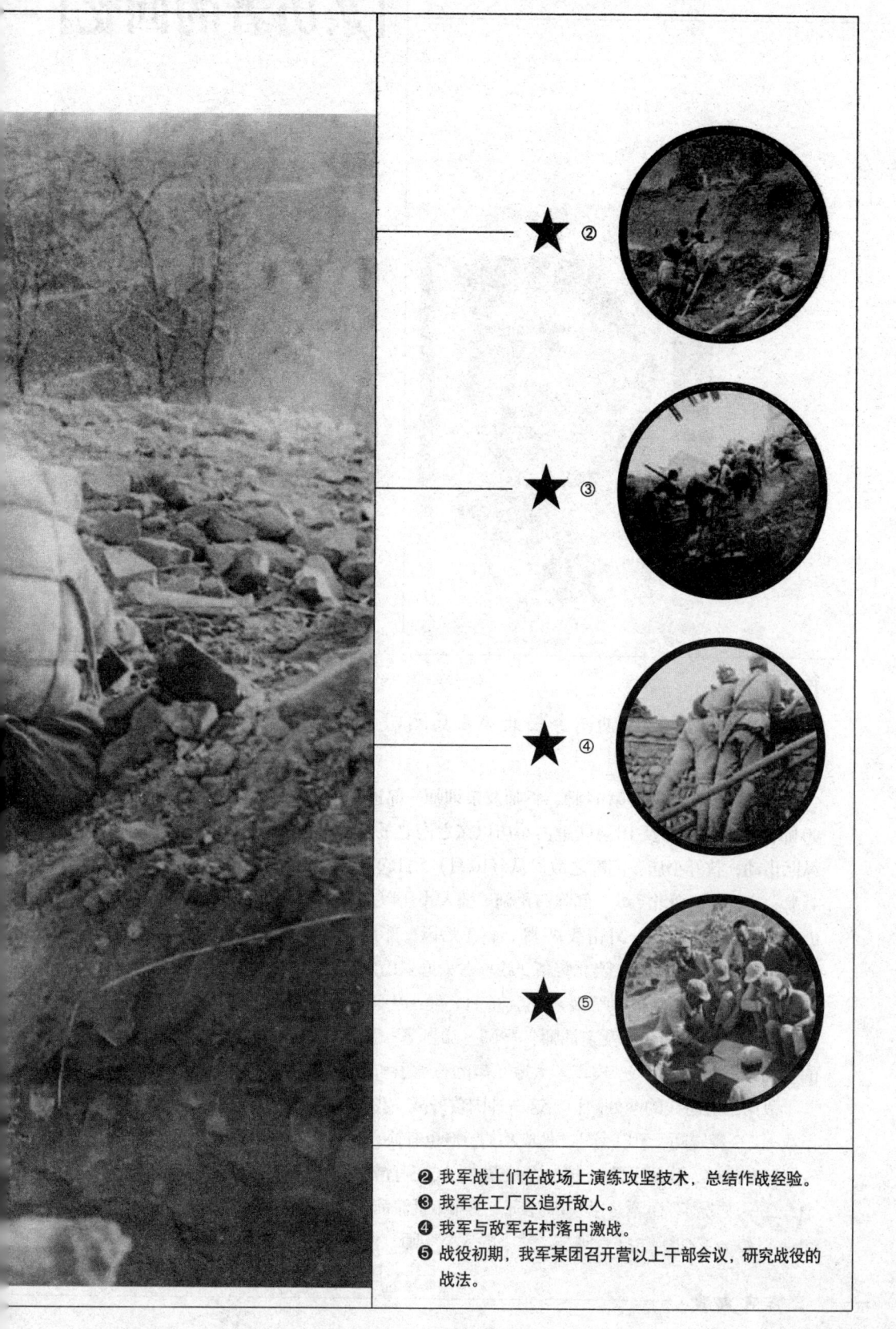

② 我军战士们在战场上演练攻坚技术，总结作战经验。
③ 我军在工厂区追歼敌人。
④ 我军与敌军在村落中激战。
⑤ 战役初期，我军某团召开营以上干部会议，研究战役的战法。

[亲历者的回忆]

徐向前
(时任华北军区第一副司令员兼第1兵团司令员、政治委员)

……当前委发现敌第44师、45师及亲训师一部进占小店、南畔村、巩家堡地区，40师、49师、73师及10总队进占小店以东之南北王铭、西温庄地区时，决定以4个纵队出动，首歼小店、南畔之敌。从（10月）5日起，我以8纵、13纵攻歼敌44师、45师、亲训师；西北7纵一部强渡汾河，插入小店以北，断敌退路并相机打援；以15纵主力插向武宿以西，歼击敌49师，得手后以一部控制辛营，断敌第73师、40师、10总队退路；7纵一部及陕北警备2旅攻占太原东山之前后李家山，以炮火控制北飞机场，并相机攻占凤阁梁等要点。至16日，经小店、武宿、北营、大小吴村等战斗，歼敌第44、45两师全部及亲训师、73师、68师各一部，共万余人，占领了华北最大的机场——武宿飞机场，攻克了太原东南的石嘴子和东北的凤阁梁两个重要阵地，打开了敌第二道防线的两处缺口。这一外围攻歼战，我军行动隐蔽、神速、突然，抓住了敌人2个精锐师，予以全歼，是成功的。但也有缺点，主要是插入敌后的兵力太少，未能断敌退路，致使半数以上的敌人逃掉，实在可惜得很。如果开始即以西北7纵主力全部强渡汾河，而不是以一部渡河、一部相机渡河；以13纵一个旅直插武宿以北，配合15纵一部切断铁路，那么，敌人的5个多师，便有可能大部被歼。

——摘自：徐向前《历史的回顾》

★★★★★

杨成武
（时任华北军区第3兵团司令员）

美国记者曾经这样描写："任何人到了太原，都会为数不清的碉堡而吃惊，高的、低的、方的、圆的、三角形的，甚至藏在地下的，构成了不可思议的密集火网。"即使这样，阎锡山还不断地叫嚣着："地球转动一天，我们的工事就要加强一天！"他以为有了这样的工事，加上600多门大炮，美帝国主义的援助，还有被阎锡山收编的日军的助战，就可以高枕无忧了。

不过，阎锡山这个土皇帝很不明白军事上的一个真理：对于胜利之师，是没有什么工事能够阻挡得住的。即使高山大海，也挡不住滚滚铁流。阿尔卑斯山没有挡得住汉尼拔率领的骑着大象的数万大军；日本精锐的关东军在长白山筑下的坚固防线，奈何不了长驱直入的苏联红军。阎锡山为数可观的碉堡，在我们汇合在一起的3个兵团的铁拳下，又算得了什么呢？

——摘自：杨成武《会攻太原》

第五章

外围作战（下）

★★★★★

∧ 战斗打响前，我军炮兵某部在进行战术讲解。

阎锡山要全力固守"四大要塞",徐向前的第1兵团为扫清攻城道路,必须夺取"四大要塞",双方对"四大要塞"都志在必得。

东山之战在反复的攻防之中,惊天地泣鬼神。夺取山头要塞的战斗,是太原战役中最激烈最残酷的战斗之一。

山头敌人的几块主阵地上,碉堡不成样子,到处弹痕累累,草木尽摧,地面松土盈尺,弹片、弹柄敷地一层,交通沟、掩蔽部到处为敌尸充填。

1. 血战淖马,坚持就是胜利

东山战斗打响后,阎锡山要全力固守"四大要塞",徐向前的第1兵团为扫清攻城道路,必须夺取"四大要塞",一场激烈争夺东山"四大要塞"的血战因为双方都志在必得而来到眼前。

在牛驼寨的战斗中,阎锡山从18日起开始反扑,以1,500人以上的兵力,在几面炮火的掩护下,连续10余次的进攻虽然都被击退,但21日,他们又派出第30军及独立第10总队的3个精锐团,在百门山野炮交叉火力以及飞机的支援下,再次向牛驼寨反扑。这一天,牛驼寨阵地落下上万发炮弹,所有的地面就像被犁过了一遍一样,工事全部被毁坏,交通壕被扬起的尘土填平。

前线的战斗时刻揪着第1兵团司令徐向前的心,10月23日,徐向前重新调整了作战部署,并颁布对东山"四大要塞"的攻击命令。命令规定,10月26日16时,对东山要塞发起全面攻击。

26日,第1兵团所属各部按照预定的作战部署,开始攻击"四大要塞",这次攻击,双方均以主力部队投入战斗:第1兵团先后投入的兵力达到27个半团,仅有4个团没有参战,而阎锡山的部队中除了守备西山的3个师、城南城北的2个师外,其余的8个师、3个总队及保安团,全部都投入了战斗。

发起攻击的信号弹于下午4时准时升上天空,淖马战斗开始了。

淖马位于太原城正东约2公里处,它是高出太原城300米的制高点。整个淖马要塞包括淖马主阵地和周围小山头组成的1至9号阵地。主阵地就有5层劈坡,一层比一层高,一层比一层陡峭,层层都有交通壕、散兵线、倒打火力点和集团工事。每个集团工事都是用钢筋、水泥、石子、块砖筑成的各种碉堡,根据形状起名为品字碉、老虎碉、梅花碉等。碉堡四周则是悬崖峭壁,外面还埋设了大量的地雷,并有壕沟、铁丝网、鹿砦等副防御设施。主阵地与其他阵地之间还有暗道相连，并设有许多伏地碉。阎锡山以其主力精锐部队第8总队另配有保安6团驻守淖马阵地；以第30师全部和第40师两个团组成机动兵团，随时增援和组织反扑；以城东黄家坟、剪子湾、大小东门、双塔寺等炮群作为火力支援。

第1兵团受命攻夺牛驼寨的是第15纵队。兵团命令该纵队附野炮、榴弹炮13门和102mm、105mm重炮6门炮攻淖马，夺取阵地之后要相机向靠近太原火车站的伞儿树发展。第15纵队把攻克淖马主阵地的任务交给了第43旅。43旅决定把主攻任务交给128团，129团2营助攻，127团为预备队。

淖马战斗在第15纵队隆隆的炮声中拉开帷幕。15纵队包括榴弹炮、野炮、迫击炮甚至小炮在内的各种火炮万炮齐发，声震四野。火炮猛烈地轰击敌人阵地，顿时硝烟蔽野，弹片与泥土横飞，阎锡山的守军被打得瞠目结舌做不出反映，仓皇上阵的士兵也都因对面的炮火太猛而找不到准星，打不开保险，被动挨打，眼睁睁地看着自己的火力被完全压制。

在强大的火力掩护下，第128团的爆破组首先在阵地前炸开缺口，突击组带头冲进敌阵，歼灭守敌，率先攻克了淖马以东的集团工事，为进攻淖马主阵地打开了一条通道。敌人失去了一个侧翼阵地，便示威性地进行报复，先是主阵地碉堡四面的射击孔里，轻重机枪疯狂地喷射出火苗，接着无数炮弹也从几个方向朝第43旅的各个阵地飞来。顿时，弹片、弹头夹着碎砖烂石像冰雹似地撒落下来。部队是隐蔽在工事里被动挨打呢？还是暂时撤下来再待机前进？第43旅果断决定，要遵照徐向前司令员"迅速、勇猛、一次成功"的指示，乘敌人指挥思想混乱之机，立即向主阵地发起进攻。

有了明确的攻击目标和正确的战场指挥，很快，43旅的所有炮火一起转向敌主阵地进行轰击，炮声隆隆，43旅的指战员们看见对面之敌在炮火中被压制得抬不起

榴弹炮

　　身管较短、弹道较弯曲的火炮。榴弹炮的初速较小；射角较大，最大射角可达 75°。弹丸的落角也大，杀伤和爆破效果好。采用多级变装药，能获得不同的初速，便于在较大纵深内实施火力机动。它适用于对水平目标射击，主要用于歼灭、压制暴露的和隐蔽的（遮蔽物后面的）有生力量和技术兵器，破坏工程设施、桥梁、交通枢纽等。

∧ 我军炮兵在战前擦拭榴弹炮。

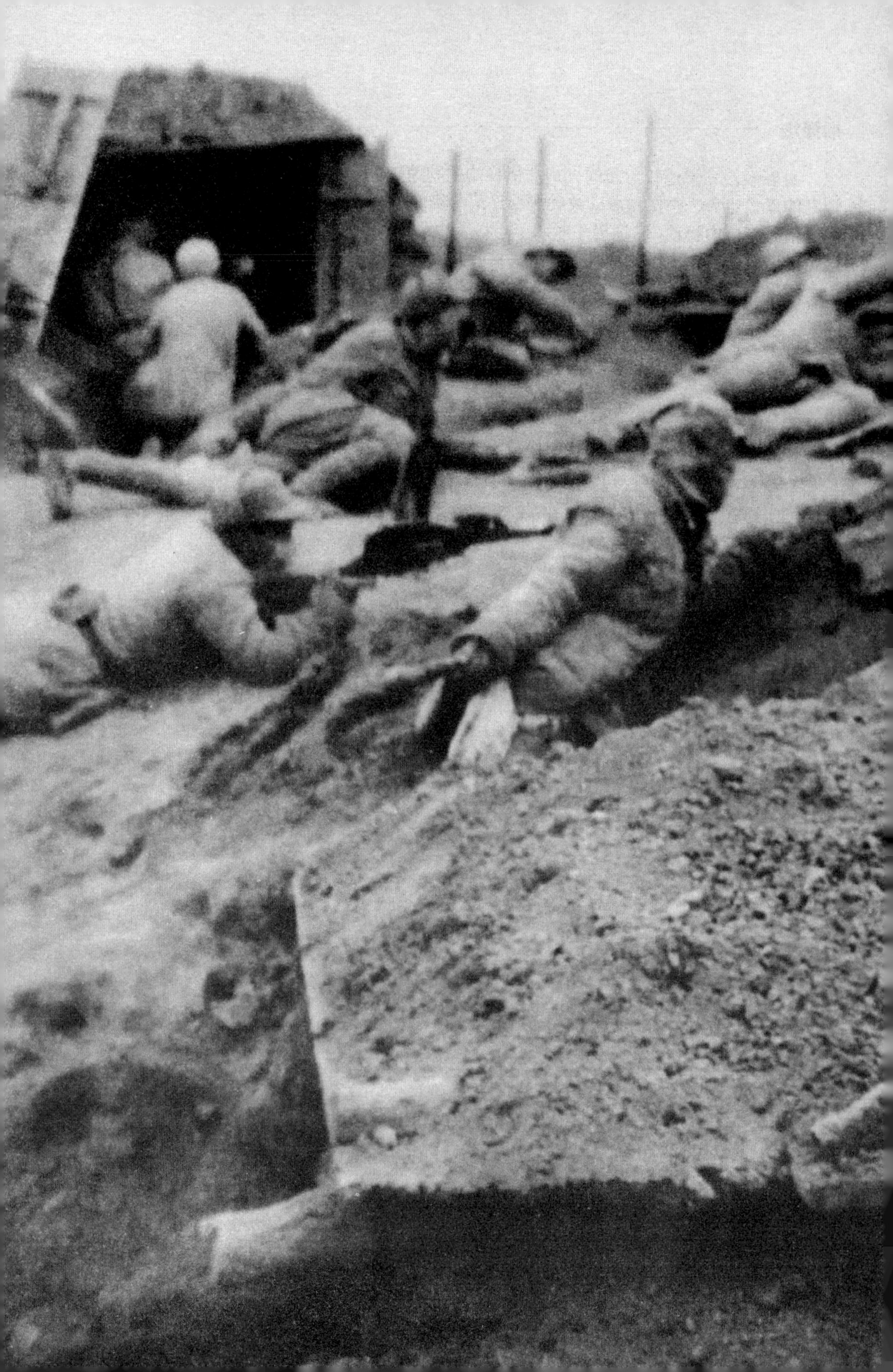

∧ 我军某部在太原外围作战中，击退敌人多次反扑。

头，战斗的热情高涨，他们跳出堑壕，在炮火掩护下向主阵地冲去。果然，由于敌人被炮火压制住了，他们很快占领了敌人的第一层劈坡工事，在交通壕和敌碉前同敌人逐段逐碉地进行着激烈争夺。

　　第一层劈坡的战斗还在激烈地进行，旅突击组组长李全邦，率领着突击组甩掉了敌人的纠缠又勇猛地向第二层劈坡的交通壕前进，突击组的勇士们个个如虎跃平岗，很快就占领了第二层劈坡工事。失掉了两层劈坡工事后，阎锡山的守军更加恐慌，凭着居高临下的有利地形，利用上一层劈坡的防御设施，拼命使用飞雷、手榴弹等，构成一道疯狂的火力拦阻线，43旅被压制在两层峭壁下。

　　43旅的进攻暂时受挫。由于敌方地形易守难攻，加之其在强大的炮击之后从慌乱之中逐渐清醒过来，也组织了严密的火力，使攻击的难度大大增加，攻击部队在连续进攻中遭受了较大的伤亡，班、排组织有的已被打乱。因为运输道路被敌人步炮火力严密封锁，弹药送不上去，指战员们吃不上饭，喝不上水，体力消耗很大，再加上地形有利于敌，不利于我，继续进攻已相当困难，虽然趁夜间又组织了几次进攻，但均未能奏效。10月27日拂晓前，战斗暂时停了下来。

正是黎明前最黑暗的时刻，硝烟的味道还没有散尽，43旅的首长到前沿阵地了解视察情况。128团的几位领导同志都负了伤，在一线阵地上只剩下3营教导员指挥着13名战士。后面还有配合主攻的129团一个不完整的连。在一片焦土的前沿阵地上，到处都是弹坑弹片。激烈的战斗过后，有的战士衣服被弹片撕破，脸上泥土斑斑，有的头发眉毛都被烧焦了，有的负了伤，用纱布包扎着，战士们确实应该休息一下了。

狭路相逢勇者胜，坚持就是胜利。43旅旅长林彬，在了解了战场的情况后认为：我方在下，敌方在上，我们冲锋伤亡大，守敌在我方炮火的轰炸中伤亡更大；我方在敌人的火力封锁下粮草供应有困难，敌人被分割包围在山上他们的供应更是难以为继。我方暂停攻击养精蓄锐，敌人不反扑阵地就完全证明了这些：我们疲累，敌人更疲累，我们困难，敌人更困难。如果立即重新发起攻击，一定会拿下涑马来。林彬向128团的几位领导分析了对战场的看法之后，大家都很赞成。

因为128团战斗损耗太大，人员过于疲累，旅长林彬决定让他们下去休息，把预备队127团调上来接替，但饥寒、困苦、流血、牺牲并没有摧毁128团英雄们攻克涑马主阵地的决心和信心。他们听到要换下他们去休息，感到十分委屈，他们纷纷请战："不！首长！我们还要打，不打下涑马，决不下战场！"

一些老兵还真诚地向旅首长恳求："旅长，晋中战役你带领我们坚守董村，打退了在大炮装甲车掩护下6倍于我的敌人，难道这次一个碉堡我们就攻不下来吗？首长，请相信我们！"

真诚加必胜的信念，其结果一定是胜利。43旅旅长林彬，答应了128团同志们的请求，重新发出攻击涑马主阵地的信号。

攻坚战又开始了，解放军的轻重武器又都怒吼起来，成千发炮弹掠过微明的天空，急雨般倾泻到涑马主阵地上。128团又稍作了组织调整和突击准备，129团一个连也跟了上来。在火力掩护下，几个爆破小组，连续摧毁了敌人的集团工事，并且分三层爆破了主阵地的悬崖绝壁。

太阳跃出了遮挡它的山峦。经过血战的战士们，在太阳的映照下没有半点疲惫，在胜利的招引下，他们迎着初升的太阳，怒潮般地扑向敌主阵地。他们左冲右杀，和负隅顽抗的敌人进行了白刃格斗，最终将阎锡山军第8总队一个团和保6团全部消灭，把胜利的旗帜插上了淖马主阵地。这时已是10月27日早晨6点钟。

主阵地攻克，淖马的胜利已是手到擒来，在以后的几天里，第15纵队的其他旅、团在几天之内很快就攻克了淖马周围的1至9号阵地。

站在淖马主阵地的山顶上，可以俯瞰整个太原城。解放军占领淖马，不说远射程火炮，就是普通山炮也可以打到太原城内。眼前就是太原盆地，解放军的步兵居高临下，如果乘势踏进平原，多路展开，就可以直捣太原。这对阎锡山的威胁太大了，他是决不会甘心的，他一定会倾注更大的兵力来和解放军争夺。第15纵队纵队长刘忠、政委袁子钦，重新部署了兵力，他们要赶在阎锡山军反扑前做好防守准备，迎接敌人的反扑。在淖马主阵地，43旅把127团调上来接防，整修工事，补充弹药，准备迎接更残酷的固守战斗。

果然不出15纵所料，从27日上午开始，敌人连续两天对淖马主阵地进行了10数次的疯狂反扑。因为43旅准备充分，指挥得当，在给敌以大量杀伤后，打退了敌人的反扑，巩固了已占阵地。

在离淖马主阵地不远的淖马西岭上敌人有一炮碉，对固守主阵地构成了极大的威胁。于是在11月10日，127团又对该炮碉发起了攻击，激战5小时占领了敌碉。对面之敌失去炮碉之后，不甘心失败，疯狂地向炮碉阵地反扑。几千名士兵在督战队的枪

> 林彬，1955年被授予少将军衔。

林彬

安徽金寨人。土地革命战争时期，任红30军第265团营政治委员，红四方面军总卫生部特派员等职。抗日战争时期，任八路军第18兵站三分站政治教导员，军委经济建设部政治处主任，新四军第5师41团副政治委员，挺进支队司令员，独立团团长等职。解放战争时期，任冀中军区独立第7旅21团团长，华北军区第6纵队18旅副旅长、旅长，第18兵团62军184师师长等职。

∧ 我军粉碎了敌东山防线，攻占了淖马要塞。

口威逼下，采用"人海战术"向失守的阵地涌来，前面的倒下了，后面的又往上涌。在这种发了疯的攻击中，他们曾先后4次冲上阵地。情况极端危急困难，面对亡命之徒，127团的各级指挥员，带领战士们与他们顽强厮杀，子弹打光了就拼刺刀，手榴弹打没了，就用石头砸，做工事用的铁锹、镐头也都成了战士手中的武器。他们一直坚守了24个小时，粉碎了敌人昼夜不停的无数次疯狂反扑。

淖马大势已去，但阎锡山还要做最后一搏。11月11日，他命独立第8总队司令赵瑞率部作最后的反扑，但赵瑞不但没有完成任务，还在解放军的政治争取之下，率500余人举行了起义，这阎锡山梦想恢复东山阵地的企图随之破灭。整个淖马要塞牢牢地控制在我军的手中。

第1兵团攻守淖马要塞的战斗，前后经历了18天，攻得勇猛，守得顽强，攻能攻得下，守能守得住。战后，第15纵队首长通令嘉奖了攻占淖马主阵地的英雄部队——第43旅的第128团、第129团2营和参战炮兵；通令嘉奖了攻占和坚守淖马的第127团、第130团、第135团。第1兵团司令员兼政委徐向前、副司令员兼副政委周士第、参谋长陈漫远、政治部主任胡耀邦签发了对第127团的嘉奖令，称他们"能攻能守，坚决顽强"。

> 鲁瑞林，1955年被授予少将军衔。

鲁瑞林 ————————————▼

甘肃临夏人。土地革命战争时期，任红五军团第13师1团连政治指导员，第38团营长，红31军第91师政治部民运科科长、第31军供给部政治委员等职。抗日战争时期，任八路军129师386旅772团政治处组织股股长、旅政治部组织科科长，太行军区第5军分区副司令员、政治委员，第3军分区司令员等职。解放战争时期，任太行军区副司令员，晋冀鲁豫军区第13纵队副司令员，第18兵团第61军副军长等职。

2. 别无选择，攻击、攻击、再攻击

1948年10月，解放军第1兵团在对太原东山"四大要塞"的战斗中，其第13纵队接受了夺取太原东山"四大要塞"之一的山头要塞的任务。

山头"要塞"位于太原城南5公里处，是由山头、大塬山（即后山塬）、黑驼三个点组成的。大塬山在东，地势较高，山头在西，这两个点由一土腰子联结。与黑驼村北梁上的方碉成犄角之势。三个点呈三角形。其主阵地又有1至5号骨干阵地组成，周围有劈坡2至6层，每层劈坡高4至6米。负责山头要塞防守的阎锡山军为独立第9总队、第73师的一个团以及第267师和独立第8总队的各1个营。13纵队奉命夺取山头"要塞"后，鲁瑞林副司令员决定由第39旅夺取黑驼，第38旅夺取塬山和山头，第37旅为预备队。

接受任务之前，第38旅刚刚全歼北营守敌900多名，接到命令后便立即由榆次龙田村挺进太原东山赵家坡，并把旅部设在此地。该旅下辖第112团，第113团和第114团，附炮兵连一个，配备马拉旧式铁轮山炮4门。全旅共约5,000人，旅长王海东、政委王贵德。第112团团长阮官华，政委因故未到东山；第113团团长马勇，政委崔殿

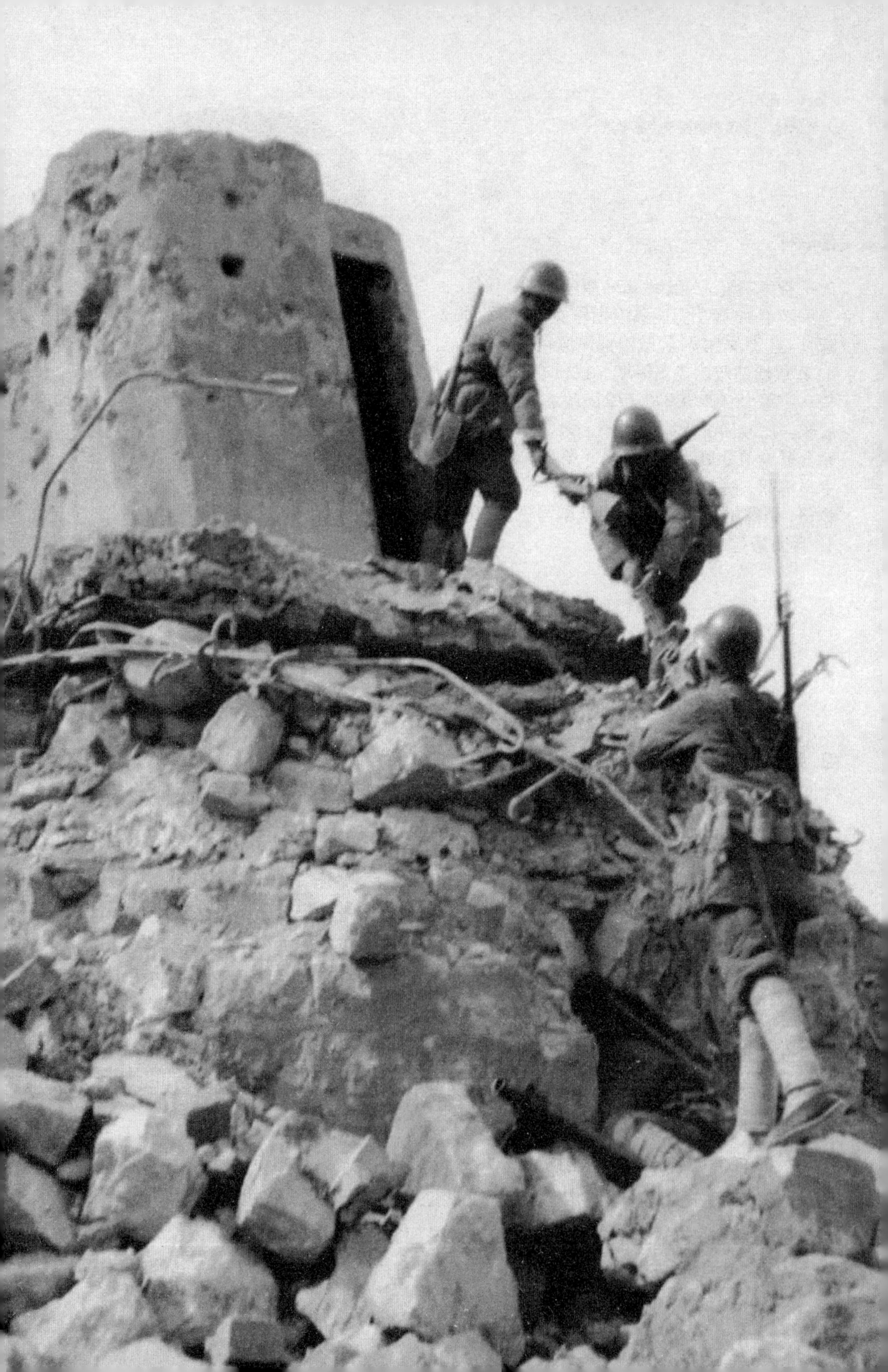

宸；第114团团长柴生金，副政委储成明。

第38旅接受任务后，命令第112团夺取大垴山，第113团夺取山头，第114团为预备队。各团接受任务后，当即到阵地前沿侦察地形。

112团在受领任务的同时，还接到旅党委送来的胜利红旗。面对红旗，全团指战员既感到无比的光荣，也感受到了荣誉所带来的压力和动力。团长阮官华在红旗面前向全团指战员发出号召："在临汾城垣外壕争夺战中，我们出现了李海水英雄连（3营7连），成为全纵队学习的榜样。既然是榜样，我们就要有一个榜样的样子，这次我们与兄弟部队配合夺取东山四大要塞，这是一件光荣而艰巨的任务，我们有一个李海水不行，我们要人人都是李海水，发扬李海水机智顽强、战场互助的战斗作风，把胜利红旗插到大垴山上。"在112团，他们的战斗分工是：3营为第一梯队，1营为第二梯队，2营为第三梯队。

10月26日下午，山头"要塞"的进攻和其他"要塞"的进攻同时展开。在震撼山谷的炮声中，夺取大垴山的战斗开始了。第38旅炮兵群猛轰大垴山右翼碉堡和伏地碉，硝烟把整个山头都笼罩了。透过漫天的硝烟，112团团长阮官华，在观察所里看到敌阵地前的暗堡大部被摧毁，便命令作为第1梯队的1营七连和8连发起冲锋。

此时正是黄昏，硝烟渐渐飘散，太阳把山谷映成一片金黄。冲锋号响了，8连的战士迅速攻占了敌阵地前沿土塄上的三个暗堡，并沿第4道塄坎向右翼方碉攻击。7连突击队在硝烟中冲上斜坡，直扑东西梅花大碉。8班班长亲自带领的突击小组扑到外壕前，班长冯毛孩将炸药包投进暗碉里，只听"轰"的一声巨响，炸药包爆炸了，泥块、水泥以及守敌的枪械、残肢都在爆炸中飞上了天。暗碉爆炸成功，更加鼓舞了英雄的斗志和信心，冯毛孩又率刘志山跨过鹿砦、铁丝网去攻占东南角野战工事的缺口。

面对势不可挡的英雄战士，守敌扔出燃烧弹，在半山腰燃起一片淡绿色的火光；手榴弹一个接一个地在战士周围爆炸。但是，战士们坚持战斗，掩护后续部队9连插入纵深，将敌集团阵地分割包围。7连指战员利用壕沟向前运动，爆破手们会合到梅花大碉的几个暗洞附近，对周围的暗堡进行连续爆破，然后一举攻占梅花大碉，

< 我军炮火摧毁敌工事后，战士们在碉堡内搜索被埋藏的武器。

首先把红旗插到大垴山上。到28日,全部占领大垴山。

112团团党委从电话上得悉大垴山已被占领后,党委成员十分高兴。首战告捷,党委决定给7连记集体功,并批准战斗英雄冯毛孩、张连荣、张志山、阎生春等4人火线入党。

112团的胜利,很快传遍全旅。28日10时许,旅部把电话打到113团:"112团已占领大垴山最后一个碉堡。你们团长和政委前来接受攻打山头阵地的战斗任务。"马勇团长等来到旅部,王海东旅长、王贵德政委介绍了山头要塞的地形情况,也介绍了112团攻打大垴山的经验,要求尽快拿下山头要塞3号主阵地。马勇团长接受任务后,回团立即召集连以上干部会议,制订了作战方案。早在刚刚受领任务、侦察地形的时候,113团还没有发起攻击就遭到损失——团指挥员误踩地雷,副团长李兴汉当场牺牲,政委崔殿宸受轻伤。这一次,真正的进攻就在眼前了,他们决定严密组织,打一个漂亮仗,给牺牲的副团长报仇。

当天下午5时,113团从距离山头主阵地七八公里的驻地出发,踏着泥泞的山路冒雨前进。部队通过石嘴子,到大垴山的羊肠小道,迅速地进入了大垴山阵地。团指挥所临时设在大垴山一个大型碉堡内。

第二天天刚亮,指战员们就开始在破烂不堪的残碉上,平整道路,清除敌人残留的铁丝网,扫除地雷,修筑工事,把射击孔对向敌方。临战前战斗准备工作在紧张进行着,气氛十分热烈,指战员们谈论着112团战友们攻打大垴山的经验,纷纷表达自己的战斗决心,表示一定要完成上级下达的战斗任务。

早饭后,旅首长又亲自带着旅司令机关的同志来到阵地上,和团首长一同观看了地形,然后回到团指挥所(在敌阵地前地下室)召开团党委会,研究了作战方案,确定2营为第一梯队,3营为第二梯队,1营为预备队,并对攻击部队具体交代了突击方向,还细致地作了火力安排。

30日下午3时发出攻击命令,30余门大炮首先猛烈地轰击敌阵地。顷刻之间,尘土飞扬,硝烟弥漫,敌人主阵地和碉堡周围六七米高的劈坡,被炮弹轰得一片片塌了下来。当突击信号发出后,数十挺轻重机枪构成火力网,封锁了敌人的射击孔,火炮又延伸向敌阵地纵深轰击,步兵发起冲锋。2营的突击队,向敌人1号和3号阵地发起冲击(3营助攻)。勇敢的战士一举攻占了敌前沿3个火力

∧ 我军攻占了敌碉堡后将俘虏押解下山。

点，但由于数道劈坡未能彻底摧毁，突击队攀登困难，战士们在光滑的劈坡前使不上劲干着急，加之后续梯队又未能及时支援，突击队遂被阻止在突破口前。突击队暂停攻击，给对面之敌以可乘之机，敌3号阵地掷出燃烧弹，5号阵地也开始从侧面射击，再加上敌人远射程火炮轰击，3号阵地前的攻击部队多面受敌，又无法展开战斗，伤亡很大。当面之敌看到对手无法进攻，又乘势反扑下来，我突击部队被迫撤出战斗。

31日下午5时，113团发起第二次攻击，当火炮延伸，突击队开始冲锋时，敌人一排重炮打来，一发炮弹便落在队伍中，把突击队准备爆破用的百余斤炸药击爆，出现了重大伤亡。突击队虽出师不利，但仍顽强战斗，在二梯队接续帮助中，冲上3号阵地。冲锋之中，敌我展开激烈争夺，双方互掷手榴弹，一时之间弹片横飞，硝烟弥漫，双方各有伤亡。战斗进行得如火如荼，团指挥所派4连后续梯队前去助战，但4连还未来得及参加战斗，敌人便开始了疯狂的反扑。由于无法压制敌火力，攻击部队只好撤兵。而在5号阵地前，1营也因受敌火力侧射，一时攻击无望也撤了下来。就这样，113团的第二次进攻部队，就全部撤了回来。

进攻两次失利后，38旅开始对相当复杂、坚固的山头阵地重新考量。此时，敌人又把第69师206团派到山头以增强守备力量，想死守山头。面对变得更加艰巨的夺取山头的任务，38旅党委觉得，不管有多少困难，作为一支英雄部队，除了攻击都别无选择。在及时总结了经验教训后，他们决定把第114团也投入进去，再次组织攻击。

自从山头战斗在26日打响以后，敌人的单引擎小飞机，每到白天就来轰炸扫射。11月1日拂晓，在敌人的枪林弹雨之中，113团在114团的配合下，发起第三次攻击。但突击队刚发起冲锋，敌人的远、近炮兵群就立即实施拦阻轰击，再加上飞机的轰炸扫射，部队的突击再次受到阻拦。

久攻不下，在纵队首长亲自主持下，38旅以及113团召开会议检查了三次攻击失利的教训。他们在部队中开展群众性的军事民主，找原因，想办法，搞战评（评指挥、评伤亡、评功模等）。群众的智慧是无穷的，由于领导反复动员，强调攻下山头阵地的重要意义，许多战士都主动把自己对战斗的看法和想法讲了出来，其中不乏稳妥实用策略和招法。3连战士提出攻击5号阵地的办法是：提前进入阵地，组织两个突击队，利用交通壕迫近敌阵，轮番爆破劈坡（共3层），再以炮击打开缺口，然后炸药补爆。这样一来，只要把劈坡炸毁，攻上敌阵地就相当有把握了。

5日下午3时，38旅指挥所在山头敌阵地前沿召集各团指导员，旅政治部主任李迅通报了全国战场形势。李迅很激动地告诉大家："我军秋季攻势取得很大胜利，东北战场我军展开攻势。经过20余天战斗，解放了锦州、长春、沈阳等地，全歼东北国民党军约40余万人。东北已宣告全部解放。华北敌方有11个军约40万人，分布在平、津、保（保定）、热（热河）、察（察哈尔）、绥（绥远）。华东我野战军威迫徐州，蒋介石集结30个军，以徐州为中心，相互靠拢，一场大战也即将打响。同志们，我们一定要把太原早一点拿下来，好到那边和蒋介石亲自较量一下。"

指战员听了传达报告，非常兴奋，都决心英勇战斗，早日打下太原。

7日，13纵指挥部电话指示38旅，继续攻取山头。并分析说，山头争夺战虽然没有取得明显的战果，但是经过几天激烈战斗，敌人也遭到很大杀伤，他们的气势和凶焰已被打了下去，只要指战员们团结勇往直前，胜利就在前面。38旅得到电话指示后，决定把3个团全部投入战斗，集中全力总攻山头。

3. 草木尽摧，东山弹痕累累

7日晚，38旅的3个团发起了对山头的全面攻击。113团3连首先爬下沟，翻上5号阵地前沿塄坎，连、排及部分战士经过反复观察地形，选择了冲锋道路，测量和标定了爆破点。但由于敌人工事坚固，防守严密，3个团的攻击仍无进展。

8日零点，各团检查了战斗准备，继续发起攻击，结果又未能取得进展。

9日上午7时，38旅全旅3个团开始总攻，50余门火炮轰击敌阵地，数十挺轻重机枪压制敌火力，敌阵地顿时成了火海。

久攻不下的阵地上终于炸开了第一朵报喜之花，一发大口径的重型炮弹，正中5号阵地中央的碉堡顶上，大堖山上正准备攻击的战士们看到这种情景，都情不自禁地发出赞叹和喝彩。因为他们都在这精确的一炮中看到了胜利的希望，一个战士对着炮兵阵地大声呼喊："炮兵兄弟打得好哇，应给你们送喜报！"

炮火压制占了上风，突击组战士冒着炮火烟雾，勇猛地冲上敌阵，迅速向西发展。2梯队也及时跟进，以两挺机枪压制、封锁敌人东南阵地，并迅速向左翼迂回。但就在两支突击队正要会合之时，隐藏在阵地后的敌人突然反扑过来，突击组的手榴弹已经打完，如何面对开闸之水似的敌集团冲锋？情况万分危急，正在千钧一发之际，爆破手陈天元猛冲上去，将手中的两三斤炸药投向敌人，炸药轰然而炸，敌人倒下了一大片，就在炸药爆炸的当儿，113团前来增援的一个小分队及时赶到了，

∧ 太原外围战斗中，我军炮兵向敌阵地猛烈轰击。

他们送来8箱揭开盖子的手榴弹。这些雪中送炭的手榴弹来得正是时候，战士接二连三地把它们投向敌阵，随着一阵又一阵爆炸声响起，敌人的第一次反扑被打了下去。

一次失利显然不能让敌人后退，他们很快又组织起第二次反扑。突击队的战士们刚刚喘了一口气，就又把手榴弹连续扔向敌群。由于敌军已被消灭大半，散兵线较长，扔手榴弹的杀伤效果不像第一次打反扑时明显，再加之战士们久攻不下，胸中怒火万丈，他们就端起闪光的刺刀，冲上前与敌人拼杀。愤怒的火焰，在战士们的刺刀上跳跃，敌连长见势不妙，带领10余人逃离阵地，逃不了的敌军就乖乖当了俘虏，共生俘敌军官兵20余名，打死敌军17人。

敌人仍不甘心失败，不一会儿，他们又纠集了约两个连的兵力，进行第三次疯狂反扑。手榴弹已所剩无几，而战士们又刚刚经过血战都很疲乏。在这万分危急的时刻，班长杨天岭奋不顾身，向敌群扔进35公斤的炸药包，炸得敌人血肉横飞，七八十人倒在战壕里，残敌纷纷逃去，至此，5号阵地得以最终巩固。

5号阵地虽然得以巩固，但38旅全旅3个团的伤亡也很大，而且上级下达的攻击任务也没有完成。下午5时左右，113团政委崔殿宸和团长马勇在交通壕里突然发现山头方向，尘烟飞腾。他们知道，敌人又增援兵了。

在连续受挫的情况下，各团指挥员都有些情绪，说步兵打光了，不能再打了。38旅向纵队和兵团作了报告。兵团首长坚定地指示说："坚决打下山头，要不惜一切代价，完成任务。"在作出战斗指示的同时，兵团首长又再次强调战场军纪，说明各部队一定要坚决执行战斗命令，只许前进，不许后退。

因为战斗减员过大，38旅只好到旅救护所检查有无可上前线的兵员，最后发现运送伤员的100多名战士，尚有战斗力，遂由各团组织他们重上前线。这些战士返回后，各团都重新进行了战斗动员并重新编组了突击队伍。113团经过群众评选，团领导批准，决定以头部已负伤的2营营长武占国为突击营营长，2营教导员舒国正为突击营教导员，3营营长杜天风为副营长，7连连长张怀德为连长，4连连长王星为副连长，将两个营70多名战士编成6个战斗组。

突击营这些久经沙场的老兵，曾经有无数的战友在他们的身边躺下。现在，他们决心要为牺牲的同志报仇，他们要解放太原人民，要把红旗插上山头阵地。

9日夜，被暂时小胜冲昏头脑的敌人先是盲目地打炮、投弹，在没有得到回应以后就渐渐沉寂下来了。突击队等敌人的炮击彻底沉寂后，迅速发起攻击，悄悄地摸上3号阵地，3个组分左中右三路前进。阎锡山军第83师247团的40多人就是在熟睡中被活捉了。中间阵地的左翼是第四突击小组，他们前进到40多米处时，被敌机枪阻拦，但战士毫不畏惧，冒着弹雨，把炸药包放在敌机枪阵地的一个三层水泥碉堡下。随着轰的一声巨响，碉堡和敌人都"坐了飞机"。

至此，3号阵地终于被完全占领。战后，38旅指挥所奖给第113团"英勇顽强"奖旗一面。

388旅打下山头要塞3号阵地之后，13纵队一面命令其坚守阵地，一面命令第36旅110团迅速增援接替，乘胜扩大战果。但因为受沟壑阻隔，部队运动困难，直至10日上午9时，110团才上去两个排。敌人乘其立足未稳，以第83师一个团的兵力，在猛烈炮火掩护下，由1、2号阵地向3号阵地疯狂反扑。霎时，整个阵地尘烟腾腾。38旅和37旅的指战员，连续打退敌人5次反扑，守住了阵地。

强攻不下，敌人只好改变战术，于当天下午4时，从2、3号阵地结合部之壕沟、暗道向解放军偷袭。由于13纵指战员们立足未稳就开始一次又一次地反打反扑，只注意正面防御，忽视了侧翼警戒，致使敌人乘隙攻上3号阵地，并向他们的侧后迂回。我军由于兵力不继，弹药不足，被迫撤出战斗，山头3号阵地再次落敌人之手。

阵地因为自己的疏忽而丢，就要乘敌人的疏忽再夺回来。37旅110团党委认为，敌人反扑成功，正是骄横之时，要乘其不备攻打，把失去的阵地夺回来。当日黄昏，以两个连兵力发起突然袭击，一举夺回3号阵地，然后乘胜扩大战果，夺取山头要塞全部阵地。团党委把主攻任务交给了能攻善守的1营1连，2班要求担任尖刀班，连首长肯定了他们的求战积极性,命令他们抓紧时间做好战斗准备。班长王德钧在连首长的带领下,详细勘察了地形,研究了敌情,决定与战友们在夜间出其不意地夺取阵地。

10日黄昏后,部队乘着朦胧的夜色,由大垴山西北侧向山头阵地进发。作为尖刀班的2班在班长王德钧和副班长赵世梧带领下走在全连的最前面。山路崎岖,他们小心翼翼。

3号阵地是敌通往其他3个阵地的咽喉,为了保住山头,对面之敌一直在此用重兵把守。当2班快接近阵地时,一道3米多高的陡坡拦住了去路。王德钧立即组织搭人梯,同志们踩着赵世梧的肩膀,攀上去过了陡坡。翻过陡坡后,前面就是20米布满火力点和各种障碍物的开阔地,守敌大多数都在碉堡里;左前方10米处,十几个敌兵正围成一团吃东西。王德钧带领战士张飞、关希圣和王彦福悄悄绕到碉堡底下,从射孔里塞进炸药包,"轰"的一声巨响炸药爆炸了,碉堡里的敌人被全部消灭。

就在王德钧炸碉堡的同时,副班长赵世梧带领战士黄荣斗、于德胜消灭了敌人的警戒,又炸掉了敌人的一个工事。由于爆炸声剧烈,阵地上的敌人全被惊动了。瞬间,探照灯、照明弹将阵地照得如同白昼,周围敌碉堡里的各种火器也一齐向外发射。枪林弹雨之中,王德钧的胳膊被弹片打伤,但坚持不下火线。他一面组织火力还击,一面指挥战士们继续爆破。敌人弄不清解放军上来多少人,不敢出来,只能躲在碉堡里乱打枪。趁此机会,勇敢的2班连续炸塌了敌人5个碉堡和工事,活捉敌人11名,缴获了冲锋枪4支,步枪7支,并坚持战斗到后续部队冲上来。看着大部队冲上来,残余的敌军无心恋战,狼狈溃逃。整个战斗经过30分钟激战,3号阵地遂为我占领。而英雄王德铭因脚上又一次负伤,无法行动,被战友硬背下去。

占领三号阵地后,赵世梧一面监视敌人,一面组织全班抢修、改造了工事。接着,他们用冲锋枪和手榴弹打退了敌人的3次反扑。

11日,进攻2号阵地。从3号阵地到2号阵地,相距200

∨ 我军炮兵对敌地堡进行毁灭性轰击。

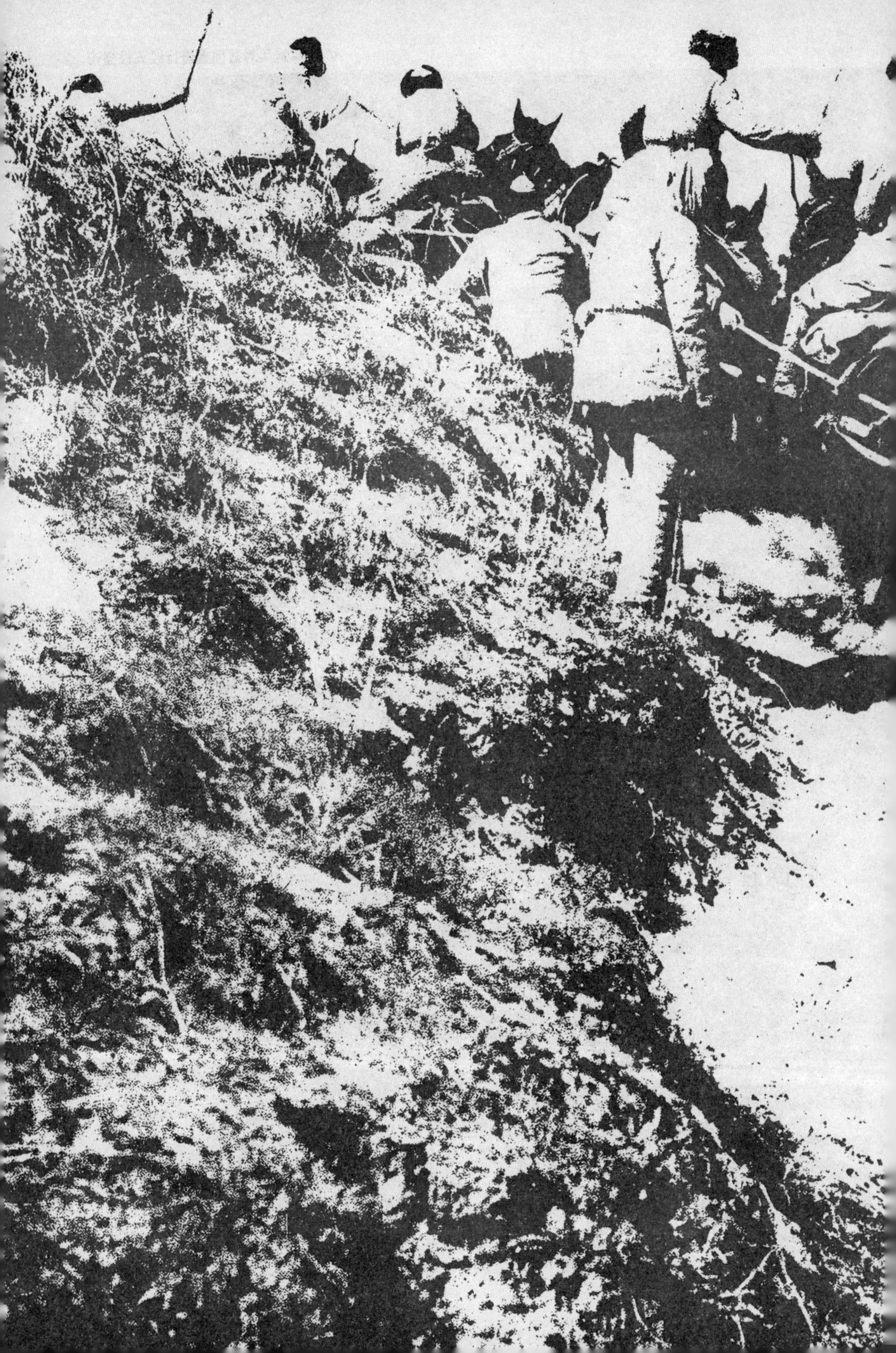

∨ 在太原外围战斗中，我军炮兵将火炮推上山头阵地。

< 王新亭，1955年被授予上将军衔。

王新亭

　　湖北孝感人。土地革命战争时期，任红9军政治部主任，红四方面军政治部组织部部长，红31军政治部主任等职。抗日战争时期，任八路军129师政治部组织部部长，386旅政治部主任、政治委员，太岳纵队政治部主任，太岳军区司令员，晋冀鲁豫军区政治部副主任等职。解放战争时期，任晋冀鲁豫野战军第8纵队司令员，第18兵团60军军长、兵团副司令员等职。

< 邓仕俊，1955年被授予少将军衔。

邓仕俊

　　四川通江人。土地革命战争时期，任红四方面军第4军12师师部书记，红四方面军总部作战参谋等职。抗日战争时期，任八路军129师司令部作战参谋，太岳军区司令部作战科科长、参谋处处长，太岳军区第2军分区参谋长等职。解放战争时期，任太岳军区参谋长，晋冀鲁豫野战军第8纵队23旅副旅长，华北野战军第1兵团8纵队24旅旅长，第18兵团60军180师师长、军参谋长。

多米，中间为深壕所隔。2班战士检查阵地时，在深壕的一堆乱草丛里发现了一个暗道口，深壕之中有暗道，其中定有蹊跷。战士们试着往里走了走，居然在里面发现了两个吓破了胆的阎锡山士兵，于是不费一枪一弹就俘虏了他们。通过审问，俘虏提供情报说，暗道可以直通2号阵地，同时还向2班提供了2号阵地守敌的兵力、火力及当晚口令、联络信号等重要情况。根据新的情况，首长命令二班继续沿着暗道向2号阵地摸索前进，并派2排配合他们在暗道里消灭了敌人的哨兵，俘虏了30多个正在熟睡的敌人。出了暗道口，他们又袭击了正在补修工事的敌人，打哑左前方一挺机枪，完全占领了2号阵地。

3号和2号阵地攻克后，1号和4号阵地的敌人就仓皇逃窜，山头要塞遂为我军攻克。这次战斗历时7小时，俘敌30多名，毙敌100余人，缴获掷弹筒一具，六〇炮一门，各种枪30余支。110团受到兵团领导的表扬，13纵队司令部和政治部授予该团1营1连2班"摸敌能手"奖旗一面。

12日上午，第37旅在第39旅的配合下，又乘胜进占了山头村和村西野战阵地，至此，山头要塞全部为我攻占。

夺取山头要塞的战斗，是太原战役中最激烈最残酷的战斗之一。山头敌人的几块主阵地上，碉堡都不成样子了，到处弹痕累累，草木尽摧，地面松土盈尺，弹片、弹柄敷地一层，交通沟、掩蔽部到处为敌尸充填。就在这块阵地上，第13纵队的指战员们用顽强的意志埋葬了阎锡山军8个师所属的约7个团的兵力。

与其他3个"要塞"相比，小窑头的攻夺也同样激烈。这个位于太原城小东门正东4公里的"要塞"，阵地建在大小十多个山头上，由1至15号阵地组成，其中11至15号阵地为最高支撑点。小窑头可以钳制东门城壕和环城铁路，是敌人的要害之处，阎锡山十分重视对小窑头的防卫，因而投入的兵力也较多，火力也很强。各阵地均有3到30米的劈坡，劈坡上沿和各死角都筑有水泥碉堡，整个阵地交错连环。负责防守小窑头的是阎锡山第279师的一个团、独立第10总队的一个连以及保安第6团一部。而第1兵团方面，攻击小窑头的战斗任务，是由第8纵队第24旅担任的。

10月20日，第8纵队司令员兼政委王新亭带领副司令员张祖谅，以及第24旅旅长邓仕俊、政委王观潮，第22旅旅长胡正平等到小窑头以东的小北山尖，察看地形，研究打法。当看到敌阵守备

∨ 在太原东山小窑头阵地上，我军战士正在救护受伤的国民党军士兵。

森严后，为加强对小窑头的攻击能力，增强攻击效果，他们又决定把第22旅的第64团暂时划归24旅指挥。

第1兵团司令员兼政委徐向前，对小窑头的战斗也十分重视，就在王新亭他们察看地形的第二天，10月21日，徐向前亲自把电话打到第8纵队的前沿阵地，找到纵队参谋长邓仕俊，向他了解攻打小窑头的准备情况。邓仕俊对攻打小窑头充满信心，但是他也提出了第8纵队对兵团的要求，那就是多提供一些弹药。

徐向前不只是在邓仕俊这里听过类似的要求，但是对于这个第8纵队的参谋长，徐向前的回答要比别的人都痛快一些，他说："好，我一定设法多给你们一些炮弹。这次战役，我们的炮弹比以往哪一次都要多。但是，这只是我们跟以往比，跟敌人比起来，还是少得很。所以，炮弹还是要适当地掌握使用。小窑头很重要，你们拿下阵地之后，敌人肯定会反扑，你们的任务也因此更加艰巨，但是我相信你们一定能把它打下来。只要能坚持到底，胜利一定是属于我们的！"

徐向前的鼓励，成为第8纵队指战员战前最好的兴奋剂。10月26日晚，第8纵队的第24旅以及第22旅的第64团准时对小窑头发起攻击。战士们勇敢顽强，经过差不多一个昼夜的连续进攻，到27日下午，这支英雄的部队就全部占领了1至6号阵地，歼灭了阎锡山第10总队的一个连。

27日晚，第24旅以第71团的全部兵力以顽强的进攻又夺取了第8、13、14、15号敌人阵地，但是对面之敌垂死挣扎，28日中午12时，阎锡山又集中了3个团的兵力，在炮火的支援下，以14号阵地为中心目标，对小窑头各阵地发动大规模反扑，为了夺回阵地，他们还施放毒气弹、燃烧弹。在经过7个多小时的反复拼杀后，第24旅被迫放弃8、13、14、15号阵地。

8、13、14、15号阵地丢失后，8纵又先后两次组织部队向小窑头阵地发起攻击，经反复争夺，至31日重新夺回被敌人反扑过去的阵地。由于战斗激烈，第24旅和第22旅都因为损耗过大，兵员严重不足，纵队就及时把第23旅投入战斗。31日16时，华北野战军第1兵团第8纵队夺取了小窑头一线的全部阵地。

对太原的真正围困开始了。

战争宽银幕

❶ 我军某部在抢占敌阵地后，向溃逃之敌猛烈射击。

❷ 我军机枪手在城墙上猛烈射击，掩护部队向城里冲击。
❸ 我军重机枪手向敌碉堡射击。
❹ 我军某部正在向前线进发。
❺ 战斗中我军炸毁了大量敌碉堡。

[亲历者的回忆]

徐向前
（时任华北军区第一副司令员兼第1兵团司令员、政治委员）

　　阎锡山所谓"足抵精兵十万"的四大要塞，均坐落在东山山麓的顶端，地势险要，工事相当坚固、复杂。

　　牛驼寨位于城东北5公里处，可屯兵5,000人，由三大集团阵地构成防御圈环，10个主碉为阵地支撑点，地形狭窄，山峰叠起，多劈坡绝壁，系敌东山防线上的主要阵地。

　　小窑头在城小东门以东4公里处，该山主梁狭窄，支梁崎岖，共有大小13个山头，敌依此筑成交错连环阵地，凭借劈坡和高低碉堡防守。

　　淖马在城东3公里处，以淖马村为主阵地，劈坡有5层之多，周围山顶设有1至9号碉堡阵地，与主阵地相连接。山头则位于城东南5公里处，由主阵地山头及大墩山阵地构成，两大阵地之间，相距600米，有工事连接，主阵地劈坡高达4至6米，少者二层，多者五六层。

　　这些要点，除大量明碉暗堡和多层劈坡外，还挖有数道壕沟、暗道，纵横交错连接；设置许多铁丝网、鹿砦、地雷等副防御物。每个要点，俨然如一座坚固的城堡。

——摘自：徐向前《解放太原》

★★★★★

王诚汉

（时任华北军区第1兵团13纵队第37旅旅长）

……11月初，我旅接替第38旅的任务，对太原外围四大要塞之一的敌山头阵地实施攻击，为总攻太原城垣扫清障碍。

我带领各团领导干部反复勘察地形，认真总结友邻部队两次攻击山头未果的经验教训，研究确立了以偷袭和强攻相结合、军事打击与政治瓦解相结合的打法。

10日黄昏，指挥部队按计划发起攻击，至12日全部占领山头阵地，扫清了太原城东四大屏障之一，为发起总攻创造了有利条件。

——摘自：《王诚汉回忆录》

第六章

孤松举义

∧ 抗日战争时期，徐向前向部队干部作报告。

兵力不足，第 1 兵团请求援兵。

中央担心如果太原过早攻克，傅作义会倍感孤立，而自动放弃平、津、张、塘地区向西、向南撤退，此后再歼灭他们就困难得多了，因此建议第 1 兵团巩固外围要点并确实控制机场后，停止攻击进行政治攻势。

黄樵松是一位爱国将领，他的起义虽未成功，但也给阎锡山极大的震动。

1. 士气萎靡，黄樵松大伤脑筋

东山战斗接近尾声的一天夜间，华北野战军第1兵团司令员兼政委徐向前在到前沿阵地视察时受了风寒，当时没有什么感觉，但回到指挥所后，正打电话，突然就感到左侧胸腹间剧烈疼痛，电话还没有接通，就已经疼得满头满脸的汗水。当身边的工作人员把徐向前扶到床上躺下时，他已经连身体都不能翻转了。随军医生立即给他作了检查，得到的结论是高烧引起了肺部炎症。

副司令员兼副政委周士第，赶忙派人去野战医院请钱信忠来诊治。钱信忠，是华北军区卫生部副部长，是上级派到太原前线指导和帮助伤病员转运及治疗工作的。钱信忠的诊断结果是：胸部大量积水，患胸膜炎。周士第立即派人去后方弄药，同时又以前委的名义向军委作了报告。

徐向前的病情牵动着中央首长的心。毛泽东看了周士第的报告后，突然就变得沉默了，把报告递给周恩来。周恩来看到徐向前旧病复发，也不禁叹息着说："太原战事正酣，向前偏又病倒了。这个向前呀，工作起来就是太拼命了。"

毛泽东说："是呀，向前打太原，是最好的人选。当初在西北的彭德怀他们都点名要向前，是我硬给拦下的，山西还得他来打呀。"

"主席也别多为向前担心，我再亲自找两名医生去帮着医治，也许只是最近战事太激，生活上不太注意引起的。"

钱信忠 ———————————————————————▲—

江苏宝山人。土地革命战争时期，任鄂豫皖苏区总院医生、所长，重伤医院院长，红25军医院院长，红十五军团卫生部部长等职。抗日战争时期，任八路军129师卫生部部长，八路军前方总部卫生部部长等职。解放战争时期，任晋冀鲁豫军区卫生部长兼政治委员，华北军区卫生部长，第二野战军卫生部部长。

毛泽东注视着周恩来，说："恩来，向前一人就足可以抵得上千军万马呀！一定要派最好的医生去。"

周恩来派出的医生很快到达太原前线，他们的意见和钱信忠基本一致，那就是要徐向前早日到后方静养。但那个时候的徐向前，满脑子都是打太原的事，怎么肯下火线回后方！周士第以及参谋长陈漫远、政治部主任胡耀邦都来规劝，也没能说服他。最后，兵团只得给他在榆次以南十多公里的峪壁村找了所房子，让他一边静养，一边工作。

就在徐向前到达峪壁村静养不久，他了解到，还在第1兵团鏖战东山时，阎锡山在汾河西红沟、圪子沟、万柏林、三角村、城北炼铁厂附近，抢修了5个新机场。这些机场，将有效地为其保证外援的补充。由此，徐向前发现，在兵力上，第1兵团全部兵力中只有4个建制团未投入战斗，保持完好无损，其余参战部队都伤亡较大，疲劳至极，急待补充休整。而阎锡山虽然也有较大伤亡，但是他们又得到了国民党第83师的增援。兵力不占优势，又不能切断阎锡山的外援，怎么能够迅速攻克太原？徐向前陷入比自身病痛更大的苦恼和焦躁之中。

11月8日，徐向前以兵团的名义致电中央军委："为争取早日打下太原，避免旷日持久，增大消耗，特提议在可能条件下增加两个纵队的兵力，以免牛抵角，从敌人弱点上突破，配合东山主力，迅速解决战斗。"

徐向前要速战速决。在当时的情况之下，这是一个正确的决定。但军委却从全局出发，要其继续围困。因为当时全国解放战争已进入决战阶段，辽沈战役于11月2日胜利结束，东北全境解放；淮海战役已于11月6日展开，整个北方只有阎锡山和傅作义还在负隅顽抗。虽然毛泽东等人在商讨徐向前的电报时，曾提出过把华北军区第2兵团的第3、第4纵队及第8纵队的第24旅调往太原，但最后还是复电他们：

淮海战役 ━━━━━━━━━━━━━━━━━━ ▲ ━

1948年11月，华东、中原野战军在淮海前线党的总前委统一指挥下，发起淮海战役。11月6日至22日，在碾庄地区全歼敌第7兵团，国民党第三"绥靖"区3个半师起义。23日至12月15日，在双堆集地区围歼第12兵团，俘敌兵团司令黄维。次年1月6日至10日，在陈官庄地区又歼灭了敌第2和第13兵团，俘徐州"剿总"副总司令杜聿明。此役全歼国民党军队55万余人，解放了长江中下游以北广大地区。

▽ 太原战役中,许多国民党军士兵向我军投诚。我军战士端来米饭为国民党军士兵充饥。

估计到太原攻克过早,有使傅作义感到孤立,自动放弃平、津、张、塘南撤,或分别向西、向南撤退,增加尔后歼敌的困难,请你们考虑下列方针是否可行:(一)再打一两个星期,将外围要点攻击若干并确实控制机场,即停止攻击,进行政治攻势。部队固守已得阵地,就地休整。待明年一月上旬东北我军入关攻击平津时,你们再攻太原。(二)如果采取此项方针,杨罗耿部即在阜平休整,暂不西进。

军委让围困,徐向前也是十分理解的。接到军委电报之后,他们就随即调整了思路,把对太原的进攻转入了围困与瓦解阶段。这一战役阶段,时达半年之久,部队一面整顿训练,一面大力开展政治攻势,瓦解敌军。虽然老秀才被杀,王世英进太原劝降不成,但徐向前对和平解放太原的信念从来都没有动摇过。

赵承绶被俘后,徐向前曾多次和他谈话。赵承绶此人多年追随阎锡山,是阎锡山一手提拔起来的亲信将领。抗战初期,徐向前跟周恩来到太原和阎锡山谈判时,就见过此人。赵承绶被俘后,徐向前对他实行绝对的优待政策,尊重他的人格,并晓之以大义,希望他能早一点戴罪立功,站到人民的一边。中共中央还派人从上海把他的女儿、女婿接出来,徐向前又让自己的爱人黄杰专程陪同他们到太原前线,让他们骨肉团聚。共产党人的真诚和坦荡使赵承绶深受感动,一再表示愿意立功赎罪,陆续向解放军提供了一些太原的城防情况。

有一次,徐向前在和赵承绶聊天的时候不经意地问他:"赵将军,你看是不是可以让你回去,劝劝阎锡山,叫他和平解决。顽抗没有出路,只有死路一条。和平解决,我们可以保证人身、财产安全,共产党说话算话,决不食言。"

赵承绶沉默了半天,才叹口气说:"我损失了阎锡山这么多的军队,他是饶不了我的。如果回去,他非杀我的头不可。"

赵承绶有顾虑,徐向前也不强人所难,那之后不但自己,包括兵团的其他首长也都再未向赵承绶提出放他回去劝降的事,只是让他写信给阎锡山及其周围的高级将领。

但赵承绶的态度也给了徐向前一种提示,那就是可以把争取瓦解工作的重点向下作些倾斜,瞄向阎锡山的下层官兵。据此调整工作部署后,到东山战斗结束时,阎锡山军中就已经有多达17,000多人先后向解放军投诚。

黄樵松起义就是这一阶段争取瓦解工作中的大手笔。可惜的是，起义部队内部又出叛徒，致使起义失败，功败垂成。

黄樵松是国民党整编30师师长。晋中战役后，蒋介石答应阎锡山的增援要求，并非胡宗南嫡系的黄樵松被从西安空运到太原。

阎锡山极为重视这个整编第30师。当师长黄樵松飞抵太原后，阎锡山亲自设宴招待并亲自作陪，还为黄樵松配备了专车。为了笼络黄樵松及其部下，阎锡山以便于主客相处为命，将整编30师恢复了整编前的番号，称为第30军，黄樵松为军长，黄樵松的部下戴炳南为第27师师长，其他部下如仵德厚等人也都得到晋升。当时，阎军遭受沉重打击，部队番号大，但人数少，这样一调整，整编第30师变成军之后，就与阎军编制相协调了。

为了拉拢这个新入伙的第30军，阎锡山对他们"关照"是"从将军到士兵""一个都不能少的"，因为他要用这些人帮他守太原，也就格外地给他们大开方便之门。

国民党第30军军长黄樵松

河南尉氏人，国民党陆军中将。1924年任冯玉祥卫队连连长，旋升任营长。1930年随冯玉祥参加蒋、冯、阎中原大战。1931年任孙连仲部第27师高树勋部81旅2团团长。1937年任国民党79旅旅长，率部参加娘子关战役。1938年任国民党军27师师长，率部攻打台儿庄，取得台儿庄战役的胜利。1945年任68军143师师长，率部参加固守南阳等战役。1948年任第30军军长，率部起义失败后，被国民党杀害。

为了搞好伙食，阎锡山还成立了针对30军的招待组，又安排善于交际应酬的建设厅厅长关民权作私人联络，解决不便在公事上解决的问题。梁化之为此还专门向关民权拨付了一批烟土，做联络消遣之用。黄樵松等中央军将领很快就和山西军政官员熟识了，经常在饭店和关民权家中聚会饮宴，有时候还带上他们在太原结识的女招待和晋剧名伶。

30军向太原空运期间，正值雨季，官兵们下飞机后，全部身穿油布雨披，令装备简陋的阎军官兵羡慕不已。太原被围后，军粮主要靠空运解决，阎锡山自己和所部的士兵吃的是陈年"红大米"，而第30军则享受与残留日军同样的待遇，供应白面和大米。

阎锡山加紧拉拢黄樵松和他的整编第30师，但黄樵松并不真心感激他。还是在西安的时候，有一天黄樵松对他的上校副参谋长綦施政说："太原危急，我们杂牌军武器装备差，去了顶什么用呢？不是明着去送死吗？中央军不去，咱们去是坚决服从，军人天职。"说完，黄樵松又说："当然，塞翁失马，焉知非福。"

黄樵松的整编第30师改称第30军后，军部及直属部队位于新城附近，第27师各

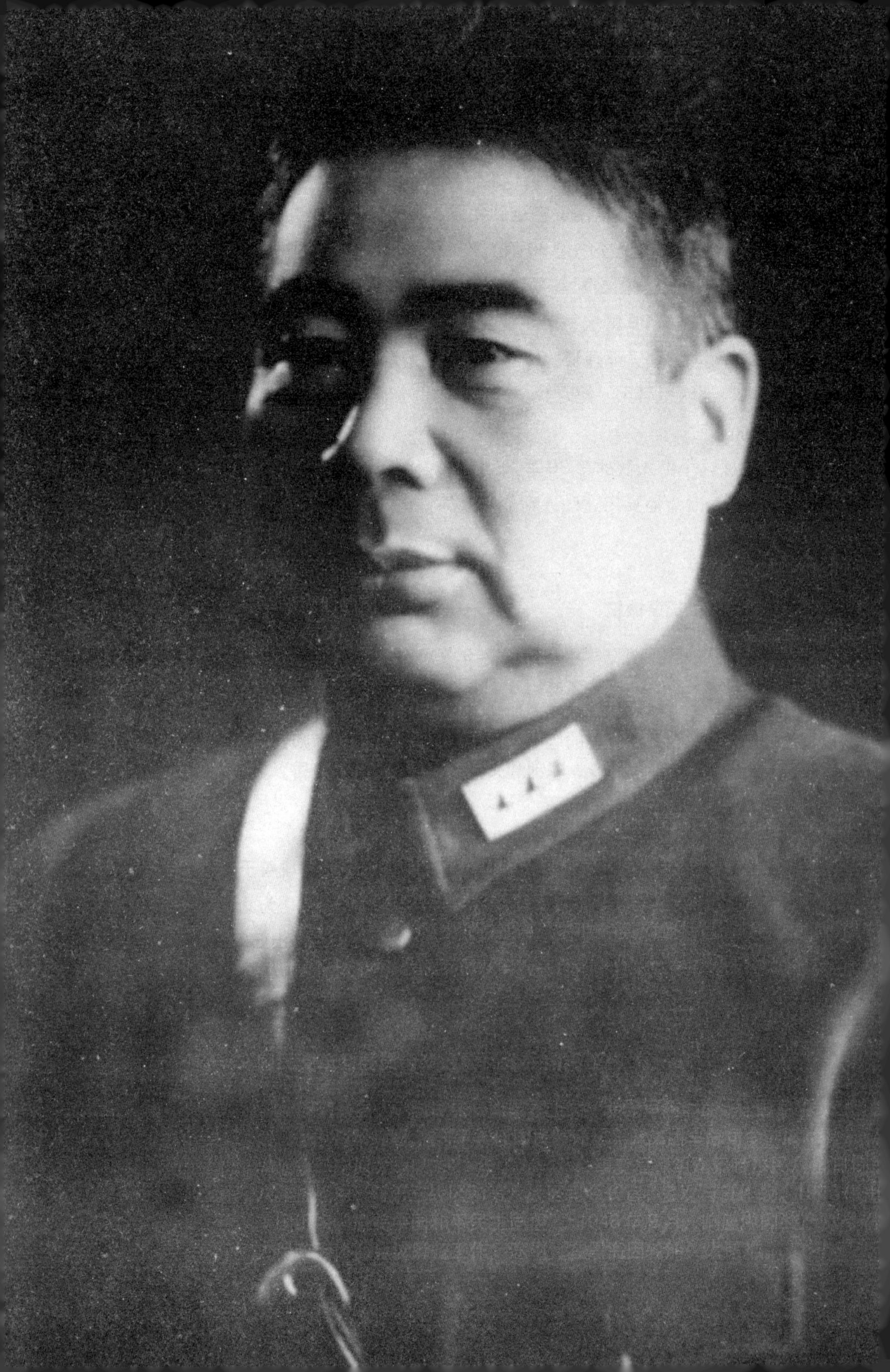

< 冯玉祥，国民党一级陆军上将。

部位于剪子湾附近地区，第89团位于新城以北。在太原的30军官兵厌战情绪日益严重，特别是部分军官，留恋在西安的家属，抱怨太原生活比西安艰苦等等。抗战胜利，反对内战，应和平建国，"越勘"（剿共）"越乱"的思想，有增无已，有些人就开始寻欢作乐，消磨时光。但因为黄樵松带兵纪律森严，大部分的官兵都能遵纪守法，保持了西北军冯玉祥的优良传统，与真字号的"遭殃军"（中央军）有一定的区别。

不久，蒋介石以联络为名，派一位姓赵的少将视察官住在新城军部，"绥署"也派来上校参谋，他们实际上都是监视第30军一切行动的。1948年10月，30军在太原东山的小窑头、淖马一线，曾以两个团的兵力配合阎锡山军的第40师，与第1兵团的第8纵队在小窑头阵地进行了激烈的拉锯战。后经过反复争夺，牛驼寨至小窑头的阵地全部失守，30军还为此付出伤亡营长以下官兵500多人的代价。此时，黄樵松开始为自己的30军深感忧虑：一、兵员没法补充；二、武器粮弹匮乏；三、士气更加沮丧。黄樵松曾经在东山之战后对他的副参谋长说："这样打下去，到什么时候才能完结呢？30军和我们的前途凶多吉少。"他还说："太原的命运，不能过于乐观。"

黄樵松还曾经亲笔给南京写了一封信，大意是：太原危急，孤城难守，特别是今后粮秣弹药补给困难，目前吃盐成了问题，30军的行动应如何？时任南京卫戍司令的孙连仲回信说："向西安胡长官请示。"信是孙的秘书左云青代写的，但信的最后，有孙连仲亲笔写的"相机应变"4个粗笔歪字。同时，曾给黄樵松当过秘书的中共地下党员丁行之也在北平和黄樵松通信联系，恳切指出："待机行动"。

第30军在东山、淖马的巨大伤亡，使士气更萎靡不振，也使黄樵松大伤脑筋。再看看孙连仲、丁行之的信，他变得沉默了。而正是这个时候，黄樵松又收到了一封信。这封信，是高树勋将军写来的。

第1兵团一直在不失时机地通过多种途径，对包括黄樵松在内的守军将领进行策反劝降。针对黄樵松将军，第1兵团及时地将他的老上级、在邯郸战役中起义的高树勋将军调到了太

国民党革命委员会政治委员会主席冯玉祥

安徽巢县人，国民党一级陆军上将。北洋军阀时期，任国民党军第16混成旅旅长，陕西、河南督军等职。1927年任国民革命军第2集团军总司令。后举兵反蒋，先后爆发了蒋冯战争和中原大战。1931年"九一八"事变后，组建察哈尔民众抗日同盟军并任总司令。八年抗战中，任第三战区和第六战区司令长官，多次与日作战。1946年出国考察水利，在美国组织"旅美中国和平民主同盟"。1948年9月，响应中国共产党号召，回国参加中国人民政治协商会议筹备工作。途中，在黑海因轮船失火遇难。

< 1945年率部起义的，国民党第十一战区副司令长官高树勋。

国民党第十一战区副司令高树勋

河北盐山人。1926年，任国民革命军第2集团军师长。1930年任国民革命军第二十六路军第27师师长。1933年任察哈尔民众抗日同盟军骑兵第2挺进军司令。1936年起任河北省保安处副处长、处长。1939年任新8军军长。1941年起任第39集团军总司令，冀察战区总司令。1945年任第十一战区副司令长官。同年率新8军、河北民军近万人在邯郸前线起义。起义后，部队改编为民主建国军，任总司令。中共中央曾号召国民党军队中的官兵学习高树勋部队的榜样，被称为"高树勋运动"。

原前线。高树勋此前已经多次给黄樵松去信，但均石沉大海。1948年10月29日，高树勋再次修书一封，分析了全国解放战争势如破竹和太原危如累卵的形势，希望黄樵松在这千钧一发之际，"以弟等之智勇果敢，必能当机立断，毅然举起义旗，坚决回到革命方面。"

2. 大义凛然，两只脚已入圈套

黄樵松，原名黄德全，曾是冯玉祥的卫队连连长，后升任营长。自冯玉祥与李德全结婚后，作为卫队营营长的黄樵松常随侍左右，出于尊敬，便把自己的原名"德全"改为"樵松"。中原大战冯玉祥失利后，残部被孙连仲收编。1931年，黄樵松在孙连仲部第30军27师81旅2团担任团长，而当时担任第27师师长的就是高树勋。

抗日战争时期，黄樵松担任第79旅旅长，率部北上抗战，转战河北，先后参加了娘子关战役、台儿庄战役、徐州会战和武汉会战。黄樵松英勇善战，臧克家的长诗《国旗飘在鸦雀尖》写的就是在武汉会战中，黄樵松所亲自指挥的鸦雀尖保卫战。诗人以强烈的情感描写了战场的惨烈和军人为国而战的光荣，诗中写道，"士兵死了，连排长上去。连长死了，拿营长去填。""没有兵力给他增援，送去的是国旗一面。另外附了一个命令，那是悲痛的一篇祭文：'有阵地，有你。阵地陷落，你要死。锦绣的国旗一面，这是军人最光荣的金棺'"。

> 台儿庄战役期间，中国军队奔赴台儿庄前线。

内战爆发后，黄樵松担任整编 30 师副师长，参加了对解放军晋冀鲁豫解放区的进犯。1945 年 10 月 24 日，在邯郸以南被晋冀鲁豫军区主力部队包围，高树勋率部一万多人起义，其余各部南逃，途中遭到伏击，损失惨重，2 万余人被俘。经此一役，黄樵松的厌战情绪更加强烈。他常常对部下感慨道："厮杀半生，如今还要打内战，国家何日得安定，人民何日得更生？"

因为是普通农民出身，黄樵松一直保持着农民的朴素爽直。他诚恳豁达，特别关心百姓疾苦、向往和平安定的生活。晋冀鲁豫战后不久，厌战的黄樵松请了长假回开封闲住，古城的悠闲生活使他向往和平生活、拒绝参加内战的心情更加强烈，为了表明自己的这种心迹，他特意书写了早年的一首诗作悬挂在自己的住处："十年戎马久离家，踏遍关山与水涯。待到功成归故里，携儿月下种梅花。"

黄樵松对太原战局一直没有看好。1948 年中秋节，黄樵松在新城军部设宴联欢，席散后他拉起胡琴，自唱了一段"秦琼卖马"。在之后的闲谈中，有人问他："黄军长，你看太原这战事前途怎样？"

黄樵松说："孤城一座，四无依靠，若是再无援军，就将来想再唱'卖马'也是不

∧ 1945年10月邯郸战役期间，国民党第十一战区副司令长官兼新8军军长高树勋率部起义。图为当时欢迎起义官兵的大会会场。

可能的事了。"东山之战打响后，当他看到同自己出生入死的将士们身陷四面楚歌的太原绝地，几番血战，军事形势始终没有好转，部队伤亡得不到补充时，一向勇武的黄樵松真正地感觉到自己所面对的前途是那样的渺茫黯淡。

但就在黄樵松内心极其苦闷之时，他收到了高树勋10月29日给他的来信。信件是通过第30军一名被俘的排长秘密送达27师前线后，转到30军副参谋长綦施政手中后，由綦施政派专人再送到黄樵松手中的。黄樵松在接到信件之后，沉思了很久，作为一名将军，他要为自己的部属在死路之中寻求一条生路，作为一名向往和平和稳定的军人，他要用自己的实际行动让饱受战火之苦、饥饿之苦的30万太原百姓尽早获得解脱。

夜已经很深了，黄樵松还是睡不着，他不知道自己将走向何处。共产党真的会对自己既往不咎么？

窗外一声鸡啼，黄樵松披衣下床，阵阵冬寒，沉沉黑暗，黄樵松觉得自己肩头责任重大。他的目光向远处望去。

东方，天边露出一丝鱼肚白。天要亮了。

光明在前，黄樵松毅然决定阵前起义，反戈一击。

过了一天，黄樵松给綦施政打电话，让他派情报科长到军部受领任务。情报科长因病去不了，綦施政便另派谍报队长王正中前去受领任务。当时东山淖马大小窑头之线，国共双方军队都在激战的间隙之中休整，双方进入对峙停战状态。

1948年10月31日，黄樵松派遣第30军谍报队长王正中和谍报员王玉甲穿越火线，来到华北野战军第1兵团8纵阵地接洽起义事宜。第8纵队司令员王新亭十分重视，很快把信件送到兵团司令部交给了徐向前。徐向前接到由8纵转交的黄樵松的信件之后，及时写了回信一封，并派遣政治部主任胡耀邦和高树勋将军连夜与王正中进行了会谈。会谈中，王正中转达了黄樵松起义的决心：完全听候改编。会谈结束后，第1兵团政治部主任胡耀邦十分兴奋，觉得和平解放太原的事情有了重大转机，决定携带徐向前和高树勋的回信随同王正中亲自进城与黄樵松面谈，组织这次起义。

胡耀邦把电话打到司令员徐向前那里，汇报了自己的想法。徐向前说："你是政治部主任，打仗需要你，那里面的情况还没搞清楚，去不得呀。另外派个人去吧。"徐向前不同意胡耀邦进城。后来，经过胡耀邦等人商定，决定派第8纵队参谋处长晋夫以第1兵团宣传部长名义，偕同侦察参谋翟许友随王正中化装进入太原。

晋夫在翟许友的陪同下随王正中在夜色中进入太原。

在新城军部，黄樵松亲切地握住晋夫的手。

"晋将军辛苦了！"黄樵松亲热地说，"一路上都还顺利吧。"

晋夫也很激动，他感谢了黄樵松的问候，说，"黄将军，我们握手是朋友之间的握手，更是正义与正义的握手呀。"

"是呀，是呀，"黄樵松说，"只有热爱和平热爱生活的人都握起手来，野心家才能无处可逃。"

"徐司令还有兵团的首长都让我代为向黄将军问好。"

黄樵松听说徐向前，立即显得十分激动。他说："真希望能见到徐将军，当面表达对他的钦仰。"

交谈很快进入正题。黄樵松说："历来战争，最苦的是百姓，而百年以来，我们中国始终在打仗，不断地和外国人打，和自己人打。现在，经过八年抗战，日本人被我们赶跑了，而我们为什么就不能坐下来好好谈谈，让百姓过上安定幸福的日子呢？"

晋夫说："是呀，兴百姓苦，亡百姓苦，为了自己的利益，陷人民于水火，情何以堪啊？不过现在我们握手了，和平的事就大有希望了。"

黄樵松点点头："说实话，我早就想解甲归田了，但身为军人，服从命令是我们的天职。半生厮杀，我早就厌透了战争，自来太原的第一天起，我无时无刻不在想着和平解决太原的问题。但官微言轻，现在我下定了决心，谁要真和平，我就跟谁干，我不想再做别人的枪，我只要能为人民的安定和幸福真正做一些有意义的事情。"

晋夫也被黄樵松的大义之言感动了，激动地说："黄将军是抗日名将，是呀，每一个真正的军人，他们的最终目标其实都是和平，让百姓安居乐业，而不是一己的私利。黄将军，人民是会记住您的大义的，历史会给每一个人以公正的评价。"

黄樵松说："哪里敢想身后，只求无愧于心罢了。"

晋夫问："不知道黄将军对我方有什么要求没有。"

黄樵松当时提出了四点要求，然后又说："倘能起义成功，黄某人也不想再从军旅了。大丈夫当为人民计，黄某希望可以负责改组山西省政府，为人民做一些具体扎实的事情。30军是我一直带着的部队，纪律上决非一般的国民党军队可比，都是多年的战友了，希望还能保留这个部队，并给予适当的补充和配备，并给其一年的时间用来整编训练，暂不他调。"

晋夫记下黄樵松的要求，然后真诚地说："黄将军所提之条件，晋夫一定会去向兵团首长详细汇报。"

黄樵松说："我个人这两天还拟订了一个简单的起义计划，这里也不妨说给晋将军听一下。一旦双方商定之后，我就将以换防休整为名对30军进行调动，用一个团从东山前线到太原小东门开辟一条走廊，引导解放军进城；用一个团占领其他各个城门，断绝阎军内外联系；用一个团直扑太原绥靖公署，逮捕阎长官，迫他下令全部军队放下武器，接受改编。"

东方既白，黄樵松亲自将晋夫送出城外，并再次派遣王正中跟随晋夫来到华北野战军的阵地，与胡耀邦进行起义谈判。华北野战军基本同意了黄樵松的起义条件和起义计划，但同时也提出，希望

▽ 我军第20兵团66军向太原进军途中，途经保定时接受群众赠送的锦旗。

团结军民巩固士气

搞好工作

兄弟兵团大会合
攻取太原有把握

枪堂无纪律
老大哥觉悟高

欢迎老大哥

< 太原战役发起前，我军第19兵团在进军途中与第18兵团在山西省寿阳会师。

30军迎接解放军入城即可，入城后的战斗任务全部由解放军承担。此外，第1兵团司令员徐向前在回信中还提出，解放军的步兵师均为3团制，没有旅级编制，请30军最好照此编制。

送走晋夫等人，黄樵松就开始忙着部署迎接解放军入城的军事准备工作。

黄樵松首先想到了戴炳南，戴炳南是第30军27师的师长。第30军空运太原增援，黄樵松率4个团北上，戴炳南的27师正是主力，黄樵松的起义不可能回避戴炳南。而对戴本人，黄樵松是非常信任的。戴炳南1905年出生于山东即墨，父亲戴宪斌曾在段祺瑞、唐继尧、阎锡山等人部下当过参谋、副官等职，其弟戴炳麟在原第30军军长鲁崇义手下担任营长。戴炳南自1932年起就开始跟随黄樵松，深得黄樵松的信赖和重用，从营长、团长一手提拔到师长。黄樵松对戴炳南可以说是恩重如山。黄樵松对戴炳南深信不疑，他觉得戴炳南不可能对起义有异议。

黄樵松打电话叫来戴炳南。

"军座，你身体怎样？气色可不太好？"戴炳南一进黄樵松的寓所，见他满脸倦意，就关切地问。

"没事，只觉得头昏脑涨，这阵好多了。你坐吧。"黄樵松穿着睡衣，坐在沙发上端着茶杯。

"阎老头、梁化之对咱们凤阁梁一战的胜利大加赞扬，要给咱们……"

黄樵松摆摆手，打断了兴致勃勃的戴炳南的话，苦笑说："单靠咱们30军能顶住几十万共军的进攻么？"

"以军座的意思那我们该怎么办？"戴炳南试探地问。

黄樵松不动声色告诉戴炳南："我想领众兄弟走一条新路。"

"什么新路？"戴炳南瞪大了双眼，很显然他意识到了什么，但他只是还有点不敢相信。早在约一个月前，黄樵松在与他戴炳南讨论全国战局时就说，东北失利，徐州也不妙，不如早作打算。当时他戴炳南也没有太认真，只是说，时机不到。看来，这一次黄樵松是在真的行动了。

黄樵松把徐向前和高树勋的信递给了他，接着说："高树勋将军比我们先走了一步，如果我们起义，到那边还能保持原先的建制，你仍然当你的师长，不比在这座孤城等死强么？"

"军座，弄不好，这可是掉脑袋的事啊！"戴炳南坚决不同意，"我担心阎锡山还有大批部队，万一不成，我们可能全军覆没。"

"我什么时候带你跳过火坑？"黄樵松盯着戴炳南，他告诉戴炳南，"你要信不过我，你就去报告阎锡山好了。"

戴炳南人称"鹰鼻鹞眼，诡计多端"，他知道黄樵松是铁了心要跟共产党，自己是拦不住了，硬拦的话，黄樵松说不定会把他当场处死。不管怎么说，先答应下来再说，于是就变出一副谨慎忠诚的笑脸来，说："这是哪儿的话？我跟随军座多年，您待我恩重如山，炳南报答还来不及呢，怎么会干那种猪狗不如的事。"

黄樵松是一个直性子的简单的人，他自信，也很威严，但他也容易轻信别人，现在，黄樵松因为轻信，为自己的悲剧拉开了帷幕。

3. 是非功过忠奸，都将载入史册

戴炳南回到驻扎在剪子湾的 27 师师部后，坐卧不安，自己虽然勉强同意了黄樵松的起义计划，但他对固守太原仍存有一线希望，对参加起义顾虑重重，苦思之后仍然难以定夺。还有一层原因是，戴炳南一直认为他的祖父和父亲都曾在山西任职，为阎锡山的旧部属，所以他本人与阎锡山早有渊源，而且阎锡山也常对他的左右说，他和戴炳南是父一辈子一辈的关系，自己如果能抱住阎锡山这棵大树，将来也不愁不飞黄腾达。

据戴炳南被俘后的供述，他不愿太原 30 万百姓被共产党统治，不愿对不起老长官孙连仲和鲁崇义，不愿在西安的家眷受到牵连，不愿背负叛变投敌的罪名，因而在当天下午 6 点多找来他的结拜兄弟、27 师副师长仵德厚商议对策。仵德厚不愿投奔解放军，当然他更害怕 30 军一旦守不住城门而被阎锡山消灭；自杀，逃避艰难的扶择，仵德厚说不值得；告密，仵德厚同意这最后一条出路。

> 20世纪30年代，蒋介石（左）与阎锡山在一起。

　　随后，戴炳南又叫来下属团长欧耐农。欧耐农也提出去找阎锡山告密，而且这个人很有表演欲。当戴炳南迟疑着不下决心时，他突然扑通一声跪了下来。这一跪，使戴炳南最终下定决心，背叛将他一手提拔起来、同生共死十几年、把他视为可以托付大事的生死之交的军长黄樵松。当晚，戴炳南就自己开车到了阎锡山的"绥靖"公署。

　　戴炳南首先见到的是阎锡山的参谋长赵世铃，说有要事要见阎锡山。赵世铃说阎已经睡下了，叫他明天再来。戴炳南急忙说："明天就来不及了。"戴炳南一脸的焦急，赵世铃立刻感到可能有大事发生，就叫醒阎锡山，说30军可能有变。

　　戴炳南见了阎锡山，双膝跪地，泪流满面，颤抖着声音说："阎长官，我有罪，……我们军长要闹事了，快想办法吧。"阎锡山听戴炳南这么一说，心里自然也明白了，他把戴炳南扶起来，让他"慢慢说"。

179

< 1936年时的阎锡山。

戴炳南说："黄军长要投降共军"。接着，就把黄樵松的计划和盘托出。

虽然有一点心理准备，但事情毕竟来得太突然了。阎锡山问戴炳南有没有证据？戴炳南说他亲眼看见了高树勋的来信，就在黄的口袋里。阎锡山的脸色很难看，半天没有再说话，只是不时看戴炳南一眼。戴炳南说："我是军人，一定要效忠党国，效忠钧座，决不变节投敌，一定要与太原共存亡。"

阎锡山说："好，戴师长有胆有识，忠孝两全，将才难得。你要好好掌握部队，将来前途无量。"

送走戴炳南后，阎锡山抬头看看墙上的挂钟，已经11时了。他吩咐打电话把孙楚、王靖国找来，经过商量后，他决定诱捕黄樵松。随后，阎锡山又根据戴炳南汇报的情况与赵世铃、孙楚、王靖国商讨对策，重新布防阵地，监视30军防区。

12时，阎锡山先叫来30军参谋长仝学曾，叫仝学曾给黄樵松打电话，仝学曾在电话中声称："阎长官军事上有重大行动，我难以做主，请军长亲自到会。"黄樵松接到仝学曾的电话后，以身体不适为由推脱不去。赵世铃随即第二次打来电话，黄樵松仍然推脱不去。阎锡山只好亲自出马，一面打电话邀请，一面派汽车到北门外新城30军军部迎接。

为人过于简单的黄樵松，警惕性

实在不够。就在这一天中午,他和戴炳南、仝学曾等人在建设厅厅长关民权家中参加午宴时,关民权对解放军连日来对东山的猛攻极为担忧,问他:"老黄,共产党打进来怎么办?",黄樵松说:"打进来,你还做你的厅长。"不知就里的关民权说:"恐怕脑袋也保不住了,还做什么厅长。"黄樵松居然脱口而出:"我保你!"随即又自觉失口,掩饰说:"说笑话吧。"也许正是黄樵松这一性格上的弱点,导致了他的人生悲剧的最终发生。

阎锡山找他开会的电话在半夜三更接二连三地打过来,而且是在他准备起义前的微妙时刻,黄樵松却一点也没有警觉出其中的玄机和反常。虽然对深夜召开军事会议有所疑惑,但他就是没有料到戴炳南已经向阎锡山告了密,还担心不去开会会引起阎锡山的怀疑,从而影响部队起义的大事。所以,他不是及时想办法脱离虎口,反而真的带着卫士贾相臣乘车到了"绥署"。谁料一进大门,就被阎锡山的埋伏兵绑了起来,搜查出徐向前、高树勋的信件,同时把贾相臣也关押起来。

黄樵松没料到一到"绥署"就落入了阎锡山的圈套。被捕之后,阎锡山问:"我同蒋总统待你不错吧,为什么要叛变投敌呢?"黄樵松回答说:"不愿打内战,要杀就杀。"

阎锡山抓了黄樵松后,又派人用黄樵松的汽车到27师的防卫前线,迎接晋夫及王正中等。解放军代表晋夫、翟许友及黄樵松的代表王正中对城里发生的一切毫不知情。4日凌晨,晋夫、王正中等进入27师阵地,在预定的时间里看见事先规定的黄樵松的汽车,哪里还会提防并不是像约定的那样由黄樵松亲自开车来接的呢?所以他们刚进入阵地,便被等待已久的宪兵队捆起来送往"绥靖"公署。

除了27师,黄樵松还打电话给副参谋长綦施政,叫他通知工兵营和第89团整装待命,准备用火车换防到城里。綦施政曾经为黄樵松转送过信件,黄樵松在收到信后曾专门给他打电话,说信已收到,并让他不要对别人提起信的事。现在又通知他部队换防,他心里自然明白了八九分。綦施政对投诚到解放军也早已心向往之,现在有了命令,自然也很高兴,就把工兵营长苗久茂、第89团团长王健民召集到一起,转达了黄樵松的电话命令。苗久茂和王健民立即按命令准备部队,但火车久等不来,晚上10点多钟,綦施政打电话到军部向黄樵松请示,但值班排长说,黄军长到"绥署"开会去了。

綦施政虽然心里疑虑不安,但是,又不敢向各处探听消息,恐怕暴露机密。第二天早上5点多，30军副官处鲍处长从城里打电话，叫他到军需处找赵科长拿一点金圆券。綦施政带着传令兵董林进城后，想不到先见到了30参谋长仝学曾，仝学曾把綦施政叫到一间黑屋里告诉他："黄军长企图叛变投共，已在'绥署'被捕关押起来，我同赵视察官飞往西安向胡长官鲁军长报告，参谋长业务由你负责处理"。

不久，27师副师长仵德厚、79团团长郁天鹏、89团团长王范堂、81团团长欧耐农、89团团长王健民等都先后赶到。在仵德厚的率领下，一行人都到"绥署"去见阎锡山，阎锡山对他们说："黄军长叛变投敌的行为，我们事先难以预料，幸运的是戴师长忠党爱国，向我报告。黄军长的违法乱纪行为，正在调查，并向委员长请示如何处理……"

阎锡山还当场提升戴炳南为30军代军长，仵德厚升任27师师长。开完会后綦施政回到军部，按照参谋长仝学曾的指示，处理军部的例行公文业务。綦施政对黄樵松的不幸，心里很是同情，为了进一步了解情况，设法营救，他曾去"绥署"见到孙楚副主任。当时，孙的态度冷淡，最后交给他黄军长用钢笔写的一张名片，上边写的是："怡芳，今后仰事俯畜全靠你了，来生再见"。这张名片，綦施政交给鲍处长转交给了黄樵松的夫人王怡芳。

黄樵松、晋夫、王正中、翟许友被捕，阎锡山打电话请示蒋介石如何处理？蒋回电说："把黄、王、晋、翟4人解送南京，依法从事。"黄樵松等人便由宪兵副营长蔡子纯负责，经北平飞到南京。孙连仲正担任南京卫戍司令，蒋介石却先交由孙连仲审讯此案，蒋介石的用意很明显：看你孙连仲多年培养的部下，叛党投共的行为应当怎么办？

黄樵松被捕后，30军参谋长仝学曾飞回西安向胡宗南做了汇报，黄樵松在西安的住宅被查抄。黄樵松的妻子王怡芳当时正在产褥期中，立即抛下婴儿赶往南京营救。但她从到达南京直至黄樵松被害的半个多月中，虽多方奔走，想尽办法，也始终未能与丈夫会面。黄樵松在狱中写下了《卧室颂》、《骊歌》、《黑暗的早晨》和《铁窗晚眺》等诗作，借以发泄愤懑的心情，抒发对亲人的深切思

∨ 时任国民党国防部长的何应钦（中）与南京卫戍司令孙连仲（右）在检阅国民党军队。

念。他在《述怀》一诗中写道："戎马仍书生，何处掏虎子？不愿蝇营活，但愿艺术死。"就在开庭宣判前一天，黄樵松给妻子写好了《遗书》，回忆了他们夫妻间十几年的恩爱生活，谈到了年迈双亲和七个幼年儿女的生计，嘱托身后之事要从简料理，并表达了自己"平生酷爱艺术，今为艺术而死，夙愿得偿"的心情。

　　在初审时，国民党官员一度怀疑晋夫就是华北野战军第1兵团政治部主任胡耀邦。孙连仲或派人或亲自与黄樵松约谈几次之后，向蒋介石做了当面回复。11月中旬，蒋介石即指令组织国民党国防部特别法庭，由余汉谋任审判长进行了两次会审。最后以"率部投降共军"的罪名，判处黄樵松、王正中死刑，以"煽惑军人逃叛既遂罪"，判处晋夫死刑。宣判时，黄樵松视死如归，大义凛然地说："晋夫是我请来的，王正中是我派去联系的，他们有什么罪呢？我不愿内战，要杀，砍我的头。"晋夫也慷慨地高声喊道："黄军长不愿'剿共'没有罪，应该杀祸国殃民的蒋介石和阎锡山。"三人均拒绝在判决书上签字。翟许友因为没有暴露自己的真实身份，而被判处无期徒刑。

　　1948年11月下旬，黄樵松、晋夫、王正中的判决由南京军法局执行，壮烈牺牲于南京东门外国民党中央军人监狱刑室。临刑前黄樵松不下跪，不脱军服，高喊共产党万岁。晋夫高喊："南京快解放了，我们不怕死，以后有人给我们报仇，毛主席万岁。"其后，王怡芳出重金买通狱卒运出三人遗体，置棺立碑安葬于莫愁湖畔。

　　在30军，听到黄樵松被捕的消息后，大部分官兵，都万分痛惜，而黄樵松在南京被害的噩耗再次传来时，30军官兵大都义愤填膺，有不少人都暗自流泪。

　　晋夫牺牲时年仅31岁。牺牲前一年，即1947年年底，因为要回到部队参加运城攻坚战，正在休假的晋夫与新婚5天的妻子告别，没有想到这次分别竟成为他与妻子的诀别。

　　南京解放后，黄樵松、晋夫、王正中三位烈士的遗骸由莫愁湖畔迁葬至雨花台烈士陵园。太原地方政府后来在牛驼寨烈士陵园内，树立了黄樵松和晋夫烈士的遗像与纪念碑。黄樵松的女儿黄蔚君曾前往山西省公安厅档案馆，查找抄录了徐向前司令员和高树勋将军写给黄樵松将军的4封信件。解放后，徐向前元帅路经南京，曾来到雨花台烈士陵园黄樵松和晋夫烈士的遗像前默哀致敬。1979年11月，山西省委又将黄樵松烈士的骨灰由南京迁至太原双塔寺烈士

国民党华南军政长官余汉谋

广东高要人,国民党二级陆军上将。曾任国民党军第4军第11师师长,广州国民政府第1集团军第1军军长,广东"绥靖"公署主任兼第四路军总司令。抗日战争爆发后,任第四战区副司令长官兼第12集团军总司令,第七战区司令长官,衢州"绥靖"公署主任。抗战胜利后,任陆军总司令,广州"绥靖"公署主任,华南军政长官等职。

陵园,并举行了隆重的骨灰安放仪式,薄一波、程子华等领导人送了花圈和挽联。在山西省委的悼词中,称赞"黄樵松烈士是一位有正义感、有民族气节的军人,是一位爱祖国、爱人民、爱和平的爱国人士,他为解放太原献出了宝贵的生命,虽死犹生。"

出卖黄樵松之后,戴炳南不但被阎锡山升为第30军军长,还接二连三得到了金钱美女。春节期间,阎锡山一次性送给他30,000元现金。1949年1月3日,由太原"绥靖"公署秘书长吴绍之和建设厅长关民权为介绍人,戴炳南与"行为浪漫"的潘德荣结婚。潘德荣又叫潘四姑娘,因为姐妹四人,她排行最末。当时哈德门香烟的广告中有"还是她

∨ 1936年,时任广东"绥靖"公署主任的余汉谋。

好"一语，吴绍之即借用这句广告词，称年轻貌美的潘德荣为"哈德门"。结婚之后，潘家的亲戚们不断托戴炳南为他们办事，戴炳南虽然烜赫一时，但终究不是地方官员，有些事情也不便开口，潘德荣于是撒娇哭闹，气得戴炳南准备与她离婚，直到介绍人关民权出面调解。

戴炳南在关键时刻的告密，不仅延长了阎锡山的顽固统治，而且加深了太原百姓的痛苦，加剧了太原古城的破坏程度，加重了解放军的伤亡。所以，太原解放前夕，他被太原前线司令部宣布为五名战犯之一。戴炳南自知罪行深重，难逃制裁，4月22日下午，派部下谎称他在从公馆到前线指挥作战的途中，被解放军炮火打死在街上，并让潘德荣为他准备丧礼。对此，就连许多阎军军官也深表怀疑。根据关民权的记载，戴炳南曾计划在解放军总攻时，率领一个团往外硬冲，突围到西安去。根据被俘的太原"绥靖"公署侍从参谋室中校侍从参谋岳寿椿的记叙，太原战役并非全歼守军，当时解放军在西城的进攻部队数量较少，防守力量相对薄弱。30军一部从这里突围逃走，有人怀疑戴炳南就在这支突围逃跑的队伍里。

太原解放之后，戴炳南成为新成立的太原市公安局重点缉拿的目标。1949年5月初，戴炳南的卫士李士杰在榆次俘虏营被人检举出来。经过突审，李士杰交代，戴炳南让他布置散布戴阵亡的假象，然后逃到了开化市阴阳巷二号院潘德荣的姐夫高尊愈的家中。阴阳巷是一个死胡同，也是太原市最小的巷子之一，只有两三个院几户人家，许多太原人都不知道它的位置。5月2日，太原市公安局人员赶赴高尊愈家中，将在壁柜下暗藏了八九天的戴炳南逮捕。王怡芳闻讯后，曾发来信件要求严惩戴炳南。7月8日，太原市军事管制委员会特别法庭判处戴炳南死刑、仵德厚有期徒刑10年。戴炳南随即被押往首义门外刑场执行枪决。

阎锡山经过"黄樵松事件"的震动，变本加厉，控制内部。东山失守后，他在太原城内开动特种宪警指挥处、警备司令部、宪兵司令部等镇压机器，大搞白色恐怖，凡有所谓"通匪"嫌疑者，一律捕杀；阵地官兵均打乱编制，互相监视，实行"连坐"；被俘过的官兵组成"雪耻奋斗团"，集中进行审查，并在臂上或额上刺以"剿灭共匪"等字样，以示"雪耻"决心；以梁化之为头子的庞大特务系统，触角伸向各个角落，监视"异动"，严刑逼供，滥杀无辜。阎锡山日暮途穷，妄图靠"霹雳"手段，巩固内部，进行垂死挣扎。

∨ 太原战役期间,一名国民党军士兵正在持枪警戒。

战争宽银幕

❶ 我军一部离开大别山向长江挺进。

② 敌军狼狈撤退，很多汽车满载人员和物资，拥塞在马路上无法通行。
③ 我军某部行进在皖南水网地带。
④ 我军正通过浮桥向前进军。
⑤ 船民将隐藏在水底下的船只拖出来，支援我军部队渡江作战。

[亲历者的回忆]

徐向前
(时任华北军区第一副司令员兼第1兵团司令员、政治委员)

  阎锡山经过"黄樵松事件"的震动，变本加厉，控制内部。
  东山失守后，他在太原城内开动特种宪警指挥处、警备司令部、宪兵司令部等镇压机器，大搞白色恐怖，凡有所谓"通匪"嫌疑者，一律捕杀；阵地官兵均打乱编制，互相监视，实行"连坐"；被俘过的官兵组成"雪耻奋斗团"，集中进行审查，并在臂上或额上刺以"剿灭共匪"等字样，以示"雪耻"决心；以梁化之为头子的庞大特务系统，触角伸向各个角落，监视"异动"，严刑逼供，滥杀无辜。
  阎锡山日暮途穷，妄图靠"霹雳"手段，巩固内部，垂死挣扎。

——摘自：徐向前《解放太原》

王耀武
（时任国民党第二"绥靖"区司令官兼山东省主席）

蒋介石得知济南情况恶化的消息后，在20日天将亮的时候，由南京打无线电话给我，命令我"将阵地缩短，坚守待援"。并说："我已严令援军星夜前进，以解济南之围。"参谋总长顾祝同、徐州"剿总"总司令刘峙也都电令我固守待援（这是国民党一贯的作风，不管部下有无达成任务的条件，只顾硬下命令）。这时蒋介石严令刘峙督促其迟迟未动、猬集在商丘的第2兵团邱清泉部，在徐州附近的第13兵团李弥部，及16兵团的孙元良部迅速出动，统归杜聿明指挥，务须在济南未陷落以前到达。嗣后因据报解放军已探知援军主力将经津浦路北进的消息，所以杜聿明就用声东击西的方法，扬言主力经津浦路北进，实际上主力改由微山湖以西北进。杜本想待围攻济南的解放军受到重大的伤亡而攻击顿挫之后，再解济南之围。因此，他本来打算在济南战事开始后的第五天，才令增援部队出动；后因蒋介石的严令催促，才提前出发。增援部队唯恐被严阵以待的解放军主力所歼灭，前进速度很慢，又因下雨，道路泥泞，每日只走一二十华里，在济南被解放后，即纷纷窜回徐州、商丘等地。

——摘自：王耀武《济南战役的回忆》

第七章

釜底抽薪

∧ 临汾战役时，为防敌军用毒气弹攻击，徐向前（前左）面戴口罩在前沿阵地视察。

太原围而不打，徐向前在向太原前线全体指战员发布的《政治动员令》中，号召"个个都要学会用政治攻势配合猛打消灭敌人"。

大炮射出去的不是摧毁敌肉体的炮弹，而是改造思想的攻心弹。这场针锋相对、釜底抽薪的政治战役，一直持续到攻城前夕，达半年之久。先后瓦解敌军12,400余人，加上原先瓦解的人数，共约近30,000人之众。

1. 攻心为上，发起政治攻势

第30军黄樵松的起义虽然没有取得成功，但却像一颗无声的炸弹，在阎锡山"碉堡城"的根基上引爆了。11月11日，阎锡山暂编第8纵队司令在解放军占领淖马大部阵地后，抗拒阎锡山给其下达的亲率残部作孤注一掷自杀式顽抗的命令，与参谋长曹振中，率500余人火线起义。

11月中旬的一天，第1兵团首长齐聚峪壁村。

冬日的阳光从窗户照进来，坐在椅子上的徐向前面色红润。这两天，他的病情因为瓦解敌军工作卓有成效，而大有好转。

"根据中央推迟攻打太原的要求和阎锡山加强内部控制的状况，我兵团在进一步横扫敌外围据点，加强军事围困的同时，着重瓦解敌前线官兵，发动了强大的政治攻势，取得了相当好的成效，"徐向前说："这很好呀，虽然战斗中各部队都有伤亡，但广大的基层指战员仍然保持着高昂的情绪，大家都枕戈待旦，只待一声令下，直取太原。"

"是呀，"周士第说，"现在中央要求我们'停止攻击'，这就需要我们把所有指战员的思想统一起来。"

徐向前听周士第这么一说，连忙从身边拿出一份草稿，说："士第同志说得很对，我这两天起草了一份《政治动员令》，你们看一下。"

徐向前把草稿递给了身边的胡耀邦。胡耀邦看见上面有"个个都要学会用政治攻势配合猛打消灭敌人"的号召，于是说："我也有一个想法，想在明天召开的对敌斗争工作委员会上提出来，那就是打太原，要有四大要素，军事上必须指挥得好，政治工作做得好，后勤工作保障好，政治攻势瓦解敌军做得好。不知道这样提行不行。"

徐向前赞许地笑笑，说："提得很好。瓦解敌军是一场针锋相对、釜底抽薪的政治战役。诸葛亮说，'用兵之道，攻心为上，攻城为下；心战为上，兵战为下。'他

∧ 太原战役中，我军某部战士用迫击炮向敌阵地发射传单。

的'七擒七纵'，就是典型的攻心战法。太原前线的政治斗争，其目的就在于揭露、粉碎阎锡山的欺骗宣传和野蛮控制手段，首先促成敌人营垒的悲观失望，动摇分化，减少对解放军的仇视对抗情绪；进而使之离散倒戈，由零星的逃亡、投诚，直至小股、中股、大股的归降起义。"

"对，一定要把对敌瓦解当成另一种形式的战斗，我们应该在兵团成立一个对敌斗争委员会，来专门负责这一工作。"周士第说，"我提议由军区派来的工作组成员、军区政治部副主任王世英同志，和兵团政治部主任胡耀邦同志来负责。"

"很好。"徐向前说，"不仅兵团要成立对敌斗争委员会，兵团以下，各师还要成立政治攻势委员会，团营设政治攻势中心指导小组，连设政治攻势小组，在前委和各级党委领导下，专司政治攻心战的组织指导工作。这一组织系统的具体任务是：了解敌情，分析形势，研究敌军心理，及时提出对策；培训政治攻心骨干，总结和推广各部队的经验，不断提高斗争艺术、斗争水平，改进斗争方式；妥善安置投诚起义人员，严格遵行党的政策，检查和监督部队对俘虏政策、投诚起义人员政策的贯彻执行情况。自下而上，建立严格的会议汇报制度，以便及时掌握工作动态，交流经验，保证政治攻势的顺利发展。"

受领了新的任务后，胡耀邦说："阎锡山的军队内部包括各部分、各层次的人，心理状态不同，各式各样，复杂得很。这些军人大多是贫苦出身，但不同的阅历使他们存在着不同的心理：有顽抗到底的，有侥幸图存的，有悲观动摇的，有今朝有酒今朝醉的，有厌战想家的，有怕投诚后被共产党杀头的，等等。一般说来，下层军官和士兵，多为受愚弄、受控制、受奴役的对象，离心倾向大些，不愿为阎锡山卖命，是围攻部队瓦解工作的重点所在。我们回去后就把组织建立起来，具体分析，对症下药，保证攻心战有的放矢。"

在胡耀邦的主持下，第1兵团对敌斗争委员会和政治机关，要求各部队在政治攻势时要抓住重点，有的放矢，开展攻心战，宣传内容着重揭露敌人的谣言和欺骗宣传，讲形势，讲政策，讲出路，号召阎军官兵离队返乡或投诚起义。例如，对抱有幻想和侥幸心理的人，要说明天下大势："阎匪快要完蛋，妄想多活几天。又吹美国出兵，又吹世界大战，欺骗你们官兵，替他苟延残喘。当今天下大势，民主力量占先，苏联东欧中国，力量强大无边，帝国主义势力，正如日落西山，美帝纸糊老虎，其实外强中干，本身困难重重，不敢发动大战……天下大势如此，再要糊涂完蛋。"

对被抓去的新兵，要鼓动他们回家平分土地："晋中各县，土地平分，阎军官兵，家中照分，男女老少，每人一份，快逃回家，参加平分。"

对外来的胡宗南第30军，则要指出："胡宗南，恐慌在西安。蒋介石，准备逃台湾。太原城，很快被攻占。30军，你们怎么办？"

对前沿阵地的士兵，要鼓励其拖枪来降："放哨看地形，打柴看路线，知心朋友商量好，看准机会一起跑。白天过来用记号，黑夜过来高声叫，解放军大力掩护你，不怕误会跑不了，带上子弹和步枪，谁敢追赶打他娘！"

这类宣传品，简明易懂，针对性强，不少阎锡山军队的士兵，能背诵三种以上，可见影响之大。战役期间，第1兵团各部队根据不同情况、不同对象，先后印发宣传品40余种、50多万份，极大地发挥了瓦解敌军的作用。

瓦解敌军的方法因时因人制宜，灵活多样。包括阵前喊话、对话，利用被俘人员或起义投诚人员写信、喊话，发射宣传弹，释放俘虏，对反动分子阵前点名记账等。旧军队里很重视老乡关系，这也是中国封建社会、旧式武装的一个传统。同样的话，别人说了他不信，老乡说了他就信。当时，交战双方多为山西人，第1兵团里新补充的兵员几乎都是晋中各县的。兵团的瓦解敌军工作，就利用这个得天独厚的条件。阵前喊话、对话，先听对方的口音，弄清他们是哪里人氏，再派与其同县、同乡的战士、民工，向对方做宣传。双方阵地靠得很近，对话听得一清二楚。有的说来说去，竟然是亲戚、朋友、邻居，那就更热乎，更容易打动心弦，收到成效。

一些部队还特制了"投诚通行证"，用大炮发射到阎军阵地。长达半年的政治攻势起到了一定的作用，先后有12,000余名阎军士兵向解放军投诚。因为害怕被阎军军官射杀，投诚士兵经常一路猛跑冲向解放军阵地，奋力跃入战壕，以至压伤了解放军士兵。当时曾有戏言，阎锡山军的士兵投诚比打仗还要勇敢。对于这部分士兵，年老体弱者发给路费遣返回乡，年轻力壮者则动员他们加入解放军，曾经有一名平遥籍的阎军机枪手，尚未换上解放军服装就在战斗中牺牲。此时，距他投诚加入解放军仅仅1个小时。

2. 两个馍馍，引来八大金刚

在基层部队，在一线指挥员那里，大家都充分发挥自己的聪明才智，在指导下实践，在实践中总结，使用和创造了许多瓦解敌军的招数。

第127团阵地对面几十米处，是阎锡山第49师第2团一部的阵地。按说，这么近的阵地是用不着大炮的，但该团还是向对面之敌开炮。当然，射出去的不是摧毁他们

∨ 太原战役中，人民群众将木料运往前线支援我军作战。

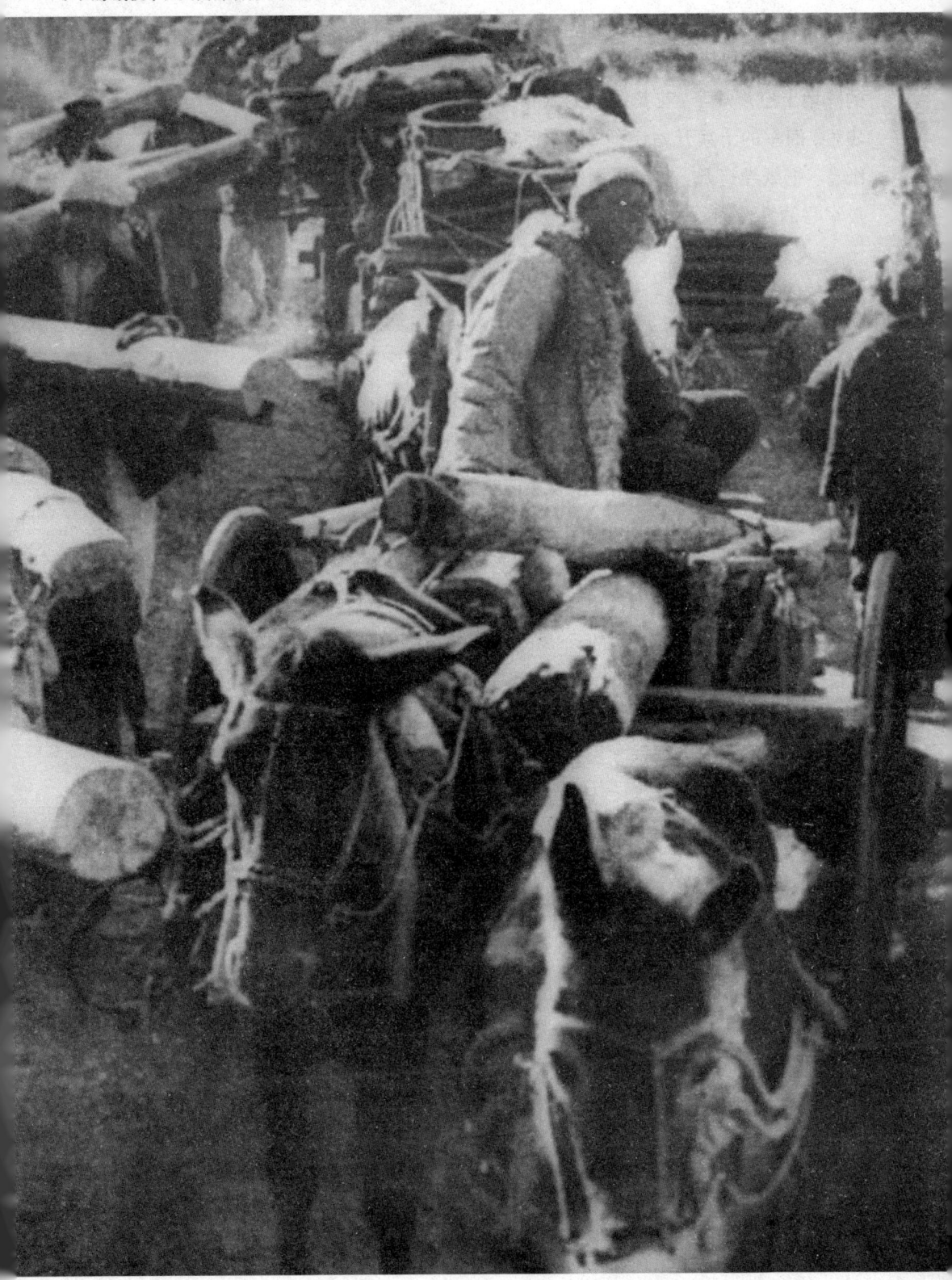

身体的炮弹，而是要打在他们心上，改造他们思想和心灵的炮弹。

127团的战壕里射出的宣传弹，在阎锡山军第49师第2团2营的阵地上空爆炸了，花花绿绿的纸卷，纷纷扬扬地飘落在阎军的战壕里。阎军的士兵开始还不敢捡，但是不久，他们就开始捡起那些纸卷，把纸卷打开，拿出里面的纸烟，一边抽纸烟，一边念纸上解放军写的宣传词：

"人之初，性本善，越打老子越不干，老子跑到解放区，带上路条回家园。"

"阎锡山困守太原，自知没有几天，老婆孩子，先后搬到台湾，他已决心逃走，你们做何打算？"

晚上天黑后，127团1营的战士就借着浓浓的夜色，拿起纸糊的话筒开始政治宣传了，喊话的内容是他们早都背熟了的：

"阎军弟兄们，不要再顽抗了。快放下武器投降吧，我们优待俘虏。"

对方没人答话，宣传战士接着喊：

"你们知道你们在给谁打仗吗？不要再给阎锡山卖命了，东山你们都没守住，现在的阵地就更守不住了。快放下武器过来吧。"

"不是我们没守住，是我们不愿守。"宣传战士不停地喊话，对方终于沉不住气了。

"不是你们不想守，是我们把你们打败了。"对方一回话就好办，宣传战士一听到对方回话了，马上就接着说。

"叭、叭！"突然从敌阵地上打过来一梭子子弹。

127团的政治攻势就是这样开始的，双方就像小孩斗嘴一样，先是喊，喊不过了就打，打完了继续喊。一些战士在这样的喊话中渐渐失去了耐心，想干脆打过去算了，但是各级领导都不同意，团政委告诉他们：不怕他不听，就怕你不说，说多了，他自己就会考虑，把你说的话仔细地想一遍。你喊得越多，他想的就越细，弃暗投明的机会就越大。当然了，欢迎大家都能想一些巧妙的办法，让他们信任我们，让他们觉得我们这边比他们那边好，那样也会取得更好的效果。

就是在这样的不断喊话中，127团的指战员们迎来了1949年的元月。春节马上就要到了，阵地上，127团的战士们把交通壕口都搭上了五彩牌楼、红对联、花标语、门板报、新年刊、战壕画，以及各连互送的贺年卡、挑战书等等，把一个敌我对阵、刀兵相见的阵地，打扮得披红挂绿，气象一新。

新年新气象，看到披红挂绿的阵地，想到政治攻势瓦解敌军的任务，3连6班的战士们决定出一个新招法。他们面向前边60米远的敌人阵地，布置了一个吸引人的场面：五颜六色的战壕前沿上，挂起一盏华丽的灯笼，灯笼旁竖起一根竹棍，顶上插着两个白白胖胖的蒸馍。白馍下贴着一张绿色标语："欢迎阎军官兵过来！"

本来，解放军的阵地五颜六色，一派兴旺热烈的景象，而对面的阎锡山军阵地死气沉沉，灰头土脸，已经形成了强烈的对比。现在，这一盏灯笼两个馍一挂上，就更加强化了其中的对比，把两个阵地浓缩成一幅意味深长的漫画。

这一切布置好后，灯彩下，6班副班长张海玉又开始喊话了：

"老乡，你看这是什么？"他一开始就用老乡一词来套近乎。

"看见了，灯笼、馍馍。"一个尖细的童声立即答道。看来这次敌人的哨兵是个娃娃兵，而且他似乎早已注意到了这边的一切。张海玉知道这是一个好机会，他开始和这个娃娃兵聊了起来：

"几个馍馍？"

"两个。你后边那些红红绿绿的是什么？"

"这是我们在迎接新年呀！兄弟，过来吃馍馍吧！"

"不！"小哨兵答得挺快，听起来口气也还很硬。

这时，营部通信员巩武成正好走过来，他听见对面小哨兵是榆次口音，就接上说："小鬼，过来吧，我们这边过大年尽吃好的。一会儿我们这里热乎乎的饭菜就送过来了，你来了，我们好一起吃，你那边天天吃不饱饭。"

"谁说我们这边吃不饱饭，我们这边也天天吃好的，大米洋面。"小哨兵执拗地说。

张海玉大笑着说："别骗自己了，你们那边早就缺粮了，你到万柏林水泥厂吃洋灰去吧。"

小哨兵不服气地说："我们有飞机天天给运大米洋面。"

巩武成说："那是你们当官的在骗你们呢。你们的降落伞许多都飘到我们这边来了，里面全是红大米，小葱儿。"

小哨兵顿时哑口无言了。可他忽然改口道："你是哪个村的？"

"咱们是老乡，我是榆次郭村的。"两个人隔着阵地聊了起来。

"你怎么当兵来的？"

"被阎锡山编常备兵抓出来的。"

∧ 我军战士在阵地上向国民党军喊话劝其投诚。

"原来你在哪一部分？"
"亲训师2团担架排。唉，在亲训师我可是受了气了。"
"你排长打过你？"巩武成很感兴趣地问。
"谁说打没打过？打过好多次，实在受不了那种气，就想找八路军，可又不知道到哪里去找。小鬼，你班长打过你吗？"
两个人越谈越热乎，又是老乡，哪里还分什么敌我了，小哨兵又听到问他挨打的事，马上就动了情，垂头丧气地说："可不是，打过好多次呢。"过了一会儿，小哨兵好像觉查到了什么，突然问："老乡，你是怎么过去的？"
"去年在介休被解放过来的。"

"你回过家没有？"

"回过。"

"住了几天？"

"一个礼拜。"

"怎么你又回来了？"

"来参加打太原呀，打倒阎锡山，解放全山西，为山西人民立功就这一次机会了，我还能不来！"

小哨兵停了下来。好像在想什么心事。

"老乡，你也快过来吧，这边对咱们比那边好多了。"巩武成又说。

小哨兵还是没有说话，张海玉从双方的对话里听出小哨兵已经动心了，就给巩武成使了个眼色。巩武成会意地点了点头，提高嗓门说："小鬼，我告诉你，东北、平津，有几十万美械精锐部队，也顶不住解放军，太原城这几个阎锡山的兵还能行么？你们每天吃不饱，还给他们卖命。我们攻城的大炮已经架好了，单等首长一声命令，就要开始总攻了。现在是个好机会，你过来吧，不然早晚都要当炮灰呀。"

小哨兵还是沉默着，巩武成刚想再喊话，对面突然说道："你们声音低些！我们怕你们的地雷。"

张海玉一听有门，马上答道："别怕，那是拉雷，不拉绳子不会响的。"

小哨兵突然不好意思地说"你们那边真是吃饭管饱？那你先给我扔出个馍馍来。"说着，小哨兵把脑袋探出掩体."你们可不要打枪呀。"

张海玉顺手就向小哨兵扔过两个馍馍去，说："过来吧，小心我们侧面阵地上明枪打你。"

这时，小哨兵后面出现了一个老汉兵，他好像听见了这三个年轻人的对话了，就帮助小哨兵从一个射孔里钻了出来。

巩武成以为小哨兵要过来了，连忙说："快跑过来，我用机枪掩护你。"

小哨兵向四处查看了一番，又把身体缩回到射孔里去了。

小哨兵的影子刚刚不见，射孔里又露出老汉兵的脸，老汉说："你们可不要打我。"

"我们保证不打你。"张海玉和巩武成一起说。

得到保证，老汉兵开门见山地说："再告诉我一下，从哪里能跑过去？"

"你爬过铁丝网，向前跑几步，再从那儿往这边走，跳进我们的交通壕，就能到我这里了。"张海玉说。

"我们空着手过去你们可不要开枪。"刚才说话的老汉兵又压低声音说。

"我们不开枪，你们最好把枪也带过来。"

"你们不要走，等着我们，我回去叫上几个老乡，都带上武器一起过去。"老汉兵又说。

张海玉把过来的路线又仔细地向他说了一遍。

没有多久，天就暗了下来，在解放军的阵地上，6班的战士早早就做好了准备。夜色渐渐笼罩下来，光线越来越暗了。突然，敌人的阵地上响起沉重的脚步声。一个粗壮的身影先爬过敌人的铁丝网，回头把机枪向太原城方向架好。这时，那个小哨兵的声音又朝解放军的阵地上响了起来："老乡，不要打枪，我们过来了。"

当天晚上，6班一共接收了8个投诚的阎锡山军士兵，他们是分成3个小组，按照白天张海玉给他们指定的路线逃过来的。

就这样，在两个月的时间里，这个连共解放敌官兵210多人。有时，阎军的连、排长和手下一合计，带着全连全排成建制地过来了。在127团，攻心战取得了巨大的胜利。这一胜利，一方面充分体现了解放军瓦解敌军强大政治工作的威力，另一方面也充分地表明了人心向背。关于第二点，在这个团有很多生动的事例，有的阎锡山军士兵刚来到解放军阵地，连国民党军的军装还未来得及脱掉，就因为战斗打响了而要求马上就拿起武器，投入了战斗。解放军对他们也是十分的信任，派出老战士对他们言传身教，并不断鼓舞他们的斗志。结果这些战士都无比的英勇顽强，他们之中，还涌现出了许多的战斗英雄。

3. 集思广益，小兵可作大文章

13纵队113团于1948年12月底进驻太原东山的下黑驼村，上级赋予他们担负的任务是：围困、瓦解山头阵地的大方碉。为了尽快完成任务，团里把瓦解敌军的任务交由团政治处来组织完成。团政治处主任就指定工作经验相对丰富的政治处民运干事李雄飞来兼管敌工工作。由李雄飞和宣传员孙有才、王丙川、程存道等5名同志组成对敌斗争喊话组,负责组织领导阵地上的对敌政治斗争喊话工作。

　　大方碉位于太原东山东南角的山头上,东西、南北都有几十米长、20多米高的战壕,视野很好,能清楚地看到山下几里的地方。东面、北面都是悬崖峭壁,西面有交通沟工事与双塔寺阵地连接,只有南面是缓坡开阔地。经过认真选择,精心构筑,李雄飞等人利用南面坡地的田坎死角,用木棍、门板等搭起攻守兼备的工事,与大方碉的敌人展开了对峙。虽然距敌人只有几十米到100多米远,但敌人打不到他们,他们还可以通过了望孔监视、观察对面之敌的一举一动。

▽ 投诚的国民党军士兵举行入伍宣誓。

对敌政治攻势一开始，喊话组的同志就向敌人宣传解放战争我军必胜、蒋军必败的形势，太原已被我军包围，只有放下武器才是生路，以及我军对起义投诚官兵的优待政策等。为制造宣传的氛围，喊话组还在阵地上挂起各种显示解放军信心和实力的大字标语，如："我军必胜，蒋军必败"、"一定要解放太原"、"敌人不投降，就坚决消灭！"等等。

为了进一步动摇阎锡山军队的军心，他们还通过各种手段向敌人递送易懂易记的各种宣传材料，如《十不得诗》这样写道：

阎锡山鬼话信不得，特务造谣听不得，太原工事守不得，红皮七九枪用不得，挨饿挨冻过不得，互助监视要不得，解放军攻城了不得，土飞机坐不得，家里盼你等不得，逃跑回家迟不得。

这些文字虽然粗糙，但是朗朗上口，关键是实话实说，把敌我双方的处境真实地反映了出来，揭露了阎锡山的真面目。揭示了阎锡山军队走进死胡同毫无出路的真实现状。这些文字既是他们瓦解当面之敌的武器，也是他们拯救阎锡山军士兵逃出苦海的良药，更是一颗颗无形的炮弹，炸开旧军队士兵心中的壁垒，使他能认清形势，弃暗投明。一些阎锡山军队的士兵、下级军官初看到这些宣传文字，曾经叫苦连天，觉得自己上了大当，走投无路了，"守无信心，死无决心"。这些人中的大多数，后来都经过不断地宣传和说服教育，弃械投诚了。

他们还在前沿阵地广泛开展干部战士人人开口，个个喊话的活动，并很快形成了一个轰轰烈烈的群众性喊话热潮。广大干部和战士对待攻心战，既认真又积极，从早到晚喊话不断，给敌军讲形势、讲道理、讲政策。他们的意图被阎锡山军看破以后，对方也组织了一些军官、骨干、特务等到阵地上来与他们对话，但结果是常常被他们问得瞠口结舌，无言应对。

为了争取更好的效果，他们发动喊话组和广大干部战士，在喊话时和他们聊天拉家常，对他们的穷困生活表示同情，问寒问暖。通过这样的活动，出现了许多和敌军士兵、下级军官交"朋友"、拉老乡、诉衷肠的场面，有效地缓解了敌人、尤其是缓解了敌军士兵对我们的恐惧和敌对情绪，更多地勾起他们的思乡情结，勾起他们对阎军"兵农合一"政策的反感，对阎锡山抓他们背井离乡，吃不饱、穿不暖，当炮灰卖命的可悲现状开始觉醒。于是，解放军战士就乘机鼓励他们放下武器，投诚过来受优待，向他们宣传投诚过来想干革命的可以参加人民解放军，想回家与家人团聚的，我们将给路条，发路费等……

113团喊话组由于工作方法比较灵活，工作成效一直比较显著。从他们进入阵地开始，在不到半个月的时间，就有20多名阎锡山军队的士兵在宣传鼓动中幡然悔悟向他们投诚。第一阶段的这一成绩立即得到了旅、团首长的表扬，极大地鼓舞了喊话小组的积极性和工作热情，有的同志白天喊了几个小时，晚上继续上阵地找老乡拉家常、互道短长；有的同志将喊话内容编成顺口溜唱给敌人听："家在解放区，人在太原城，眼看过大年，挨饿又受冻，要想过好年，跑过解放区，为人当炮灰，送命没下场！"

这些词虽然很直白，但是很能打动对方的心。有的时候，因为文化能力不高，编不出新词来说了，喊话组就成了"演唱组"，他们在阵地上唱歌、唱家乡戏曲、家乡小调，尽可能地给阎锡山的军队制造"四面楚歌"的压力。这其中，该团晋中战士林应荣是最受两方战士喜欢的一个，在喊话组瓦解敌军的工作上发挥了很重要的作用。

林应荣编写的是阎锡山十大罪状唱词，唱腔使用山西中路棒子曲调，因为把阎锡山的罪恶揭露得淋漓尽致，又是两军士兵都比较熟悉的曲调，很受欢迎：

骂一声阎锡山罪恶滔天，苦害我众黎民不得安全。阎老贼做事心肠太狠，你犯下十大罪难以容忍：一罪恶'兵农合一'盘剥重，二罪恶三人编组去当兵，三罪恶'白白转生'苦害人，四罪恶肃伪打死好百姓，五罪恶青年编为民卫军，六罪恶抓上壮丁活送命，七罪恶村中粮食都抢净，八罪恶晋中饿死众百姓，九罪恶山西财产剥削尽，十罪恶勾结日寇害人民。兵临城下包围定，看你老贼往哪里行。打进太原活捉你，定要惩办不容情！

战士们瓦解敌军的热情十分高涨，他们都纷纷用自己熟悉的体裁进行创作，一时间各种体裁的宣传材料层出不穷。这个团喊话组编写的对敌喊话材料，曾在兵团《子弟兵》报上登了一整版。其中快板是最多的，一个战士这样编道："说说说，谈谈谈，阵地上，把话喊：蒋阎军，心不安，东边起义西逃窜；有的带枪跑过来，有的借口打柴不回还；阎锡山，你完了蛋呀，完了蛋。"

正因为如此，133团在不到两个月的时间里瓦解敌军100多名，消息传来，第13纵队专门对其进行了通报表彰。

∨ 在攻心战中，投诚的国民党军士兵纷纷要求上前线杀敌立功。

第四野战军

解放战争时期中国人民解放军主力部队之一。原为抗日战争转入大反攻后进军东北的八路军、新四军主力各一部及东北抗日联军。1945年10月,组成东北人民自治军。至1948年8月,先后改名为东北民主联军、东北人民解放军、东北野战军。1949年3、4月间,改称第四野战军,林彪任司令员,罗荣桓任政治委员,辖第12、第13、第14、第15等4个兵团和一个特种兵司令部。

京津解放,第四野战军的百万大军进关后,蒋介石被迫"下野",太原孤城久困无援,阎锡山的军队越来越困难了。他们寒冬腊月守山头、蹲碉堡,吃不饱、穿不暖、没烟吸、没水喝,生活异常困苦。而围困太原的华北野战军却有山西广大人民群众的全力支援,吃得饱、穿得暖,顿顿有菜有肉,还经常吃饺子,过节更是酒肉齐全,避弹坑里和哨位上还有木柴烤火,和敌人比起来真是天壤之别。针对这个情况,113团喊话组在与敌人喊话中就特意询问生活情况,问他们吃什么饭,吸什么烟,过节有没有酒喝。

1949年元旦那天,团喊话组李雄飞和孙有才两人爬出掩体走向两军阵地中间,与阎军的下级军官、士兵交谈,最后还送给他们石家庄的"大生产"牌香烟和一盆饺子……接到香烟和饺子的两个人,感动得热泪盈眶。不久,他们两个人就投诚了。

这些活动的开展,有效地引发了敌军士兵中的埋怨、悲观、失望情绪,并使这种情绪蔓延开来,使大部分士兵认识到他们要想有出路只有离开阎锡山的阵地,从而使得投诚人员越来越多。

一天夜里,防卫大方碉的阎军某团团长命令其护卫兵罗中美去查哨。罗中美来到本部4连的阵地上,见排长和战士都低着头,有的还在哭泣,而解放军正在对面阵地上与他们一些士兵喊话聊天谈心。罗中美忙问道:"你们连长呢?"

排长孟金照说:"不是团长叫去了么,已经去了两个多钟头了。"

"不可能,我刚从团部过来,怎么就没有见到?"罗中美越说越觉得不对劲,就急着问:"向哪面走了?"

"向南去了,走得很急很快呢。"一个战士插话说。

"不对,团长根本就没找你们连长!"罗中美猛然醒悟了,"团部在西面,他向南走,他肯定是到解放军那边去了。"

没有人回答罗中美的话,他自己用手捂着脑袋,原地绕了两圈,猛地把排长拉到一旁说:"老乡!咱们也走吧!"

孟金照是一个颇有心计的人,他虽然早已有心投诚,但罗中美毕竟是团长的护卫兵,他于是又故意迟疑地问罗中美:"解放军已经喊了半天了,说宽大,让回家,不知是真是假?"

罗中美肯定地说:"是真的,我当过一次俘虏,他们是真宽大。太原是熬干了灯油点捻子,太原城里没人救援,火线又没有尺寸,咱们就这样一直往后退,将来挤到太原城里,还不是挨炮弹……"

孟金照听罗中美这么一说,便知道罗中美是真心实意要投诚的,就把自己的想法也说了。两个人商量好后,便返回到阵地上叫士兵们跟他们一起投诚。四班长任应元、9班长王长胜和两个士兵也像孟金照怕罗中美使诈一样怕他们使诈,还假意拒绝了一下:"你们去吧,我们不去!"

罗中美立即翻了脸,把枪一端,说:"谁不去,我就对谁不客气!走!"

大家一看罗中美不是使诈,立即都高兴起来。4班长任应元说:"你们如果都是真心真意要投诚的,哪个龟孙才不愿走!"

统一了思想之后,他们就把所有的枪械弹药都收拾好,趁着夜色,一行13人排成一列纵队倒背着枪支,匆匆忙忙地朝解放军阵地跑过来,边跑边喊"不要开枪"。他们的喊声划破夜色,照亮了他们各自人生的崭新道路。

罗中美他们一踏上133团的阵地,立即就有解放军战士把他们让到木炭火堆旁边,掏出自己的干粮给他们吃,和他们亲切地叙长叙短,问寒问暖。一分钟前的敌人,只因为他们跨过了一道无形的线,就成了亲人,这令反动军队里备受欺侮的旧军人感动得泪流满面。

罗中美和孟金照吃饱之后,主动要求到阵地上喊话。罗中美在夜色中拉开了大嗓门:"补训团的官兵们!我是团长的护卫兵罗中美,解放军快要总攻太原了,咱们替阎锡山卖什么命啊!一个连才十来个人,从早到晚不是站岗放哨,就是挖工事,还要自己做饭,饿肚子,受那份煎熬干啥!我们明天就要回家了,赶快过来吧……"

他们还没喊完,补训团的阵地上就跑过来5个人。他们到了113团的阵地,饭都顾不上吃,先对罗中美说:"咱们接着喊,把我们的那些受罪的弟兄们,都喊过来。"

从1948年12月到1949年4月,在这短短的四个多月的时间里,113团在黑驼阵地共瓦解敌军270余人。由于成绩显著,该团受到第13纵队第38旅政治部的通报表彰,李雄飞和孙有才因成绩突出,分别被批准于1949年2月和3月火线入党,光荣地成为中国共产党的预备党员。

4. 战场辩论，枪炮冷冷响起

第1兵团的这场攻心战，一直持续到攻城前夕，达半年之久。这场攻心战，先后瓦解敌军12,400余人，加上原先瓦解的人数，共约近30,000人之众。同时，相当数量的敌军因受解放军宣传的影响，太原攻城战斗打响后，不作抵抗即举手交枪，大大减少了攻城部队的伤亡。

对于解放军的政治攻心、喊话运动，阎锡山十分头疼，为了防止士兵反水，他也组织了反喊话队，编写喊话材料，诬蔑共产党和解放军，想以此挽救江河日下的兵心，但身陷重围又孤立无援的战场形势使得他们的宣传显得苍白无力。为了加强宣传效果，阎锡山的宣传官们甚至组织女中学生到前沿阵地上进行喊话。1948年的冬季，在古老的太原城周围，战场上的枪炮声在寒冷的冬季逐渐平息下去，取而代之的是相互间的劝降和辩论，这也许是中外军事史上不多见的奇观，因为，双方士兵中的许多人在互相喊话的时候攀上了老乡。他们大都是山西人，但他们中特别是阎锡山的军队中又有几人能明白"本是同根生，相煎何太急"的道理呢？

由于瓦解敌军的成效越来越大，阎锡山政权的新闻处也提出了以"纸弹作炮弹"的"新闻战斗"，组织太原市新闻记者前线采访团，报道前线战况。但阎锡山似乎对此举并无太大认可，《阵中日报》记者张维在化客头阵地的采访途中，与带路的军官一起触雷身亡后，阎锡山曾抱怨说：谁让你们带记者上前线的，暴露了军事秘密，损失不是更大？阎军的新闻战斗随即停止。

也许阎锡山更相信的是他的碉堡和工事。

在解放军围困太原时，阎锡山仍然在展开他的一系列的备战行动：组织"评枪队"和特等射手向解放军阵地打冷枪；在挖掘战壕时模仿解放军用门板加泥土掩盖隐蔽，致使附近村民因此而成为名符其实的"夜不闭户"；在太原城内，征用市民修筑城内巷战工事，连妇女也同男人一起挖掘战壕；组织艺术慰问团到各阵地巡回演出，一位颇有名气的晋剧名伶在市内为军队举行了两次演出。

阎锡山不是不知道共产党政治攻心的厉害，他只是不知道该怎么样接招罢了。

一天晚上，9团的王清铭和崔朝仑到1连的阵地上喊话，对面的阎军士兵很快就答话了："早就恨透了阎锡山，想回家回不成，没有办法！"说话的中间，还有人就呜呜咽咽地哭了起来。

王清铭和崔朝仑听到哭声，不由得对视了一眼，崔朝仑深深叹了一口气，喊："哭是没有用的，只有调转枪口才有出路，赶快过来吧，你的妻子孩子都在等你啊！"

过了一会儿，对面有人说："不能说了，当官的来了，特派员来了。"

王清铭立即转向阎锡山的特派员，对他们喊："阎军当官的听着，你们的空投已断，

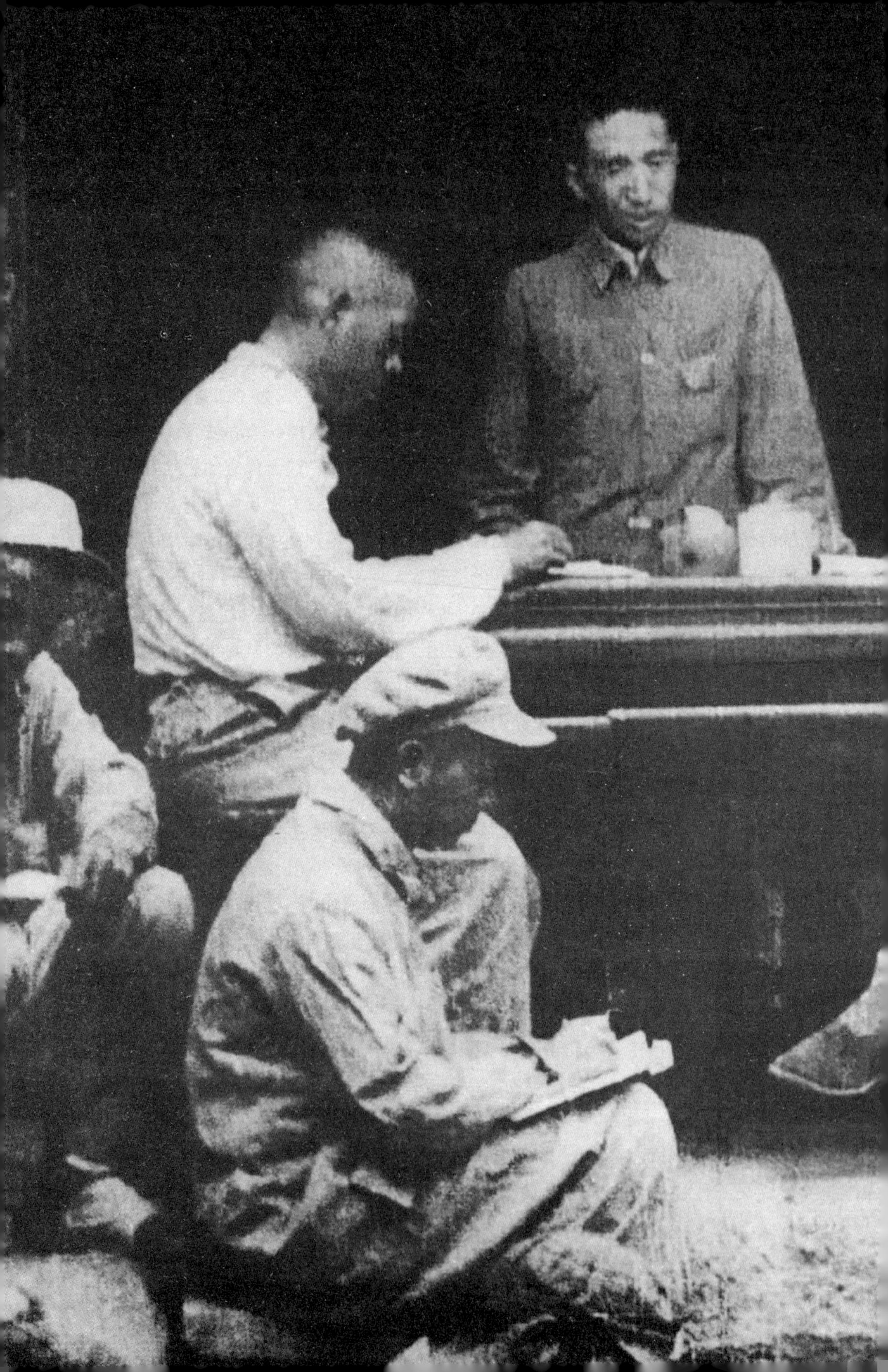

∧ 1949年,徐向前抱病在太原前线总前委扩大会议上讲话。

缺粮、无盐、没有青菜，你们的士兵都得夜盲症了！不要再为阎锡山蒋介石卖命啦！为他们卖命是没有好下场的！"

没有想到对面的那个特派员也是来喊话的，他带来的政工处的几个女特务中一个听到王清铭的喊话后，首先开了腔："解放军的弟兄们，你们蹲在那冰天雪地的山头上多冷呀，连小米饭都吃不饱，多苦呀，快过来吧，这里有白面大米吃！"

9团的保卫股长也在，听了女特务的话，他笑了起来，喊道："你又在说谎吹大牛了，太原街道上能种出白面大米吗？就靠飞机空投的几袋红大米能救活你们的命吗？"

特务们哑口无言，只好溜了。一阵沉默之后，对面阵地上又有士兵在答话："你们说得真好呀，说得当官的都答不上来了，感谢解放军，夜太深了，明夜再来说吧。"

"好，休息，明晚再会。"

文的说不过，就要动武。在某部阵上的前沿上，插满了标语牌，每个字都有两米宽，两米半长，对面的阎军可以看得清清楚楚：

打倒蒋介石！解放全中国！
活捉阎锡山！清算大战犯！
敌人不投降，坚决消灭光！

阎锡山的士兵看到这些标语，感到十分的振奋和鼓舞，他们在自己的阵地上，三三五五地聚在一起，指指点点，议论纷纷。他们的长官见他们这样，就越看越生气，于是不断地指挥炮轰，但奇怪的是，那些炮怎么也打不准，因为打不准，一些原来不知道那些标语的人也都过来围观。

战场终归是战场，阎锡山的炮弹不可能每一发都不准，流血与牺牲即使在攻心战中也不可避免。新华社随军记者萧逸，就是在向双塔寺守军喊话时头部中弹牺牲的。为了悼念这位年轻的新闻战士，萧逸的岳父、我国著名文学家茅盾，在一封信中写道："萧逸在前线牺牲，我的悲痛是双重的，为国家想，失一有为之青年，为他私人想，一番壮志，许多写作计划都没有实现。我已经多年以来，学会了把眼泪化为愤怒，但萧逸之死，却使我几次落泪。"萧逸的同行们与他一样，前赴后继，冒着生命危险忠于职守。另一位摄影干事李光耀，后来在攻占太原北门的激战中负伤后牺牲。此外，还有两位摄影干事在前线光荣负伤。

其实，第1兵团在政治瓦解的同时，也从来都没有疏忽军事上的打击。在兵团的政治工作会议上，徐向前提出，战场上的政治瓦解工作，不能孤立进行，必须以军事力量作后盾，与军事打击相辅相成。第1兵团当时的口号为"猛打加瓦解"。东山争夺战结束后，各部都以小部队在前沿阵地监视敌人活动，展开对壕战和坑道战，主力则集

∧ 我军战士在阵地上书写宣传标语。

中于太原东山进行冬季战场大练兵。针对部队在"四大要塞"争夺战中暴露出的侦察不够周密、步炮协同不好、连续攻击动作不够快、不善于插入守军纵深、切断守军退路、包围迂回等弱点，第1兵团提出了10个战术原则，要求各部队对照检查，总结经验，然后有针对性地展开军事练兵。前沿部队还结合射击训练展开"冷枪运动"、"神枪手运动"，不断地零星射杀敌人。

同时，东线、南线、北线部队乘势发展，又先后攻占了一批阵地。为断敌空援，12月初，13纵一部渡过汾河，配合晋中部队作战，将敌新修的万柏林、三角村、王村、红沟子等处的机场控制。阎锡山军为保持空中联系，于12月中下旬发起疯狂反扑，攻击数十次，但均被晋中部队击退，并毙伤敌2,500余人，击毁坦克2辆。解放军在各线不断巩固阵地，将太原城池紧紧封锁围困，一面发动政治攻势，一面不时出击，袭扰敌人。开展冷枪冷炮活动，虽然说是零星杀敌，但常常能取得震破敌胆的威慑效果。8纵23旅的一个营，17天内冷枪杀敌127人。这种军事围困、打击的胜利，常常使对面之敌一夕数惊，士气沮丧，从而也促进了政治瓦解工作的开展。

战争宽银幕

❶我军某部沿公路尾追逃敌。

❷ 在战斗中缴获敌人的部分武器。
❸ 南京解放后，我军坦克部队入城。
❹ 我军重机枪向敌人猛烈射击。
❺ 我军某部大军徒涉前进。

[亲历者的回忆]

徐向前
（时任华北军区第一副司令员兼第1兵团司令员、政治委员）

瓦解敌军的方法因时因人制宜，灵活多样。

包括阵前喊话、对话，利用被俘人员或起义投诚人员写信、喊话，发射宣传弹，释放俘虏，对反动分子阵前点名记账等。

旧军队里很重视老乡关系，这也是中国封建社会、旧式武装的一个传统。同样的话，别人说了他不信，老乡说了他就信。

当时，敌我双方多为山西人，新补充的兵员几乎都是晋中各县的。

我们的瓦解敌军工作，就利用这个得天独厚的条件。

阵前喊话、对话，先听对方的口音，弄清他们是哪里人氏，再派与其同县、同乡的战士、民工，向对方作宣传。

双方阵地靠得很近，对话听得一清二楚。

有的说来说去，竟然是亲戚、朋友、邻居，那就更热乎，更容易打动心弦，收到成效。

——摘自：徐向前《历史的回顾》

杨成武

（时任华北军区第3兵团司令员）

11月16日，毛主席估计到过早打下太原有可能使傅（作义）部感到孤立，而放弃平、津、张，向西或向南撤逃，因此决定缓攻太原。

并指示太原前线我军再打一两个星期，攻占一些外围据点，确实控制机场，即停止攻击，部队固守已得阵地，进行政治攻势。

这样，从12月1日起至4月20日止，把敌人压缩在以太原城为中心的一个宽不足30里的狭长地区里，主力转入休整，进行战场练兵。

此时，我们华北3个兵团和西北的第7纵队以及晋中地方部队会师在太原城下，已把敌人包围得水泄不通。

——摘自：《杨成武回忆录》

第八章

仓皇离庙

∧ 20 世纪 40 年代的毛泽东。

1949年，人民解放军战事连捷，特别是北平的和平解放，中共中央迁往北平，使太原深受震动，因为北平是太原的重要物资补给基地，太原国民党守军的家属有相当一部分在北平。

太原军人既动，方方面面的人都想劝阎锡山走傅作义的路。但山西土财主舍命不舍财，阎锡山怎么可能去甘心放弃自己苦心经营三十余年的根据地？

1. 进京赶考，中共掀开新一页

爆竹迎来新的一年，在纷纷的瑞雪中，徐向前在峪壁村难得休息了一天，但他仍然不忘关心一线的指战员，打电话指示部队要做好一线指战员的生活保障。胡耀邦汇报说，在后勤部的安排下，部队的春节伙食非常好，而且一线指战员还要利用丰盛的伙食，和新年的喜庆，更多地争取瓦解敌人。

在西柏坡，毛泽东等中央领导心情出奇地好。辽沈、平津、淮海三大战役于1949年1月31日胜利结束，共歼灭和改编国民党正规军154.7万人。就在国民党部队的主力大部被消灭的同时，人民解放军正规部队迅速发展壮大，已达300多万人。能作战的部队只有130余万人的国民党在大陆的全面崩溃已成定局。

中共中央决定，迁往北平。

中国最耀眼最绚烂的一页即将掀开。

早在九月会议期间，毛泽东在同第1兵团司令员徐向前的一次谈话中，就透露了自己要在北方定都的心愿。

"如果阎锡山同意和平解放太原，那么，我们的麻烦就少了。"毛泽东看着徐向前说，他希望徐向前能动用更广泛的关系来劝降阎锡山。

面对毛泽东这样的希望，徐向前只能把阎锡山不顾师生情谊，杀死老秀才的事说了，徐向前的结论是"恐怕不太容易。"

对于徐向前的回答，毛泽东缓缓地点点头表示理解和同意，然后又若有所思地说："看来太原不打是不行了，最好北平不要打。"

"是呀，北平是个老城市，打烂了就太可惜了。"徐向前没有听出毛泽东的话外之音，感慨地说。

毛泽东笑了笑，说："我们不能老是在农村住着，国民党撑不了多久了，以后全

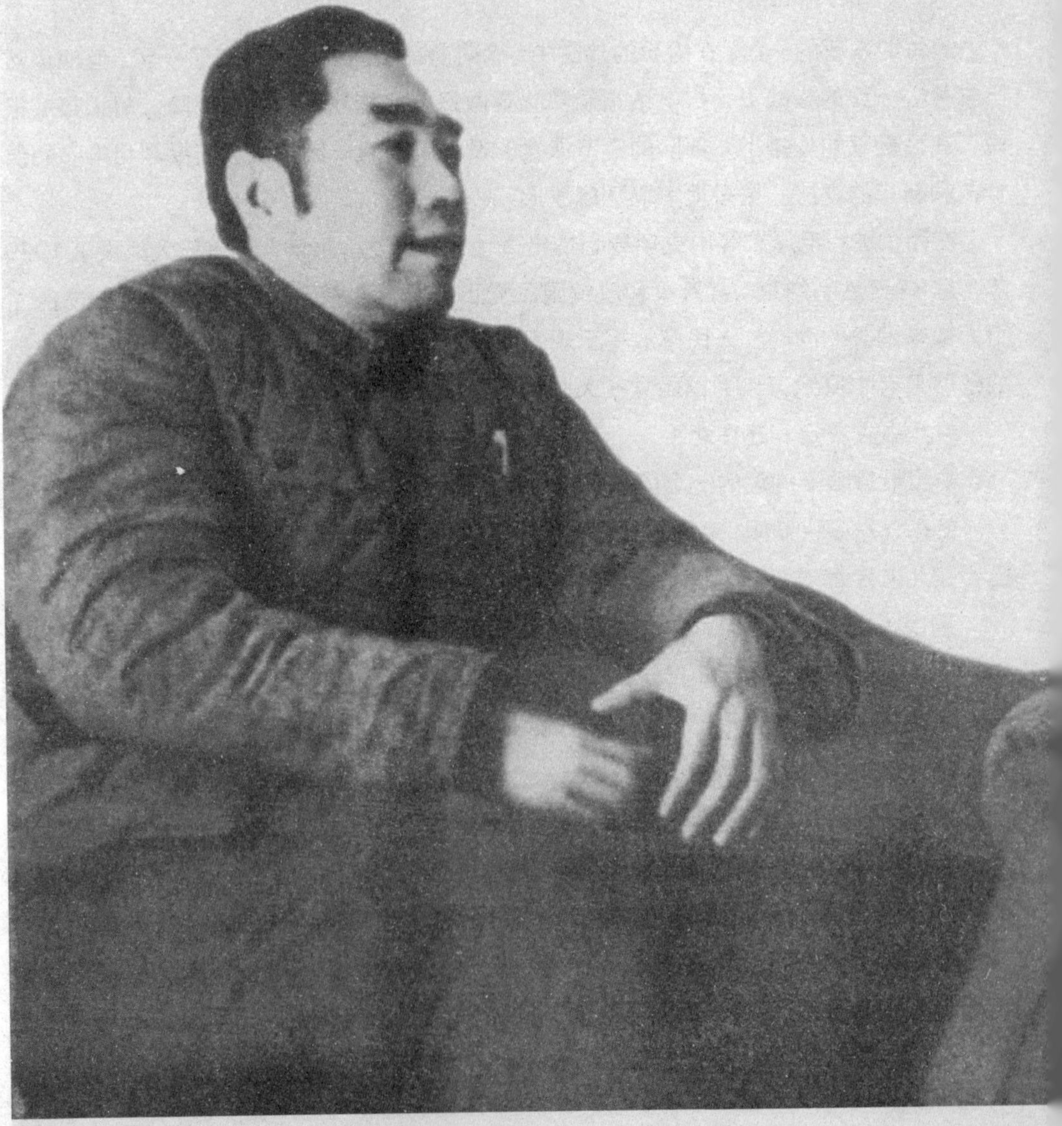

∧ 毛泽东、周恩来在西柏坡指挥我军对国民党军的战略决战。

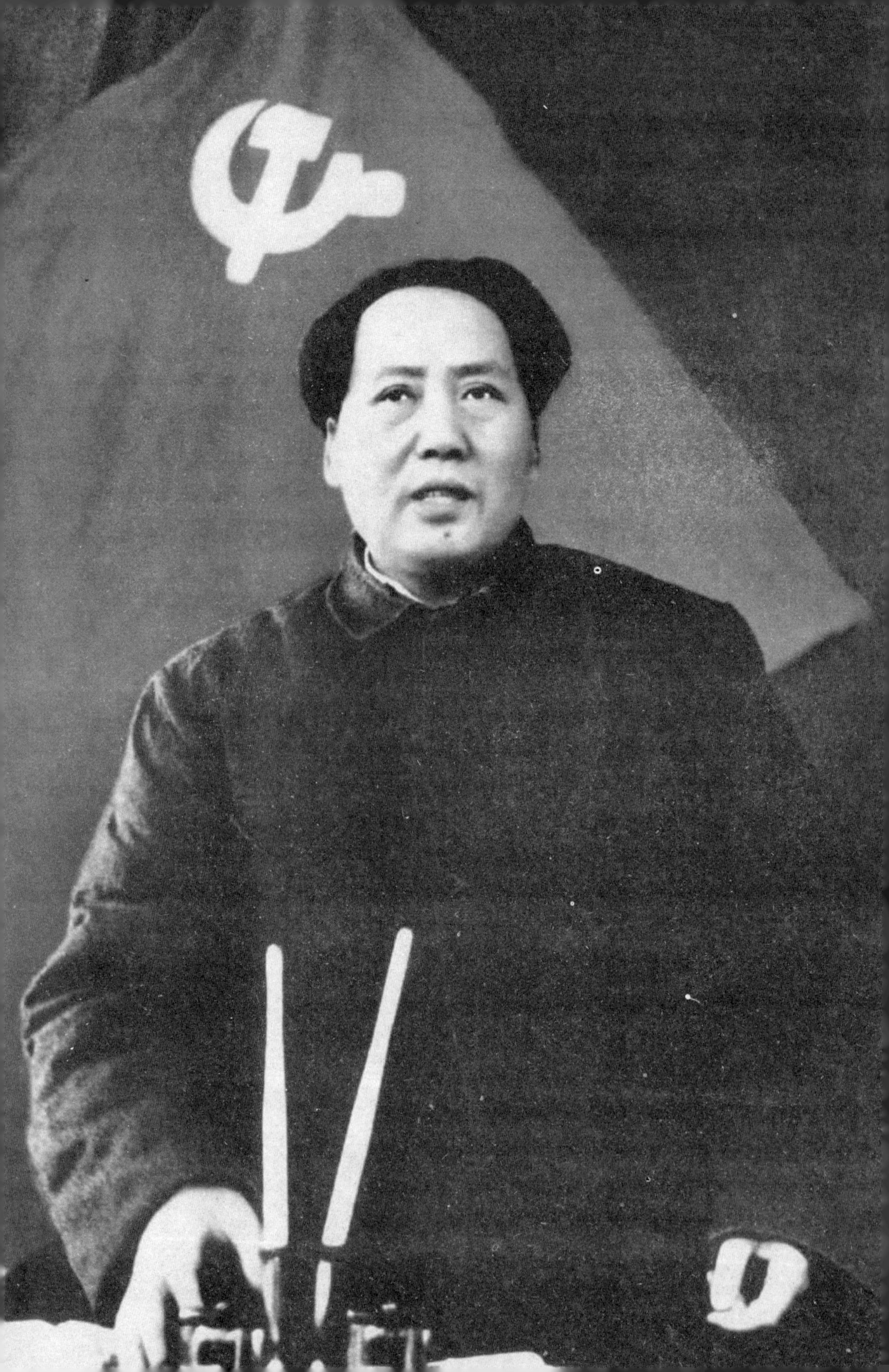

国解放了，我们也要到城里，要建设好城市，要建设自己的工业，让我们的国家通过工业强大起来。"

徐向前说："是呀，这就是我们跟随主席南征北战的最终目标呀。北平是个好地方，完整地保存北平，以后就在北平定都。"

毛泽东笑笑，没有接着谈下去。

为了实现北平的和平解放，毛泽东指示要动员一切力量，积极做好北平守军长官傅作义将军及上层军官的统战工作。在中共强大的军事、政治攻势下，傅作义于1949年1月30日宣布接受和平改编。北平和平解放后，在北平成立中央政府也是当时许多民主人士共同的想法，很多民主人士纷纷致信或致电给新中国第一任北平市市长叶剑英，表示他们坚决拥护共产党，要与共产党更好地合作，并希望共产党在北平成立全国性政府。

1949年3月5日至13日，中国共产党七届二中全会在西柏坡召开，在会上通过的《中国共产党第七届中央委员会第二次全体会议决议》指出："从1927年到现在，我们的工作重点在乡村，在乡村聚集力量，用乡村包围城市，然后夺取城市。采取这样一种工作方式的时期现在已经结束，从现在起，开始由农村转移到城市。必须用极大的努力去学会管理城市和建设城市，学会在城市与帝国主义、国民党、资产阶级做政治斗争、文化斗争和外交斗争。"

这一决议表明，中国共产党已经有足够的信心和能力在短时间内夺取全国的政权，正如周恩来后来评价西柏坡的历史地位时所说："西柏坡是解放战争后期，党中央和毛主席进入北平、解放全中国的最后一个农村指挥所，指挥三大战役在此，召开党的七届二中全会在此。"这一切都只表达一个信号：中国共产党领导全中国的新纪元开始了。

3月24日，毛泽东等中共中央首长抵达涿县，住在粉子胡同路北。3月25日，毛泽东抵达北京。

还是在从西柏坡出发前，1949年3月23日早饭过后，当周恩来问毛泽东休息得如

< 毛泽东在中国共产党七届二中全会上作报告。

中国共产党七届二中全会

1949年3月5日，中国共产党第七届中央委员会第二次全体会议在河北省平山县西柏坡村召开，13日结束。毛泽东主持会议并作了《在中国共产党第七届中央委员会第二次全体会议上的报告》。全会剖析了当时中国各种经济成分的状况和党必须采取的正确政策；肯定了1945年七届一中全会以来中央政治局的工作；批准了由中国共产党发起，各民主党派、人民团体及民主人士协同，召开没有反动分子参加的新的政治协商会议及成立民主联合政府的建议。

何时，毛泽东对周恩来说："今天是进京的日子，不睡觉也很高兴啊！今天是进京'赶考'嘛，进京'赶考'去，精神不好怎么行呀？"

周恩来说："我们应当都能考试及格，不要退回来。"

毛泽东自信地说："退回来就失败了，我们决不当李自成，我们都希望考个好成绩。"

中共中央及解放军总部迁往北平，翻开了中国共产党领导中国人民夺取幸福民主生活的新篇章。

∧ 1949年3月，中共中央及解放军总部自西柏坡迁往北平。时任北平市市长的叶剑英在西苑机场迎接毛泽东、朱德、周恩来、任弼时（左三）等人。

＞ 时任北平市市长的叶剑英在北平和平解放大会上讲话。

1949年春，中共各部队按照中央军委1948年11月1日和1949年1月15日的决定，按正规化的要求进行整编。华北军区第1兵团改为中国人民解放军第18兵团。华北军区副司令员徐向前仍兼兵团司令员兼政治委员，副司令员兼副政治委员周士第、王新亭，副司令员兼参谋长陈漫远，政治部主任胡耀邦。原第8纵队改为60军，军长张祖谅，政委袁子钦，辖第178师、第179师、第180师。第13纵队改为61军，军长韦杰，政委徐子荣，辖第181师、第182师、第183师。第15纵队改为62军，军长刘忠，政委鲁瑞林，辖第184师、第185师、第186师，共9个师。3月1日，第18兵团在太原前线举行命名典礼大会。包围太原的解放军已是一个正在向正规化方向迈出了崭新步伐的人民军队。

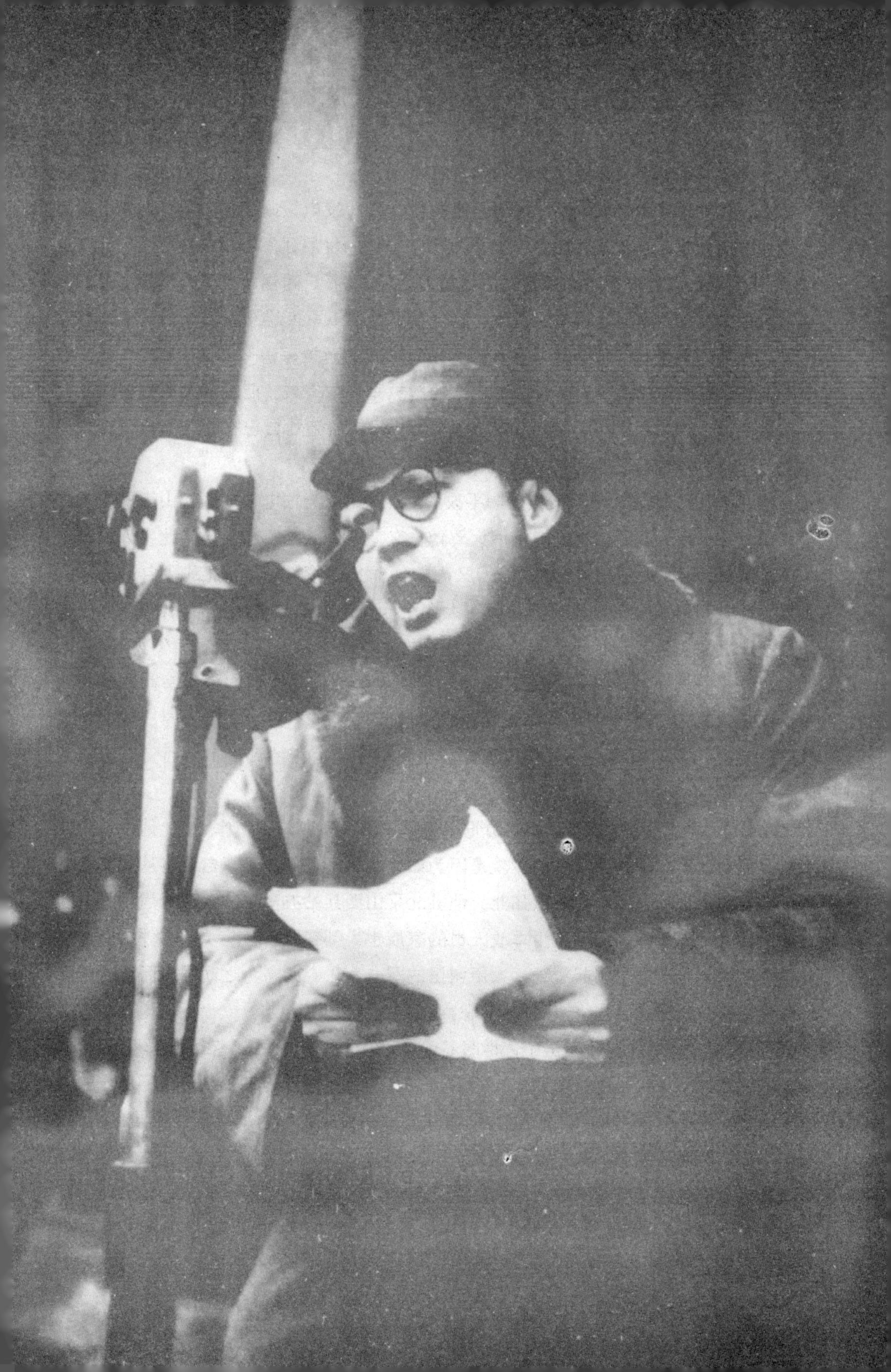

2. 慷慨高歌，背后狡兔三窟

那么，太原城里的阎锡山又在作何打算呢？

解放军发动平津战役之后，举棋不定的傅作义曾发电报向阎锡山寻求对策。当时的阎锡山自然是在密切地关注着局势的发展，局势的发展让阎锡山昼夜不安。他回电说："我们今日只有谋重事之所当为，尽重力之所能为"。阎锡山自己心里担心，却要让别人严防死守，为了给傅作义打气，他全然不顾手下军人纷纷投诚而自己毫无办法的现实对傅作义吹嘘，只要他阎某人到北平向围城的解放军讲一席话，解放军就都是他的人了。好像他的话，只有对围困北平的解放军说才有效，而围困太原的解放军都听不懂似的。解放军攻克天津，活捉陈长捷后，阎锡山还让自己在北平的代表转告傅作义，"事到危难宜坚决，遗憾全由俯就成"。

1949年1月22日，傅作义接受和平改编后，于第二天拍电报向阎锡山表白自己的苦衷和矛盾心情。阎锡山接到电报后大骂傅作义"毫无人格"，"出卖了北平人民"。

阎锡山大骂之后，还觉得不解气，又恐怕傅作义的投诚行动，扰乱了自己的军心士气，就立即召集高干和基干开会，在大会上，阎锡山气急败坏，他慷慨陈词："傅作义投降共党，但我们绝不能走北平道路，做他那样毫无人格的事，我们为政一方，就要忠诚于一方百姓，为一方百姓造福。不能出卖他们，让他们任人宰割。现在太原虽然危急，但只要我们抱定必死之信念，国际友人是不会坐视不管的。既使拼尽最后一滴血，我们也要成功成仁，历史会给我们一个公正的评价，山西父老会给我们一个评价。"

开完会，再想一想傅作义，阎锡山觉得还是应该再争取一下傅作义，让他设法控制军队，控制北平。不是为了别的，就是因为如果北平一旦解放了，自己将从此失去了一个重要的物资补给基地。不仅如此，他驻北平山西兵站办事处的全部军需用品也随之化为乌有了。此外，山西不少军政人员的家属也大都在北平，北平的丢失，必将在太原城里的上层干部中引起震动，太原城里的军心、人心必将为之动摇。而现在，随着傅作义的"毫无人格"，一切都成了现实。

阎锡山在"绥署"办公室里不停地踱着步，窗外一片肃杀，这个在权力场上经营了一辈子、算计了一辈子的"山西王"不禁为自己的前途算计起来：自己是不是真的穷途末路了？国民党内，蒋介石再度下野，李宗仁和白崇禧他们也闹着和共产党和谈，太原一座孤城到底还能撑多久？第三次世界大战何时开战？

阎锡山不敢再想下去。眼下，最重要的是给傅作义拍个电报，建议他牢牢地控制好军队，如若不能就设法逃到太原。阎锡山叹息一声坐下来，叫秘书进来，由自己口授，将电报发了出去。

> 天津战役中，被我军俘虏的国民党军天津警备司令陈长捷。

国民党天津警备司令陈长捷

　　福建闽侯人，国民党陆军中将。保定军校毕业后在晋军中服役。先后担任第4军第12师师长，第72师师长，预备第1军军长，第61军军长，第13集团军副总司令，晋绥军第6集团军总司令兼第四行署主任。1940年初，追随傅作义投向蒋介石。初任伊克昭盟守备军总司令，1943年任兰州补给司令等职。1947年任西北行营第八补给司令。1948年任天津警备司令。1949年1月在天津战役中被人民解放军俘虏。

平津战役

　　辽沈战役结束，国民党傅作义所率60万人已陷入或守或逃举棋不定的状态。为了稳住平津之敌，不使其逃跑，中共中央和毛泽东指示东北野战军提前入关，会同华北军区共100余万人，在林彪、罗荣桓、聂荣臻组成的总前委统一领导下，于1948年11月29日发起平津战役。第一阶段分割包围，切断敌退路。第二阶段各个歼灭被围守军，解放天津。第三阶段傅率部接受改编，1月31日，北平宣告和平解放，平津战役胜利结束。

　　但傅作义并没有听他的。

　　那几天，阎锡山像是得了癫痫一样，喜怒无常。一会儿觉得忧心忡忡，一会儿又心坚如铁，要鱼死网破。北平的一些旧部属纷纷给他发电报，希望他能正确理解北平的投诚行动，但阎锡山一概回电报说："到你们知道是受骗的时候，你们还要来找我。"

　　频繁的电报让阎锡山越来越偏执，甚至不能使用正常的冷静思维了。北平和平解放

国民党华北"剿总"副总司令郭宗汾

河北河间人,国民党陆军中将。保定陆军军官学校毕业后,在晋军部队任职,深得阎锡山器重。曾任晋绥军第7军第19师师长,第69师第202旅旅长,第71师师长。抗日战争爆发后,任第33军军长,第二战区司令长官部参谋长。抗战胜利后,任第15兵团司令,华北"剿总"副总司令。1949年,随傅作义和平起义后,任北平联合办事处副主任,负责国民党军队改编等事宜。

> 叶剑英在北平欢迎各方人士集会上讲话。

章士钊

湖南善化人。辛亥革命后,曾任《民立报》主笔,北京大学教授,广东军政府秘书长,南北议和南方代表,北京农业大学校长,段祺瑞执政府司法总长兼教育总长。1933年在上海作律师,并任上海政法学院院长,冀察政务委员会法制委员会主席。抗日战争时期,任国民参政会参政员。1949年为南京国民党政府和平谈判代表团成员,国民党拒绝签订国内和平协定后,遂留北平。

后,阎锡山的参谋长郭宗汾当时还在北平,解放军进城之后,中共中央要求叶剑英寻找郭宗汾,商谈和平解决太原问题。

叶剑英很快找到了郭宗汾,见面之后,叶剑英表示,为了互相信任,中共暂时允许郭宗汾保留自己的电台,郭宗汾表示非常感谢。

叶剑英说:"郭将军,你和阎将军共事多年,希望你能劝他以大局为重,以山西父老的生命为重,放弃武力抵抗,走到和平的谈判桌上。"

郭宗汾说:"阎长官在山西多年,恐怕不是那么好谈的。"

叶剑英说:"我来见你之前,中央有过指示,如果太原能和北平一样和平解决,解放之后,阎锡山可以参加新的政协会议。"

郭宗汾说:"阎长官那里我可以一试,但结果如何,恐怕不会太乐观。"

郭宗汾的劝说,果然是没有乐观起来。不但如此,山西大学法学院院长杜任之以及章士钊等人也在阎锡山那里碰了钉子。他们先后致电阎锡山,请他走和平之路,可阎锡山的回电却是一再表示自己要成功成仁。

阎锡山拒绝了一切的劝告,就连自己的委员长蒋介石,他也没有给面子。北平投诚

之后，蒋介石忽然意识到，死守不是一个办法，孤岛太原若是提前放弃，倒更有便宜可赚，于是他给阎锡山打电话："伯川呀，北平已陷，太原已成孤岛，从大局上看绝难长久支持，你还是到南京来吧。"

阎锡山仍是那一套慷慨之词，表示要和太原共存亡。

蒋介石不得不实话实说："何必要死守呢？伯川，胜败乃兵家常事，留得青山在，我们才能东山再起，你现在要是把人马都给拼光了，以后我们还怎么办？我们要把目光放得长远一些。我建议你和军政干部们乘飞机撤往西安，由胡宗南派兵接应突围西渡，再伺机而起，光复太原岂不更好。"

阎锡山见蒋介石这么一说，本来就舍不得自己多年经营的山西，就更担心自己一旦离开山西便永无回头之时，于是假惺惺地说："伯川实难离开山西，伯川若是此时离开山西，便是愧对山西乡亲，更是愧对数十万将士，伯川守土有责，还望蒋公成全伯川的一片赤诚之心。"

阎锡山拒绝蒋介石后，对部下们说："南京没办法咱有办法，一线光明在太原。"阎锡山还一再鼓吹所谓的"以城复省，以省复国"，命令歌剧队大演战国时田单指挥火牛阵以城复国的故事来振作士气。

阎锡山既不投诚,又要给部下找一个不投诚的理由,不然的话,谁愿意白白地陪着他去送死呢?但怎么找也找不到充分的理由,只好编谎话骗人。他告诉部下,傅作义投降后,共产党把他放在内蒙古的一个枯井里,坐井观天,解放军让投降纯粹是骗人,投降了就会像傅作义一样。

在日益孤立的情况下,阎锡山的一些部下和朋友都劝他离开太原。阎锡山均表示自己要杀身成仁,舍生取义,誓死不离太原。阎锡山还在他的办公室里贴了一幅横幅,上写:"知其不可为而为之才是真正的革命。"1949年1月18日,邱仰睿致电阎锡山,传达了美国陈纳德的意见,劝阎不必坚守太原,到不得已时,他愿接阎锡山脱险。美国朋友的意见阎锡山也没有采纳,他在1月20日给邱仰睿的复电中说:"不死太原,等于形骸,有何用处!"1月24日,徐永昌致电阎锡山,劝他在危急时离开太原,次日阎锡山在复电中引用了古贤孟子的名言:"生我所欲也,义亦为我所欲也。二者不可兼得,则应舍生取义。"

"飞虎队"队长陈纳德

美国得克萨斯州人。第一次世界大战时,参加美国陆军航空兵部队。1937年来华任国民党政府航空委员会顾问,组织"美国志愿航空队",史称"飞虎队"。后改编为美国第14航空队,任少将队长。率部开辟了一条从印度到中国西南的著名的"驼峰"空中运输线。蒋介石发动内战后,1946年在华组织"民运航空公司",协助蒋介石空运、侦察和轰炸解放区。

> 抗战时期,组织"美国志愿航空队"赴华与日军作战的陈纳德将军。

的确,既然把死守太原的大旗打出来了,就要把表面工作做足,做得让人信服,这样才让部下觉得自己的长官是个义士,才能死心塌地为他卖命。为此,阎锡山在向一名德国医生咨询时,听说纳粹军官在牙齿中暗藏氰化钾毒丸,咬破后可以当即毙命,于是让川至制药厂试制。由于技术问题难以解决,最后配制出500瓶毒药,阎锡山把这些毒药都交给部下,要他们在危急时死难。把药品送给部下之前,美国《柯利亚》杂志一名记者来访问阎锡山,阎锡山把毒药摆到自己面前,指着这些毒药对记者说:"我决心死守太原。如果太原不守,我就和这些小瓶同归于尽。"同时,又让人找来一个身佩手枪,目露凶光,杀气腾腾的士兵,对人说:"这是有标准武士道精神的日本士兵。我让他跟随我的左右,以便在危急的时候,将我打死,这个任务,非日本人不能完成。"这位美国记者为阎锡山在毒药前拍了照片。之后。阎锡山又把这张照片送给了司徒雷登和陈纳德等人。

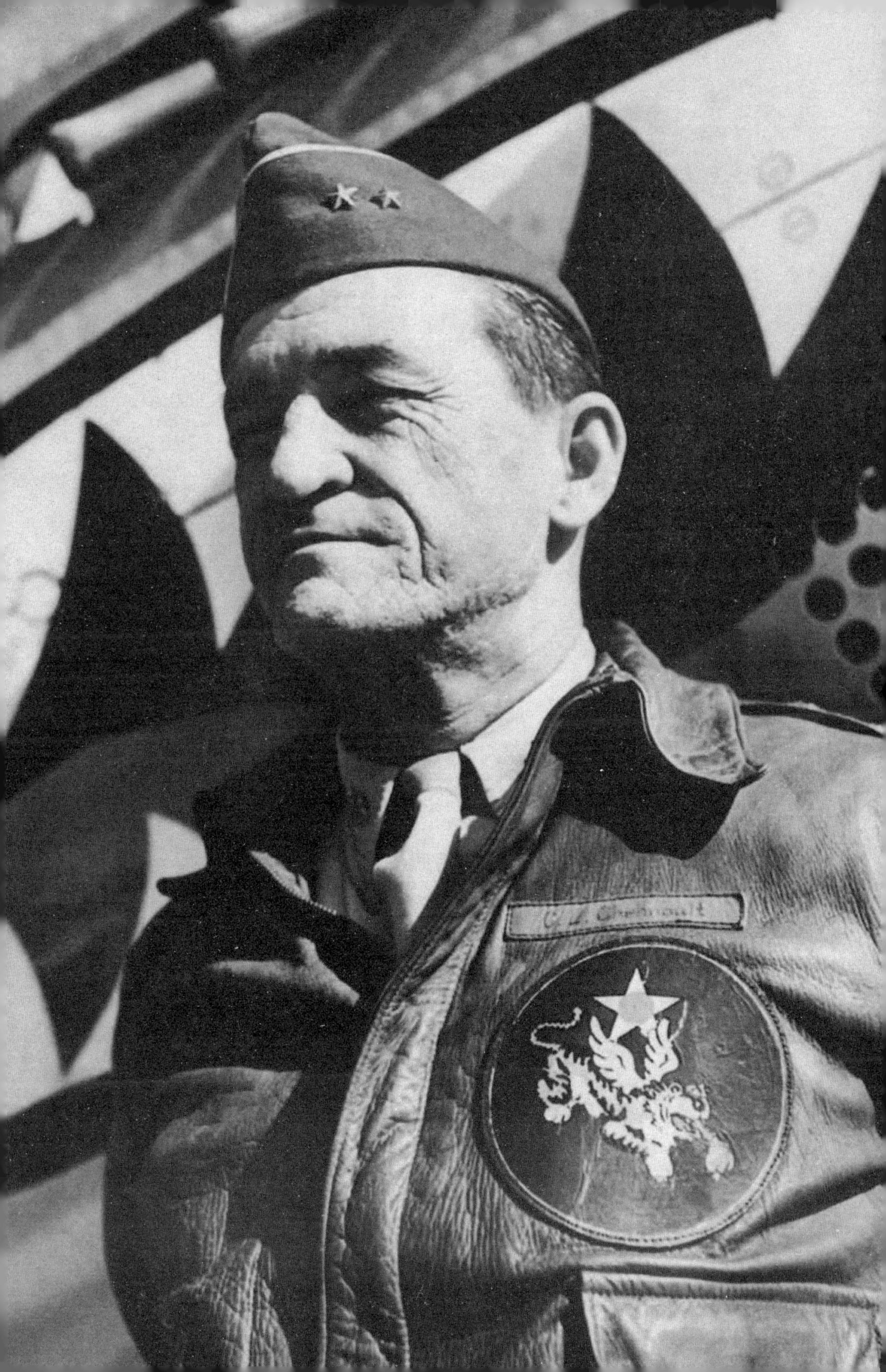

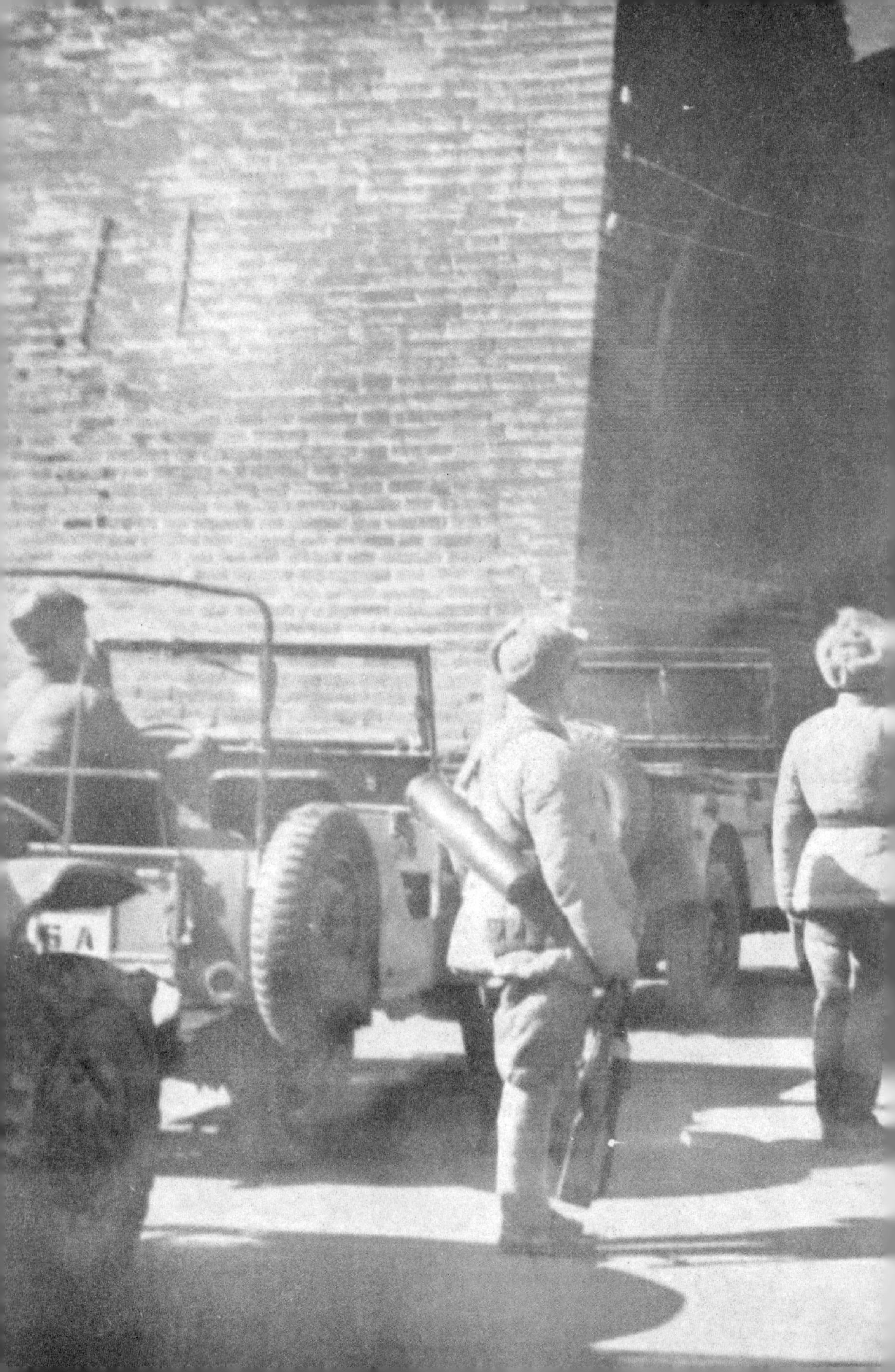

∧ 傅作义接受和平改编后,我军部队到达朝阳门与傅作义部队进行交接。

阎锡山何以如此坚决？难道他是真的热爱太原吗？阎锡山的亲信吴绍之，是"绥靖"公署的秘书长，他私下和同僚们议论时，并不掩饰自己的和平观点。他对同僚说："1927年，汉卿能看见国民革命军是刚升起的太阳，毅然换上青天白日旗，今天看见共产党这个刚升起的太阳，为什么就不能和平地换上红旗呢？"吴绍之的话给了他的那些同僚一个错误信号，他们鼓动吴绍之向阎锡山进言，走傅作义的路，吴绍之只是摇头叹息，悲观地说："日本人吃高粱面——没有法子。"

只有吴绍之明白，阎锡山之所以要死保太原，是他舍不得自己在山西30余年经营的根基罢了。山西土财主舍命不舍财，阎锡山身上有着浓厚的商人气息，为了保住自己苦心经营30余年的根据地，一向精打细算的他可以不惜血本，即使付出生命也在所不惜。

∨ 1948年，阎锡山在国民党"立法院"报告太原前线战况。

其实，真正了解阎锡山的人都对他死保太原与太原共存亡的宣言并不相信，因为阎锡山一直在把家人和钱财向外转移。很显然，精明的阎锡山并没有把所有的本钱，特别是自家性命都放在山西，都放在太原。

早在1946年至1947年间，阎锡山就通过"山西省银行"驻天津主任阎孝先往美国的银行汇了200万美元。从这个时候起，阎锡山就已经开始准备后路了。到了1948年年底，当太原被解放军团团围住以后，阎锡山又把自己的继母送出太原，而送出继母的借口居然是如果继母在太原，那么继母可能在最艰难的时候出来动摇他，影响他固守的决心。

然后，阎锡山的其他亲属也都先后陆续转到台湾、美国等地。他的部下王靖国、梁化之等重要人物的亲属也分别转到北平、台湾等地。阎锡山还把他的第二把手杨爱源安插到南京坐镇，名义上是代表他阎锡山与蒋介石交涉事宜，实际是在南京指挥山西在外人员，为自己的将来安排诸种事宜。

对于太原城里的一些部下，凡是与国民党机关关系密切、能向国民党要到钱的人，阎锡山都一路绿灯把他们送出太原，派他们到南京、上海继续为自己积钱攒财。阎锡山还把曾任山西伪省长的大汉奸苏体仁，以及抗战期间曾被自己派到太原和日寇联络的机要处处长刘迪吉,也秘密送到台湾。阎锡山早年曾在日本读过士官学校，当他又把和日寇有密切关系的靳祥垣带上家属送到南京时，他想一旦失败便躲到日本的预谋就不言自明了。果然，不久，阎锡山还真的派人去日本和前日军山西司令官澄田联系，想通过这个关系为自己在日安排避难事宜。阎锡山在部下、在美国记者的照相机面前，大谈舍生取义时是何其慷慨呀，可是普通的军队人员，甚至非常高级的军政人员，他自己身边最最亲密的朋友，又有几人能知道，他已经在太原以外的世界为自己安排了多处巢穴呢？

3. 寻找逃路，弃部下如敝屣

太原的围困形势越来越紧张，阎锡山坐不住了，变得心神不定，坐卧不宁。阎锡山平时待人和蔼，但此时却暴躁不安，手里常拿一根木棍，不论亲信和部属，见人就想打，请示或回答公事的人员，见了就要骂。除了过问郊区的战况和运输粮食的飞机情形以外，其他事件，一律不愿过问。这种情形，据他周围的人说，是30多年从未见过的。

1949年2月17日，阎锡山飞往南京寻找逃跑道路。在总统府，代"总统"李宗仁接见了阎锡山。

阎锡山说："太原形同孤岛，十万火急，虽我守军将士愿以死相保，但打仗总是需要枪炮的，人，总是要吃饭的，还请代总统设法解决我太原守军的武器粮食，以解山西父老的渴盼，以慰我誓死报国志士之热心。"

李宗仁这个"代总统"，虽然住到了总统府，但很多事其实都是蒋介石幕后遥控指挥的。再说，解放军百万大军集结在长江北岸，南京自身难保，哪里还顾得上太原。李宗仁说："伯川呀，局势如此，各方都有很多困难，但只要大家以必死之信念，有困难，自己也总是可以慢慢解决的呀，战事要紧，还是快快回去吧。"

阎锡山见李宗仁不给，就说："我此次来，是受全体将士委托而来的，他们盼着我给他们带回去枪炮，好和共匪决战，如果代总统不给我们解决困难，我自己回去也没有用，在总统府自杀就是了。"

阎锡山大耍其赖，焦头烂额的李宗仁只得说："伯川说的这是哪里话，太原是党国的太原，将士是党国的将士，我们怎么能让你一人为难。你且再等几日吧，我联系湖南、四川，看看能否先空运大米过去，说什么也不能让将士们饿着肚子打仗。"

但大米显然只是一个幌子，此间，阎锡山到溪口会见了蒋介石，他告诉蒋介石："中央政府委员会代委员长，应在国府与政院之外另选一人担任，使能调剂府院，不生冲突。"蒋介石当场没有明确地表态。第二天，他回到南京以后，又给蒋介石发电报说："必须目标一致，行动一致，才能备战言和。至规定和好的程度，亦应一本府院政治会议三机构职权决定之。"阎锡山虽然没有明言，但那话音已经很清楚了：自己有意担任这一机构的负责人。太原孤城难守，自己又不想担负临阵脱逃的骂名，用了这种拐弯抹角的方式明正言顺地离开太原，也算是机关算尽了。但蒋介石并没有让他满意，结果是何应钦当了政治委员会代委员长。

1949年3月，人民解放军已神速地由太原外围进展到太原市郊附近，南郊和北郊

> 1948年，李宗仁在南京。

国民党政府代"总统"李宗仁

广西临桂人，国民党一级陆军上将，原为桂系首脑，早年加入同盟会。北伐战争时任国民革命军第7军军长，第三路军总指挥，第4集团军总司令。抗日战争时期，任第五战区司令长官兼安徽省主席。抗战胜利后任北平行辕主任，执行蒋介石的内战政策，1948年4月任国民党政府副"总统"，1949年1月任代"总统"，12月去美国，1965年7月发表声明投向人民，毅然回归祖国大陆。

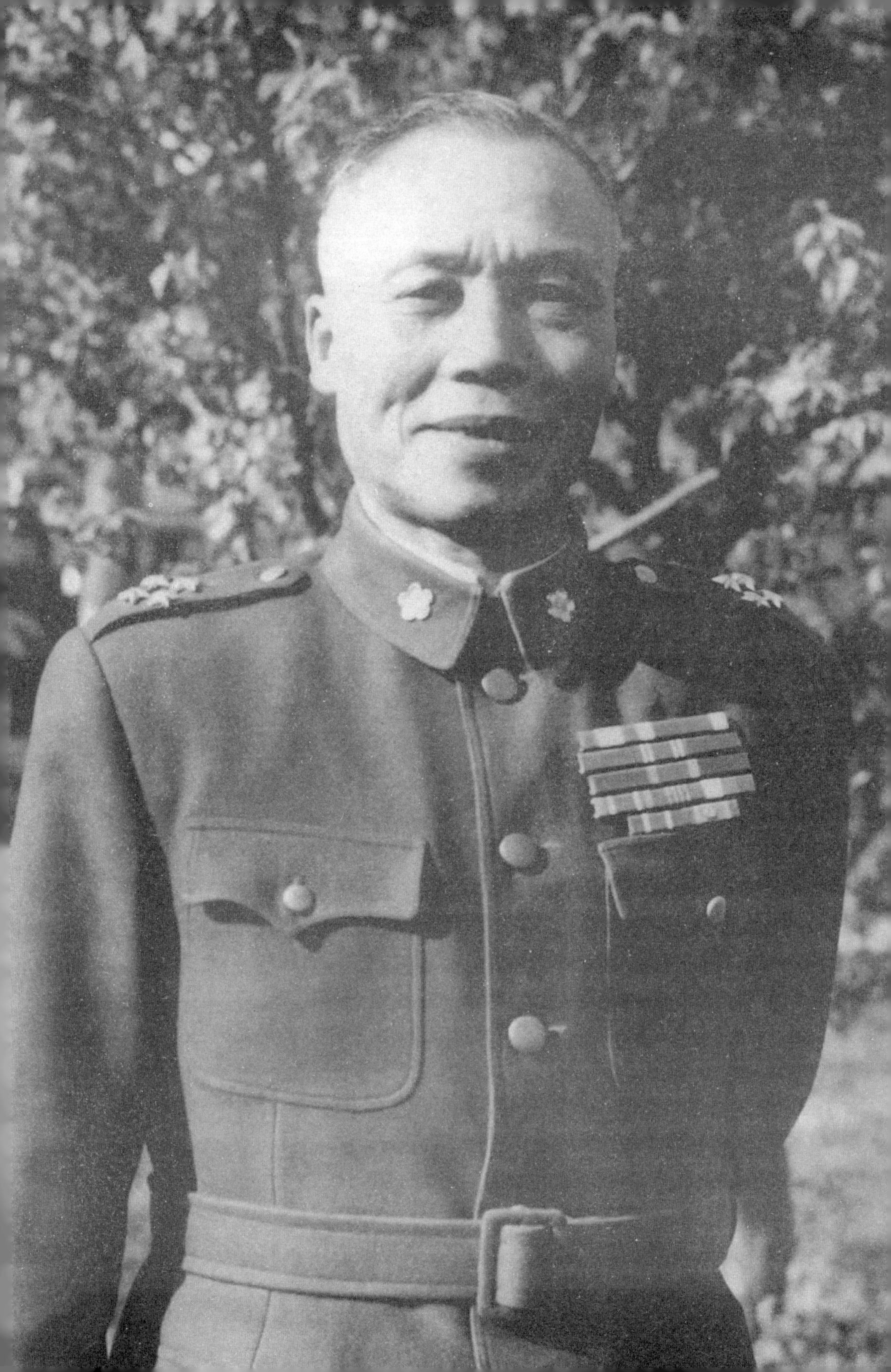

妙高臺

中正題

的飞机场，已被解放军完全控制，而新开辟的西门外红沟机场，也在炮火射程之内，空运交通随时都可能断绝，而空运一旦断绝，他阎锡山可真就是"插翅难逃"了。这个时候，阎锡山顾不得慷慨高歌了，他3次打电报给山西驻南京办事处处长方闻，要方闻"多方活动，尤要接近李代总统，设法将吾调出太原。"

3月28日，李宗仁以国民党谋求北平和平谈判即将开始，有关山西的条件需要阎锡山前往南京商定为由，致电阎锡山，请阎锡山前往南京。接到电报，阎锡山大喜过望，但为表矜持，他在回电时表示"有飞机即去"，请李宗仁派飞机来接。

1949年3月29日下午2时，阎锡山下令召开紧急会议，梁化之通知了负责经济、政治、组织的高级官员及城外火线的各军事官员，约20人。大家落座后，阎锡山态度极其和蔼地向秘书长吴绍之说："你把李代总统来的电报念给大家听听。"

吴绍之于是念道："和平使节（指参加北平和平谈判的国民党代表）定于31日飞平，党国大事，待诸我公（指阎锡山）前来商量，敬请迅速命驾，如需飞机，请即电示，以便相迎，宗仁。3月28日。"

吴绍之念完后，阎锡山征求大家有何意见，因为担心阎锡山一去不回，多数人都默不作声，也有奉迎之人附和说："此次赴京开会，应在南京多住些日子。"

接过这样的话头，阎锡山说："也许三天五天，也许十天八天，和平商谈有了结果，我就回来。"

会议的最后，阎锡山宣布，在他离开期间，由梁化之、王靖国、孙楚、赵世铃、吴绍之组成的5人小组负责。随后梁化之说："天气已经不早，飞机在机场等候，请早动身吧。"阎锡山立刻起身乘坐汽车直奔红沟机场，除梁化之和阎慧卿到机场送行外，其余人员均送到大堂口，作了最后一次告别。

阎慧卿，乳名五鲜，比阎锡山小27岁。系阎锡山叔父阎书典第三个妻子曲氏所生。在阎书典5个女儿中排行第五，阎锡山叫她"五妹子"，常年为阎锡山料理生活。"五妹子"精于心计，善于察言观色，对阎锡山喜欢听的就多说，不喜欢听的则绝对不说，阎高兴时，

< 1949年2月，蒋介石与阎锡山在溪口合影。

< 阎锡山为稳定军心,将他所宠爱的阎慧卿留在了太原。

便讲些笑料事,为阎开心,阎愁闷时,又讲些家乡的风土人情,为阎解闷。阎锡山抗战时期曾食多伤身,医生建议专门派人监食,既不让多吃,又不让少吃。开始派一般侍从,常遭阎的谩骂。后由夫人监食仍不行,所以又换成阎慧卿负责监食。结果"五妹子"一出马,阎锡山的饭量果然比较均匀,也不胃疼了。

由于"五妹子"阎慧卿,长年负责照顾阎锡山的生活起居,深为阎锡山所宠爱。大家以为阎锡山离去时一定要带走阎慧卿,不料阎却把她留在了太原。这是阎锡山玩弄的又一欺骗手段,以造成他还要回到太原的假象来稳定军心。

阎锡山到南京后,与李宗仁商讨国共和谈问题。4月11日,太原5人给身在南京的阎锡山发电报,催促他返回太原,电报说:"太原人心浮动,请主任回来坐镇。"阎锡山开始了对他部下的扯皮:"明日即去溪口,回来后即回。"4月12日,阎锡山赴溪口,会见蒋介石。二人长谈一夜。这次会谈,阎锡山没有再提到南京当"京官"的想法,反而一再表示太原战事紧急,自己准备在最快的时间里返回太原,回到第一线去。蒋介石见阎锡山再次做了姿态,因为他上次把政治委员会主任的职务给了何应钦,这次没有好职务给了,就劝他说:太原虽然重要,但于整个国家而言,仍然只是偏居一隅,先保住国家才能保住太原,应以国家为重,留在南京参加主持大计。有了蒋介石给的梯子,"独上西楼"的阎锡山正好借此抽身下楼,第二天,阎锡山再没有提回太原的事,就又匆匆飞回南京参加李宗仁主持的"和战会谈"了。

4月13日,阎锡山从溪口回南京后,很快就发电报给太原5人,电报中,他把蒋介石的意思告诉他们说:"我有重要任务,暂不回去。"此时的阎锡山终于最后决定冠冕堂皇地离开太原留在南京了。因为,阎锡山到南京后一直都住首都饭店,从溪口返回后,阎锡山却对身边的侍从说:"首都饭店房价太贵,一夜一间要十二三块银圆,得另找住处。"精明的阎锡山终于在这句话里再次露出了破绽:他是决意长住南京了。

声言很快就要回来的阎锡山再也没有回到太原,由于两军前沿阵地的严密封锁,太原前线的解放军是在得到中央军委的通报之后,才知道阎锡山已经逃离太原。毛泽东曾经指示第18兵团,阎锡山在南京期间,不要夺取飞机场,阎在太原,还有和平解决的希望,若阎不在太原,负责留守的孙楚等人恐怕直到最后也不会投降,那只有增加牺牲。毛泽东这一指示对阎锡山真是仁至义尽了,对战火下的太原人民也是仁至义尽了。但阎锡山却再也不回太原了。他撒手不管了。不管是他的士兵,还是那些无辜的百姓,他都弃之如敝屣了。

4月21日,国共和谈破裂,解放军开始进攻太原,太原告急电报如雪片一般飞来,4月22日,阎锡山同贾景德逃往上海。4月23日午夜,阎发来电报:"万一不能支持,可降;惟靖国、化之两人生命难保。"梁化之看后,面色惨白,孙楚私下里说,老汉表面说是可以投降,但其实还是想让我们死守到底。

24日,太原解放,梁化之与阎慧卿在太原"绥靖"公署的地下室里服毒自尽。阎慧卿在自尽之前,还让梁化之代笔写下了《阎慧卿致阎锡山的绝命电》,经吴绍之润色后交机要处拍发给阎锡山:

连日炮声如雷,震耳欲聋。弹飞似雨,骇魄惊心。屋外烟焰弥漫,一片火海;室内昏黑死寂,万念俱灰。大势已去,巷战不支。徐端赴难,敦厚殉城。军民千万,浴血街头。同仁五百,成仁火中。妹虽女流，死志已决。目睹玉碎，岂敢瓦全？生既未能挽国家狂澜于万一，死后当遵命尸首不与匪共见。临电依依，不尽所言！今生已矣，一别永诀。来生再见，愿非虚幻。妹今发电之刻尚在人间，大哥至阅电之时，已成隔世！前楼火起，后山崩颓。死在眉睫，心转平安。嗟乎，果上苍之有召耶？痛哉！抑列祖之矜悯耶？

阎锡山在读过这份绝命电后，泪流满面。

4. 身悬孤岛，阎锡山永失太原

离开太原以后，阎锡山一直跟随着国民党政府与中国共产党为敌。

1949年4月中旬，国民政府"行政院长"何应钦召开秘密会议，讨论中共1月14日提出的和谈八项条件。阎锡山在会议上说："条件的实质是难以接受的，即使接受了，以后也难以解决问题。"不但如此，阎锡山还亲自到溪口和蒋介石面对面的商谈，说李宗仁进行的和谈，决不会成功，到和谈破裂时，他表示愿拥蒋再度出山，由他任"行政院长"，扭转败局。

解放军攻克南京占领总统府后，广州成为国民党政府的临时首都，阎锡山也到了广州，并和CC系联合发起成立了"反侵略大同盟"，国家主义派、民社党也参加其中。虽然这个CC系大同盟只是昙花一现，却为阎创造了有利条件：

由于"行政院长"孙科在内外交困下辞职，一直作光杆司令的李宗仁就想让自己人居正担任"行政院长"，组成以桂系为中心的内阁。但如果内阁以桂系为中心，那么内阁势必就会受到李宗仁的控制，这样的情况下，本已就下野的蒋介石恐怕再回到台前就不好办了。为了能长期操纵政府，使自己随时可以在朝野之间跳来跳去，蒋介石反对居正出任"行政院长"。但蒋介石本身也有问题，那就是自己已然下野，而又随时掌控着国民党的党政军务，这本身已很不合法度，现在选"行政院长"，他也不便让自己的亲信来出任。蒋介石和李宗仁在"行政院长"这个位子上都不能得手，这就给阎锡山提供了一个好机会。居正一被否决，阎锡山便以守城"名将"的名声和坚决反共的态度，在CC系的大力支持下，于1949年6月3日担任了国民政府的"行政院长"。

阎锡山上任后，先飞到台湾见蒋介石，然后到桂林同李宗仁商议，发表了组阁名单。因为阎锡山的亲信大部分都在太原或被俘或战死，所以内阁名单仍以蒋介石的原班人马为主，以朱家骅为副院长，其余国防部、财政部等要害部门都没有怎么变动。早期安插出来的几个亲信，阎锡山都在这次组阁中给他们加官晋爵了：贾景德被任命为

∧ 时任国民党"行政院"副院长的朱家骅。

国民党"行政院"副院长朱家骅 ◀

　　浙江吴兴人。早年留学德国，曾获柏林大学哲学博士学位。回国后任北京大学、中山大学教授，浙江民政厅厅长，中山大学、中央大学校长。1931年后任国民党政府教育部、交通部部长，浙江省政府主席，国民党中央执行委员会秘书长、中央抽查统计局局长，三青团中央团部书记长，国民党中央组织部部长，中央研究院院长，考试院、"行政院院长"。1949年，随国民党政府去台湾。

∧ 1949年7月，时任国民党"行政院长"的阎锡山与蒋介石、代"总统"李宗仁（中右）在一起。

行政院秘书长，王平被任命为财政部次长，方闻被任命为总务司长。

6月15日，阎锡山首先提出一个"扭转时局方案"，规定后方几省成立"反共救国总司令部"，由省主席兼任总司令。7月1日，又制定"全国作战计划"，确定以重庆为军事枢纽，以台湾为作战基地。7月6日，他又与陈纳德商定，重组"飞虎队"。7月7日，阎锡山和蒋介石、李宗仁等，以及青年党，民社党负责人和胡适、于斌等98人，借纪念七七事变之际，在广州联合发表"反共救国宣言"，声称要"集中力量，坚持战斗"。7月12日，行政院颁布"反共公约"，规定五家连坐，互相监督，检举。8月3日，国民党临时成立的决策机构"非常委员会"，通过了阎锡山提出的"反共救国方案。"

虽然阎锡山一直想把共产党除掉，但他只不过是痴人说梦而已。随着东北、华北的全部解放,湖南的程潜也表明了愿意和平解放的态度。但阎锡山仍希望在湘粤间阻挡解放军南下;同时,他又派出徐永昌到绥远游说董其武不要随同傅作义响应和平解放,并调开甘肃省主席郭寄峤,将甘肃军政大权完全交给马步芳,以图巩固大西北。他还对云南的龙云,表示希望西南不要有什么变化。但事与愿违,绥远在徐永昌离开几天后便宣布起义。西北的马家军也很快被解放军击溃,兰州于1949年8月解放。粤北的韶关、英德相继落入解放军手中。在这种情况下,国民政府只得于8月8日由广州迁往重庆。接着福州、兰州、银川相继被解放军攻克,新疆和平解放。

10月14日,李宗仁和阎锡山在广州被攻克后飞往重庆。到了四川后,阎锡山仍然贼心不死,10月16日,阎锡山在四川宣布推行总体战,制定"军政一元化"的作战方案。阎锡山在山西用的招数在四川同样得不到效果,解放军在四川势如破竹,节节获胜,进展神速。不得已之下,阎锡山又于11月28日飞往成都。在成都,他又兼任国民党教育部成立的"反共救国战斗团"的团长,但这个团长仅当了20天,1949年12月8日,在成都被解放军占领前夕,阎锡山又被迫飞往台湾。

3个多月后,悬在孤岛上的阎锡山终于被迫淡离政治舞台。1950年3月,蒋介石在台湾再次出任"总统"。陈诚继任"行政院长"。阎锡山从此逐渐退出政治舞台,其职位是总统府资政和国民党中央评议委员。

离开政治中心的阎锡山,住在阳明山中的菁山,这里原是日本人没有完工的一个农场。没有公路,没有自来水,也没有电灯电话。阎锡山为躲避炎热和台风,打了一个石窑洞,起名"种能洞"。

住进"种能洞"以后,阎锡山深居简出,很少参加公开活动,他每天埋头写作,先后出版了《世界和平与世界大战》、《共产主义的哲学和共产党的错误》、《收复大陆与土地问题》、《反共复国的前途》等论著。1959年,就在自己将要走完人生最后一段路的时候,阎锡山接受了香港《真报》记者的采访,在记者和他谈重返大陆的问题时,他说:"一旦能配合国际形势,王师跨海北进,直捣黄龙,毫无问题。诸位别看我阎锡山老态了,真个一旦反攻号响,看吧,我还要请求率领健儿们再打几个胜仗给国人看看;我有信心,生从太原来,我这把老骨头仍将活着回太原去"。

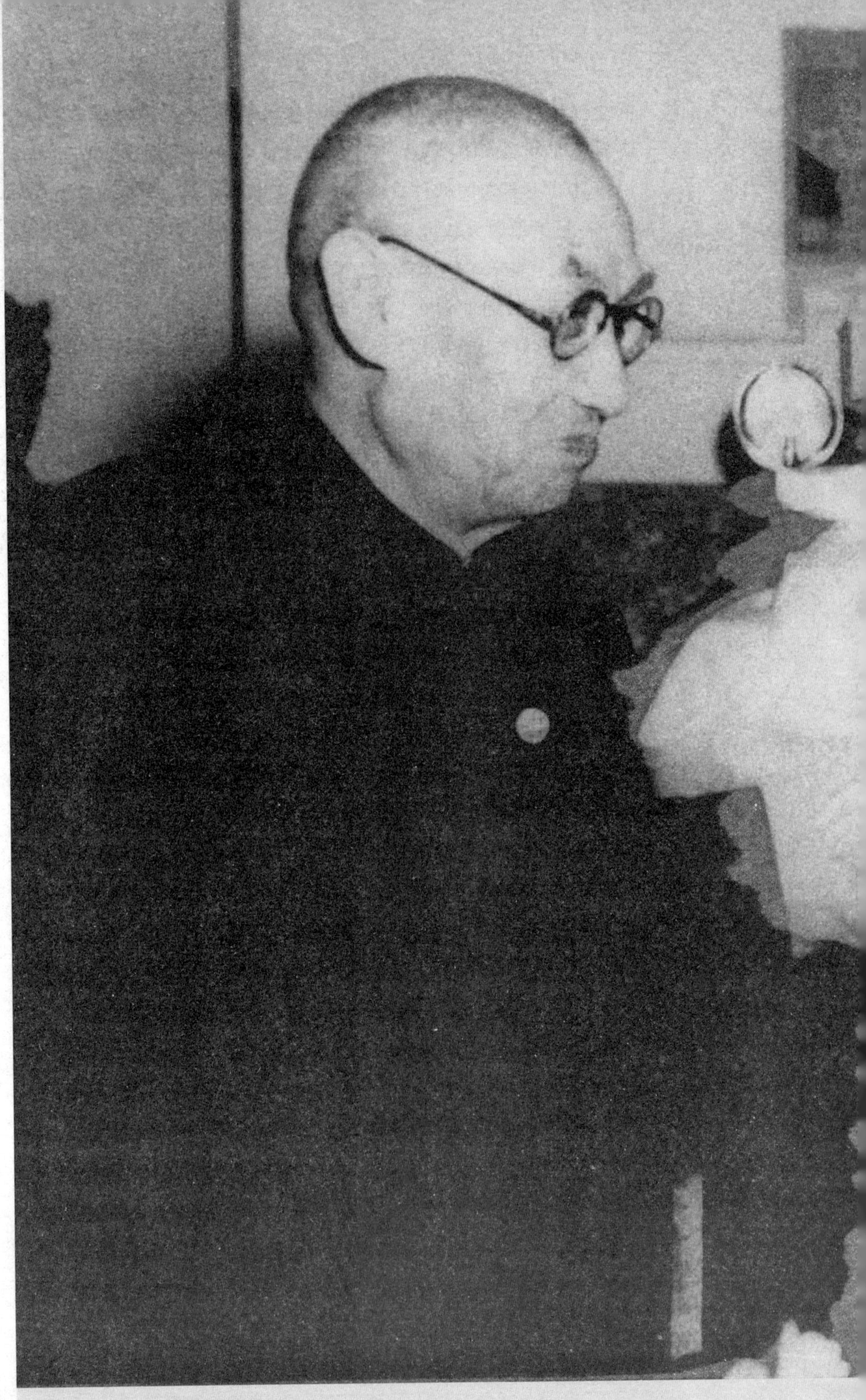

∧ 1950年3月14日,阎锡山与陈诚交接"行政院长"印玺。

阎锡山再也不可能回到山西，再也不能回到故乡了。他早在10年之前就拒绝了回家之路，固执地走上不归之途。阎锡山于1960年5月23日病逝于台北寓所，享年77岁。

病重时，阎锡山对一直看护他的贾景德说："我十分痛惜自己不能追随蒋先生回大陆去，深感遗憾呀。"

阎锡山给其亲属留下了七点遗嘱：

一、一切宜简，不宜奢；

二、收挽联不收挽幛；

三、灵前供无花之花木；

四、出殡以早为好；

五、不要放声而哭；

六、墓碑刻他的日记第一百段及第一百二十八段；

七、七日之内，每日早晚各读他选作之《补心录》一遍。

生前，阎锡山还自作挽联数幅，嘱家人在他死后，贴在指定位置。贴在灵前的是：

"避避避，断断断，化化化，是三步功夫；勉勉勉，续续续，通通通，为一笔事功"。横幕为"朽瞶化欲"。

贴在檐柱前的为："摆脱开，摆脱开，沾染上洗干净很不易；持得住，持得住，掉下去爬上来甚为难"。横幕为："努力摆持"。

贴在院中的为："有大需要时来，始能成大事业；无大把握而去，终难得大机缘"。横幕为："公道爱人"。

贴在院门上的为："对在两间，才称善；中到无处，始叫佳"。横幕为"循中蹈对"。

中间两幅较易为人理解。对前后两幅，凭吊者往往莫明其妙，不解其意。有人说"阎一生喜弄玄机。临终还留此谜联，让人动脑筋"。

阎锡山病逝后，台湾成立了以何应钦为首的治丧委员会。委员有于右任、张群、贾景德、唐纵、李石曾、张道藩、谷正鼎、谷正伦、梁寒操等人。5月29日入殓，蒋介石亲往祭奠，并送一块"怆怀耆勋"的匾额。随后葬于阳明山的七星山上。

> 1960年5月29日，蒋介石前往灵堂祭奠阎锡山。

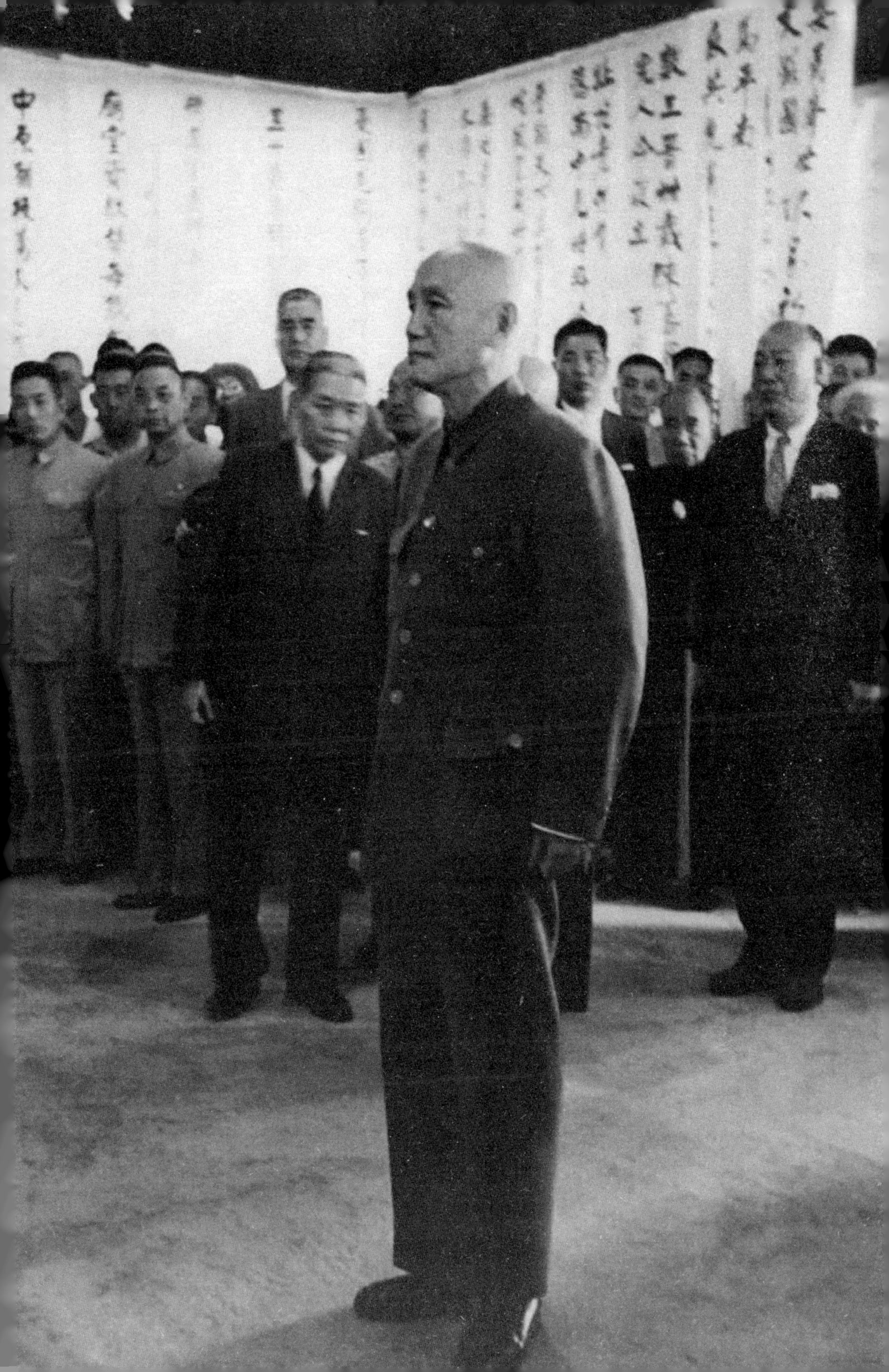

战争宽银幕

❶ 我中原野战军某部突击队进入冲锋地点后，干部在进行战场鼓动工作。

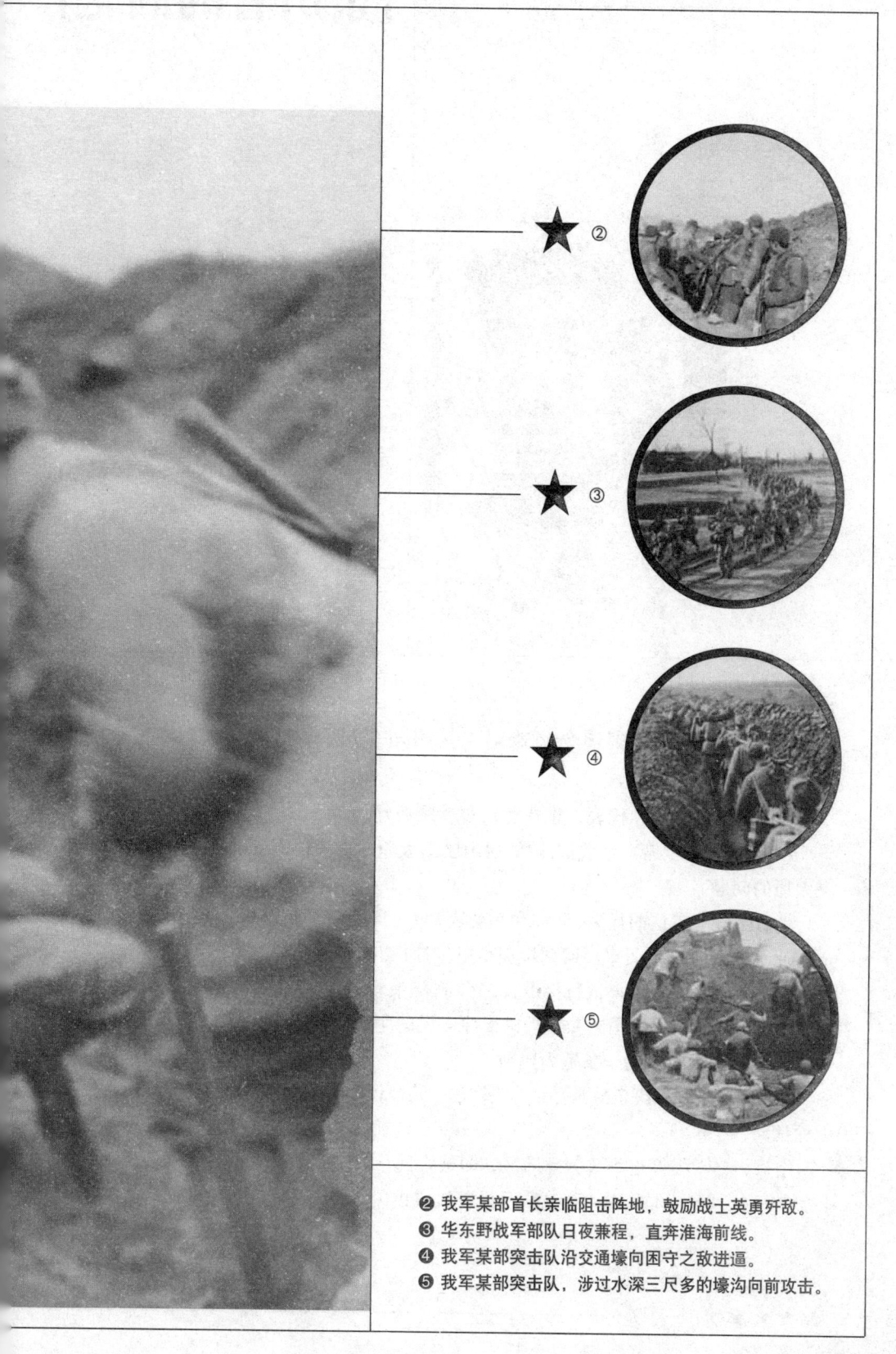

❷ 我军某部首长亲临阻击阵地，鼓励战士英勇歼敌。
❸ 华东野战军部队日夜兼程，直奔淮海前线。
❹ 我军某部突击队沿交通壕向困守之敌进逼。
❺ 我军某部突击队，涉过水深三尺多的壕沟向前攻击。

[亲历者的回忆]

徐向前
(时任华北军区第一副司令员兼第1兵团司令员、政治委员)

国民党的"和谈"代表,正在北京与我党谈判。

4月5日,毛主席电示我们:"阎锡山已离太原,李宗仁愿意出面交涉和平解决太原的问题。

我们已告李宗仁的代表,允许和平解决,重要反动分子允许其乘飞机出走,其余照北平方式解决,阎军出城两星期至三星期后开始改编。

你们应即派人进城,试行接洽,求得于15日前谈妥。"

显而易见,这是党中央和军委以太原人民的生命财产为重,仁至义尽,网开一面,给阎军官兵留的一条宽大出路。

总前委研究后,决定致函孙楚、王靖国,派被俘军官赵承绶、高斌、曹近谦去太原试谈。

结果,赵承绶等进到敌城郊防区,即被阻回,证明阎敌不见棺材不落泪,决心负隅顽抗到底。那就对不起,我军只好兵戎相见,将顽敌干净、全部、彻底消灭之。

——摘自:徐向前《解放太原》

★★★★★

杨得志
（时任华北军区第19兵团司令员）

　　罗瑞卿说的那份通报，介绍了阎锡山的一些情况。通报说，阎锡山为了显示坚守太原的决心，学着希特勒的样子，搞了一些烈性毒药；专门从他的老家五台山运来木料，做了一口棺材；又从他留用的3,000多名投降的日军中，挑选了一个所谓"武士道精神"最强的士兵，以备在"最危急的时刻"把他打死。阎锡山还口口声声地说："这个任务，非日本武士不能完成。我就是要效法庞德，抬榇死战！"

　　"其实，"我对罗瑞卿同志说："阎锡山未必有郭景云的胆量。他的棺材是摆给美国人和蒋介石看的。毒药嘛，大概是给他的部下准备的。"

——摘自：杨得志《横戈马上》

第九章

兵临城下

↑ 1949年3月底，第18兵团指战员欢迎四野炮1师来太原参战。

经过辽沈、平津、淮海三大战役，到了1949年春天，国民党的全面崩溃已成定局。为了能一举拿下太原，中央军委决定，将解放平津的第19、20兵团及第四野战军的炮1师开赴太原前线，配合18兵团加强军事围攻，争取和平解放太原。

国共和谈再次破裂后，解放军万炮齐发，经过半年的围困，太原的攻城之战终于打响。4月24日8点50分，62军攻占鼓楼，用一条红色被面代替胜利的红旗插到了这个太原城内的最高点上。

1. 英雄会师，华北劲旅齐聚太原

经过辽沈、平津、淮海三大战役，到了1949年春天，国民党的全面崩溃已成定局。在华北，国民党仅仅占有太原、大同、新乡、安阳等几个孤立的城市。而在太原，阎锡山将"誓死保卫太原"的任务，留给他的亲信梁化之、孙楚、王靖国等5人小组。最后攻打太原的时刻终于到来了。

1949年2月，根据中央军委统一野战军番号的决定，西北野战军改称第一野战军，中原野战军改称第二野战军，华东野战军改称第三野战军，东北野战军改称第四野战军。华北军区野战军第1兵团改称中国人民解放军第18兵团，司令员兼政治委员徐向前。华北军区野战军第2兵团改称中国人民解放军第19兵团，司令员杨得志，政治委员罗瑞卿，下辖第63、64、65军。华北军区野战军第3兵团改称中国人民解放军第20兵团，司令员杨成武，政治委员李天焕，下辖第66、67、68军。

为了能一举拿下太原，中央军委决定，将解放平津的第19、20兵团及第四野战军的炮1师开赴太原前线，配合18兵团加强军事围攻，争取和平解放太原。因为是协同作战，首先就是要搞好团结，援兵还没到，3月中旬，第18兵团就布置指战员准备好粮食、蔬菜、房舍、物资，热烈欢迎兄弟部队的到来。

解放军第19兵团司令员杨得志，1911年出生于湖南醴陵，17岁即投身革命，抗日战争中曾参加平型关大捷，开赴前线途中他还在太原停留过。1949年2月初，杨得志率19兵团胜利开进北平，指挥机关驻扎于颐和园后的大有庄。还在大有庄时，杨得志就和政委罗瑞卿讨论过太原的城防及部队的战斗情绪。

罗瑞卿问杨得志："哎，我记得你到过太原的，对不？"

杨得志说："平型关战斗的时候，在太原阎锡山的招待所停过半夜。不过匆匆忙忙什么都没看清，现在没有什么印象了。"

罗瑞卿若有所思地说:"那就算到过了。山西的山密得很——太行山、太岳山、五台山、中条山……不仅山多,关也不少,什么娘子关、天井关、雁门关、平型关……蒋介石把阎锡山搞了30多年封建法西斯统治的太原城,说成'反共模范堡垒',是有些道理的。这块'骨头'啃起来,恐怕要比石家庄还要难些。"

杨得志说:"如果20兵团也去的话,应该没有什么问题。"

平型关大捷

1937年9月下旬,日军第5师团21旅团由灵丘向平型关进犯。八路军115师决心抓住日军疏于戒备的弱点,利用有利地形,以伏击手段歼灭该敌。25日拂晓,日军进入第115师预伏阵地。八路军抓住战机,突然全线开火,并乘敌陷于混乱之际,适时发起冲击。经过激烈战斗,全歼被围日军1,000余人,击毁、缴获了敌人大批军用物资。取得了全国抗战开始以来中国军队的第一个大胜利,打破了日军"不可战胜"的神话。

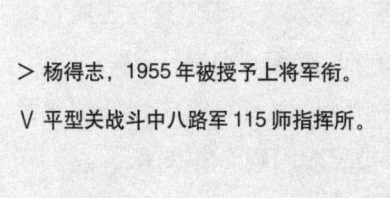

> 杨得志,1955年被授予上将军衔。
∨ 平型关战斗中八路军115师指挥所。

罗瑞卿点点头，说："攻太原，是我们在华北地区的最后一场大仗了。要打好这一仗，困难要想得多一些。目前部队里有不少思想问题哩！"

北平和平解放后，虽然部队的主流是战斗情绪旺盛，但也有相当多的人特别是干部认为，三大战役后，中国的大局已定，虽然仗还是要打下去，但不会像过去那样艰难了。一些同志认为太原，之所以没有打，是为了稳住平津的敌人，而不是没有能力拿下来，如今让19兵团和20兵团上去，是"'饺子'包好了，就等咱们去'会餐'了！"

杨得志对罗瑞卿说："没有胜利想胜利，取得了大的胜利，又有可能成为包袱。"罗瑞卿说："一定要把部队的思想搞扎实，在部队打仗前把思想问题先解决了。"

杨得志沉思着点点头说："这是一个非常重要的问题。"

这天晚上，两个人谈到很晚。谈话后没有几天，罗瑞卿便到西柏坡参加党的七届二中全会去了。杨得志则组织部队进行学习，解决部队中存在的较为突出的思想问题。

七届二中全会期间，19兵团接到命令，经沧州到石家庄休整。3月下旬他们到太原南面的榆次。这是杨得志第四次到山西了。第一次是1936年春，由陕北东渡黄河到三泉镇；第二次是1937年秋冬，参加平型关和广阳战斗；第三次是1938年，当时他任八路军344旅代旅长，曾在霍县、安泽、洪洞、沁源一带活动了半年多。以上三次可以说都是为打日军来山西，向阎锡山"借路"的。这一次，杨得志不再是"借路"了，而要彻底捣毁阎锡山的反动统治，解放包括太原在内的整个山西！

就在杨得志的19兵团到榆次前，杨成武的第20兵团已经到达太原北面的东西黄水一带集结。20兵团司令员杨成武，1914年出生于福建长汀，15岁参加红军，抗日战争初期任八路军115师独立团团长。至此，从来还没有集中到一起进行会战的华北3个兵团、数10万大军终于会集到一起了。"集中兵力"，这是任何一个军事家都明白的指挥艺术，但由于华北战事频繁，这3个兵团，一年来一个转战晋南，一个出师绥远，一个跃马平北平东。现在，他们终于可以联手拉下华北作战最后的大幕了。

> 1948年时任第20兵团司令员的杨成武。

杨成武

福建长汀人。土地革命战争时期，任红4军第12师教导大队政治委员，红11师第32团政治委员，红2师第4团政治委员，红1师师长等职。抗日战争时期，任八路军115师独立团团长，独立第1师师长，晋察冀军区第1军分区司令员，冀中军区司令员等职。解放战争时期，任晋察冀野战军第3纵队司令员，华北野战军第3兵团司令员，第20兵团司令员等职。

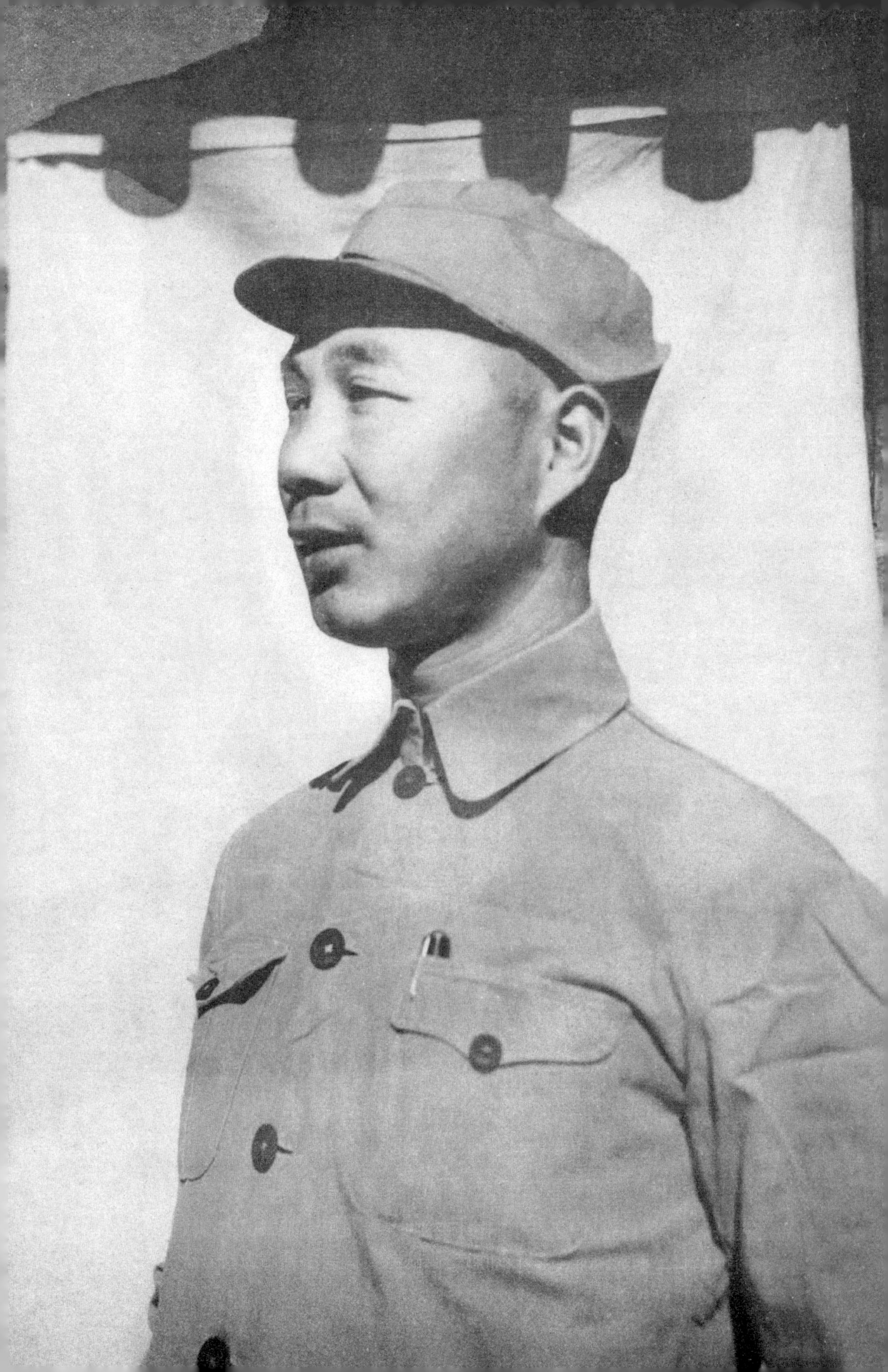

∧ 杨成武，1955年被授予上将军衔。

∧ 我军某部正越过阳高附近的铁索桥向太原疾进。

除了第19、第20兵团，第四野战军炮兵第1师也受命西进，会攻太原。对于步兵部队来说，徒步千里的行军并不是一件比战场厮杀要轻松的任务，而炮兵部队更是不怕打仗，只怕行军。四野炮1师是在东北鏖战过程中用缴获的美式装备武装起来的一支强大的炮兵部队，这个师有一个团全部为朝鲜族将士。炮1师接到开拔命令后，3月4日从河北武清驻地出发，重炮全部拆卸为两部分，分别用8匹马拖拉。炮1师跋山涉水700公里，艰苦行军11天之后，到达石家庄，然后转乘火车抵达山西寿阳，又从寿阳赶到太原前线。

现在，太原前线的攻城部队共集结了3个兵团、10个军、36个步兵师、3个步兵旅、2个炮兵师，连同中央军委补充的15,000名新兵和傅作义部改编的4个师，共计25万人，拥有各种火炮1,300余门。为迎接各兄弟部队的到来，各部队都在搭起的彩门上写着："兄弟兵团大会合，攻取太原有把握！""老大哥工作好，团结巩固士气高！"等巨幅标语。现在，大军会齐了，一些战士们都兴高采烈地说："现在好了，阎老西不要说是'锡山'，就是铁山、钢山，我们也能把它轰平砸烂！"

各部队驻扎下来之后，部队首长就约齐了去看望徐向前。当时，徐向前因为身体不好，正在榆次养病。徐向前是老前辈，杨成武和杨得志都十分敬重他。杨成武第一次见到徐向前是在长征路上的毛儿盖，那时杨曾向他汇报过草地先头团的准备工作并受领任务。而杨得志是在他经历了比我们更加艰苦的长征后，在延安见到他的。

徐向前虽在病中，但仍十分乐观，见大家都来看望自己，热情招呼大家坐下，然后诙谐地说："我是山西人，阎锡山也是山西人，而且我们都是五台县的。可我这个人没有地方观念，咱们一起来打这个山西人，而且还要打好！"

杨得志汇报19兵团的情况时说，19兵团过去打大仗不多，攻坚更少，缺乏打大城市的经验，希望他多做些指示。

徐向前笑了笑，说："你们那个石家庄（战役）打得不错嘛！还有新保安，也打得很好嘛。当然，石家庄和太原不完全一样，打石家庄的时候，我们在整个华北战场还没有取得完全的优势。现在呢？辽沈、淮海、平津三个大仗已经胜利结束。伯承、小平、陈毅、粟裕同志就要率领大军渡长江了。蒋介石先是'求和'，后又'引退'，总的形势大变了。这是一个不同吧！另外一个不一样：石家庄是'城下城'，太原呢？太原可是'城上城'、'城中城'！它的防御体系，经过阎锡山、日本人多年反反复复的修整，应该说是相当坚固的。阎锡山说太原城有'百里防线'。我们有的同志说这是吹牛。依我看，阎锡山在这一点上并不完全是吹牛的。"

又和杨成武、罗瑞卿等人说了一会儿话，徐向前再次问杨得志："你们好像有个炮兵团？装备怎么样？"

杨得志受徐向前的感染，也幽了一默，说："有一个炮兵团。装备嘛，都是蒋介石'送'来的。炮的型号不太一样，不过总的看还可以。"

徐向前十分高兴，说："那就好。攻太原这样的城市，还有我们今后的作战，只靠炸药包是不行的了。要有大炮，还要有坦克，要有杀伤力更强大的武器才行！"

正谈着，医护人员给徐向前送药来了。杨得志关切地询问徐向前的病情，徐向前说："还好。就是看材料，或搞别的什么事情，时间长了一些就头疼。"

杨得志说："那打起仗来你可要注意啊！"

徐向前笑起来，说："头疼脑热，问题不大！"，然后，停了一下，他告诉了大家一个好消息："这次毛主席要我作总前委的书记和司令员，其实还是要靠你们大家去打。另外，毛主席决定彭德怀同志到我们这里来，他是我们的副总司令，'谁敢横刀立马，唯我彭大将军'！他来了，胜利就更有把握了嘛！"

为统一指挥各参战部队，经中央军委批准，3月17日，太原前线以18兵团领导机关为基础，组成太原前线司令部、政治部。司令员兼政治委员徐向前，副司令员周士第、副政治委员罗瑞卿、参谋长陈漫远、政治部主任胡耀邦。同时，成立总前委，统

∧ 中国人民解放军太原前线总前委组成人员合影。二排左五为彭德怀，前排左三为罗瑞卿，二排左一为杨成武，左二为杨得志。

一领导各部队。前委成员为徐向前、周士第、杨得志、杨成武、罗瑞卿、陈漫远、胡耀邦、李天焕。由徐、罗、周、陈、胡为常委。徐任书记，罗、周任副书记。

2. 先礼后兵，解放军只待令下

解放军副总司令兼第一野战军司令员和政委彭德怀是3月28日到达太原前线的。奉中央军委的命令，参加完七届二中全会之后，彭德怀在返回西北的途中，从西柏坡直赴太原协助徐向前指挥太原作战。

七届二中全会期间，毛泽东要求彭德怀帮助徐向前指挥太原作战，因为徐向前的身体状况不好，恐怕不能坚持到这场战役的结束。由于当时负责西北作战任务的第一野战军仅有11万人，要完成消灭胡宗南和马步芳、进军新疆的艰巨任务存在很大困难。因此，毛泽东向彭德怀许诺，太原战役结束之后，不仅将参加太原战役的一野第7军等部队归还一野建制，而且，原华北野战军的3个兵团也将最少抽调两个兵团18万人归一野指挥。毛泽东还对彭德怀说，如果徐向前的身体能挺过太原之战，他将任命徐向前为一野副司令员。

彭德怀到太原后，立即赶到榆次的峪壁村去看望徐向前。彭德怀和徐向前是在

∨ 太原前线总前委扩大会议期间，彭德怀副总司令（右）与华北军区政治部主任兼19兵团政治委员罗瑞卿交谈。

1935年6月认识的，当时，红一、四方面军在长征途中会合，他们就在维谷河畔埋下了友谊的种子；1937年洛川会议后，徐向前和彭德怀又曾一起随周恩来、朱德去太原同阎锡山商谈联合抗日，共同的革命追求使两人结下了深厚的革命友谊。后来，战事频仍，两位戎马倥偬的将军再没相见：1945年4月党的七大召开，徐向前虽被选为中央委员，但因故没能出席大会；1948年九月会议，徐向前参加了，彭德怀又因在前线指挥作战而缺席。七届二中全会，彭德怀到了，徐向前却因病未能参加。

如今能在太原前线相见，共同携手指挥攻打太原，怎么能不高兴！所以彭德怀一到山西太原，就立刻赶到榆次的峪壁村去看望徐向前。久别相逢，两只大手紧紧握在一起，革命友情难以言表。

彭德怀说："去年你打完临汾，我就向中央请求让你去西北，当时没有能得到批准。现在中央已经决定，等拿下太原，就把18、19兵团调给一野去解放大西北，到时候，咱们就一起去把胡宗南和马步芳消灭掉。"

徐向前说："真的很希望在彭总的领导下工作，也十分想去西北，只是我这身体不行呀，恐怕去不了了。"

彭德怀点点头，深情地说："是呀，你的身体是个问题呀。你应该好好地保重，身体好些以后再去也行。我这次到太原来，也是来学习的。在西柏坡，毛主席特别给我讲了晋中战役，主席对你指挥的这个战役非常称赞呀。"

徐向前一听彭德怀说来学习，连忙说："彭总您太客气了，毛主席那是过奖，我到现在还没有完成攻打太原的任务，正等着彭总的指示呢。"

两人聊了一会儿，彭德怀就开始向徐向前介绍七届二中全会的

洛川会议 ▬▬▬▬▬▬▬▬▬▬▬▬▬▬▬▬▬▬▬▬▬▬ ▲

1937年8月22日至25日，中共中央在陕北洛川举行政治局扩大会议。会议分析了全国抗战开始后的新形势，指出，争取抗战胜利的关键是实行共产党提出的全面抗战路线。会议一致通过了《关于目前形势与党的任务的决定》和毛泽东起草的宣传提纲《为动员一切力量争取抗战胜利而斗争》，制定了《抗日救国十大纲领》，确定了中国共产党在各方面的具体政策。

精神，徐向前也向彭德怀介绍了太原战役的准备情况和对面之敌的防守布置：

对面，太原守敌共有6个军，17个师，总兵力约72,000人。其防御部署重点为城垣外围阵地，在东3.5公里、西10公里、南5公里、北15公里的范围内，划为5个防区，布有13个师的兵力。北区总指挥韩步洲，辖3师8个团；东北区总指挥温怀光，辖2师8个团；东南区总指挥刘效增，辖2师6个团；南区总指挥高倬之，辖2师6个团；西区总指挥赵恭，辖4师11个团。另以两个师及绥署直属部队共20,000余人防守城内，以30军及83师共7个团约万余人为机动部队；以亲训炮兵团、榴弹炮团及4个独立炮兵营共900门炮，分为10个炮队，布于城外5个防区。

徐向前还向彭德怀汇报自己对攻打太原的大致想法，彭总听后表示同意。

3月31日，通过对敌我兵力的认真分析之后，太原总前委决心以插入分割战法，首先扫清外围，而后总攻破城。通过讨论，他们制定了如下的大原作战方案向中央军委汇报：

第一步打外围据点，争取消灭敌人6至8个师，占领攻城有利阵地。

第二步攻城，其具体部署是：

（一）以20兵团一个军，由城东北突破丈子头，迅速西进，占领新城以南之北飞机场；另一个军主力（两个师）及西北第7军之一个师，由兰村沿汾河西岸向南攻击，直插北机场以西之汾河铁桥，配合由丈子头西进之军，切断北机场以北之敌歼灭之；另由西北第7军以一个师配合20兵团，同时攻占牛驼村（城东北），向中北黄家坟敌进攻，并钳制该敌。

（二）19兵团以一个军及晋中部队3个旅，由城西南汾河西攻击南屯义井，继向大小王村、大窊流、南社村（均在城西）追击，控制该地区，配合20兵团由汾河南进之军切断河西之敌而歼灭之；另19兵团又一个军，攻击城南汾河东之杨家堡、老军营、大营盘、狄村之敌；另18兵团以一个师同时由山头向南攻击马庄与双塔寺间之阎家坟，配合19兵团攻占狄村之军，进击双塔寺与大营盘以南之敌而歼灭之。

（三）18兵团及第7军之主力第一步暂停攻击，而以佯动配合南、北、西等区作战；待以上地区攻击得手和被切断之敌全部被消灭时，即以18兵团及第7军由城东大东门方向，19兵团由城南首义门方向，20兵团由城北工厂区三面攻城，晋中部队留河西配合攻城。攻击时间定于4月15日开始，争取半个月攻下太原城，但仍做一个月之作战准备。以上方案彭总已同意，当否？请军委指示。

4月3日，军委给徐向前、周士第、罗瑞卿复电：

（一）同意3月30日电所述太原作战方案。

（二）同时，请你们注意和平解决的可能性，如有接洽机会应利用之。

4月5日至7日，彭德怀参加了太原前线总前委在大峪口召开的扩大会议，并向到

∧ 1946年国共谈判期间，张治中（右）与周恩来（中）、马歇尔在一起。

会的150名师以上干部讲了话。从此，彭德怀就留在了太原前线总指挥部，和徐向前共同指挥总攻太原的作战。38年后，徐向前深情地写下了这段往事：

党的七届二中全会已经结束（我因身体关系，请了假，未出席会议）。毛泽东要彭德怀返西北途中，来太原前线看一看，解放太原后，即可将18兵团调往西北作战，归彭指挥。他到峪壁村看望我，讲了二中全会精神，我也向他介绍了攻打太原的部署和准备情况。我说：我的肋膜两次出水，胸背疼痛，身体虚弱得很，没法到前边去，你就留下来指挥攻城吧，等拿下太原再走。他表示同意，报请军委批准后，彭总便留在太原前线指挥作战。为避免影响军心，那时下命令、写布告，仍用我的名义签署，实际上是彭老总在挑担子。他新来乍到，对敌我情况都不熟悉，但慨然允诺，勇挑重担，实在难得。

几乎就在彭德怀到太原的同时，国民党以首席代表张治中为首的"和谈"代表团

国民党代表团首席谈判代表张治中 ———————————————————▲—

安徽巢湖人，国民党二级陆军上将。保定军校毕业，曾在滇、川、桂军中任职。北伐战争后，任国民党军中央军事政治学校武汉分校教育长，中央军校教育长，第5军军长等职。抗日战争爆发后，任京沪警备司令，第9集团军司令，湖南省主席，军委会政治部部长等职。1946年起，历任西北行营主任兼新疆省主席，西北军政长官等职。1949年，出任国民党和谈代表。谈判破裂后，留在北京。

∧ 1949年4月，国共两党代表在北平进行和平谈判。图为中共首席代表周恩来在和谈会议上发言。

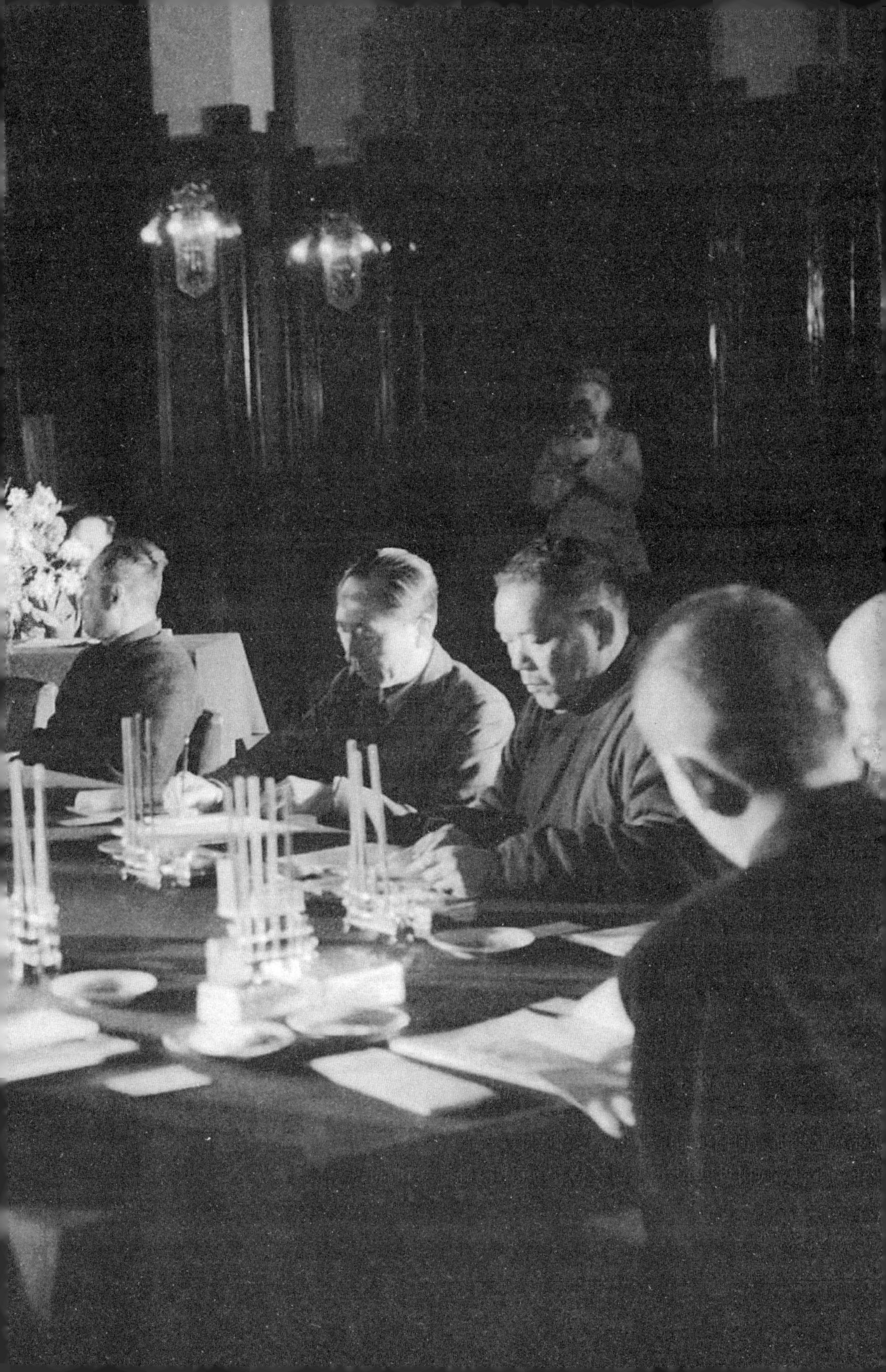

∨ 1949年4月，彭德怀副总司令出席18兵团政工会议时与代表座谈。

23人，正在北京与共产党首席代表周恩来及代表林伯渠、林彪、叶剑英、李维汉、聂荣臻等谈判。4月5日，毛泽东给徐向前、周士第、罗瑞卿并彭德怀发电：

阎锡山已离太原，李宗仁愿出面交涉和平解决太原问题。我们已告李宗仁代表（本日由平去宁）允许和平解决，重要反动分子许其乘飞机出走，其余照北平方式解决，部队出城两星期至三星期后开始改编等语。你们应即派人进城，试行接洽，求得于15日前谈妥。进行情形望告。

躺在病床上的徐向前看过电报，闭目不语。他深切地感到，党中央和中央军委，为了太原人民的生命财产安全，对阎敌可谓仁至义尽，网开一面，让条生路，但对阎锡山及其干将，徐向前实在是太了解了。这些阎锡山的忠实信徒，虽然阎锡山已离开太原，但是仍然控制他们，没有阎锡山的指示，他们是不会投诚的。但只要有一线希望，就要做十分的努力，最后，经总前委研究后，决定致函孙楚、王靖国，派被俘阎军将领赵承绶、高斌、曹近谦去太原试谈。临行前，彭德怀与赵承绶他们谈话，要他们转达解放军的攻城力量和决心，阎军寄希望美援和坚固工事是靠不住的，如愿意和平解决太原问题，采取长春或北平方式都可以。4月8日，赵承绶等3人携带信件进入阎军61军阵地，要求入城谈判和平解放太原，王靖国在电话中要61军军长赵恭以"会长不在，无人负责"为由，拒绝赵承绶入城，并令其原路退回。赵恭给赵承绶等人回信说：阎司令临走有命令，不许被俘人员返城。

为促使敌人放下武器，和平解放太原，减少人民生命财产的损失，太原前线司令部在此期间连续发布了《告困守太原的蒋阎军官兵书》、《最后警告阎锡山书》，晓以大义，但太原守军不但不听劝告，反而在11日早上向解放军的阵地发炮，并在广播中宣称自己要"意志坚定，奋斗到底"。太原前线司令部，当天下午再给太原守军送去《最后通牒》，同时命令各部队完成攻城的各种准备。

但就在同一天，4月11日，中央军委又根据国共谈判的进展情况致电太原前线，要求将攻击太原的时间推迟至22日，等待谈判结果再行决定。此时，太原守军封锁更加严密，解放军在太原城外挖

> 我军第20兵团指挥员在太原前线。左二为司令员杨成武。

成的6条坑道中有一条被阎军发现并挖通破坏,解放军太原前总再次派出的送信人员已很难进入阎军阵地。太原守军一方面宣扬北平国共和谈已经取得协议,另一方面却又不断调整部队,加强战备。虽然总前委又做了一些努力,找了其他的一些途径,但结果仍然只有一个,那就是全都被拒之门外。对太原,只能是强攻了。

太原前线司令部因此于14日致电中央军委提出:敌方并无回音,而封锁更严,我们再送信入城,亦不能进去。敌近日调整其部队,加强战备,广播中仍宣传要坚决抵抗。我炮兵增加,均已进入阵地,侦察及各种准备工作已完成。按目前条件,争取在外围切断、歼灭敌几个师,而后乘胜攻城,则太原之敌可能容易就范。如16日谈判没有结果,是否可以提前攻击太原。由于国民党企图以和谈为烟幕,拖延时间扼守长江天险,造成"南北分治"的阴谋已充分暴露,17日,中央军委复电太原前线:"你们觉得何时发起打太原有利,即可动手打太原,不受任何约束。"

据此,太原前线司令部将攻击太原的时间确定为4月20日。

3. 卧虎低头,良将自能相机而战

国民党政府拒绝签订国内和平协定。

4月20日,我们对太原的总攻打响了。太原前线万炮齐鸣!

由于徐向前生病,就由彭德怀实施指挥。

关于怎样攻城,当时有一种意见,从正面一步一步地平推。在攻城的方案上,20兵团司令杨成武还有一种考虑。他带着军以上干部,进行现地勘察,在他们负责的地域内——太原城的北面和东北、西北面,近处是太原远郊的村镇地区,工事虽然很多,但没有高大、坚固的建筑物作依托。在这一地域内,敌人部署了4个师——暂编第46师守向阳店,第71师守东张村,暂编第39师守后沟村,第68师守丈子头。4个师等距离地成扇面状铺开。而在这4个师的后面,就是太原近郊城外的工厂区,望远镜里能清晰地看见工

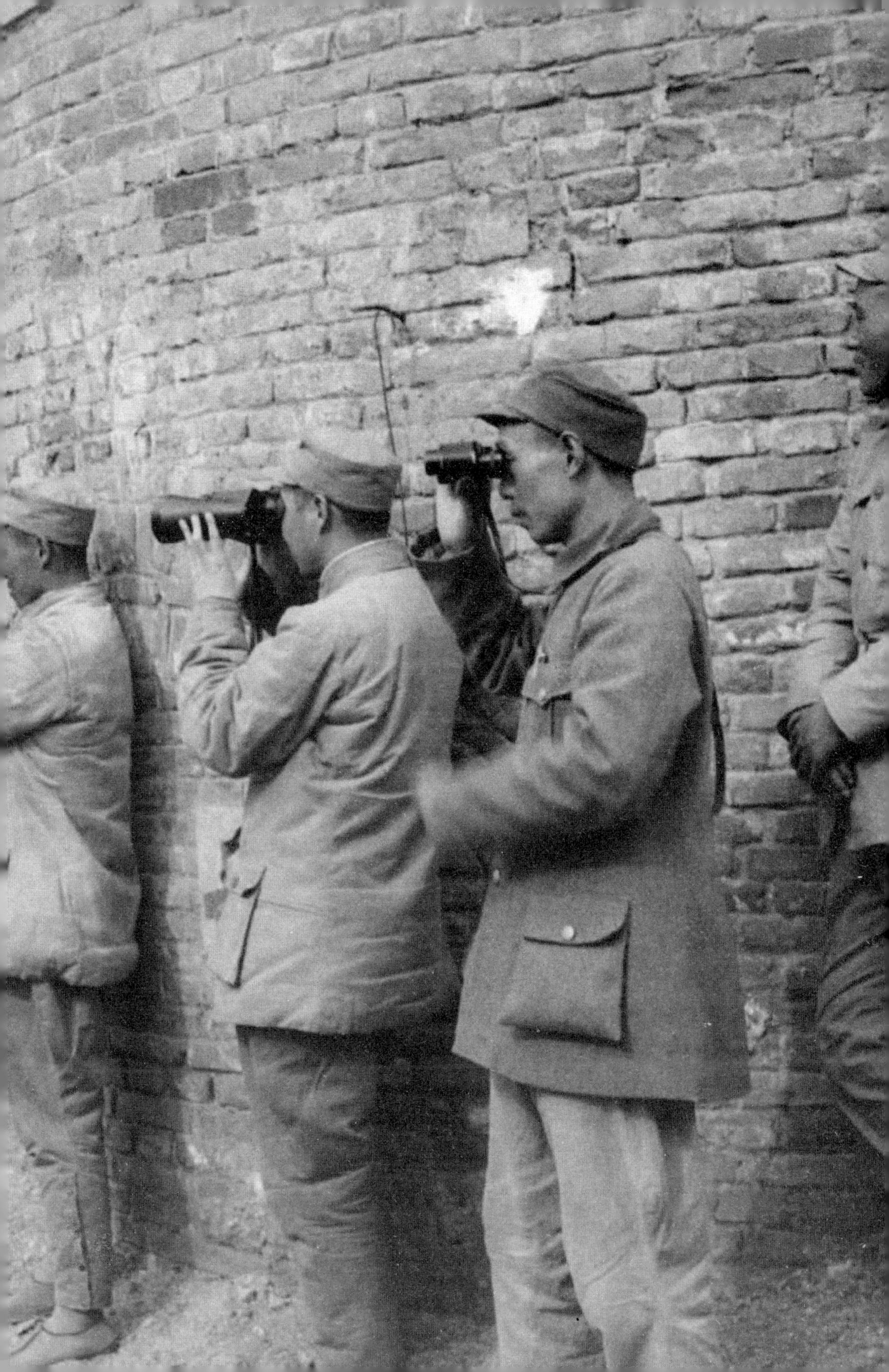

厂区的高大烟囱和机场。机车厂、炼钢厂、毛纺厂，宏伟坚固的厂房与太原北关稠密的居民区连成一片。

如果第20兵团从正面平推，那么他们进一步，敌人就会退一步，敌人会越打越集中，其果一定是与敌人一个碉堡一个碉堡地逐步争夺。这样打下来，拖延时间不说，伤亡也会很大。因为敌人越是龟缩到有坚固建筑物做依托的工厂区、居民区，我们的攻坚就越困难。因此，杨成武认为，最好的办法应该是，首先把敌人分割，突然之间把敌人的4个师包围起来，就地歼灭，使敌人无法向后退缩。这样，既可减少平行推进逐堡争夺所带来的伤亡，又可避免尔后攻城的困难。但有人对这一方案提出担心，认为就算他们把敌人各师分割包围起来，不一定一下子吃得了，吃不了，就可能受到反击。但杨成武认为，太原已成为孤城，敌人士气低落，加之他们又是3个兵团几十万大军在太原城下四面配合作战，胜利之师士气正盛，锐不可当，占压倒优势，完全可以分割包围并迅速歼灭当面守敌。

杨成武把兵团的攻城方案在电话里向彭德怀报告后，彭德怀批准了他们的方案。同时，总前委决定：鉴于卧虎山是敌人外围防御中最坚固的阵地，明堡林立，暗堡无数。为了减少伤亡，变强点为弱点，我第20兵团在战役第二阶段，只对卧虎山实施包围压缩。

作战任务下达后，各部队都加紧了攻城准备工作。他们大力展开战场练兵运动，利用现实的地形与敌人的旧工事进行炮火射击、爆破作业的演习，克服部队对峭壁、深沟、钢筋水泥碉堡的恐慌心理，提高胜利信心。同时，各级干部反复轮流看地形，从地形上去找敌人的弱点。师团干部亲自率领各级干部直到战斗小组，到前沿，到现场，观察地形，改造地形。

为了达到歼灭太原城北敌4个师的目的，第20兵团决定采取钳形割裂的战术：68军沿汾河东岸，箭头指向新城、下兰，撇开敌46师和71师，插入纵深。67军从城东北15公里的高家场、北窑头、水沟突破，撇开敌坚固阵地西岭、丈子头，与68军在新城、光社会合，截断新城以北敌暂编第46师、第71师、第68师、和暂编第39师等4个师，使敌不能缩回工厂区与城内。66军6个团则从西岗、阳曲湾沿铁路正面由北向南直插新城、光社，三个军的箭头会合于工厂区和飞机场。整个总攻时间定于20日拂晓。

为了争取突然性，68军于16日黄昏开始运动，20日两点钟即攻占新城、下兰，控制了城北飞机场及汾河铁桥，并攻占东张村，歼灭敌第1师师部，活捉师长张忠。拂晓总攻开始，66军和67军均按计划突破敌3道防线，8时全部会合于新城、光社。

下午，20兵团向工厂区进攻，因遭敌卧虎山阵地和城上炮火的封锁，暂时停止了大部队的行动，但对敌人在城北的4个师，20兵团已圆满地完成了外围作战任务。

标高200余米的卧虎山要塞是太原城东北的主要屏障，坐落在一片开阔地上，"虎头"在东部，中部平缓，西部山脊狭窄，像条老虎尾巴。它的北侧山形陡峭，难以攀登。敌人把整个卧虎山分成三个设防区域：西区、中区、东区。这样的一座山，倘若在晋西山岳地带实在平平常常，如今对一片大平原，则成了庞然大物。在一座山头上，居然容下了160多个钢筋水泥的碉堡，高高低低，怪模怪样，到处是战壕、铁丝网、鹿砦、雷区，凡是山坡比较平缓的地方全都劈成立上直下的陡壁，每一个小山头都是个独立的支撑点，每一条山沟小道都是火力封锁区。碉堡下面还有众多密如蛛网的坑道设施，这些坑道把卧虎山的工事联络成一个整体。守备卧虎山的是阎锡山的第19军军部、铁血师、暂编第40师、第68师残部以及卧虎山要塞司令部所属守碉部队，共约5,000人，配属山炮、迫击炮170多门，轻重机枪160多挺，这些部队统归敌第19军军长曹国忠指挥。阎军吹嘘说，他们的卧虎山要塞是"共军三个军一个月也攻不下的要塞"。正是考虑到卧虎山的险要地势和坚固设防，太原前线司令部在67军完成对卧虎山要塞的包围之后，要求他们对卧虎山先行压缩，压缩到一定程度后把它监视、孤立起来，待把太原城攻克后，再拔掉它。

距卧虎山西面不远，在太原城北的机场附近，矗立着一座古塔，杨成武带着20兵团军师两级指挥员，顺着螺旋形的塔梯拾级而上，一直上到第6层，从这里观察敌情，因为有高度，观察的视野非常开阔，就是不用望远镜，也能把太原城看得清清楚楚。而向东一看，就是卧虎山要塞了。杨成武观察完敌情、地形，结合实地给各单位划分了任务，并做了攻城的作战部署。最后把压缩、监视、夺取卧虎山的任务交给了第67军的199师，要他们相机而行。

完成实地勘察后，杨成武一行顺着塔梯往下走。当他们下到第5层时，临时架设的电话还没来得及撤，只听头顶上轰的一声响，塔身猛烈地摇晃了一下。卧虎山上的敌人向他们开炮了，炮弹正对着第6层,从塔门打进去,在塔内爆炸。接着,一连十几发炮弹,全是对着第6层打的。很显然,对面之敌发现了他们。太险了,如果他们下得再慢些,哪怕是再晚半分钟,20兵团全部师以上指挥员都可能被炮弹击中。卧虎山上的炮击停止后,杨成武掸掸身上的尘土到了塔外。抬头看看第6层,只见被炸得到处都是斑痕,有几发炮弹射中塔身,炸了几个大窟窿。

21日夜里,67军突然向杨成武报告说,199师师长李水清对卧虎山发动了攻击。杨成武立即让接通李水清的电话,杨成武问道:"你现在在哪里?"电话那头传来李水清的江西老表口音:"司令员,我现在到了卧虎山西区,正在跟着部队前进!"

杨成武从那口气里听得出,李水清是兴高采烈的,于是又问:"你们那里的情况怎么样?"

李水清在电话里简要地报告说:"现在把卧虎山西区阵地全部占领了,正在向中区发展。"

原来,199师完成了对卧虎山的外围压缩后,李水清想趁机占领一两个小山头,尔后进攻卧虎山的桥头堡。于是,他派出去一个排,这个排上去一接触,不仅占领了一个小山头,还通过了电网,占领了外壕、碉堡,俘敌师长、副师长各一人,搞掉敌人一个师部的部分兵力。小分队的行动,实际上打开了攻占卧虎山的突破口。山上敌人完全没有思想准备,还在蒙着头睡大觉呢。李水清立即派上去一个营,巩固突破口。同时,师的几个领导研究后提出:现在敌人麻痹大意,根本没有料到我们今天晚上会攻山,现在已经打开突破口,是攻山大好机会,这个仗应该打。为了稳妥,他们派596团从突破口进去,占领西区;派595团跟着596团插进去,攻占中区,连夜把西区、中区打下来,准备迎击敌人明天的大规模反击。李水清利用中区阵地抵抗,作最坏的打算是丢掉中区,但西区可以巩固。只要西区在手,等到第二天晚上,就能从西区展开兵力,打下中区,甚至打下东区,解决整个卧虎山。

李水清计划好一切后,就立即下令让595团、596团出击,同时向军里作了报告。

前总司令有指示,等攻城之后再打卧虎山,但李水清居然先打了起来。杨成武一边听汇报,一边对李水清的相机而战进行思考:积极的相机而战并不是一件简单的事,既需要气魄,更需要胆略,需

> 李水清，1955年被授予少将军衔。

李水清

江西吉水人。土地革命战争时期，任红一军团第1师政治部宣传队队长，第13团连政治指导员等职。抗日战争时期，任八路军115师343旅营政治教导员，冀察热挺进军第33团政治部主任，晋察冀军区第7团政治委员，第11军分区副政治委员兼政治部主任等职。解放战争时期，任晋察冀军区野战军第3纵队5旅政治委员，第20兵团67军199师师长等职。

∧ 我军某部尖刀连梯子组向敌阵地迅速前进。

要有敢于承担责任的勇气。在瞬息万变的战场上,有利战机稍纵即逝,不允许任何犹豫、拖延。放掉这样的机会,对个人不会带来什么不好,但却为革命带来很大损失。李水清的这种精神,是应该鼓励、应该表彰的,作为兵团的主要领导,自己应该为他撑腰,为他承担责任,使他能够消除任何顾虑,放心大胆地去指挥作战。

李水清汇报完毕之后,杨成武对他说:"这个仗打得好,这个战机抓得好!"

李水清立即兴奋地向师里其他几个领导说:"杨司令员说我们打得好!"

"李水清呀!"杨成武又说,"你们今天晚上,明天一昼夜,再加上后天一天,两天两夜能不能把卧虎山打下来?"

李水清爽朗说:"不用两天两夜,明天上午我们保证把卧虎山拿下来!"

李水清态度鲜明,杨成武十分高兴,他说:"好!我叫200师配合你们作战。"

那一夜,杨成武一直关注着卧虎山上的战况。

卧虎山上的攻势发展得异常顺利。199师的出击部队化成3个人、5个人、1个班、1个

排的小股，钻进坑道网，像借"土遁"似的突然出现在敌人面前，把敌人正面的火力完全撇开了。敌人无论如何也没有料到，他们用心筑起的地下坑道网成了埋葬他们自己的坟墓。

一支几个人组成的战斗小组，突然出现在敌第19军指挥所。战士们把手榴弹高高举起，对着敌军长曹国忠。曹国忠被这些骤然而至的天兵天将给闹懵了，真不敢相信这就是解放军。他问道："你们是哪一部分的？"

"你别管！你缴枪还是不缴？不缴枪就拉手榴弹崩了你！"

曹国忠只好放下了武器，拿出一份早已经写好的投降书。可是，当曹国忠被押出碉堡，见到他的对手只有几个人时，反倒长了脾气，对自己如此被俘很是不服气。

119师师长李水清在审问时问他："你是曹国忠吗？"

曹国忠只是从鼻子里哼了一声"是。"

李水清说："怎么，你还不大服气？"

曹国忠叹了一口气，说："根据你们过去的惯例，打太原外围得一个礼拜，打完外

∨ 我军攻占太原外围卧虎山要塞后，将俘虏押解下来。

围休整，也得一个礼拜，没有想到，你们一个晚上就插到里边了，接着就打卧虎山。"

见这个军长还有点见识，能懂得解放军的一般行动规律，李水清的态度就更好了一些，问他："你们卧虎山上有多少部队？"

"19军军部，还有铁血师……5,000多人。"

李水清又问："任务是什么？"

"坚守卧虎山，掩护太原城。"

"那你们为什么没有守住呢？"李水清本来想让他认识到战争的正义和非义性，劝他改过自新，没有想到这个刚刚给他一点好感的国民党军长居然说："你们是偷偷地打的。"

"怎么能说偷偷地打呢？人民解放军进攻太原的消息是公开发表了的，你没看到？"李水清义正词严地说。

曹国忠点了点头，李水清又说："还有，我们的打法，十大军事原则里说得清清楚楚，你没看到？"

曹国忠又点点头。这时，李水清说："至于什么时候打，怎么打，那就是另一回事，我们总不能把这个也告诉你们吧？"

曹国忠再也无话可说了。

曹国忠被俘，卧虎山守军失去指挥，199师很快就获得了战斗的胜利，当曙光初露时，各主要阵地上都飘扬起鲜艳的红旗。阎锡山吹嘘的"共军三个军一个月也攻不下的要塞"，只用了10个小时就全部解决了，而兵力仅用了两个团，伤亡仅200人，不但准备支援作战的200师没有上去，就是199师作为预备队的597团也没有用上。

4. 万炮齐鸣，太原城墙仍欠厚

20日的总攻发起后，18兵团在主攻方向上分为左、右两集团。61军、62军为左集团，刘忠为第一司令员、韦杰为第二司令员；60军、7军为右集团，王新亭为第一司令员、彭绍辉为第二司令员。左集团以181师、185师为尖刀部队，王诚汉率领部队跃至城垣外壕边沿，采用多路轮番爆破手段，迅速扫清外围据点。右集团20师首先攻克牛驼村后，向黄家坟发展；178师突破前沿，直插英家坟，占领红沟子，杨嘉端的8师、黄定基的179师迅速逼近城垣，准备登城。

> 韦杰，1955年被授予中将军衔。

韦 杰

广西东兰人。土地革命战争时期，任红三军团第5师13团营长，红十五军团第73师223团团长，第74师师长等职。抗日战争时期，任抗日军政大学学员队队长，八路军总部特务团团长，115师344旅688团团长，129师新编第1旅旅长，太行军区第5军分区司令员等职。解放战争时期，任晋冀鲁豫野战军第6纵队副司令员兼16旅旅长，华北军区第14纵队司令员，第18兵团第61军军长等职。

19兵团在南、西两区，多路突击，连续进攻。64军在猛烈的炮击之后，192师从南屯率先突破敌人的防御。65军分3路进攻，193师177团一举占领了纱厂和造纸厂；194师581团攻击文昌庙受挫，军参谋长萧应棠命令195师派兵增援，一举攻克，195师逼近大南门。63军189师565团、566团和187师129团、560团4个团像把锋利的尖刀，在师长杜喻华、张英辉的率领下，从四面插向敌人的心脏——双塔寺阵地。

双塔寺位于太原城东两公里的向山脚畔，阎锡山军以此为中心精心构筑了被称为固若金汤的"生命要塞"。在这个太原城的东南屏障，敌守军有4,000余人，配备有强大的炮火。双塔寺内建有两座13层高50余米的古塔，登塔瞭望，太原尽收眼底，阎军炮群的观察所就设在塔上。为了夺取双塔寺要塞，解放军的1名侦察兵在战前利用与该寺僧人的故旧关系，在他们的帮助下化装成和尚潜入寺内进行了侦察。4月20日，63军

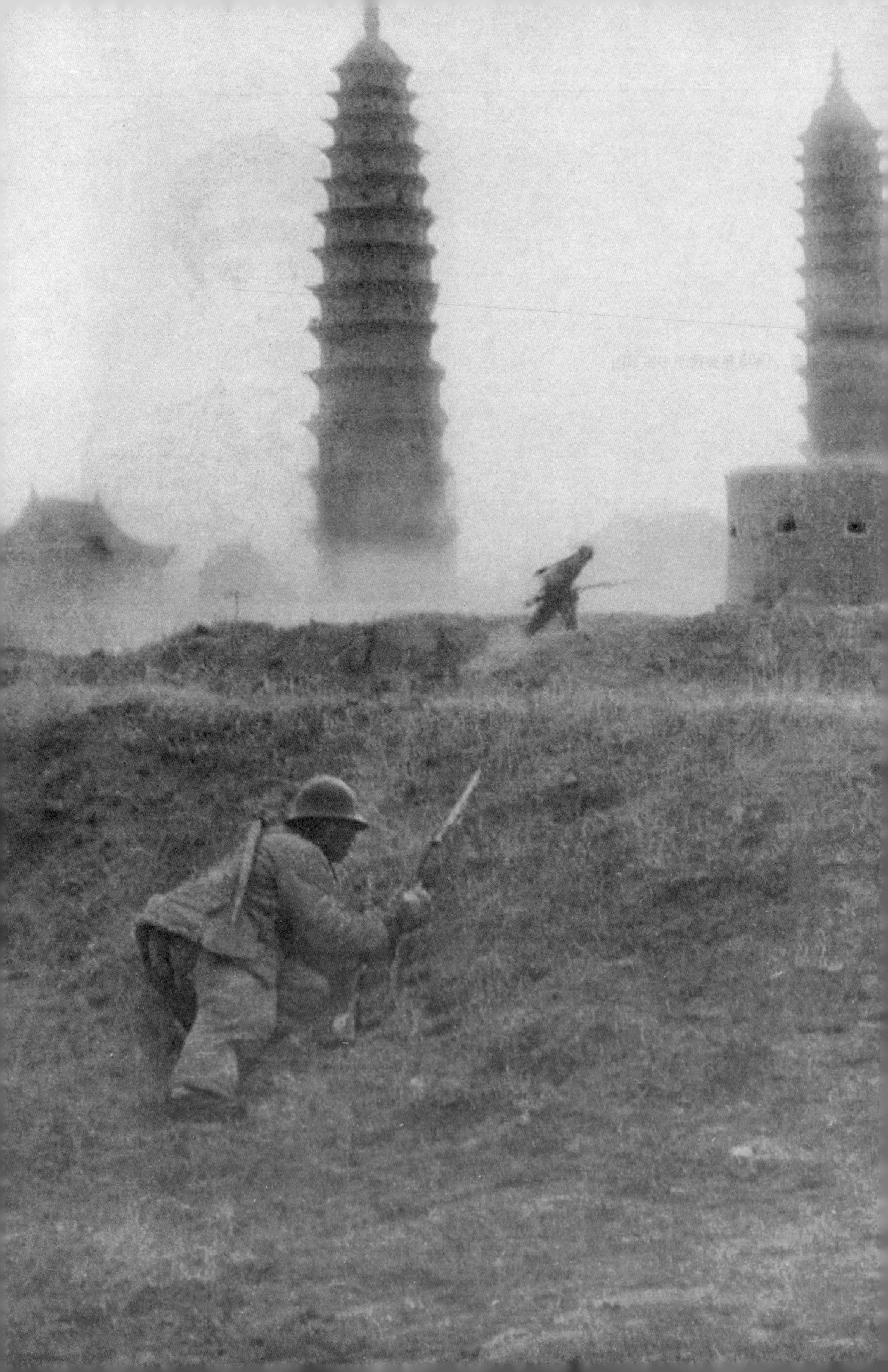

∧ 我军189师某部猛攻双塔寺敌军据点。

完成对双塔寺的合围,在攻打双塔寺东南的12号碉时,连续牺牲了11名前赴后继的爆破手,直到第12名勇士义无反顾地冲上去后才将其成功爆破。艰苦激战两天之后,解放军在22日清晨发起总攻,夺取了双塔寺要塞。

20兵团在卧虎山取得大胜的同时,其他部队也纷纷突进。66军197师、198师攻占小北关、毛纺厂、皮革厂,成少甫的197师准备登城;67军攻占了白杨树、七府坟一线,同时占领芦家湾、东西洞河等村;68军203师、204师分别突进机场,202师与7军19师完全控制了汾河以西地区,并占领汾河铁桥,逼近城垣。

< 成少甫,1955年被授予少将军衔。

成少甫 ────────────▲─

河南商城人。土地革命战争时期,任红25军第75师225团政治处组织科科长,红十五军团教导营连政治指导员等职。抗日战争时期,任八路军115师教导大队第6队政治指导员,晋察冀军区第3军分区11团代团长,第2团副团长,第42团团长等职。解放战争时期,任晋察冀军区教导师第1团团长,晋察冀军区第3军分区司令员,晋察冀军区野战军第1纵队2旅旅长,第20兵团66军197师师长等职。

失去所有外围要塞之后,阎锡山军开始向城内收缩,没有来得及逃回城内的阎军被全部消灭,阎军至此在外围作战中损失了12个师40,000多人。

4月22日夜,在下达最后通牒的同时,赵承绶再次携带徐向前的信件,到达阎军前沿的一个团部,亲自打电话给王靖国,对城内守军作最后的争取,劝其为全城军民的生命财产和个人前途着想,依傅作义的先例和平起义,但仍被王靖国坚决拒绝。不久,太原前线司令部宣布梁化之、孙楚、王靖国、戴炳南、日本顾问岩田为战犯,通令攻城部队缉拿归案。

城墙是冷兵器时代保卫城市的坚固防线,明初大规模的修造为我们留下了大量古城,它们在民国军阀混战、抗日战争和解放战争的现代化战争中依然起到了极为重要的防御作用。天镇保卫战、涿州保卫战、亳州保卫战等著名的城市保卫战，无一不是在四面楚歌的情况下充分利用了古代城墙而孤军长期坚守达数月之久的。民国时期的太原城墙高12余米，上宽6到10米，底宽15米，砖厚2米，每隔百余米还有一个突出部位，全城共有32个突出点，在全国也属于较为坚固的城墙。早在抗战初期的太原保卫战时，傅作义将军就将太原城墙改造成防御工事，抗战胜利之后，阎锡山为保卫太原，又在太原城墙上新建了环绕全城的碉堡和防御工事。将部分区段的城墙掏空辟建出大量的炮兵射口和机枪射口，防御最严密的地段，整个城墙从城根到城头，从下至上共构筑了7道火力网。

4月21日，中央军委主席毛泽东、中国人民解放军总司令朱德发布《向全国进军的命令》，要求解放军奋勇前进，坚决、彻底、干净、全部地歼灭一切敢于抵抗的国民党反动派。

4月21、22日凌晨，在长江千里战线上，百万雄师风雨下钟山，4月23日夜，第35军在中共南京地下市委的接应下，突入南京市区。

4月23日，解放军炮兵部队开始总攻前的试射，攻城部队将战壕延伸到了太原城下，并用门板加盖泥土实施隐蔽。这一天的黄昏，太原前线的人民解放军部队进入城下的进攻阵地，1,300门大炮也同时到位，在紧靠步兵突击营地的外壕、外沿布设轻重迫击炮，为第一线；距目标300米处是山炮和部分野炮，为第二线；野炮和榴弹炮距目标1,000米左右，为第三线。太原前线司令部在太原城墙上选择了18个突出部作为突破口，计划以数十门甚至一百门大炮集中轰击一个突破口，用直射火炮一层层地掀、用曲射火炮一个个地钻，打开城垣，为步兵登城扫清障碍。然后，18兵团及一野7军由东、19兵团及晋中军区部队由南、20兵团由北，兵分12路发起总攻。

4月24日5时30分，就在南京解放五个小时之后，随着一颗颗红色信号弹撕裂拂晓前的夜空，解放军攻城部队1,300余门大炮齐声怒吼，向太原城墙猛烈轰击。

十几分钟天崩地裂般的急袭过后，烟尘四起，50米之内不见城头，而北侧突破口上的滚滚硝烟和尘土又随着突起的西北风将南侧城垣笼罩，使得炮兵部队难以准确地继续实施射击，再加上地形、战前侦察与准备等具体情况上的差别，炮兵部队对四面城墙的破坏程度不尽相同。在大部分突破口上，坚固的城墙被提前炸开宽达二三十米长的大缺口，炸塌的碎砖、夯土在城墙外侧形

∧ 我军某部向炼钢厂守敌发起攻击。

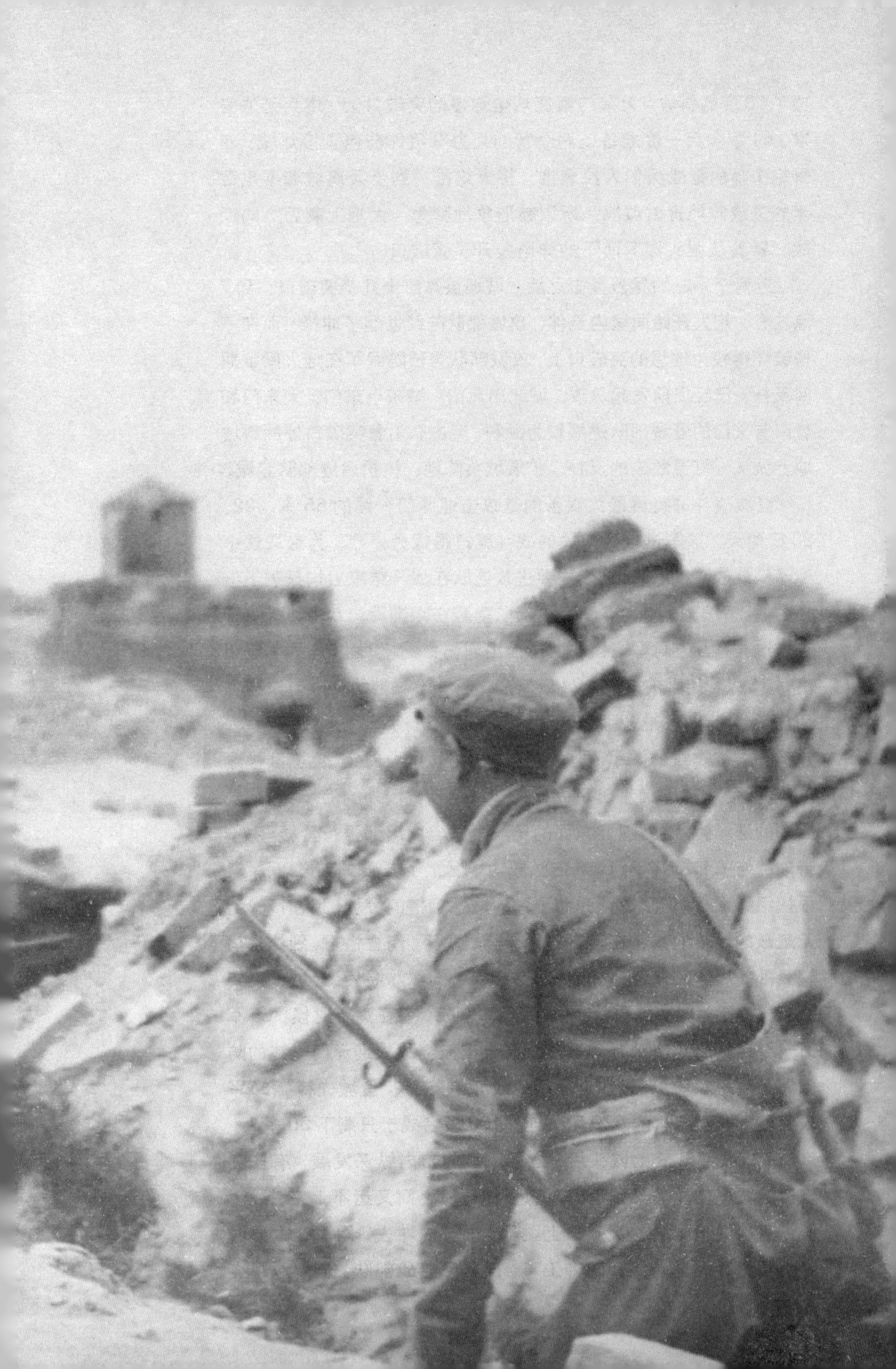

成了60度的斜坡。大东门南侧烟尘弥漫的突破口上，炮兵无法瞄准，61军步兵一度准备以两个营的兵力背负炸药包直接炸城，四野炮1师的指战员们人拉肩推，将大炮推进到步兵离城墙不足百米的进攻阵地直射城墙，所以被形象地称为"大炮上刺刀"的近战，冒着从城头倾泻而下的弹雨轰开了突破口。

近两个小时的猛烈轰击之后，城墙被炸出十几个突破口，到7点左右，炮火开始向城内延伸，攻城部队陆续发起了冲锋，而在一些破坏得较为理想的突破口上，攻城部队为预防阎军在炮火间歇期间反扑，已经提前发起总攻。城北小北门、城东小东门、大东门和城南首义门的登城部队进展较为顺利，突击队沿着突破口外的斜坡冲上城头，打退敌人的反扑，扩展城头阵地，掩护后继部队登城。

登城战斗进行得最为艰苦的是攻击迎泽门一线的65军。22、23日两天，该军进攻大南关的战斗就打得极为惨烈，为夺取这个迎泽门外的防御屏障，几个主要进攻连队在战斗结束后均只剩下十几名战士。23日夜，65军突击部队隐蔽在距迎泽门500米处。子夜未过，就因为阎军炮火的轰击而出现伤亡，579团1连的支援组伤亡13人，几乎被打光。24日清晨，迎泽门一带的突破口未能在预定时间内炸开，准备强行登城的突击队接近迎泽门后才发现城门外仍有未被炸毁的阎军碉堡。前进的道路被火力封锁，突击队被迫放弃原订突破口，抬着笨重的云梯涉水穿越城墙外的海子，也就是后来的迎泽湖，绕到城门东面的第一个城墙突出部强行登城。由于行动的隐蔽和出其不意，突击队成功地登上了城头。但是，阎军又很快组织反扑，密集的炮弹和子弹向城下拥挤的登城部队射来。毫无遮蔽的战士们暴露在清晨的光天化日之下，伤亡惨重，到处是横躺竖卧的尸体和痛苦挣扎的伤员。云梯被阎军炸断后，登城一度中断，已经登上城头的50余名官兵孤军奋战。就在这个时候，65军另一个连队用625公斤炸药炸塌了大南门，敌人迎泽门一线的防御体系随即崩溃。在进攻迎泽门的战斗中，荣获"登城先锋"和"军政全胜"两面锦旗的579团1连，100多名战士只剩下30多人。

各攻城部队登上城头后，立即下城向市内纵深发展，有些突破口的城墙内壁依然没有炸塌，云梯一时之间又运不上来，战士们纵身从近十米高的突破口上跳下，向城内冲去。阎军在太原城内也修建有大量碉堡和防御工事，部署了巷战部队，但解放军突

∧ 太原战役期间，太原城内国民党医院伤兵满员。

击部队同敌人不纠缠，不恋战，猛打猛插，直奔绥靖公署，遇有顽强抵抗，即破院开路，绕到敌人后面。63军突击部队在进攻途中，俘获三辆坦克，立即插上红旗调转车头向绥靖公署进军。

大北门附近的突破口未能炸开，68军突击队在敌人上、中、下三层火力网的阻击下冲锋到城下，架设云梯强行登城。由于步炮协同不当，云梯被自己的炮火炸断，已经爬到梯子中部的战士们被打落城下，突击队组织剩余兵力搭起人梯登城，因为城墙太高而没有成功。到上午8点，晨雾消散之后，炮兵再次集中火力轰击，终于炸开十几米宽的一条缺口，在8点30分将红旗插上城头，他们是最后一支登上太原城头的攻击部队。

8点50分，东路62军突击部队攻占鼓楼，用一条红色被面代替胜利的红旗插到了这个太原城内的最高点上。

∧ 1949年4月24日晨，我军188师奋勇登上太原首义门城头。

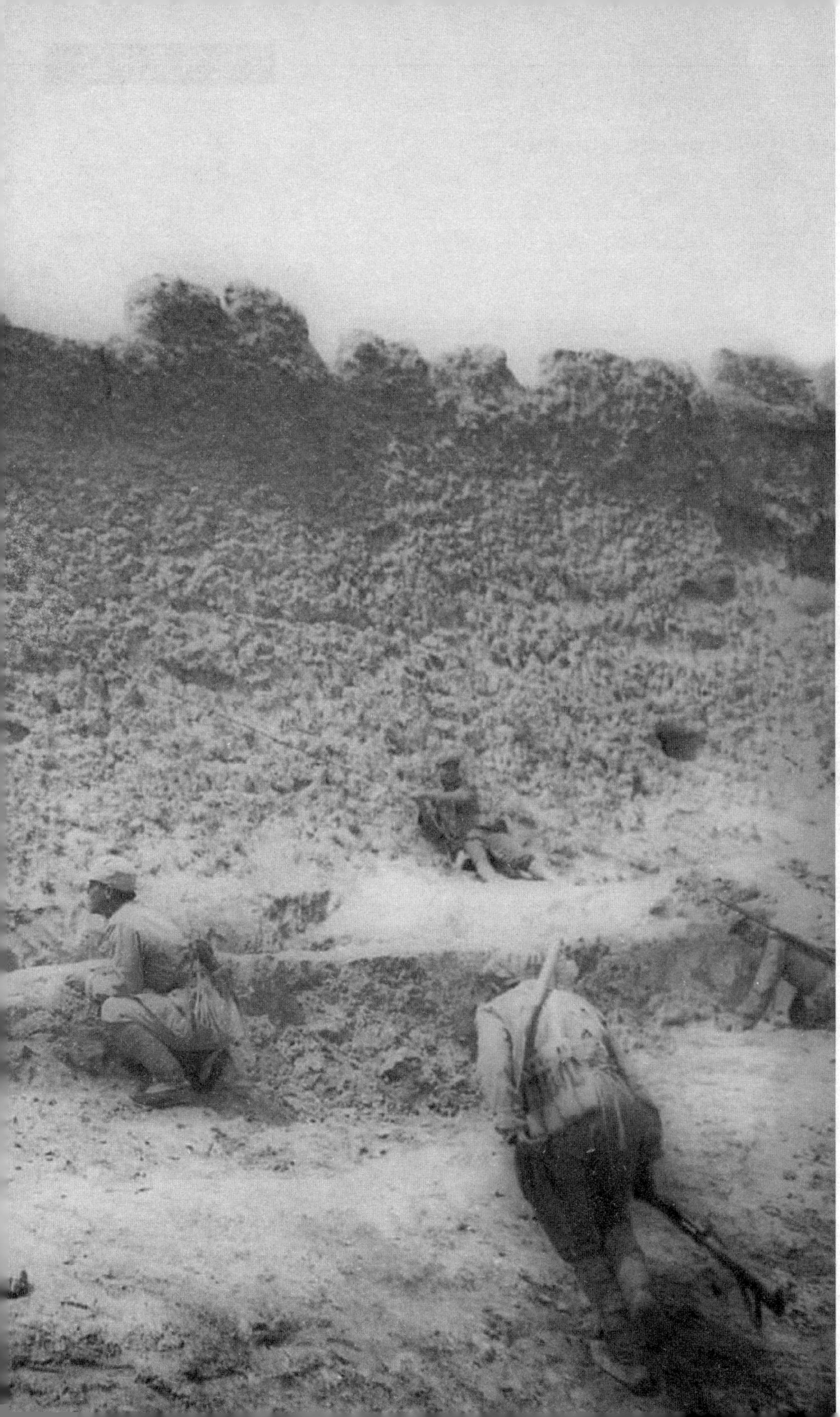

战争宽银幕

❶ 我军强攻分队迅疾登上城头,准备攻击敌人。

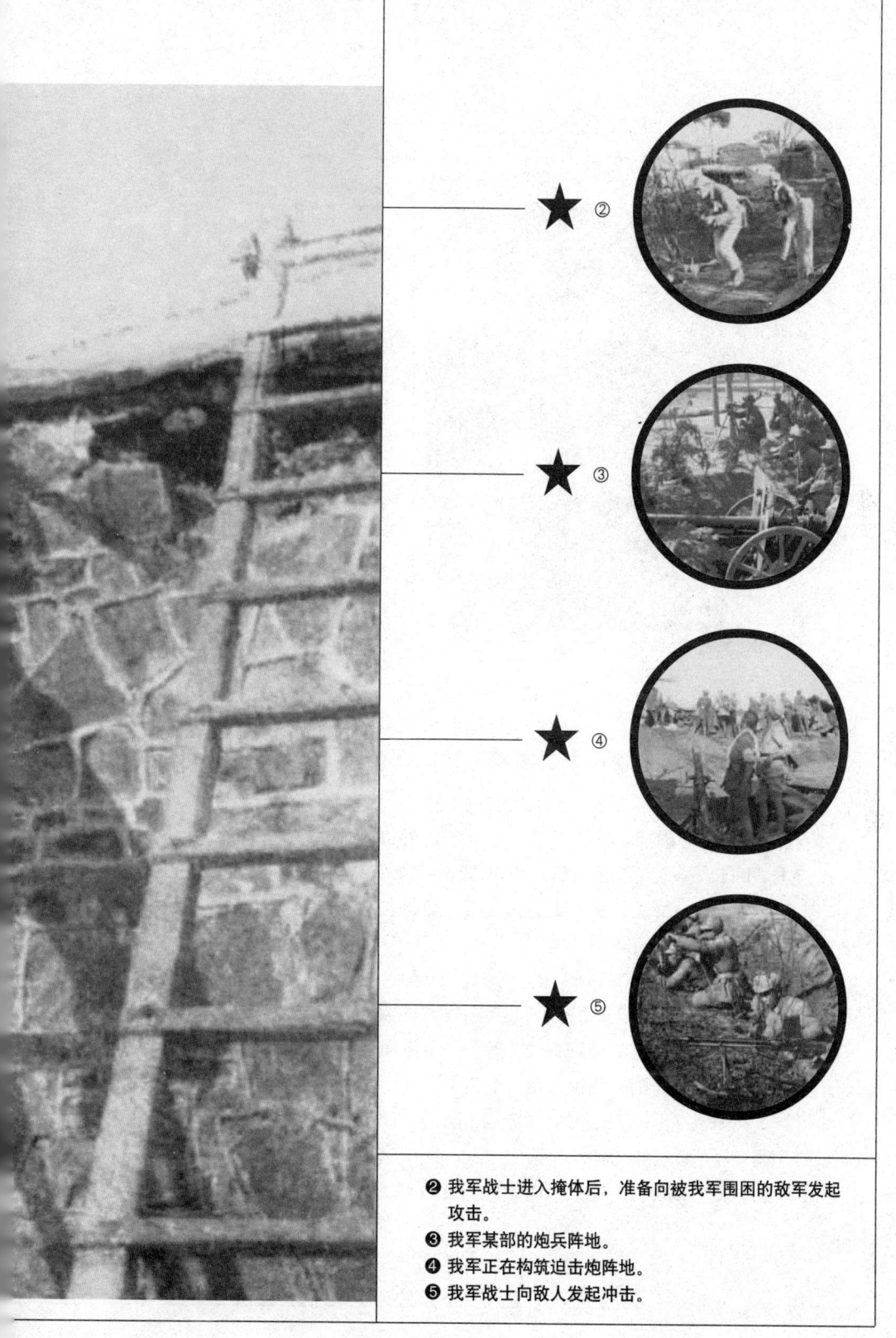

❷ 我军战士进入掩体后，准备向被我军围困的敌军发起攻击。
❸ 我军某部的炮兵阵地。
❹ 我军正在构筑迫击炮阵地。
❺ 我军战士向敌人发起冲击。

[亲历者的回忆]

徐向前

（时任华北军区第一副司令员兼第1兵团司令员、政治委员）

我总前委决心以插入分割战法，首先扫清外围，而后总攻破城。

3月31日，确定了战役部署：以第20兵团及7纵队一个师、四野炮师一部，从东北及西北方向突破，插入丈子头新城，切断北区守敌而歼之，得手后由北面工厂区攻城。

以第19兵团及晋中军区3个旅、四野炮1师一部，分两路突击，一路由城南突破杨家堡，进而向东发展，配合18兵团攻歼阎家坟守敌一个师，切断东南防区双塔寺及大营盘以南之敌而歼灭之；另一路由汾河西岸突破大小王村，配合20兵团沿汾河南下部队，围歼西区守敌，得手后从城南首义门两侧攻城。

以18兵团及7纵队两个师、四野炮1师两个团，分成左右两集团，在城东的杨家峪、淖马、松压地区佯动，策应南北两面突袭，待19、20兵团发起攻击后，即攻取仓库区、郝家沟，得手后由大门南北攻城。总攻击时间，定为4月15日。

——摘自：徐向前《历史的回顾》

杨成武

（时任华北军区第20兵团司令员）

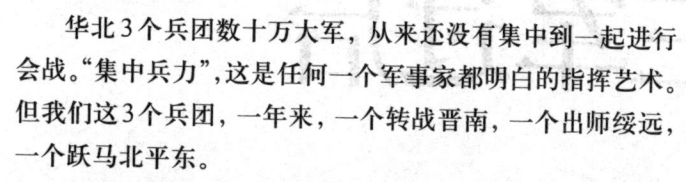

　　华北3个兵团数十万大军，从来还没有集中到一起进行会战。"集中兵力"，这是任何一个军事家都明白的指挥艺术。但我们这3个兵团，一年来，一个转战晋南，一个出师绥远，一个跃马北平东。

　　毛主席亲自指挥华北的3个兵团，下了一盘高明的围棋，以华北的相对分散，造成东北的相对集中。把国民党的两个战区100多万兵力分成几个大砣，使他无法集中。当这一壮观的战争史诗接近落下大幕时，才终于使3个兵团汇集到一起。

　　　　　　　　　　——摘自：杨成武《会攻太原》

第十章

三军过后

∧ 我军突击队通过太原市桥头街向鼓楼推进。

经过激烈巷战，解放军战士冲向阎锡山的指挥中心——"太原绥靖公署"，阎锡山的高级将领大部分被俘，梁化之在隆隆的炮声中彻底绝望，与五妹子阎慧卿在地下室里服毒自尽。

太原战役为解放战争期间，历时最长、参战人员最多、战斗最激烈、伤亡最惨重的城市攻坚战之一。

太原解放后，太原市军事管制委员会正式成立并展开各项工作，古老的太原终于迎来最灿烂的阳光。

1. 缴枪不杀，太原"绥署"擒大敌

攻入城内的各部队，向太原守敌纵深猛插。9时许，将残余守军包围在市中心、太原"绥靖"公署一带。在城东北，第66军第589团的勇士们在陆续登城，冲入城内后，经过激烈巷战，冲向阎锡山的指挥中心——"太原绥靖公署"。

从城南突破的解放军由文瀛湖以西，穿过羊市街和钟楼街，抢占了鼓楼，并缴获了三辆坦克。英勇机智的战士们，立即跳上坦克命令坦克手向太原"绥靖"公署和山西省政府冲击，撞开了紧闭的铁门，直冲向敌人的办公大楼。至此，解放军已从左右两路都逼近了太原"绥靖"公署。从城东突破的解放军炸塌了"绥靖"公署的东墙，冲进院内。阎锡山的太原"绥靖"公署，已是一片混乱。

4连是个先头连，最先冲到"绥靖"公署的办公楼。留守"绥署"的残敌还在顽抗着，他们用机枪向前横扫，在机关楼前编织了一个密集的火力带。冲在最前面的是1排，在连长的指挥下，他们扔出一排手榴弹后，在爆炸声中，乘着爆炸带来的烟雾向机关楼的守敌猛冲，被阎锡山视为"誓死忠贞"的警卫部队，丢下机枪就跑。2排跟着指导员也冲了进来，向四处逃窜的敌人猛追不舍。在一个地下室门口，战士陈天勇看见一个抬头观望的敌人，发现他们冲过来连忙把头缩了回去，陈天勇大喝一声："出来，缴枪不杀。"

突然，楼上传来几声清脆的枪响，陈天勇赶忙又往楼上冲，把地下室留给了战友许义保。许义保提着几颗手榴弹和炸药包，一脚踢开地下室的门。地下室很暗，看不见人，只看见地上胡乱地丢着一些枪支弹药。那个家伙到哪里去了？许义保在沿着黑暗的通道里走，越走宽敞，他一边警惕地向里走，一边喊着缴枪不杀。

地下室里，枪炮声越来越近，在极度绝望之中，终于有人在黑暗中大声倡议投降。众高官见王靖国对此话毫无反应，便以为默许，开始商量投降，起草了洽降信。但王靖国又表示了反对。

∧ 起义后的国民党军坦克兵驾驶坦克参加解放太原的战斗。

当陈天勇跑下楼冲到地下室门口后,"绥署"侍卫队长刘有泰派遣下属军官进入地下室,跪倒在王靖国面前恳求说:"顶不住了,该做决定的时候了。"王靖国立即起身说:"走,我出去。"孙楚阻止他说:"完了,你出去顶什么事。"正迟疑间,许义保缴枪不杀的喊声又传来了,地下室内慌作一团,隐隐传来一些家属们的哭泣声。

许义保跨到一个暗室前,才发觉门口架着三挺机枪,还有好多的冲锋枪、卡宾枪、手枪,所有的枪口都一律对着他。躲已经来不及了,许义保危急关头置生死于度外,他

国民党太原守备总司令王靖国 ▶

　　山西五台人,国民党陆军中将。保定军校第五期毕业。曾任晋军第1师2旅团长,16旅旅长、第5师师长、第3军军长、第70师师长、第19军军长等职。抗日战争爆发后,任第13集团军司令,晋绥军军官训练团副团长等职。抗日战争结束后,任第19兵团司令兼太原守备总司令。1949年4月,在太原战役中被解放军俘虏。

一手举起炸药包,一手拉着导火索,大声叫道:"都不许动,谁动一动,一个也别想活。"

一见炸药包,国民党兵个个都吓破了胆纷纷后退,突然屋里传来一声枪响,许义保一惊,只好先下手为强,把炸药包朝枪响的位置摔了过去,随着轰隆一声巨响,炸药包爆炸了,地下室里的几支蜡烛全部被震灭。阎锡山的高官们再也挺不住了,派遣军官走出地下室接洽投降。

就在许义保喊:"快快投降,不投降,再赏你们一包"的时候,洽降的阎军军官大喊着"别打,别打"跑了出来。许义保看见这是一个穿着便衣,没戴帽子,神色慌张的阎军军官,他向许义保敬了一个礼,说:"长官,长官,我们绥署参谋长在,他要找贵军谈判。"

"谈什么判,叫他出来投降。"

这个时候,赵世铃穿着呢子军服走了出来,他两眼不住地盯着许义保:许义保穿着一件衬衣,棉裤撕得破破烂烂,露出一块块的棉花。很显然,在他赵世铃面前的,只是解放军的一个小战士。于是,赵世铃又摆起了架子,他问许义保:"你是什么人?我要跟你们的负责人谈判。"

许义保把手榴弹一晃,说:"我们早已给过你们谈判的机会,你们不谈,现在只有缴枪投降了。"

看见手榴弹,赵世铃再也矜持不下去了,连忙对许义保说:"我是绥署参谋长赵世铃,我们孙主任和王总司令都在,我们早就准备投降了。"

说着,赵世铃从怀里掏出写好的投降信递给许义保,说,"这是我们孙主任和王总司令给徐向前将军的信,请转给他,我们宣布投降了。"

接过信之后,许义保又命令说:"赶快叫他们都出来投降,枪放在一边,人站在一边。"

太原"绥署"副主任孙楚,太原守备总司令王靖国等一批阎军高级军政官员就这样陆陆续续的走了出来。他们从身上解下手枪,又解下"军人魂"短剑,规规矩矩地站在了一边。缴枪完毕后,许义保把孙楚、王靖国的投降书交给赶过来的通信员,委托他转到指挥部去,然后就命令俘虏们到外边集合。

俘虏们蜂拥着向外走,但是一会儿又恐慌地退了回来,他们是担心外面架起的机枪会扫射他们。许义保说:"机枪不是打你们的,快出去吧。"

太原綏靖

▽ 太原战役中,国民党太原"绥靖"公署副主任孙楚(前左三)、太原守备总司令王靖国(前左二)被我军俘虏。

俘虏们犹豫了一会儿，为了"保险"起见，他们摇着毛巾、手帕当白旗，战战兢兢地走出地下室。在外面一数，这批俘虏共有380多个，除了孙楚他们，还有第10兵团副司令温怀光、第61军军长娄福生等43名高级将领。从俘虏群里还查出日本战犯——太原"绥署"全由日本人组成的第10总队中将总队长兼炮兵大队长今村，以及少将炮兵顾问岩田。

阎锡山的军队里何以有大量的日本人？这批分别在抗日战争和解放战争中犯下战争罪行的双料战犯，何以会在日本投降之后，仍滞留在中国的土地上？

日本投降后，阎锡山想利用日本军队维护他对山西的统治，而一批日本军官也希望利用阎锡山的保护苟延残喘于中国，等待时机卷土重来。后来，经过双方反复的密谋策划，投降日军约5,000人就留在了山西。此外，还有数百名日本工程技术人员和医务人员以及他们的家属也留在了山西。为了达到利用这些日本人对抗中国共产党的目的，日军编入阎军建制，所有残留日军一律官升三级，兵发双饷。太原被围困以后，阎军士兵吃的是"红大米"，而残留日军与中央军则供应大米白面。太原战役后期，军粮供应紧张，太原市内三家医院收容的伤员多达15,000人。有关官员

▽ 阎锡山部少将炮兵顾向岩田清一（日本人）被我军押出太原"绥靖"公署。

想从轻伤员口中挤出些白面大米来保障日本人和中央军的供给，结果，愤怒的伤兵们走上街游行，砸毁了孙楚、王靖国的公馆。这些残留日军先后参加了阎锡山与解放军的一些重要战役，他们明显高出一等的战斗素养和顽强作风，赢得了阎军官兵的钦佩和阎锡山的倚重。

1948年夏天，在晋中战役中，残留日军遭到毁灭性打击，司令元全福负伤后自杀。太原战役前夕，残留日军将非战斗人员和家属全部送回日本，剩余3,000余名日军被整编为4个团，今村任司令，岩田任炮兵总指挥。牛驼寨争夺战之后，残留日军主力被歼灭，余部被编为500人的炮兵大队。

除了日本人，美国人也在解放战争中给阎锡山以支持。抗日战争结束之后，美国援华空军志愿军"飞虎队"的陈纳德，准备继续留在中国，在上海筹组航空公司。阎锡山得到消息后，立即派人与其接洽。1948年6月，陈纳德与夫人陈香梅来到太原，陈纳德向阎锡山赠送了飞机模型。经过协商，阎锡山以100条黄金入股，陈纳德航空公司帮助太原空运物资。

陈纳德的航空公司是当时中国三家航空公司中规模最小的一个，但却担负了太原空运一半以上的任务。它的18架运输机，每天平均起运28架次为太原空运粮食、副食，以及其他大量的军用物资和医药用品。空运的军用物资中，包括化学弹和黄磷燃烧手榴弹。这种燃烧弹和火焰喷射器，在东山要塞争夺战和坑道作战中，给解放军造成很大的损失。在最后攻城时刻，为了防止燃烧弹，攻城士兵大都不系棉衣，一旦被火引燃就可以尽快脱去。

陈纳德的航空公司还有过直接参加国共内战的记录，一名阎军官从军事杂志上看到关于凝固汽油弹的文章，转而向阎锡山介绍。阎锡山向南京方面请求拨付，但南京没有库存，阎锡山通过其他途径弄来一颗，由陈纳德的飞机投放在西山黄坡前线，将解放军阵地烧成了火焰山。此后，陈纳德率数百架战斗机前来保卫太原，成为阎军反复宣扬的政治谎言。

2. 败军之将，人生是场悲凉戏

在解放军的俘虏里，没有发现梁化之和阎慧卿这两个阎锡山最亲近的人。后来经被俘的官员提供线索，在太原"绥靖"公署东花园的地下室里找到男女两具尸体，经检验是服毒后自焚的，而男尸身上的一枚图章证明，他就是梁化之。阎锡山自己躲了出去，他们却以自杀完成了对阎锡山愚忠。

阎锡山善于拉拢和控制部下。尽管由于他的多疑和在用人上过于浓重的乡土意识，

> 成千上万的国民党军俘虏涌满了太原的大街小巷。

致使名将孔庚、商震、徐永昌、傅作义、陈长捷等人先后脱离晋军，但他对部下控制之严密，部下对他之忠诚都是其他军阀所不能比拟的。

阎锡山离开太原后，将军政大权交给由梁化之、王靖国、孙楚、赵世铃、吴绍之组成的5人小组，而实权则集中在梁化之、王靖国、孙楚三人手中。王靖国与孙楚，执掌实际兵权，梁化之负责与阎锡山联系，所有请示报告与阎锡山的机密指示都必须先通过梁化之之手。

王靖国在国民党诸将之中有着较高的评价。还是在保定军官学校学习期间，他就因为成绩优异与傅作义、李生达等被人称为"十三太保"。王靖国有很强的组织能力，在带兵上十分重视对部队的纪律作风管理，但又与一般的国民党将领不同，他十分关怀下属，因而能得到下属的拥戴。此外，处事谦恭的王靖国还很善于揣摩阎锡山的意向，因而在得到阎锡山器重的同时，与其他晋军将领得以相安无事。蒋介石十分赏识王靖国，曾经想通过胡宗南调王靖国至河南负一方重任，但王靖国却誓死效忠阎锡山而不为所动。

王靖国死忠于阎锡山，阎锡山也很倚重于他，晋中战役后，阎锡山将部队整编为两个兵团，王靖国在担任第10兵团司令的同时，还兼太原守备司令。另一个兵团，即第15兵团，由孙楚担任司令。

1949年3月，王靖国在北平上学的四女儿王瑞书，带着徐向前的亲笔信通过两军前沿阵地回到太原，劝王靖国走傅作义的道路，和平解放太原。对于女儿秉以大义，晓

国民党山西省代主席梁化之

山西定襄人。1933年后，任太原"绥靖"公署主任办公室秘书，民族同志会总干事兼组织处处长，第二战区政治部副主任，国民党山西省党部执行委员，三青团中央干事会干事，山西党团监察委员会常务委员，太原总体战行动委员会主任委员，山西省代主席等职。1949年4月，在太原战役中自杀身亡。

保定军官学校

中国近代史上第一所正规陆军军校。其前身为清朝北洋陆军的陆军速成学堂、陆军军官学堂。保定军校主要功能为训练初级军官。学习期为两年，分步、骑兵、炮、工、辎重五科，学制章程参照日本士官学校，教官亦以日本士官学校毕业者居多。第一任校长为蒋百里。从1912年至1923年，保定军校办过九期，毕业生有6,000余人，其中不少人后来成为黄埔军校教官。1923年军校停办。

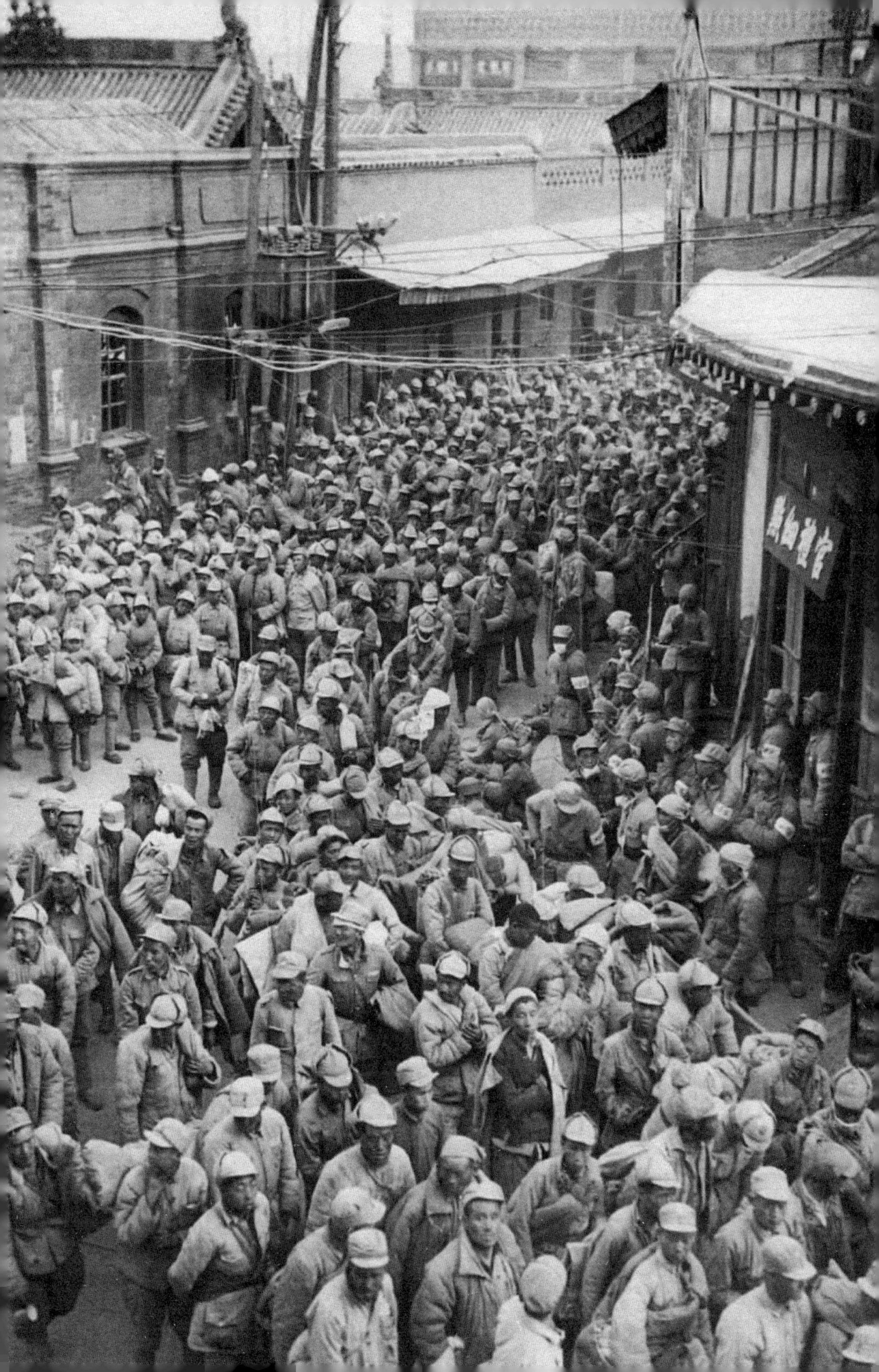

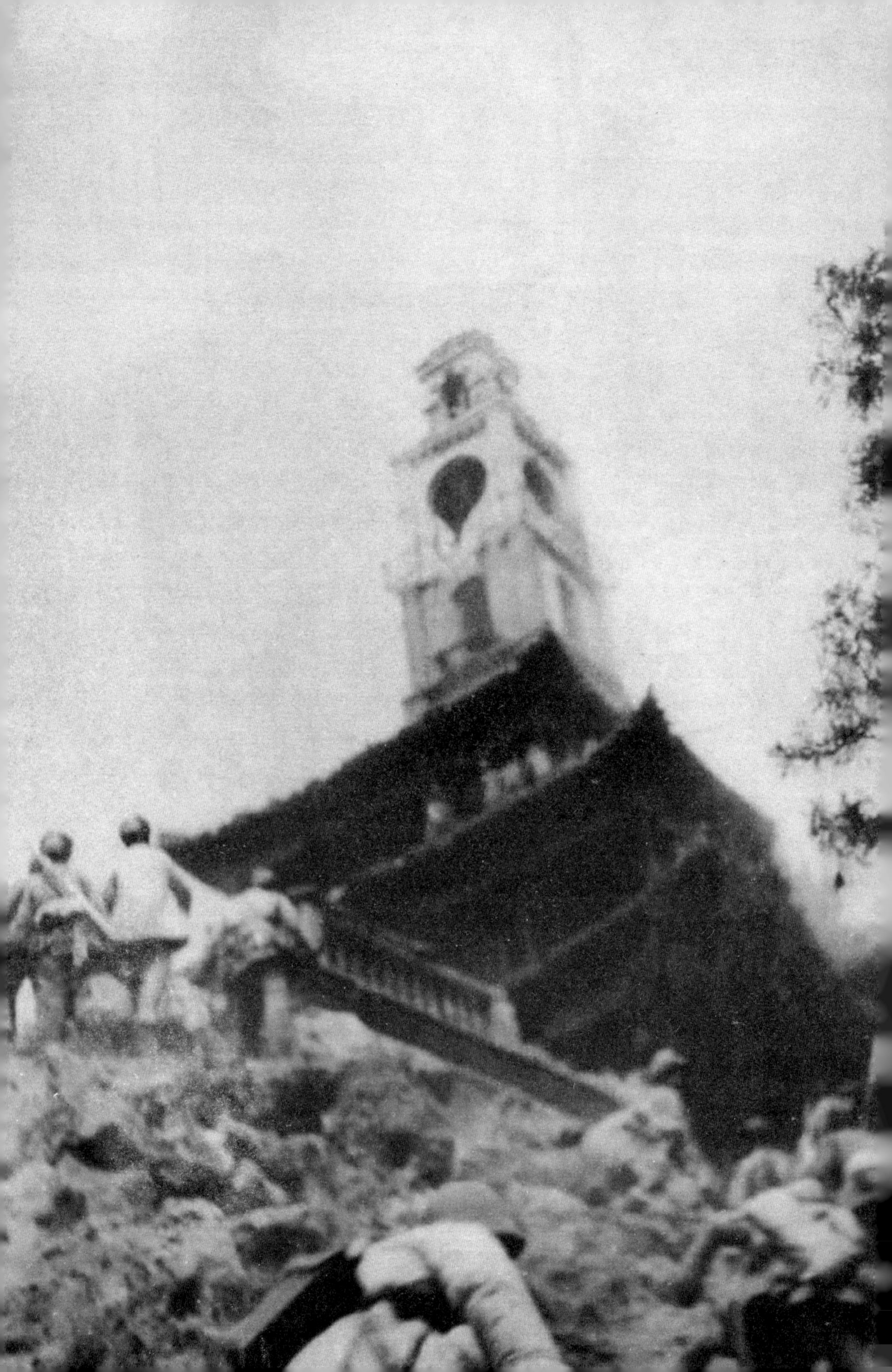

以亲情的劝说,王靖国执迷不悟,并表示愿为阎锡山的统治殉葬,他对女儿说:"太原已成为一座孤城,外无救援,实难确保,但我是军人,军人以服从命令为天职。如果阎长官有命令叫我投降,我就投降,阎长官没有命令,我只有战斗到底。"

在绝望的女儿面前,王靖国沉思许久后又说:"傅作义够个俊杰,但我不那样做。你可革你的命,我要尽我的忠。"由此可见,王靖国不是不明白大义,只是始终摆脱不了阎在精神上对他的奴化和控制。他其实是非常痛苦的,和女儿谈完话后,为示自己的"清白",他向阎锡山报告了女儿回来的事。

解放军的炮火一天一天临近,一些真正关心王靖国的亲信的文职人员也纷纷婉言劝他认清形势,随时应变。对于这些善意良言,王靖国一概不予理会,还动辄痛斥进言之人。在太原城破的最后关头,王靖国显得异常坚定。同时,他也显得十分的易怒和疯狂。就在解放军破城的前两天,王靖国在亲往城外阵地巡视时,还将两名作战不力和丢失要地的团长就地正法。

总攻太原的前一天,为了对城内守军作最后争取,曾经因劝降而被王靖国拒之门外的赵承绶再次携带徐向前的信件,到达阎军前沿的一个团部。赵打电话给王靖国,劝他为全城军民的生命财产和个人前途着想,走傅作义的道路——和平起义,但被王靖国再次坚决地拒绝了。与上一次冷冰冰的拒绝不同的是,王靖国真诚地规劝赵承绶不要入城,以免遭到梁化之的杀害。此时的王靖国,大概也已经看到了自己的末日,他对赵承绶的规劝可谓是人之将死,其言也善。

王靖国被俘之后,1952年病死于战犯管理所,时年59岁。

太原5人小组中,与王靖国同掌兵权的孙楚是山西解县人。孙楚毕业于保定陆军军官学校,在阎锡山的军队中是第一个与中国共产党所领导的人民军队交手的将领,曾在临县黄河一线阻击红军东征。孙楚在阎锡山的军队中的升迁相当快,从1914年的见习排长起,到1928年就已经是第33师师长了。在抗日战争爆发后,孙楚升任第6集团军总司令。抗战胜利后,担任第8集团军总司令,兼任太原"绥靖"公署副主任。孙楚虽受阎锡山的一贯提拔和倚重,但他并不像

< 我军攻克阎锡山部最高指挥机关所在地——梅山,至此太原守军全部被歼。

∧ 太原战役中我军重机枪向敌猛烈扫射。

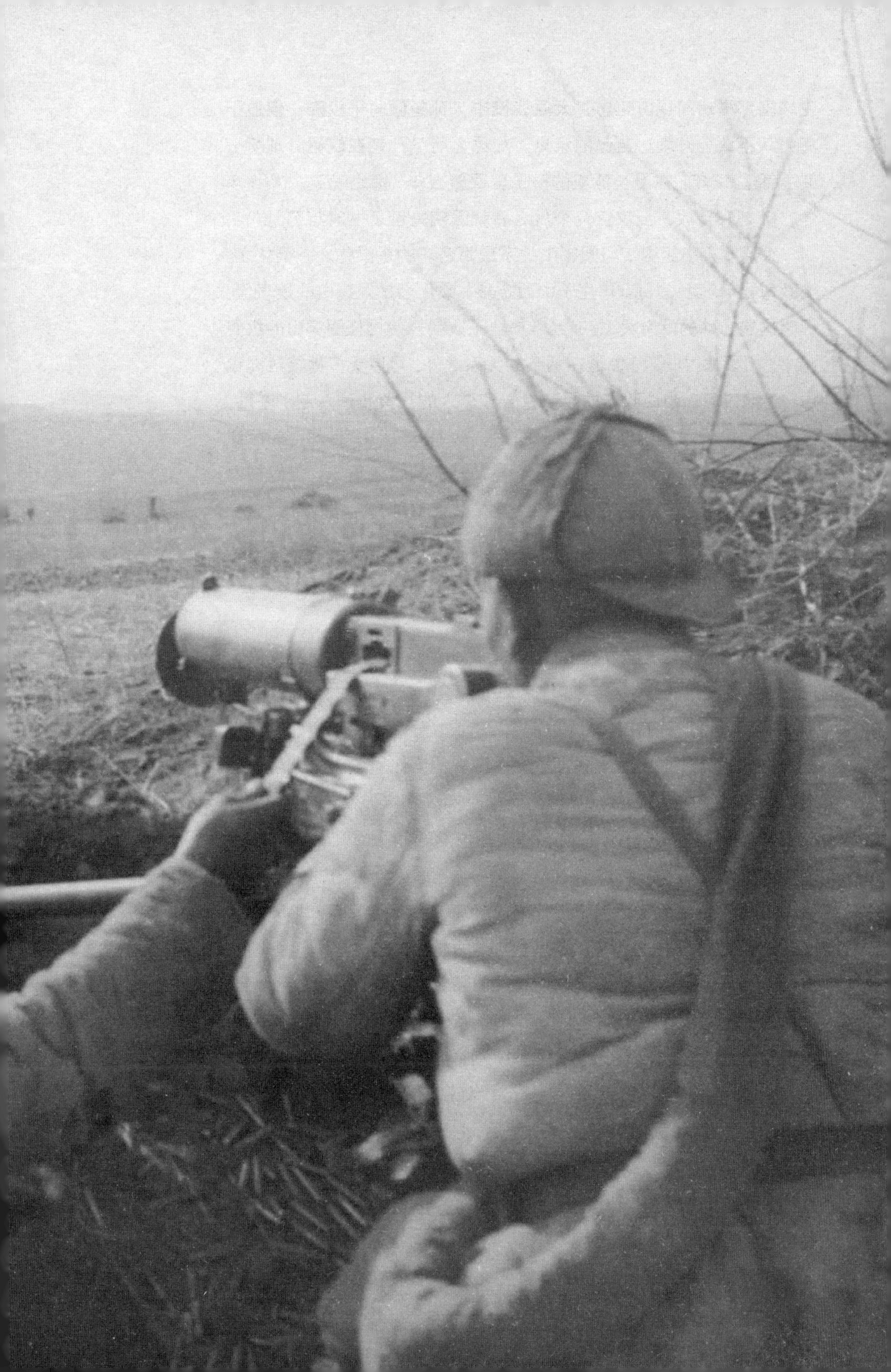

王靖国那样对阎锡山死忠。太原战役中，孙楚倾向于投降，但迫于压力从不敢公开表达自己的意见。被俘之后，孙楚在战犯管理所一共生活了12年，在漫长孤寂的日子里回望当年，悔之晚矣。1961年冬，孙楚获特赦，但仅仅几个月之后就因病去世了，时年72岁。

太原5人小组中，与阎锡山关系最为密切的是梁化之。梁化之，名敦厚，字化之，1905年生于山西定襄。梁化之是阎锡山的姨表侄，因为这层特殊的姻亲关系，在大学毕业不久就开始担任阎锡山的机要秘书。机要秘书一职，使他在姻亲的关系之外，可以更多地接触阎锡山，为他以后在山西政坛的平步青云和个人的飞黄腾达奠定了基础。

阎锡山为了巩固他在山西的统治，从1938年12月起，先后建立起政卫处、特警处和谍训处三个各有侧重的特工组织。但阎锡山心腹的特工组织，其实是太原"绥靖"公署特种警宪指挥处。这个特警处，也是阎锡山特工系统中最庞大、最残酷的一个组织，它对我党隐蔽战线造成了极端严重的破坏和危害，而特警处的主要首脑，正是这个名为敦厚的梁化之。

在担当守城重任的5人小组中，梁化之最为顽固、对阎锡山最为愚忠。为了使梁化之在自己离开后，仍能贯彻自己的思想意志，稳定太原的局势，阎锡山在离开太原前夕，还正式任命梁化之代理山西省政府主席。孙楚、吴绍之等许多阎锡山政权的高级军政人员之所以不敢表达和平解决太原的意见，很大程度是畏惧于梁化之的权势。

1949年4月24日，解放军对太原发起总攻，梁化之在隆隆的炮声中彻底绝望，与五妹子阎慧卿在太原"绥靖"公署的地下室里服毒自尽，死前命令卫士将他们的尸体浇上汽油焚尸灭迹。

与梁化之一样自尽的，还有阎锡山的所谓的"太原五百完人"。

所谓"太原五百完人"就是阎锡山特警处的特工人员。

阎锡山飞离太原时，要他的干部们，特别是高级干部们学习"田横五百壮士"，准备"杀身成仁"，并为他们准备了毒药。但阎锡山的高官们，除少数人自杀外，大部分投降了解放军。1949年4月24日10时，太原城被解放军全部占领后，躲进太原"绥靖"公署2号楼地下室的孙楚、王靖国、赵世铃、吴绍之、薄毓相、孟际丰、杨世明等人，得知太原守城部队已被全歼，没有勇气喝下阎锡山临走时发给他们的毒药，又难逃出太原，只好等着被俘。

为阎锡山"殉节"的主要是梁化之及其手下的特务们，有梁化之、徐端、兰风、李紫云、尹遵党等。太原城被解放军围成铁桶之后,梁化之的把兄弟、特警处代处长徐端,按照阎锡山"不做俘虏,尸体不与共党相见"的指示,命令特警处特工人员集中于精营西边街45号特种警宪指挥处集体居住。4月24日,解放军攻入太原,徐端、兰风、李紫云和他们的一些部下张剑(特警科长)、郝彬楠(情报科长)、吴兆庆(总务科长)、曹树声(特宪队长)、张耀华(审理科长)等20余个特工人员或服毒、或相互枪击,并引燃早已准备好的汽油自焚,其中包括一些特警处女职员和部分特工人员的妻子等无辜妇女。此外,特警处秘书主任范养德等10余人在东辑虎营自杀,太原特警队主任王九如等10余人在后坝陵桥18号队部小楼上自杀,山西省会警察局局长师则程开枪打死自己的姨太太后,在柳巷派出所自杀。

∨ 太原人民欢庆太原城重获新生。

太原解放后，阎锡山大肆宣传以梁化之为首的"太原五百完人"殉城神话。国民党中央执行委员会第191次会议决议对"五百完人"加以褒扬。国民政府监察院还致电阎锡山表示吊唁。

阎锡山到台湾后，通过行政院拨新台币20万元在台北园山建"招魂冢"，蒋介石赠"民族正气"匾额，蒋经国也赠"齐烈流芳"匾额，阎锡山题"先我而死"的冢匾并撰写碑文和祭文。阎锡山在祭文中称梁化之等人已"杀身以成仁也"。称赞他们"誓生不与之两立，死不与之见面，战至由巷而院，力尽物竭，而集体自杀而焚其体。""此生可谓得其结果而无憾矣！""人生于世，谁能避其死，死其成仁，得其义，胜苟生者多多矣！"阎锡山还称梁化之等人之死"是为人类国家伸正义"等等。

对于阎锡山的做法，当时国民党内部就颇有微词。一些民主人士更是不齿于阎锡山的做法。章士钊和邵力子在1949年5月8日给李宗仁的信中说："夫阎君不惜以其乡人子弟，以万无可守之太原，己遁去，而责若辈死绥，以致破城之日，尸与沟平，屋无完瓦。晋人莫不恨之。"

其实明眼人一看就明白，哪儿有不多不少就正好五百人的？这"五百完人"中，除上面提到的外，有死于疾病的；有被阎的军政机关处死的；其中还有相当一部分是虚构的。太原解放后，经刚刚成立的太原市公安局清理辨认，能够确认自杀的，只有46人。

3. 泽惠汾漳，英雄永铭史册

1949年4月24日，从清晨5时30分开始发起攻击，到上午10时，俘虏阎锡山的军政高官，肃清城内残敌，英勇的解放军指战员经过4个半小时的激烈战斗，宣告太原解放，盘踞山西达38年之久的阎锡山政权从此灭亡。

解放区的天是明朗的天。太原人民在被阎锡山统治了38年之后，终于迎来自己当家做主的一天。他们载歌载舞欢庆解放，欢迎解放军进驻太原，欢迎他们的老乡徐向前进驻太原。同时，太原的攻克也标志着国民党在华北最后一座堡垒的倒塌，华北完全解放，来自全军、全国各地的贺信、贺电像雪片似的飞入太原，出现在徐向前的面前。

中华全国总工会等12个人民团体联名电贺太原大捷。原电如下：

徐向前、周士第、罗瑞卿诸将军并转太原前线全体指战员同志：

太原的解放，最后结束了敢于顽抗的战犯阎匪锡山在山西近40年的罪恶统治，使华北由此宣告完全解放。我们为这一伟大的胜利欢欣鼓舞，谨向英勇善战的太原前线人民解放军祝捷致敬，并号召全国各界同胞，团结一致，积极支援前线，在毛主席、朱总司令领导之下，迅速、彻底、干净、全部地消灭国民党匪军一切敢于顽抗的残余势力，为最后解放全中国胜利前进。

　　中华全国总工会

　　中国解放区青年联合会

　　中华全国学生联合会

　　中华全国民主妇女联合会

　　中国科学工作者协会

　　中华全国文艺协会

　　华北文艺界协会

　　中国学术工作者协会

　　中国解放区新闻记者联合会

　　中国青年记者学会

　　上海人民团体联合会

　　北平市中小学教职员联合会筹委会

　　中共中央也特别在"五一"节向太原攻城部队发出贺电：

徐向前、周士第、罗瑞卿诸同志及太原前线人民解放军全体指挥员战斗员同志们，山西及华北各省全体军民同胞们：

　　战犯阎锡山及其反动集团，盘踞山西，危害人民，业已38年，为国内军阀割据为时最长久者。抗日时期，阎匪即与日本侵略军勾结妥协，与抗日人民为敌。近几年来，阎匪在蒋介石指挥下，参与反革命内战，节节溃败，最后退守太原一隅，犹作顽抗。此次我太原前线人民解放军奉命攻城，迅速解决，阎匪虽逃，群凶就缚，大同敌军亦即投诚。从此山西全境肃清，华北臻于巩固。当此伟大节日，特向你们致热烈的祝贺。

中国共产党中央委员会

1949年5月1日

　　太原解放6天之后，大同守军放下武器，接受和平改编，山西全境宣告解放。

　　太原战役从1948年10月5日发起，到1949年4月24日结束，历时6个多月，共歼灭敌军135,000余人，其中俘虏77,000余名，包括师级以上军官40余人。解放军为攻取这座坚固设防的城市也付出了巨大牺牲，共计伤亡45,000余人，远远超过了同期在千里战线上突破长江天堑的渡江战役。太原战役，成为国共内战期间，历时最长、参战人员最多、战斗最激烈、伤亡最惨重的城市攻坚战。

1950年3月25日，山西省人民政府在太原海子边人民公园，为牺牲在解放山西和太原战场上的烈士竖立纪念碑并塑像纪念。徐向前在纪念碑东侧题词："浩壮高恒吕，泽惠过汾漳"。的确，和平的阳光将永远普照曾历经无数沧桑与苦难的太原古城，幸福将永远光临勤劳勇敢的太原人民，历史将永远铭记这场国共内战中持续了6个多月近百万人被无情卷入的残酷战役，人民将永远感激那些在前线冲锋陷阵、抛洒热血的英勇战士。

当然，在解放太原的勇士中，除了征战于第一线的将士们，广大支前群众和隐蔽战线上的人们也是这支胜利之师不可或缺的重要成员。

太原战役期间，支前民工共运送弹药400万公斤，各解放区支援的粮食8226.5万公斤。支前民兵与民工共有203人牺牲，746人负伤。就像"人民群众用小轮车推出了淮海战役的胜利"一样，太原战役的胜利同样离不开人民群众的汗水与牺牲。

晋中战役刚刚结束，太原战役前委就组建了由裴丽生担任司令员的太原战役联勤指挥部，负责指挥太行、太岳、晋中、晋察冀、冀鲁豫各解放区有关支持太原战役的后勤工作。整个战役期间，直接参加支前工作的第一线和第二线民工多达25万人，民兵5万人，参加运输的牲畜2万余头。民兵主要负责看管粮食仓库和军用物资，并按部队的作战需要，担任必要的看管俘虏、运送弹药工作，有时还直接参战。民工主要负责运输工作。寿阳、阳曲等距太原百里以内地区的群众全体动员，无论青壮年男女、老人、少年，几乎全部参加了支前运输工作。有的民工一夜之间可以在3.5公里长的运输线上往返八九次，去时扛器材，返回时抬伤员，行程50余公里。四大要塞争夺战期间，民工们不仅运送物资，还需要开山辟路、就地开采煤炭，关键时刻就留在阵地上参加战斗。

早在抗日战争胜利后，解放区就不断向太原派遣地下党员和地下工作者，以各种职业作掩护，甚至进入敌人要害部门，搜集情报、策反敌军。到1948年冬，太原城内的地下党员共有488人，还有内线关系859人。由于他们的工作卓有成效，曾使阎锡山大伤脑筋，到太原战役前夕，阎锡山一度认为共产党在太原的地下工作者和伪装分子多达数万。

∧ 太原战役中我军荣立战功的两个英雄班代表。

　　太原战役期间,太原隐蔽战线最出色的行动是绘制太原城防图。地下党员张全禧以谦益信自行车行为掩护,结交了刚刚受到降职处分的阎锡山长官部侍从参谋张光曙,并成功将其策反。张光曙利用视察城防工事的机会,绘制出50多幅太原城防设施图,并在图上标注了大量参考资料。张全禧将这些图纸暗藏在自行车内胎和大梁的管子里,在张光曙的护送下穿越封锁线,将这些在太原战役期间起到重要作用的城防图送到了情报站。这些城防图为解放军攻打太原城提供了及时可靠的信息,为前总司令部制定周密的作战计划提供了可靠的保障。

　　行事周密的阎锡山,始终把防止共产党的渗透当做大事。他组织完整严密的特工系统,使得隐蔽战线充满了难以预料的风险和突如其来的牺牲。1949年3月,另一条获取太原城防工事图的秘密战线，在组织向外输送情报和安排撤退的过程中被阎锡山特工系统查获，阎锡山知道情况后，立即下令将8名地下工作者集体处决于大东门外。不久，与党中央有直接联系的中共地下党员赵宗复也第二次被捕了。

赵宗复的父亲是原"山西省政府主席"赵戴文。作为追随阎锡山30余年的忠臣和功臣，赵戴文在去世前嘱托阎锡山说："我儿宗复年轻，做事不稳当，希望好好教育他。"

面对赵戴文的临终嘱托，阎锡山表示："你的儿子和我的儿子一样，我一定要教育他，你尽可以放心。"

赵宗复在燕京大学学习时加入中国共产党，解放战争时期，刚过而立之年的他凭借与阎锡山的关系，出任山西省教育厅厅长，曾为党中央提供大量极有价值的情报。

国民党山西省党部主任委员赵戴文

山西五台人。早年与阎锡山共同筹建太原同盟会。辛亥革命后，任山西都督府秘书长，察哈尔省主席，国民党中央委员，国民政府委员，国民政府内政部部长，国民政府监察院院长，山西省政府主席等职。抗日战争爆发后，任第二战区司令长官部政治部主任，国民党山西省党部主任委员等职。1943年因病去世。

赵宗复被捕后，阎锡山在高干会议上让大家讨论到如何处置赵宗复，由于赵戴文的关系，高官们都默默不语。就在气氛沉闷鸦雀无声之际，警宪指挥处代处长徐端站了起来。这个特务头子提出，应该把赵宗复处决。众人一惊，把目光瞄向徐端，又瞄向阎锡山。阎锡山看看众人，又看看窗外，迟疑不决。又是一片沉静，太原"绥署"秘书长吴绍之轻声对阎锡山说："请会长回忆副会长临终托言。"

阎锡山叹口气，最后缓缓地但是不容置疑地说："将宗复交我处理吧。"

高干会后，阎锡山终究也没有下达任何处置命令。阎锡山飞赴南京后，梁化之一度准备处决赵宗复，五妹子阎慧卿说："老汉在的时候都没有处理，你为啥要处理他？老先生就这么个苗苗，还能这么做？老先生怎样对待你来？"这样，杀害赵宗复的事就被搁置下来了。

4. 人民专政，太原掀开崭新一页

　　太原解放3天后，解放军正式举行入城仪式，彭德怀在原太原"绥靖"公署门前检阅了入城军队。

　　5月初，彭德怀对18、19兵团的部署加以确定之后回到陕北。徐向前因为身体的缘故最终未能跟随彭总并肩解放大西北。

　　1949年夏天，第20兵团作为战略部队，被部署到京津附近保卫党中央的安全，第18、19兵团正式划归第一野战军建制，跟随彭总挺进大西北，与胡宗南、马步芳决战集团。这年冬天，第18兵团又被划归刘邓的第二野战军建制进军大西南。

　　在太原，以徐向前任主任，罗瑞卿、赖若愚、胡耀邦任副主任，周士第、罗贵波、萧文玖、裴丽生、解学恭、康永和任委员的太原市军事管制委员会正式成立，并展开各项工作。同时，他们还成立了太原警备区，由罗贵波任司令员、赖若愚任政治委员、萧文玖任副司令员；成立了太原市卫戍司令部，由萧文玖任司令员、赖若愚任政治委员；成立了以裴丽生为市长的太原市人民政府。警备区、卫戍司令部及人民政府在成立之后，都及时地展开了工作。这一切都向太原人民宣告，中国共产党将带领他们建设一个崭新的、人民的太原。

　　身为太原前委书记和太原市军管会主任的徐向前，要求太原警备区进城后，要把太原古城"接好、看好、交好"。徐向前说，太原是一座古城，是一座经历了几千年沧桑的古城，是劳动人民用血汗建起来的城市，要把它好好再交到人民手中。

　　为完成交接任务，军管会和警备区制定了相应的纪律守则，下达了临时的作风要求。领导成员率先垂范，他们和部队一起出现在太原大街小巷、工厂和机关。总前委和军管会指示各野战军攻进城后，必须在12小时之内全部撤至郊外，把工矿、企业、仓库、机关、学校、城门、卡口移交给警备部队。为了坚决落实这一指示，为了"接好、看好、交好"228个重点单位，解放军攻城部队的指战员们严守纪律，他们宁肯露宿街头，也要做到秋毫无犯。

　　由于野战部队要撤到城外，留在城内部队的任务就相当繁重。有的部队，有的战士一天站岗执勤要超过11小时，但为了把他们守卫的单位完整地交给人民，他们始终睁大警惕的眼睛，没有一个人叫苦叫累。当所有交接工作完成以后，胡耀邦把这些情况向徐向前进行了汇报，徐向前高兴地说："是呀，我们攻打太原，解放太原，就是让人民来接管太原，他们才是历史的主人。"

　　太原刚解放，百废待兴，但潜伏隐蔽的敌特却在暗中滋事，他们到处活动，暗杀、放火、放毒、破坏交通，制造恐慌情绪。一些地痞流氓，散兵游勇也跟着起哄，推波助澜，使人民群众没有安全感。作为军管会主任，徐向前把人民的安定幸福看成是自

△ 全国解放初期的徐向前。

己最大的责任,把分管治安的军管会成员和卫戍区首长请到自己的病床前,召开协调会,请大家出计谋,想对策。最后,徐向前深情地对他们说:"太原人民在看着我们呀,我们一定要把敌人的嚣张气焰打下去!只有狠狠地打击敌人,才能更有效地保护人民,对敌人的仁慈,就等于对人民的残忍。"

在徐向前的感染下,大家纷纷表示一定要亲自动员部队打好维持治安、保证社会安定这一仗。5旅14团协同太原市公安局组织联合纠察处,担负市区的警备纠察任务,他们在市区建立固定哨和游动哨,严密检查重要关卡,执勤官兵以高度的责任意识,对进出的人员实施严格的检查,由于上下一心,入城不到10天,他们就查获匿藏的阎锡山残部副师级以下军官136名。同时还歼灭一小股企图搞破坏的武装特务,处理各种抢劫、杀人、偷窃、贩毒等案件1,604起,扑灭大火31起。

阎军的散兵游勇和被俘人员是社会最主要的不安定因素,为防止他们在社会上闹事,收容、处理他们就成了当务之急。徐向前指示采取以下措施因人制宜地处理:对老、弱、残、废、二次被俘,顶名壮丁,经过几天教育后发给路费、路条,送其回家;对青壮年士兵和下级军官,在政审合格后,编队训练,加强阶级教育,动员参军打老蒋;其余人员经过个把月教育后分别处理,将有血债的敌特分子移交公安局,将部分可为我工作的送山西公学学习,将几千人遣返回原籍。

在这一系列措施和手段的影响下,太原市的社会治安、人民生活,以及群众生产和城市都没有受到太大破坏。这座40万人口的省会城市在解放的第5天,市内邮电、交通、供水、供电、商店、书店等都相继恢复营业,人民大戏院、新华戏院重开锣鼓,电影院也开始放映电影。郊区的翻身农民将粮食、蔬菜、肉禽蛋源源不断地投放市内菜场粮店,较好地解决了市民的饮食问题。

徐向前一边忙着太原城的恢复和建设,一边总结太原战役的经验,以备其他兄弟部队借鉴。他强忍病痛查看缴获的大量军事档案、文件和电报,从敌人的资料中为总结的经验佐证。为了寻找真实的资料数据,他还支撑着坐担架到双塔寺等处要塞查看,仔细研究敌人各式各样的碉堡结构和爆破的经验。他在审定总前委给中央军委和华北局的一份报告上,亲笔加上这样一段话:"大胜后容易骄傲,有成绩也就容易掩盖缺点，故各部均应于整训前在三评工作中，着重注意自己尚有缺点的研讨与发现弱点！"

　　各兵团经过短期整训和三评，奉党中央和毛泽东的命令，陆续开始向西北战场进军。在第18兵团出发前，徐向前心潮涌动，夜不能寐。解放战争以来，徐向前带领这支部队从小到大，从弱到强，在战争中学习战争，横扫山西，他很想去作一次告别，可身体不行啊！于是，他让工作人员拿来笔墨，一字一字地写下了《告第十八兵团指战员的题词》，由于病痛，220字的题词，徐向前歇了两次，用了近1小时才写完，写完后，他又仔细地看了一遍，才派人送往18兵团：

　　我们在毛主席和朱总司令的英明领导和指挥之下，与广大人民的热烈支援及前后方各机关密切合作之下，在我全体战斗员、指挥员、政工员、后勤员英勇作战奋不顾身自我牺牲的精神之下，终于打下了蒋阎匪帮进行内战反对和平的强固据点之一的太原城。但敌人尚未全部消灭，尚留作困兽之斗，幻想着卷土重来。因之我们每个指挥员与战斗员决不可稍有骄傲和松懈的心理，我们要本着打下太原的决心勇猛前进！敌人逃到哪里我们就追到哪里。敌人敢于在哪里抵抗我们就坚决把它消灭在哪里！把人民胜利的旗帜插到全中国的领土上去！

徐向前
1949年5月

战争宽银幕

❶ 我军跨过大桥,追击敌残部。
❷ 我军部队乘木筏渡河。
❸ 我军通过临时浮桥渡河。
❹ 我军自制木筏渡河作战。

[亲历者的回忆]

杨成武

（时任华北军区第20兵团司令员）

  太原战役是一个典型的阵地攻坚战。

  在前一阶段作战中，采取了围困、瓦解和攻击相结合的方针，进行了极其艰巨的攻坚作战与卓有成效的政治攻势，歼灭和瓦解敌人6万人，为攻城创造了条件。

  战役的后一阶段，我们华北3个兵团和西北的1个军会师太原城下，兵力占绝对优势，士气旺盛。

  我们采取了集中兵力猛插分割，将敌主力一举歼灭在外围，然后攻城。

  这样，避免了敌人越打越集中，避免了逐碉堡逐阵地争夺，拖延时间，增大我军伤亡。

  这个正确方针，是有重大意义的。在攻城中集中强大炮火，摧毁和压制敌人火力，各路进攻，向心突击，插进敌人的纵深，将守敌各个歼灭。

  太原这座军事要塞的迅速攻克，表明了我军经过几年来的战斗锻炼，已经成长为一支具有强大战斗力的队伍。

——摘自：杨成武《会攻太原》

杨得志
（时任华北军区第19兵团司令员）

　　太原的解放，使大同、新乡、安阳、归绥等地之敌，失去了依靠。

　　大同敌人于5月1日接受和平改编，新乡敌人于5月5日接受我军和平改编，安阳敌人于5月6日被我军歼灭，归绥于9月19日和平解放。

　　太原的解放，终结了军阀阎锡山对山西人民38年的血腥统治。太原、大同、新乡、安阳、归绥诸点的扫除，使华北全境完全解放……

　　　　　　　　——摘自：杨得志《忆太原战役》

《聚歼天津卫》　《解放大上海》　《合围碾庄圩》　《进军蓉城》
《保卫延安》　　《血拼兰州》　　《喋血四平》　　《剑指济南府》
《鏖战孟良崮》　《席卷长江》　　《攻克石家庄》　《总攻陈官庄》
《围困太原城》　《登陆海南》　　《兵发塞外》　　《重压双堆集》

1.部分图片由解放军画报社供稿

摄影作者（按姓氏笔画排列）：

于天为	于庆礼	于成志	于坚	于志	于学源	马金刚	马昭运	马硕甫	化民	孔东平	毛履郑
王大众	王文琪	王长根	王仲元	王纪荣	王甫林	王纯德	王国际	王奇	王学源	王林	王述兴
王青山	王春山	王振宇	王晓羊	王鼎	王毅	邓龙翔	邓守智	丕永	冉松龄	史云光	史立成
田丰	田建之	田建功	田明	白振武	石嘉瑞	艾莹	边震遐	任德志	刘士珍	刘长忠	刘东鳖
刘叶	刘庆瑞	刘寿华	刘保璋	刘峰	刘德胜	华国良	吕厚民	吕相友	孙天元	孙庆友	孙候
安靖	成山	朱兆丰	朱赤	朱德文	江树积	江贵成	纪志成	许安宁	齐观山	何金浩	余坚
吴群	宋大可	张平	张宏	张国璋	张举	张炳新	张祖道	张崇岫	张鸿斌	张谦宜	张超
张颖川	张熙	张醒生	张麟	时盘棋	李丁	李九龄	李久胜	李书良	李夫培	李文秀	李长永
李风	李克忠	李国斌	李学增	李家震	李唏	李海林	李基禄	李清	李维堂	李雪三	李景星
李琛	李锋	李瑞峰	杜心	杜荣春	杜海振	杨绍仁	杨绍夫	杨玲	杨荣敏	杨振亚	杨振河
杨晓华	沙飞	肖迟	肖里	肖孟	肖瑛	苏卫东	苏中义	苏正平	苏河清	苏绍文	谷芬
邹健东	陆仁生	陆文骏	陆明	陈一凡	陈书帛	陈世劲	陈希文	陈志强	陈福北	周有贵	周洋
周鸿	周锋	周德奎	孟庆彪	孟昭瑞	季音	屈中奕	林杨	林塞	罗培	苗景阳	郑景康
金锋	姚继鸣	姚维鸣	姜立山	祝玲	胡宝玉	胡勋	赵化	赵良	赵奇	赵明志	赵彦璋
郝长庚	郝世保	郝建国	钟声	凌风	唐志江	唐洪	夏志彬	夏枫	夏苓	徐光	徐肖冰
徐英	徐振声	流萤	耿忠	袁汝逊	袁克忠	袁绍柯	袁苓	贾健	贾瑞祥	郭中和	郭良
郭明孝	钱嗣杰	陶天治	高凡	高礼双	高帆	高宏	高国权	高洪叶	高粮	崔文章	崔祥忧
常春	康矛召	曹兴华	曹宠	曹继德	盛继润	章洁	野雨	隋其福	雪印	博明	景涛
程立	程铁	童小鹏	董青	董海	蒋先德	谢礼廓	雁兵	韩荣志	鲁岩	楚农田	照耀
路云	熊雪夫	蔡远	蔡尚雄	裴植	潘沼	黎民	黎明	冀连波	冀明	魏福顺	

（部分照片作者无记载：故未署名）

2.部分图片由gettyimages供稿